한국 현대시

그 문학사적 맥락을 찾아서

한국 현대시

그 문학사적 맥락을 찾아서

염무웅

책머리에

지금은 기억하는 사람이 별로 없겠지만, 오래전인 1968년 한국문인협회 이름으로 엮어진 『신문학 60년 대표작 전집』 여섯 권이 출판사 정음사에서 간행되고(1968.10) 역시 문인협회의 주동으로 신문학 60년을 기념하는 '전국문학인대회'(1968.11.20)가 개최된 적이 있었다. 특히 문학인 대회는 문인 400여 명이 대거 참석한 데다 대통령 치사(문공부장관 대독)까지 있었기 때문에 신문마다 제법 크게 다루어졌다. 요즘이라면 국가주의 냄새가 나는 관제행사라는 비판이 나왔겠지만, 당시에는 '신문학 갑년'이라는 점만 부각되어 화제가 되었다.

이때 '60년'의 기점이 된 것은 알다시피 육당 최남선의 신체시 「해(海)에게서 소년에게」 발표였다. 이 작품이 과연 얼마나 새로운 시인지, 즉 시로서 어떤 새로운 성취를 이룩했는지에 관한 논의도 없지는 않았지만, 그런 본질적 문제와 상관없이 「해에게서 소년에게」는 오랫동안 관습적으로 문학사의 시대를 가르는 이정표로 간주되어왔다.

1960년대까지만 해도 '근대문학'이라는 역사적 개념 대신 '신문학'이라는 말이 주로 쓰였다는 것도 주목할 일이다.

문학작품의 성격을 규명하고 문학사의 현상을 설명하자면 불가불 일정한 기준에 따른 분류와 구분이 필요해진다. 그동안 우리가 의존해온 가장 넓은 범주는 장르에 따른 분류와 시대별 구분일 것이다. 그런데 장르와 시대는 독립변수가 아니라 서로 긴밀하게 얽히고 조응하면서 문학작품 속에 구현되게 마련이다. 즉, 어떤 문학 장르든 시대의 변화에서 초연한 불변의 고정체로 존재하지 않는다. 그것은 시대의 구체적 현실에 제약될 뿐만 아니라 다른 장르들과도 다양하게 교섭을 주고받으면서 출생부터 사망에까지 이르는 변화의 일생을 밟는다. 그러니까 경기체가(景幾體歌) 같은 중세의 시가 장르는 오래전에 화석의 상태로 땅에 묻혔고, 반면에 향가와 고려가요는 그 몸은 죽은 지 500년 1,000년이되 영혼은 오늘의 서정시를 통해 여전히 생명을 이어가고 있다고 볼 수 있다. 시조와 가사처럼 조선 시대에 융성했던 장르들이 오늘날 주변부로 밀려나 전성기와 같은 주도권을 잃었다는 것도 긴 설명을 필요로 하지 않는다.

신문학 60년을 기념하는 행사들을 지켜보면서 막연하게나마 내게 찾아온 의문은 우리나라 문학의 역사에서 근대시 또는 현대시란 무엇인가 하는 것이었다. 그런데 오늘날에는 독자들은 물론이고 시인 자신들도 시를 어떤 자명한 언어형식으로 간주하고 있음이 분명해 보인다. 물론 쏟아져 나오는 시집들을 잠시만 살펴보아도 알 수 있듯이 '시'라고 불리고 있는 언어형식의 화법은 날로 새로워지고 거기 등장하는 소재도 눈이 부시게 확장되고 있다. 그러나 그런 질적 혁신과 외연적 확장에도 불구하고 그렇게 발표되는 언어적 결과물에 '시'라는 이름을 부여한다는 묵계에는 아무도 이의를 제기하지 않는다.

하지만 100년만 거슬러 올라가 살펴보아도 지금과는 형편이 아주 다르다는 것을 단박에 알아차릴 수 있다. 20세기 초에는 오늘과 같은 직업으로서의 '시인' 개념도 제대로 형성되어 있지 않았고, 따라서 '시'라는 것의 의미에 대한 어떤 사회적 합의도 존재하지 않았으며, 개인들의 시적 감정을 나타낼 어떤 선행하는 서정시의 모델도 존재하지 않았다. 19세기 말부터 20세기 초에 쏟아져 나온 각종 시적 표현들, 가령 동학가사·개화가사·의병가사는 전통적 시가 장르의 해체를 보여주는 말기적 현상으로서, 현대적인 의미에서는 '시 이전의' 또는 '시를 향하는' 몸부림이라고 보아야 할 것이다. 그러나 어떻든 우여곡절 끝에 1920년대에 이르면 번역시집 『오뇌의 무도』(1921)가 간행되고 이를 전후한 시기에 김억(金億, 1896~?)을 비롯한 일본 유학생 출신의 문학청년들의 선구적 역할에 힘입어 오늘 우리의 머리와 심장에 여전히 생동하는 호소력을 가지는 언어적 형상물로서의 시가 우후죽순처럼 발표되기에 이른다. 바로 한국 현대시라는 옥동자의 탄생이었던 것이다.

나는 오랫동안 현대시의 탄생과 성장에 관심을 가져왔

지만, 유감스럽게도 체계적인 공부에 몰두하지 못했다. 구구한 변명은 생략하겠다. 하지만 시론이나 시인론에 가까운 글을 쓸 때마다 내가 다루는 대상이 우리 현대시의 역사적 맥락 속에서 어느 지점에 위치하는가를 의식해왔다고는 말할 수 있다. 이 선집은 대체로 그런 성격을 보여주는 기왕의 평론들을 모은 것이다.

그러나 체계적 서술이 아닐뿐더러 빈 구멍이 너무나 많다. 한용운, 김소월, 정지용 등 한국 현대시의 건설자인 동시에 시어로서의 현대 한국어의 개척자들에 대해서도 여기저기서 이름만 거론했을 뿐 제대로 파헤치지 못했다. 백석이나 이용악 같은 시인의 경우에는 가슴에 품고 애정 고백을 미루다가 때를 놓친 기분이다. 45년 전에 쓴 「김수영론」은 지금 보니 그 미숙함에 낯이 뜨거워질 뿐인데, 작고 50년 탄생 100년을 맞아 떠들썩한 '김수영 붐'이 오히려 김수영 문학 안으로 들어가는 것을 멈칫거리게 만들었다. 이 책 마지막에 수록한 「김수영이 수행한 문학사의 전환」은 탄생 100주년을 기념하는 학술행사에서 발표한 것이다. 젊은 날의 내 우상이었던 김수영 선생에 대한 그리움을 한편에 깔고, 그의 사후 반세기 동안 이루어진 문학사의 전환이 그의 문제의식을 출발점으로 한다는 점을 더듬어보았다.

도서출판 사무사책방(思無邪冊房)의 각별한 권유가 없었다면 이런 성격의 선집은 묶어볼 생각도 하지 못했을 것이다. 떠밀리다시피 해서 엮게 된 책이지만, 막상 만들어 놓고 보니 나름대로 보람도 느끼고 의의도 없지 않다고 자위를 한다. 오래 기다려준 사무사책방의 김지환 주간께 감사하는 까닭이다. 대부분 기간(旣刊) 평론집에 수록됐던 글들인데, 여기 재수록하도록 허락해준 출판사에도 깊이 감사를 드린다. 자신의 그림을 기꺼이 표지에 사용하도록 허락해준 임옥상 화백께도 고마움을 표한다. 현실의 한복판을 응시하는 치열한 눈과 힘찬 손길은 임 화백이 '전진하는 예술'의 표상임을 입증한다.

책 뒤에 실린 김수이 교수의 글은 한국문학평론가협회 발행의 《현대비평》 2021년 봄호에 발표된 것이다. 협회 대표인 고려대 오형엽 교수의 호의로 잡지 발행 이전에 읽어볼 수 있었다. 나의 지지부진했던 비평작업의 어느 대목을 최대한 적극적으로 읽어서, 내가 의식적으로 해보려고 노력한 부분뿐만 아니라 무의식적으로 의도했던 부분까지 끄집어내어 그것을 특유의 섬세하고 단단한 문장으로 정리해준 김수이 교수에게는 드물게 지기(知己)를 만난 기쁨과 함께 비평가로서의 깊은 동료애를 느낀다. 글을 이 선집에 해설의 형식으로 전재하도록 허락해준 김수이 교수께 충심의 감사를 드린다.

2021년 연말을 보내며
염무웅

나의 편견이기를 바라지만, 오늘날 대다수 한국인은 '시 없는 삶'을 살고 있지 않은가 한다. 적어도 일상의 생활 속에서 '시적' 감성을 간직하고자 하는 사람들에게 지금 이 땅의 현실은 너무도 각박하고 참담한 것이 사실일 것이다. 사정이 이러함에도 불구하고 우리나라에 시인으로 불리는 사람은 1만 명이 훨씬 넘는다고 한다. 그뿐만 아니라 한국은 여전히 시가 살아 있는 문학 장르로 여겨지고 있고 시집이 팔리고 있으며 상당수의 시인 지망생이 존재하는 예외적 국가라고 한다. 대체 이 역설적 현상을 어떻게 설명할 것인가.

차례

I

오늘의 시와 전통시의 맥락

전통의 해체와 그 계승의 길

1. 문학과 인간회복

이른바 신문학이 시작된 지도 어느덧 한 세기가 훨씬 넘는 연륜을 쌓게 되었다. 그동안 수많은 작가와 시인들이 등장하여 우리나라의 근대문학을 수립하기 위한 힘든 노력을 기울여왔다. 그 결과 우리는 이제 공간적으로는 민족문학, 시간적으로는 근대문학이라 일컬을 만한 작품적 축적을 가지게 되었다.

우리는 한국문학에 있어서 이와 같은 기초적 과업이 달성되었음을 확인하면서도 아직 해결되지 못한 많은 문제점이 있음을 또한 인정하지 않을 수 없다. 그러한 문제점들은 이 글에서 필자가 다루고자 하는 시의 분야에서 특히 예각적으로 표현되는 것 같다.

여기서 필자가 말하는 문제점의 가장 핵심적인 내용은 신문학 출발 이후 창작·발표되어온 시작품이 독자인 대다수 민중과 어떤 관계를 맺고 있는가에 관계된 것이다. 그것을 우리는 작품 창작의 측면과 작품 향수의 측면으로 나누어 생각해볼 수 있다.

먼저 창작의 측면을 살펴보기로 하자. 잘 알려진 바와 같이 일정한 단계까지 문화가 발전된 사회에서 문학의 창작을 주로 담당하는 것은 어느 정도 전문화되고 직업화된 개인이다. 즉 문화의 발전 과정 속에서 ― 그리고 사회구성의 계급적 분화 과정 속에서 군중적·집체적 창작은 개인적·전문적 창작으로 이행하게 마련이다. 여기서 발생하는 가장 중요한 문제는 군중창작의 경우 거의 자동적으로 그 집단의 공통된 생활과 감정이 기본적인 표현의 내용이었으나, 개인 창작의 경우에는 창작자 이외의 공동체 구성원 일반에게는 낯선 특수한 정서가 작품 안에 담길 수도 있다는 점이다.

다시 말하여 전문화된 개인 시인은 자기가 속한 공동체의 일반적 관심사만을 시에 담는 것이 아니고 공동체 속에서 차지한 자기의 독특한 사회적 위치에 따라 자기만이 독특하게 느끼고 경험한 바를 표현하게 된다는 점이다. 어머니의 이른 죽음이라든가 첫사랑의 실패라든가 친구의 배신 등과 같은 충격적 경험을 그는 오직 자기 혼자만 겪는다고 생각하며 그것을 혼자의 실감으로써 표현하게 되는 바, 이것이 바로 서정시의 발생을 낳게 했을 것이다. 인류의 문화사는 이러한 개인문학의 발생이 이미 고대에 일어났음을 증명해주고 있다. 그러나 적어도 근대 이전까지는 이것이 그렇게 큰 문제로 등장하지 않았다. 왜냐하면 봉건적 중세가 해체되기 이전까지 인간의 생활은 기본적으로 공동체를 매개로 이루어졌기 때문에 개인이 사회를 떠나서 살아간다는 것은 상상하기 힘들었기 때문이다. 따라서 개인문학이라 하더라도 시인 혼자만 느낀 것이기는 하나 그것은 공동체 속에서의 혼자였지 공동체 바깥에서의 혼자인 것은 아니었고, 그렇기 때문에 작품에 표현된 어떤 특이한 경험이나 정서도 다만 현실적으로 공동체의 다른 구성원들이 겪지 못한 것이었을 뿐이고 잠재적으로 겪을 가능성이 있는 것이었다. 이런 의미에서 근대 이전의 모든 문학은 근본적으로 공동체의 문제들을 표현했다고 할 수 있다.

그런데 근대사회는 이러한 공동체적 생활방식의 전면적인 붕괴 내지 해체를 특징으로 한다. 이른바 공동사회(Gemeinschaft)에서 이익사회(Gesellschaft)로 변전된 것이다. 근대 이후의 사회에서 개인은 공동체를 매개로 사는 것이 아니고 이해관계를 매개로 살아가게 되었다. 따라서 개인과 사회, 즉 개체와 공동체는 심각하게 분열하고 때로는 심각하게 대립하는 상태가 되었으며, 그 결과 이제 말의 엄격한 의미에서 개인문학이 탄생하게 된 것이다.

주지하는 바와 같이 문학은 문화의 다른 형태들과 마찬가지로 장구한 세월에 걸쳐 인간의 공동체적 생활을 기반으로 생성·발전되어왔다. 따라서 이러한 기존 생활방식의 붕괴 내지 변화는 문학 자체에 대해서도 심각한 문제를 던지지 않을 수 없다. "시는 살아 있는 예술인가?" "소설은 이미 죽었는가?" 같은 당돌한 질문이, 20세기 이후 영화나 텔레비전 드라마 같은 새로운 예술 장르의 발전과 더불어 끊임없이 제기되는 사태는 문제의 심각성을 단적으로 보여준다 할 것이다. 시 ─ 뿐만 아니라 모든 문학의 장르 ─ 가 아직도 생명 있는 예술임을 믿고자 한다면, 시가 일부 특수한 전문가에게만 통용되는 구(舊)예술의 잔존물이 아니고 공동체의 모든 구성원의 보편적 관심사를 생기 있게 표현하는 예술임을 설득력 있게 보여주어야만 한다고 생각하는 것이 자연스럽다. 특히 오늘의 한국시인들이 그 개인의 개성적인 입장과 취향을 포기하지 않고서도 어떻게 공동체의 일반적 문제의식을 고도의 예술성 속에서 표현할 수 있느냐 하는 것은 중대한 과제가 된다고 하겠다.

다음으로 작품 향수의 측면을 살펴보자. 전자가 작품과 작가(시와 시인) 사이의 관계의 문제라고 한다면, 이것은 작품과 독자(시와 독자·청중) 사이의 관계의 문제라고 할 수 있다. 잘 알려진 바와 같이 고대에 있어서는 작품의 창작이 개인적 차원에서만 이루어지지 않았을뿐더러 작품의 향수도 개인 단위에만 머무르지 않았다. 그뿐만 아니라 창작자와 향수자, 즉 예술작품을 만드는 사람과 그것을 보고 듣고 즐기는 사람 사이의 구별도 때로는 존재하지 않는 수가 많았다. 고대에 있어서 사람들은 작품을 만드는 입장에 있으면서 동시에 그것을 받아들이는 입장에 있기도 했으며, 많은 경우 양자는 개인적 차원이 아닌 공동체적 차원에서 경험되었던 것이다.

활자문명의 거대한 발전은 문학 감상의 이러한 성격에 근본적인 변화를 가져왔다. 싼값으로 쉽게 책을 구입할 수 있게 되고, 아울러 문학작품 이외의 예술매체들이 광범하게 보급됨에 따라 독자들은 문학(시)을 아예 외면하거나 혹은 문학으로부터 진정한 문학이 아닌 오락적인 것을 요구하게 되기도 했다. 또한 근대 이후 문학의 개인주의적 전문화는 ─ 마치 작가에게도 그랬던 것처럼 ─ 아무나 작품을 읽고 즐길 수 있는 것이 아니고 특수한 훈련이나 교육을 받은 사람만이 작품을 읽고 이해할 수 있도록 만들었다.

오늘날 한국에서 일반인들이 일상적으로 시를 읽거나 소설을 읽는 일은 점점 드물어지고 있다. 특히 시의 경우 독자는 소수에 지나지 않을 것이다. 이것은 비단 오늘의 한국에만 국한된 현상이 아니고 짐작건대 범세계적 현상이겠지만, 그러나 역사의 모든 시기에 시가 이처럼 독자들에게 외면당했던 것은 아닐 것이다. 오히려 시는 역사의 대부분 시기에 대다수 민중의 생활을 노래했고, 대다수 민중으로부터 사랑과 공감을 받았을 것이다.

생각컨대 인간이 시를 잃어버리고 시가 독자를 잃어버린 오늘의 현실은 그 자체로서도 바람직한 현상이 아니지만, 나아가 시의 사멸과 인간의 소외를 드러내는 현상으로서 중대한 관심의 대상이 된다. 시와 인간이 서로를 아끼고 사랑하는 것은 시가 제대로 사는 길일뿐더러 현대사회에 미만해 있는 비인간화를 극복하는 하나의 길이기도 하다. 따라서 오늘날 진정한 의미의 모든 시론 ─ 나아가 모든 예술론 —— 은 인간회복을 위한 일종의 문명론으로 연결되지 않을 수 없을 것이다.

이 글은 이러한 과제의 해결을 위한 하나의 작은 시도이다. 특히 조선왕조 시대의 시적 분야들인 시조·가사 및 한시가 어떻게 근대의 자유시로 변전하게 되었는가에 관심을 기울일 것이며, 이것이 시인과 독자에게 다 같이 반성의 기회가 되기를 바란다.

2. 전통시의 해체 국면

조선왕조 시대(특히 19세기 이전까지)에 우리 선인들이 향유하던 시문학 형식은 대체로 다음과 같이 나누어볼 수 있으리라 생각한다. 즉,

① 거의 모든 양반 사대부들이 즐긴 것은 한시였다. 한시는 물론 '우리말 문학'은 아니지만 한국문학에서 제외시키는 것이 온당한 처사라고 볼 수는 없다. 당대의 지식인들이 외국문학이라는 의식 없이, 그리고 한자가 중국글자라는 타자의식 없이 자기의 생활과 감정을 한시로써 표현했다면 그것은 결코 '외국문학'일 수 없다.

② 상당수의 양반 선비와 일부 평민들이 창작하고 국민의 상당수가 향수한 시문학 형식은 시조와 가사일 것이다. 특히 시조와 가사는 우리말로 창작되었다는 점에서 이 시대 시문학 중에서 가장 중요한 형식이라 할 수 있다. 그런데 가령 시조와 관련하여 이것을 위로는 국왕으로부터 아

래로는 기생에 이르기까지 국민의 각계각층이 참여한 문학 장르라고 설명하는 경우를 보는데, 이것은 사실과 다르다. 시조는 적어도 18세기 이전까지는 그 내용으로 보나 밝혀진 작자로 보나 엄격히 양반적인 문학이다. 기생은 신분적으로 천인에 속해 있었지만, 교제 범위와 의식 성향이 철두철미하게 양반적이라고 볼 수밖에 없다.

③ 문학적 감성이 세련될 여유도 없었고 문자라는 수단을 마음대로 구사할 여건도 갖고 있지 못했던 대다수 민중(이 경우는 주로 농민)은 시조나 가사 같은 양반문학적 작품들 중에서 자기들 구미에 맞는 것을 향유하는 한편, 스스로의 작품을 창작하고 향수했다. 이것이 곧 민요로서, 이 민요는 집단적으로 창작되고 구비적으로 전승되어 민중의 문학생활에서 가장 기본적인 분야를 이루었다. 이 민요는 양반문학인 시조나 가사 심지어 한시에까지 영향을 주었지만, 그 자체가 문자로 정착되어 문학적으로 세련될 기회를 가져보지 못한 채 20세기를 맞이했으며, 김소월 등 일부 근대시인에 의해서 비로소 부분적으로 시적 창작의 동력으로 활용되기에 이르렀다고 믿어진다.

이상 열거한 한시·시조·가사·민요는 18세기 전후의 사회경제적 변혁기에 어떤 변모를 겪었던가? 종래의 문학사가들이 흔히 '산문정신의 개화' 혹은 '평민문학의 대두'라고 불렀던 현상은 어떤 역사적 배경에서 이루어졌으며, 그것은 우리 시문학의 내용과 형식에 어떤 변화를 가져왔는가?

이에 관해서는 이미 상당한 논의가 이루어졌고, 특히 사회경제적 측면에서는 괄목할 만한 연구가 이루어진 것으로 알려지고 있다. 시조의 경우에는 이미 고정옥(高晶玉, 1911~1969)의 『고장시조선주(古長時調選註)』(정음사, 1949)에서 선구적인 견해가 피력된 바 있으며, 시조·가사·회화·판소리 등 예술의 거의 전 분야에 걸친 정병욱(鄭炳昱, 1922~1982) 교수의 종합적인 개관이 근자에 발표된 바 있다.[1] 김동욱·조동일 교수 등도 이미 이 분야에서 깊이 있는 세부적 업적을 내고 있으며, 근대 전환 초기의 시문학에 관련에서는 정한모·김용직·신동욱·김학동 교수들이 괄목할 만한 실증적 업적을 쌓아가고 있다. 필자는 이들의 업적을 받아들이고 아울러 여기에 힘입으면서 근대시의 내부에서 제기될 만한 문제점을 이에 추가함으로써 좀 더 종합적인 전망에 도달하고자 한다.

일반적으로 우리나라에 있어서 한시는 그 자체가 갖는 엄격한 형식적 제약 이외에 그 내용에서도 일정한 제한성을 가지지 않을 수 없었다. 일반 민중으로서는 양반적 교양을 갖출 수도 없었고 지주로서의 경제적 여유도 없었기에, 특수한 예외를 제외하면 한시에 접근하는 것이 원천적으로 불가능했다고 할 수 있다. 따라서 정통적인 한시에는 가난한 서민들의 구체적인 생활이 표현될 기회가 극히 적을 수밖에 없었다. 가렴주구에 시달리는 농민의 처지를 읊

---

1 정병욱, 「이조 후기 시가의 변이과정고(變移過程考)」,《창작과비평》 1974년 봄호 참조.

은 다음과 같은 김종직(金宗直, 1431~1492)의 시는 그러므로 예외적인 것에 속한다.

> 정자 아래 망선(網船)에는 천만 냥을 실었으니
> 남도 백성은 토색질에 어이 견디랴.
> 쌀독은 진작 비고 밤 도토리도 떨어졌건만
> 강가 정자의 노랫소리 살찐 소를 잡는다.
> 나라의 관리들이 유성(流星)처럼 지나가니
> 길가의 해골들을 누가 아랑곳하리. (원문 생략)
>
> ─『속동문선(續東文選)』卷四

　이것은 물론 임형택 교수의 지적대로 농민 자신이 주체적 입장에서 자기현실을 고발하여 부른 노래가 아니고 뜻 있는 선비의 "유교적인 애민사상(愛民思想)"에서 나왔다는 점에서 한계가 있다고 할 수 있다. 조선 전기의 한문학을 개괄하면서 임 교수는 이러한 종류의 시문학 ─ 즉 신분적으로나 체질적으로 당대의 지배체제에 비판적이거나 부정적이었던 이른바 방외인(方外人)의 문학 ─ 을 논하면서 이것이 "봉건이념이 파탄에 직면"했음을 보았으되 아직 "파탄된 이념에 대치할 새로운 사상과 그것을 극복할 힘을 발견하지 못한" 문학이라고 지적하였다.

　특히 임 교수는 16세기 전반기에 있어서 김해의 관노(官奴) 출신인 시인 어무적(魚無迹)의 「유민탄(流民嘆)」이 "도학주의에 얽매이지 않고 문학의 독자성을 회복하려는 문예활동"으로 "역사의 진보적 요구에 값할 수 있었다"고 높이

평가하였다. 이제 여기 그「유민탄」의 일절을 소개하거니
와, 이것은 바로 조선 후기에 주류를 이루게 될 실학파 문
학의 전초를 이루는 것이었다.

창생난(蒼生難) 창생난
흉년에 너희는 먹을 것이 없구나.
나는 너희를 구제할 마음이 있어도
너희를 구제할 힘이 없도다.
창생고(蒼生苦) 창생고
날씨가 추운데 너희는 이불이 없구나.
저들은 너희를 구제할 힘이 있어도
너희를 구제할 마음이 없도다. (원문 생략)

—『속동문선』卷五

이 시에서 우리는 아(我, 나), 피(彼, 저들), 이(爾, 너희들) 셋
이 각각 구별되는 존재로 묘사되어 있음을 본다. 여기서
기본적 대립은 정치적·경제적 지배권의 소유자인 '저들'
과 먹을 것이나 덮을 것이 없는 가난한 '너희들' 사이에 존
재한다. 그런데 '나'는 소수의 지배권력과 다수의 피압박
민중의 어디에도 속해 있지 않은 것이다. 짐작건대 '나'는
'저들'의 그룹에 속하기를 심리적으로는 열망하나 현실적
으로 '너희들'과 비슷한 처지에 있는 것 같다. 여기에 '나'
의 의식의 분열이 있는 듯하다.

어떻든 조선 전기에 있어서 일부 국외자(方外人)의 작품
에 나타났던 이러한 경향은 영·정조 시대의 문학에서는

이미 일부 국외자들에게 한정되지 않고 거의 모든 지식인의 문학에 보편화되어 나타나는 것 같다. 아울러 그것은 한시와 같이 엄격하게 제약된 문학형식으로는 제대로 표현하기 힘든 강도를 갖게 되어, 한시 아닌 문예 장르들, 즉 장시조·가사·판소리 같은 장르들을 필연적으로 요구하는 형세에 이른다.

이러한 분열과 전환의 시대에 지식인 문학을 대표한다고 할 수 있는 다산 정약용(丁若鏞, 1762~1836)의 한시는 당대의 일반적인 문학경향을 강력하게 대변하면서도 끝내 한시의 영역을 고수했던 문학의 문제점을 보여준다. 다산이 민족사상 가장 위대한 학자의 한 분임은 이미 상식으로 되어 있으며 문학자로서도 그가 "근대문학사상 특이한 자리를 차지하고 있음"은 일찍이 홍이섭(洪以燮, 1914~1974) 선생이 지적하였고, 또한 홍 선생에 의해서 상당한 깊이까지 분석되었다.[2]

다산의 한시는 다산과 같은 시대의 장시조나 가사 및 판소리가 지닌 문제점의 상당 부분을 그대로 보여주고 있다는 점에서도 중요하지만, 우리나라 역사의 대부분 시기에서 가장 기본적 문자문학(기록문학)이었던 한시가 도대체 우리 민중에게 무엇이었던가를 구체적으로 드러낸다는 점에서도 중요하다. 다산의 시대는 바로 문학 장르로서의 한시가 역사의 진보에 발맞춤으로써 해체의 길로 들어설 것

2 홍이섭, 『정약용의 정치경제 사상연구』(한국연구도서관, 1959), 203~230쪽.

이냐, 아니면 역사에 반동함으로써 구차하게 명맥을 유지할 것이냐의 판가름을 요청하는 시대였다. 다산의 한시는 이러한 명제가 양자택일의 과제로 강요되기 시작하던 시대의 징후적 갈등을 핵심적으로 보여준다. 여기 다산의 한시들 중에서 흔히 알려진 「기민시(飢民詩)」를 제외한 두어 편을 살펴보고 다산문학에 대한 홍이섭 선생의 논평을 확인하면서 홍 선생에 의해 지적되지 않은 몇 가지 점을 보충하고자 한다.

> 보리고개 험하기가 태행산보다 더 높아라.
> 단오 명절 넘자마자 보리 추수 시작했네.
> (민간에서 4월달 어려운 고비를 보리고개라고 한다.)
> 누구라 시험 삼아 풋보리밥 한 사발을
> 대감께 맛보라고 나눠드려 보게나.
> (사투리에 재상을 대감이라고 한다.)
>
> 모내기 노래 구슬프고 논물은 철철 흘러
> 저 아가는 특별나게 저렇게도 수줍은고
> (사투리에 갓 시집온 여자를 아가라 한다.)
> 하얀 모시 새 적삼에 노란 모시 긴 치마는
> 의롱 안에 챙겨 두고 팔월 추석 기다리네.
> (노랑 모시는 경주에서 난다.)
>
> 이른 새벽 가는 비에 담배 심기 안성맞춤
> 담배 모종 옮겨다가 울밑 밭에 심어두자.

금년 봄엔 가꾸는 법 영양법을 배워두어
금사 같은 담배 팔아 1년 동안 살아보세.

(영양현에서 나는 담배가 좋은 담배다.)

새로 돋은 호박잎이 두 잎사귀 살찌더니
간밤 사이 넝쿨 뻗어 싸리문에 얽혔어라.
평생에 안 심을 건 맛좋은 수박이라
아전놈들 탐이 나서 트집할까 걱정이니……

(원문 생략)

— 번역 김지용[3]

위의 인용은 다산의 수많은 한시 중에서 전라도 어느 농촌의 여름을 노래한 「장기농가(長鬐農歌)」 10장 중 1~4장을 옮긴 것이다. 이 작품은 보리타작의 노래인 「타맥행(打麥行)」이나 역시 전라도의 농촌풍경을 노래한 「탐진촌요(耽津村謠)」 20수 등과 더불어 농민의 생활을 비교적 차분하고 사실주의적으로 묘사한 작품이다. 어촌의 생활상을 묘사한 「탐진어가(耽津漁歌)」도 비슷한 성격의 시다. 이 작품들에서 다산은 농민이 관료와 지주의 수탈에 시달리는 가난한 현실의 일단을 암시적으로 드러낸다.

3　필자가 이 글을 쓸 때에 의거한 다산 한시의 번역은 『한국명저대전집』(대양서적, 1972) 중의 한 권으로 출간된 『다산 시문선·목민심서』(金智勇·南晩星 공역)였다. 그 후 송재소 역주 『다산 시선』(1981), 민족문화추진회 역 『국역 다산시문집』(1994), 박석무·정해렴 편역 『다산시 정선』(2001), 그리고 송재소 역주 『다산 시선(개정증보판)』(2013) 등이 잇따라 나옴으로써 다수의 다산 한시 번역을 접할 수 있게 되었다.

그러나 다산의 눈길은 여기에서 그치지 않는다. 그의 더 많은 작품들, 예컨대 유명한 「기민시」, 찌들게 못사는 농민의 생활상을 통곡하듯이 읊은 「봉지염찰도적성촌사작(奉旨廉察到積城村舍作)」, 가난하다 못해 아이 낳은 것을 탓해 생식기를 잘라버린 이야기를 시에 담은 「애절양(哀絕陽)」, 관리의 토색질이 호랑이보다 무서움을 노래한 「엽호행(獵虎行)」, 「리노행(貍奴行)」, 「시랑(豺狼)」, 흉년에 버려진 고아들을 소재로 삼은 「유아(有兒)」, 가뭄이 들어 볏모를 뽑아 던지며 애통해하는 농민의 모습을 그린 「발묘(拔苗)」, 역시 관가의 비행을 폭로 비판한 「승발송행(僧拔松行)」과 「교맥(蕎麥)」 등의 작품들에서는 농민의 가난과 분노 그리고 관권의 탄압과 부조리를 비할 바 없이 통렬하게 노래하고 있다. 이 작품들을 읽어보면 오늘날 이렇다 하는 참여시·저항시들이 무색해질 정도이다.

이러한 다산의 한시에 관하여 홍이섭 선생은 전기한 저서에서 "아름다운 자연으로만 보려는 한 폭의 농촌풍경이 정약용에게는 보다 한걸음 내부의 현실에 발을 디딘 데서 안전에 전개된 풍광으로만은 뇌리에 영사되지 않았다. 그 심중에는 보다 실제의 생활이 전개되었다."(위의 책, 209쪽) "「농가월령가」에서 보는 현상을 미화하여 즐거운 세계로 변조한 농촌생활을 절검·근면의 도덕적인 훈계로서 이끌은 것에 비하여 봉건제하의 농촌의 일모(一貌)를 간결히 묘사한 데서 현실성을 잃지 않았다"(위의 책, 212쪽)라고 정확하게 지적하였으며, 그의 문체가 당시 정조의 문체반정(文體反正)에 호응하고 있음에도 불구하고 "그가 적지(謫地)에서나 농촌에서 목격한 음산한 현지의 정황에 대해서 사실적인 필세(筆勢)는 오히려……(그가 배척했던＝필자) 패관문체(稗官文體)의 필치에서 온 것이 아닌가"(위의 책, 224쪽)라고 옳게 평가하였다.

다산의 한시에 대한 홍이섭 선생의 평론은 요컨대 그것이 농민의 편에 서서 농촌을 그린 것이기 때문에 「농가월령가」식의 낙관주의 및 종래 한시인들의 전원주의적 음풍농월에서 벗어나 있다는 것, 따라서 강렬한 현실성을 띠고 있다는 것이다. 다만 다산 한시의 강렬한 현실주의와 결부되어 다산 문체를 "패관문체의 필치에서 온 것"이라는 정도의 간략한 언급으로 만족할 수는 없다고 생각한다.

여기서 우리는 한 걸음 더 나아가 다산이 만약 그의 한시에 나타난 내용들을 한시 아닌 가령 가사(즉 한글시가)로 창작했었더라면 하는 공상을 해보게 된다. 물론 그는 창작을 전문으로 한 문인이 아니었고, 따라서 문학적 주제가 그의 사고의 중심이었던 것은 아니다. 심지어 그는 경학(經學)을 버리고 사장(詞章)에 흐르는 것을 심히 경계하기도 하였다. 그러나 그가 문학 자체를 배척하는 것이 아니었음은 그가 남긴 수많은 작품들이 증명하는 바이거니와, 다만 그는 현실적 문제의식과 인격적 수양을 외면한 '문학을 위한 문학', '수식을 위한 수식'을 배격했던 것이다.

그러나 어떻든 그의 문학작품들은 그 내용으로 보아 한시 아닌 우리말 가사로 표현하기에 적합한 것이었음이 틀림없다. 그가 임술년에 두 아들에게 쓴 편지를 보면 "수십 년래로 일종의 괴이한 이론들이 유행하고 있다. 그 논지들은 우리나라 문학을 덮어놓고 배척한다. 무릇 선배들의 문집에 대하여 처음부터 눈주어 보려고 하지 않으니 이것이 큰 병통이다. 선비의 자식들이 자기 나라 고전들을 알지 못하고 선배들의 이론에 익지 못하다면 제아무리 학문이 고금을 관통한다 하더라도 이는 한갓 무지를 면하지 못할 것이다"(「기이아(寄二兒)」)라고 말하는데, 이러한 민족주의적 관점에 의하더라도 그의 시는 한글로 창작되는 것이 더 적합했다. 그러나 그는 한시를 썼다. 여기에 당대의 장시조·가사·판소리 등에 비추어본 다산시의 한계가 놓여 있는 것 아닐까.

사회의식·역사의식이라는 면에서 다산은 위에 나열한 한글문학 장르의 시인들 누구에 비하더라도 선진적이고 근본적이었다. 그렇다면 다산에게 표현수단으로서의 한문과 표현내용으로서의 민중지향 사이에 성립하는 모순은 어떻게 해석되어야 하는가.

한자라는 그의 문학적 표현매체는 그의 사회적 신분으로부터 주어진 것이었다. 다산에게 한문은 사회적으로는 신분적 한계요 문학적으로는 표현매체의 한계라 할 터인데, 그의 문학은 이 한자의 구속에서 끝내 벗어나지 못하고 말았다. 그러나 그는 한자의 한계 내에서는 최대치의 성취를 달성했다. 이 점이 실로 안타깝기 그지없는 역사적 모순이다. 앞의 인용된 시에 보이는바 "민간에서 4월달 어려운 고비를 보리고개라고 한다(四月民間艱食俗謂之麥嶺)" 혹은 "사투리에 갓 시집온 여자를 아가라 한다(方言新婦曰兒哥)"라는 식의, 우리말로 시를 썼으면 달지 않아도 될 실로

어색한 주(註)를 군이 다는 구차한 노릇은 그러한 모순의
부산물이다. 또 가령 「채호(采蒿)」라는 작품의 한 대목을
보자.

采蒿采蒿 匪蒿伊莪
藜莧其萎 慈姑不孕
芻樵其焦 水泉其盡
田無田靑 海無廬蜑

(田靑田螺也)

──「채호」 제2장

　한문의 묘(妙)에 숙달하지 못한 필자로서는 위의 인용이
한시로서 얼마나 성공한 작품인지 조금도 가늠할 수 없다.
오늘 절대다수의 한국 독자들에게 이 시는 영어시나 불어
시보다 낯설 것이다. 어쩌면 오늘의 중국인들에게도 난해
한 작품일지 모른다. 그러나 이 작품을 다음과 같은 민요
풍의 우리말 시로 옮기면 분명히 아주 훌륭한 시라고 말할
수 있다.

　다북쑥을 캐네 다북쑥을 캐네
　다북쑥만 아니라 향쑥도 캐네
　명아주, 비듬까지 시들어버렸고
　소귀나물 뿌리는 돋다가 말았네
　풀과 나무도 타 버렸고
　냇물과 샘물도 다 말랐네

논에는 우렁이도 자라지 못하고
바다에는 조개마저 보기 드무네.

(앞의 인용과 같은 책, 94쪽, 김지용 역)

'다북쑥' '향쑥' '명아주' '비듬' 등처럼 춘궁기의 우리 농민들에게 익숙하기 짝이 없는 좋은 우리말을 버려두고 그 농민들이 보아서는 무슨 뜻인지 모르는 한자로, 반면에 한자를 읽을 줄 알아도 춘궁기의 농민 형편을 실감하지 못하는 사람들이나 읽을 수 있는 형태의 문학형식으로 이와 같이 표현한다는 것은 얼마나 심각한 자기모순인가!

여기서 우리는 다산 한시가 근대시의 바로 직전까지 와 있었음을 거듭 확인한다. 그리고 이것은 고정옥이 조선 후기의 장시조에 대하여 그것이 "서민계급이 양반계급의 율문문학(律文文學)을 상속받아, 그것을 자기네들의 문학으로 만들려고 발버둥친 고민의 문학이며 실패의 문학이다"[4]라고 안타까워했던 것과 똑같은 시점에 와 있는 것이기도 하다. 즉 이것은 전통시의 붕괴 내지 해체를 말해주는 것이기는 하나 이것을 대체할 새로운 시 즉 근대시의 성립이 아직 상미성(尙未成)의 과업으로 남아 있는 단계임을 말해주는 것이다.

---

4 고정옥, 『고장시조선주』(정음사, 1949), 15쪽.

3. 결론에 대신하여

이상에서 논급한 바와 같은 역사의 제반 변화들은 불가피하게 근대시의 탄생을 가져오지 않을 수 없었던 것으로 판단된다. 그것은 필연적인 대세였다. 그러나 실제의 역사는 이와 같은 변화들의 정상적이고 단계적인 축적과정 속에서 자생적으로 근대시가 탄생·성장하지 못하고 19세기 후반부터 밀려 들어온 서구문물·서구문학의 압도적인 영향 아래 비정상적이고 자기부정적인 과정을 통해 근대시가 형성되었음을 보여주고 있다. 주지하는 바와 같이 처음에는 일본에서 학습한 신체시의 모방이 출발점이었고, 차츰 유럽 시를 직접 모범으로 하는 방식으로 전이되었다. 이 과정에서 기독교 찬송가가 커다란 역할을 했음이 확인되고 있고, 또 계몽·개화 시대의 역사적 내용을 담은 가사들(즉 항일가사, 개화가사, 애국가사, 의병가사, 독립군가 등)이 문학사적으로 과도기를 담당했던 것 같다. 어떻든 19세기 말·20세기 초의 우리 시문학은 전통적 장르들과 직접 연결되기 어려운 다채로운 변화 속에 다양하게 전개되어갔다. 이에 대한 광범하고 철저한 연구 검토가 무엇보다 절실하다.

근대시의 탄생을 보는 하나의 시선*
서구문학의 수용과 우리의 대응

1

언제나 그렇듯이 오늘 우리 문학은 많은 도전에 직면해 있다. 가장 기본적인 도전은 흔한 말로 상업주의라고 부르는 것에서 온다고 할 수 있다. 그것은 더 엄밀하게 말하면 우리의 삶이 온통 전 지구적 자본의 지배 아래 들어가게 된 현실이다. 물론 자본주의가 인류의 운명을 좌우하게 된 지는 여러 세기가 지났고, 한반도에서만도 식민지-분단 시대를 지나는 동안 자본주의는 변형된(또는 왜곡된) 것일망정 결정적인 지배력을 갖게 되었다. 하지만 지난날 우리 일상의 수준에서는 자본의 힘이 닿지 않는 미(未)침탈 영

---

* 이 글의 아이디어는 육당의 신체시 「海에게서 少年에게」 발표 100주년을 맞아 그 문학사적 의의를 음미하자는 데서 출발한다.《시와 시학》 2008년 가을호에 실린 권두 칼럼 「근대시의 탄생을 보는 하나의 시선」이 그를 위한 첫 시도였고, 이후 서구문학의 수용과 이에 대한 우리의 대응이라는 문맥에서 한두 차례 보충 확대해서 조금 더 다듬은 것이 지금의 이 글이다.

역이 산재해 있었고, 자본이 지배하는 곳에서도 지배는 아직 미온적이었다.

그러나 이제 자본은 물질의 세계뿐만 아니라 감정과 영혼의 세계까지 장악하기에 이른 것 같다. 자본은 그렇게 할 수 있는 허다한 기술적 수단들을 가지고 있다. 인공지능과 디지털기술이 산업생산에서 일으키는 혁명은 거의 초현실적이랄 만한 것이고, 그와 연관된 생활문화의 혁신도 가히 폭발적이다. 그것들은 때로는 생활의 편의를 해결해주는 전자제품의 모습으로, 때로는 매혹적인 연예오락의 모습으로, 또 때로는 혹세무민에 성공하는 정치모리배의 모습으로 우리의 일상을 파고든다. 어떤 점에서 자본이 하는 일은 이제 우리 몸의 기능의 일부로 되었다. 따라서 이제 자본의 활동은 문학에 대한 도전으로서 문학 외부에 존재한다기보다 문학의 내용 자체에 용해되어 있다고 말할 수 있다. 자본에 대한 후천성면역결핍증의 대중화라고나 할까.

일찍이 괴테(Goethe)는 국가 간에 무역이 증대하고 지적 교류가 활발해지는 시대적 변화에 임하여 이제 문학도 한 민족의 좁은 울타리에 갇혀서는 '인류의 보편적 자산'이 되기에 미흡하다고 지적한 바 있다. 그의 '세계문학' 개념은 독일 특유의 지역적 분열과 봉건적 낙후성을 넘어서기 위해 그가 제시한 고전주의 휴머니즘의 새로운 이상이었다. 그러나 그의 통찰의 배경이 된 당시 유럽의 사회경제적 변화들이 분열과 낙후성의 극복이라는 적극적 측면뿐만 아니라 (지구 전체의 범위에서 볼 때) 지역적 고유성의 약화와 민족적 독자성의 파괴라는 부정적 측면도 아울러 동반하고 있음을 괴테가 충분히 인식했다고 말하기는 어렵다. 사실 그가 '세계문학'의 도래를 예언한 시점부터 100년 동안은 괴테의 의도와 상관없이 유럽의 백인세력이 비유럽에 대해 침략과 약탈을 자행한 제국주의의 전성기인 것이다.

물론 우리 시대는 괴테의 시대와 그냥 달라졌다는 표현만으로는 부족할 만큼 달라졌다. 그러나 괴테가 속했던 세계의 직선적 연장 또는 본질적 확장이 오늘의 세계임도 부인하기는 어렵다. 반면에 시선을 한반도로 돌리면 사태는 아주 복잡해진다. 생각해보면 괴테(1749~1832)와 다산(1762~1836)은 거의 완전히 동시대인이라 할 수 있는데, 다산이 속했던 세계와 오늘 우리의 세계 사이에는 괴테의 경우와 달리 커다란 낙차와 심각한 굴절이 개재해 있다. 청년기에 괴테 자신이 선배인 헤르더의 자극에 힘입어 함께 몸담았던 민족문학운동은 노년의 괴테에게는 '세계문학' 발언이 증명하듯이 극복의 대상으로 간주되었다. 반면에 다산은 근대적 민족운동이 도착하기 훨씬 이전의 시대를 살았고, 다산 사후 반세기 이상 지나서야 본격적으로 봉화가 오른 민족문학운동은 지금도 완전히 '꺼진 불'이 아니다. 이것은 유럽과 한국 간 발전의 비동시성만을 의미하는 것이 아니다. 말하자면 한반도에는 여러 개의 시간대가 공존하는 셈인데, 우리에게는 어느 하나에도 소홀히 대처할 수 없는 현실적 이유들이 엄존한다.

이런 문제의식은 이미 문민정부 시절에 백낙청 교수가 「지구시대의 민족문학」(1993), 「지구화시대의 민족과 문학」(1994, 1997) 같은 논문에서 검토한 바 있다. 다만 지구화시대의 도래가 무엇을 뜻하는지 일반인들에게는 거의 실감되지 못했고, 1990년대 중반부터 지구화가 '세계화'라는 말로 퍼지기 시작한 후에도 사정은 크게 나아지지 않았다. 그로부터 적잖은 세월이 흘렀는데, 그동안 달라진 점이 있다면 IMF 구제금융 사태를 계기로 신자유주의적 세계화가 본격적으로 진행되고, 이에 연관하여 사회적 양극화가 심화된 사실일 것이다(민주정부 10년 동안 이룩된 남북관계의 발전을 물론 빼놓을 수는 없다). 민족문학론의 전면적 퇴조에 따른 작가회의의 명칭 변경도 사소한 일화만은 아니다.

어떻든 적어도 지식세계에서는 국제적 동조화 현상이 날이 갈수록 더 심화되고 있고, 특히 일부 서구의 최신이론과 일본 인기소설은 거의 실시간으로 한국에 상륙하여 아무런 이물감 없이 국내의 저자·독자들에게 유통되는 것 같다. 그 결과 우리의 의식은 문학작품에 대해 그것의 출생지를 묻지 않고, 또 그것이 어느 나라의 현실문제를 반영하는지도 따지지 않게 된 것 같다. 그렇다면 이제 우리는 모태로부터, 즉 대지로부터 해방되었는가. 서구문학의 잣대로 우리 문학을 재단하지 말라고 소리치던 문단 일각의 항변은 이제 사라진 과거의 공허한 메아리가 되었는가. 멀리 근대문학이 탄생하던 시절로 돌아가 민족문학론의 전사(前史) 부분을 더듬어보는 것은 오늘 우리 문학의 정체성에 대해 묻는 것이 무엇을 뜻하는지 역사적으로 살펴보기 위해서이다.

근대문학의 출발점을 언제로 잡느냐 하는 소위 근대문학 기점론은 문학사 연구의 오랜 쟁점 중 하나이다. 문학이 실재하는 현실에서 태어난 것이므로 근대문학 기점론은 당연히 근대기점론, 즉 한국사의 근대 전환이 어떤 사건 또는 계기를 출발점으로 삼느냐는 논의와 연동되어 있다. 물론 그것은 근대(성)의 내용을 어떻게 정의하느냐, 근대 변혁의 주체를 누구로 보느냐, 그리고 민족 내부의 시선으로 보느냐 외부적 시선으로 보느냐 등에 따라 다양한 입론이 가능하다. 가령 일제 식민지체제가 우리의 근대화에 촉진적인 성격의 것이었는가 저해적인 성격의 것이었는가를 따지는 논점만 하더라도 단순히 애국적 감정에 맡겨서 판단할 사안은 아닌 것이다.

가장 핵심적인 문제는 근대화의 내용일 것이다. 예컨대, 대한제국 시기(1897~1910)의 역사를 들여다보면 전기·전화·수도·철도 같은 근대문명의 산물들뿐만 아니라 언론·교육·의료·사법 등에 걸친 수많은 근대적 제도들이 이 시기에 주로 일본을 통해 도입되었음을 알 수 있다. 그러나 이 시기는 표면상 활발한 근대화를 특징으로 하지만 동시에 대한제국이 독립국가로서의 기능을 침탈당하여 결국 나라의 간판을 내리게 되는 망국의 기간이기도 하다. 다시 말해 서양 근대의 문화 유입과 일본 제국주의의 무력침입은 각각 다른 얼굴을 하고 다른 역할을 했지만, 양자는 근본적으로 같은 원천에서 태어난 쌍생아인 것이다.

    19세기 말·20세기 초의 소위 '개화'는 한마디로 서구
자본주의의 세계적 확장사업에 복무하는 과정의 일부였
다. 따라서 이 시기의 역사는 봉건과 반봉건, 근대와 반근
대, 애국과 매국, 진보와 반동 등 갖가지 상반된 계기들이
얽히고 충돌하는 모순과 복합성을 특징으로 한다. 그렇기
때문에 이 시기에 활동했던 인물들은 —— 가령 김옥균(물론
그는 대한제국 이전에 죽었지만) 같은 전형적인 진보주의자뿐만
아니라 이완용 같은 매국노조차도 —— 그러한 공인된 개념
안에 일목요연하게 정리될 수 없는 복잡한 내적 균열을 감
추고 있는 것이다.

    그런데 이 문제를 문학의 영역으로 가져오면 근대문학
의 탄생을 논하는 것이 일반사적 관점 이외의 다른 독립적
인 변수, 어쩌면 더 중요한 변수를 고려해야 하는 난점에
부딪치게 된다. 그것은 문학현상을 역사적으로 사유할 때
본질적으로 발생하는 난점이라고 할 수 있다. 알다시피 문
학작품은 한편으로 역사(현실)의 소산으로서 역사(현실)에
귀속되는 존재이지만, 다른 한편 역사와 분리된 영역에서
자신의 고유한 원리에 따라 작동되는, 상대적으로 독립적
인 존재이기 때문이다.

    그러나 넓은 범위에서 살펴보면 역사의 일반법칙은 문
학을 예외로 남겨두지 않았다. 가령 우리의 경우 왕조 시
대의 중세문학이 주체적인 자기극복을 통해 새로운 문학
을 산출하고, 그것이 자신의 내적 동력에 의해 근대문학의
원숙성에 도달한 것이 아님은 쉽게 인정되는 사실이다. 일
본과 중국 등 동아시아의 다른 나라들도 근대화 과정에서

정도의 차이는 있을망정 서구의 충격이라는 경험을 공유하고 있다는 것이 우리의 일반적 인식이다. 그러므로 한국 근대시의 탄생을 살펴보기 위해서도 19~20세기 동아시아에서 일어난 거대한 문명적 전환의 문맥을 늘 의식할 필요가 있다.

어떻든 1890년대쯤 되면 실제 현실의 층위에서는 근대화의 현상들이 다양하게 나타나기 시작했음이 사실이다. 그러나 그 '현상적 근대'가 문학이라는 심층지대에 제대로 도달하는 데는 적어도 한 세대의 시간경과를 필요로 했던 것이 분명하다. 이 경우 문학의 상대적 독립성이야말로 그 시간차를 해명하는 데 필수적인 개념일 것이다.

되풀이하자면 우리 근대문학의 탄생은 한국사회 전체의 근대적 전환이라는 큰 윤곽 안에서, 그러나 동시에 문학이라는 독특한 제도의 형식적 제약과 미학적 가능성을 통해서 때로는 점진적으로 때로는 돌발적으로 진행되는 과정이었다. 그리고 이 과정은 모방과 습작의 단계를 거치면서 명실상부한 근대문학으로 무르익기까지 상당한 준비기간을 불가피하게 요구했을 것이다. 당연히 거기에는 허다한 시행착오도 포함되고 뜻밖의 비약도 발견된다.

여기서 우리는 이 19~20세기 전환기가 다름 아닌 서세동점의 시대였음을 다시 상기한다. 문화의 변동에 있어 번역이 핵심적인 자리에 있었다는 것은 그 점을 입증하는 하나의 사례이다. 주지하듯 서양책의 우리말 번역에 앞장선 것은 기독교였다. 신·구 기독교가 한국사회의 근대화 과정에서 중요한 매개 역할을 하게 됨에 따라 성경번역과 우리말 찬송가의 보급은 한국인의 언어적·정서적 재구조화에 있어 선도적인 역할을 했다. 여기서 결정적인 것은 19세기 후반부터 오늘에 이르는 길지 않은 동안에 한국문화의 우월적 파트너로서의 서양문화가 장구한 세월 동안 중국문화가 맡았던 위치를 대체하게 되었다는 역사적 사실이다. 그리고 이때 서양문화가 오랫동안 주로 일본을 경유하여 또 일본적 굴절을 통해서 이 땅으로 유입되었음을 굳이 부인할 필요도 없을 것이다.

문학의 영역에서도 서세동점 현상은 점점 더 대세를 이루게 되었다. 19세기 말부터 1950년까지의 번역문학사를 실증적으로 정리한 김병철(金秉喆) 교수의 역저 『한국근대번역문학사연구』(을유문화사, 1975)에 따르면 서양문학이 우리나라에 처음 번역된 것은 1895년이다. 캐나다 선교사인 제임스 게일(James Scarth Gale, 1863~1937) 부부가 번역한 『천로역정』과 『유옥역전』이란 이름의 『아라비안 나이트』 초역본이 바로 이 해에 출판되었다는 것이다. 이후 역사·전기·소설·동화·시 등 여러 분야의 번역이 뒤를 이었고, 특히 1907~1908년경의 애국계몽운동 고조기에는 더욱 많은 번역서들이 출판되었다. 이 번역문학의 역사를 여기서 일일이 추적할 필요는 없겠지만, 오늘의 문제의식과 관련하여 한두 장면 되새겨보는 것은 유용한 시사를 던져줄 것이다.

1918년 8월 26일 순문예 주간지로 창간된 《태서문예신보》는 문학번역에 대한 분명한 자의식을 표방한 역사상 최초의 시도였다. 그 창간호의 권두언에서 윤치호(尹致昊,

1865~1945)는 다음과 같이 언명했다. "본보는 저 태서의 유명한 소설·시조·산문·가곡·음악·미술·각본 등 일반 문예에 관한 기사를 문학 대가의 붓으로 직접 본문으로부터 충실하게 번역하여 발행할 목적이온바, 다년 계획해오던 바이 오늘에 제1호 발간을 보게 되었습니다."

그런데 김병철 교수는 제1호와 제2호를 면밀하게 검토한 결과 권두언의 약속이 실제로는 거의 지켜지지 않았고, 다만 주요 필자였던 안서(岸曙) 김억만이 당시로서는 놀랄 만큼 충실한 번역을 내놓았다고 지적하고 있다. 알다시피 김억은 시인으로서도 선구적 존재였지만, 후일 본격적인 논문 「역시론(譯詩論)」(《동광》, 1931.5~6)을 집필한 데서도 알 수 있듯이, 문단생활 내내 외국시의 번역에 특별한 공력을 기울였다. 그러한 노력의 첫 결과물이 잘 알려진 『오뇌의 무도』(광익서관, 1921.3.)로서, 이 책은 근대문학사상 최초의 시집이기도 하다. 그러나 번역시집이 우리나라 최초의 시집이라는 사실은 어떤 의미에서는 오늘날까지 지속되는 우리 문학의 (나아가 우리 현실의) 구조적 문제점을 드러내는지도 모를 일이다.

3

지난 2008년에는 '근대시 100년'을 기리는 학술행사도 있었고, '근대문학 100년'을 기념하는 출판물도 간행되었다. 100년이라는 기산의 근거는 1908년 11월 《소년》 창간호에 육당 최남선(崔南善, 1890~1957)의 신체시 「해(海)에게서 소년에게」가 발표되었다는 것인데, 그러나 이 작품을 근대시의 출발로 보는 데는 검토해야 할 문제점이 한두 가지가 아니다.

연구자들의 고증에 따르면 육당은 「해에게서 소년에게」 이전에도 일본 유학 중 자신이 편집하던 잡지에 두세 편의 신(체)시를 발표한 적이 있었다. 가령 그는 1908년 2~4월 《대한학회월보》에 '대몽최(大夢崔)'라는 필명으로 「모르네 나는」 「그의 손」 「백성의 소리」 등 신체시를 발표했고, 이후에도 《소년》 《청춘》에 여러 편의 창가와 신체시들을 발표하였다. 그러나 더 결정적인 사실은 「해에게서 소년에게」의 발표가 《태서문예신보》의 발간보다 10년이나 앞섰음에도 불구하고, 이 작품 발표가 한국문학의 근대적 전환과정에서 번역의 단계를 뛰어넘어 창작의 시대로 진입했음을 알리는 지표로 평가될 수 없다는 점이다. 실은 육당이 주재한 《소년》 《청춘》 자체도 번역 위주의 잡지였음을 주목할 필요가 있다.

물론 육당이 《소년》을 창간하면서 창간호의 기상을 과시하기 위해 새로운 시의 창작에 특별히 공력을 기울인 것은 사실이다. 「해에게서 소년에게」라는 제목에 이미 그런 의욕이 나타나 있다. 그러나 많은 이들이 주장하듯이 그 작품이 동시대의 다른 시들에 비해 결정적으로 획기적인 성취를 이루었다고 보기는 어렵다. 무엇보다 의아스러운 것은 육당이 유학 시절 일본문단의 동향을 예의 주시했으리라 추측됨에도 불구하고, 그가 근대시라는 새로운 문학

형식에 관한 장르상의 자의식을 작품에서 전혀 보여주지 않았다는 사실이다. 당시 일본문단은 1880년대의 '신체시' 단계를 넘어서 바야흐로 낭만주의·상징주의 같은 근대적인 시운동이 본격화되는 시대에 접어들고 있었다. 그럼에도 육당의 신체시에는 이 새로운 움직임에 대한 관심의 흔적이 나타나지 않는다. 결국 오래지 않아 그는 문학 창작의 일선에서 물러나 시조부흥운동으로 후퇴했고, 이후 복고주의적인 입장에서 국학연구에 몰두함으로써 식민지 시대 관변사학자의 길을 걷게 된다. 이렇게 살펴본다면 「해에게서 소년에게」의 출현이 근대시의 탄생을 예고하는 징후적 사건임은 부정할 수 없지만, 그 자체가 근대시의 출발을 알리는 역사성을 획득했다고 보기는 어렵다고 하지 않을 수 없다.

알다시피 우리나라에서 어느 정도 꼴을 갖춘 자유시가 처음 시도된 것은 3·1운동 직전 김억·주요한(朱耀翰, 1900~1979) 등에 의해서였다. 김억은 1918년 11월부터 1919년 1월 사이에 《태서문예신보》에 「믿으라」 「봄은 간다」 「무덤」 「겨울의 황혼」 등의 작품을, 주요한은 1919년 1월 《학우(學友)》에 「에튜우드」라는 큰 제목 아래 5편을, 2월 동인지 《창조》에 「불놀이」 「새벽꿈」 등을 발표했다.

그러나 이 작품들이 근대시로서의 자격을 주장할 만한 온전한 수준에 이르렀는지는 사실상 의문이다. 가령 오랫동안 한국 최초의 자유시라는 명예를 누려온 「불놀이」의 경우, 명성에 걸맞은 미학적 성취가 감지되기도 하지만, 그 의의는 매우 제한적이다. 그것은 「불놀이」보다 먼저 발표된 자유시가 있어서 최초라는 명예가 박탈될 수밖에 없기 때문이 아니라 「불놀이」를 포함한 3·1운동 이전 김억과 주요한의 작품들이 근대시로서의 역사적 성숙 단계에 충분히 이르지 못했다고 생각되기 때문이다.

따라서 단순히 문학사적으로 첫걸음을 떼어놓았다는 기록갱신의 의미를 넘어, 오늘날까지 독자에게 생동하는 시적 감응력을 행사하는 작품이 산출된 것은 김소월의 『진달래꽃』(1925), 한용운의 『님의 침묵』(1926), 김동환의 『국경의 밤』(1926) 같은 시집들 및 이상화의 「나의 침실로」(1923)와 「빼앗긴 들에도 봄은 오는가」(1926), 정지용의 「카페 프란스」(1926)와 「향수」(1927) 같은 시들이 우후죽순처럼 활자화됨으로써이다. 이렇게 본다면 1919년의 3·1운동은 식민지적 근대화의 외재성에 대한 내적·주체적 대응이 비등점에 이르렀음을 표시한 역사적 사건으로서, 한국 근대문학의 탄생에서도 결정적인 계기였다.

그런데 최남선·이광수부터 프로문학운동이 본격화되어 문단이 양분되기까지의 기간, 즉 근대시의 잉태와 출산의 시기에 활동한 시인들, 그러니까 한용운·오상순·황석우·김억·변영로·이장희·홍사용·주요한·노자영·이상화·김동환·박종화·박영희·김소월·정지용·양주동 등(이상 출생연도 순으로 나열) 가운데 한용운은 나이와 경력도 남다를뿐더러 시적 업적도 돌출적이기 때문에 예외이고, 정지용 또한 동년배의 딴 시인들과는 달리 그 시기에 이미 근대를 넘어선 현대시인의 면모를 보이고 있어 그 나름으로 예외에 해당한다. 이런 점들을 포괄적으로 고려하면서 근대시의 탄생을 바라볼 때, 그것은 우리 문학사에 발생한 어떤 현상을 가리키는 것인가 심각하게 숙고해볼 문제라고 생각한다.

4

먼저 당시 문인들이 자기 시대의 문학적 상황에 대해 어떤 역사의식을 가졌는지 살펴보자. 최남선과 함께 근대적 전환기의 한국문단에서 또 한 사람의 주역이었던 이광수는 「문학이란 하(何)오」(1916)라는 잘 알려진 논문에서 이렇게 주장하고 있다.

> 무심한 선인들은 어리석게도 중국사상의 노예가 되어 자기의 문화를 절멸하였도다. 오늘날 조선인은 모두 중국도덕과 중국문화 아래 생육한 것이라. …… 곧, 서양 신문화가 점점 몰려오는지라, 조선인은 마땅히 낡은 옷을 벗고 오래된 때를 씻은 후에 이 신문명 중에 전신을 목욕하고 자유롭게 된 정신으로 새 정신적 문명의 창작에 착수할지어다.

이 문장에 보이듯이 이광수에게는 중국 한문화(한문학)의 잔재를 청산하고 서양의 신문명을 적극적으로 받아들이는 것만이 신문학(근대문학) 건설의 선결 과제였다.

물론 이 발언에 나타난 문제의식은 문학의 분야에만 국

한된, 그리고 이광수 한 사람에게만 고유한 것은 아니었다. 중국 중심의 동아시아체제가 서양 제국주의의 거대한 진군 앞에서 풍전등화의 위기를 느끼는 것은 당연한 노릇이었으므로, 사실상 위기극복의 모색은 시대의 요구였다고 할 수 있다. 동도서기(東道西器), 중체서용(中體西用), 화혼양재(和魂洋才) 같은 구호들은 그 요구에 대한 동양 삼국의 공통된 방법적 사유를 보여준다. 그런데 이광수의 경우 문제는 중국의 것이든 서양의 것이든 외래문명 수용의 주체에 대한 고민의 흔적을 조금도 찾아볼 수 없다는 점이다. 다시 말해 민족문화 전통의 주체적 계승이라는 문제의식이 이광수의 시야에는 들어오지 않았다. 그에게 자국의 문화는 "모두 중국도덕과 중국문화 아래 생육한 것"일 뿐이었으므로 서양의 신문명으로 온몸을 씻어 중국문화의 때를 벗겨내는 것만이 정신의 자유를 획득하고 신문명을 건설하는 길이었다.

그러나 어떻든 서구문학으로부터의 이식현상 자체는 초창기 한국 근대시·근대문학의 부정할 수 없는 특징이다. 따라서 1900년대 육당의 신체시와 1920년대 자유시 사이에 근대시 이행의 중간단계로서 김억의 번역시가 자리 잡고 있는 것은 부득이한 일이었다. 앞서 언급한 『오뇌의 무도』에는 베를렌·구르몽·보들레르·예이츠 등 주로 프랑스 상징주의 시인들 작품 77편이 번역되어 있는바, 시집 앞에는 염상섭·변영로 등 낯익은 분들의 서문과 함께 사학자 장도빈(張道斌, 1888~1963)의 「서(序)」가 장식되어 있다. 생각건대 장도빈의 이 서문은, 앞에서 잠깐 검토한 이광수의 글의 논지와 기본적으로 상통하면서도 좀 더 온건하고 합리적으로 20세기 초 한국시의 문제점과 과제를 갈파하고 있어, 비평사적 주목을 받아 마땅하다. 현대식 문체로 고쳐 그 일부를 다음에 인용한다.

> 근래 우리 시는 한시(漢詩)와 국시(國詩, 국어·국문 등에 대응되는 개념. 장도빈은 시조를 예시한다 — 인용자)를 막론하고 자연스럽고 자아적(自我的)이 아니라 억지스럽고 타인적(他人的)이니, 곧 억지로 중국의 자료로 시의 자료를 삼고 중국의 형식으로 시의 형식을 삼는다. 조선인은 조선인의 자연스러운 감정과 소리와 언어문자가 있으니, 이제 억지로 남의 감정과 소리와 언어문자를 가져다 시를 지으려면 그 어찌 잘될 수 있겠는가.
>
> 지금 우리는 많이 국시를 요구할 때이다. 이로써 우리의 모든 것을 표현할 수 있으며 흥분할 수 있으며 도야(陶冶)할 수 있으니, 그 어찌 깊이 생각할 바 아니겠는가. 그 하나의 방법은 서양시인의 작품을 많이 참고하여 시작법을 알고 겸하여 그네들의 사상작용을 알아서, 이로써 우리 조선시를 지음에 응용함이 매우 필요할 것이다.

인용문의 앞부분은 중국 한문학에 대한 의존을 벗어나 조선인의 감정과 조선의 언어문자로 창작에 임해야 한다는 당위론이다. 17세기 김만중(金萬重, 1637~1692)의 시대라면 이 발언이 매우 선진적으로 들렸겠지만, 중국의 국력과 한문학의 영향력이 쇠퇴하고 서구와 일본의 위세가 욱일 승천하는 전환기적 상황에서 이 발언은 당시 지식인사회의 일반론이었을 것이다. 발언의 뒷부분은 이 새로운 사태에 대한 장도빈 나름의 대응책이라고 할 수 있다. 그가 보기에 시대의 요구에 걸맞은 국민문학을 건설하려면 한편으로는 중국 한문학의 지배에서 벗어나야 하고, 다른 한편으로는 서양문학의 방법과 사상을 참고하여 응용할 필요가 있다. 1921년이라는 시점에 장도빈의 이러한 제안이 나왔다는 것을 염두에 두고 그때부터 오늘까지에 이르는 한국시의 역사를 훑어볼 때, 서양시를 적절히 참고하고 창의적으로 응용함으로써 내실 있는 근대문학을 건설하는 것과 서양시를 추종하기에 급급하여 넋빠진 상태에 이르는 것 사이에는 간단명료하게 변별되지 않는 복합적 연관이 있음을 깨달을 수 있다.

5

「해에게서 소년에게」가 발표되고 나서 불과 십수 년 만에 「님의 침묵」 「진달래꽃」 「빼앗긴 들에도 봄은 오는가」 「향수」 같은 모국어 걸작들이 태어난 것은 생각할수록 기적 같은 사건이다. 물론 그사이에 《창조》 《폐허》 《백조》 같은 동인지들 및 각 신문과 잡지의 지면을 무대로 다수 시인들의 허다한 작품이 발표된 것을 우리는 기억한다. 어쩌면 그것은 한국시의 근대적 전환을 이룩하기 위해 거쳐야 했던 필수적인 수련과정이고, 진정한 근대시의 탄생을 위해 필요했던 시행착오의 과정이라고 할 수 있을지 모른다.

그러나 「해에게서 소년에게」 같은 어설픈 모방시로부터 「진달래꽃」 「님의 침묵」 같은 무르익은 자유시에 이르는 도상에서 한국시의 내부에 무슨 일이 있었는지 구체적으로 밝혀지지는 않지 않았는가. 알다시피 근대시라는 이름에 값하려면 시작품의 밀도를 발생케 하는 언어의 민감성과 이미지의 생동성을 뒷받침하는 시적 구성력과 독자의 심금에 공명을 일으키는 독창적인 율격 등에서 일정한 문학적 축적과 재생산의 구조가 조성되어야 한다. 그리고 그럴 수 있는 역사적·미학적·언어적 기반은 무엇인지도 어느 정도 규명되어야 한다. 과문한 탓인지 모르나 한국시의 근대적 전환을 보여주는 '작품'은 있으나, 어떤 경로를 통해 그 작품들이 탄생했는지는 이론적으로 규명되지 않았다고 생각한다. 이와 관련하여 수년 전에도 나는 어느 글에서 다음과 같은 암시적인 언급을 한 적이 있다.

　시인의 언어적 모험은 아무 기댈 것 없는 진공 속에서 이루어지는 것이 아니다. 우리가 일상생활에서 말을 할 때 민족의 공동재산인 언어의 창고에서 낱말을 꺼내다 쓰듯이 시인도 정해진 문학적 관습에 의존하여 창작의 에너지를 배분한다. 따라서 문학적 전통이 빈약한 곳에서는 풍요로운 업적이 태어나기 어려운 것이 당연하다. 가령 우리가 시선을 20세기 초로 옮겨볼 때 그 시점에서 시인들은 따라야 할 모범이자 극복해야 할 제약으로서의 장르적 규범을 제대로 갖지 못하였다. 그리고 조선 시대의 옛 문학으로부터 근대적 문학형식에로의 이행은 형식적 완결성의 요구가 상대적으로 덜 한 서사 장르에서보다 서정시인들에게 더 심한 압박을 가했을 것이다. 그런 점에서 한용운의 『님의 침묵』과 김소월의 『진달래꽃』은 아직 충분히 해명되지 않은 역사적 경이라고 할 수 있다. (졸고, 「민중성의 시적 구현」, 『신경림 시전집 1』, 창비, 2004)

이 글에서도 지적했듯이 창작이란 무(無)에서 유(有)를 만들어내는 것이라 하지만, 이것은 비유적 표현일 뿐이고 실제로는 결코 무에서 유가 나올 수 없다. 오직 기존의 유에 새털만 한 신(新)이 추가됨으로써 창조의 찬사를 듣는 것이다. 그렇다면 이광수가 주장했고 장도빈이 권고한 대로 한용운·김소월·이상화·정지용과 그 후계자들은 짧은 시간 안에 서양시를 연구하여 각자 나름대로 독창적인 활용에 성공한 것인가. 다시 말하면 한국 근대문학사는 서구 문학 이식의 성공사례인가.

내 생각에 우리 근대문학의 탄생과 전개과정 안에서 작동하는 역사적 원리를 처음으로 문제화하여 이를 이론적 사유의 대상으로 삼은 인물은 임화(林和, 1908~1953)이다. 알다시피 그는 1920년대 후반 소년의 나이에 시인으로 등장하여 한동안 습작기를 거친 다음 카프에 가입하여 맹렬한 기세로 프롤레타리아 문학운동을 전개하였다. 그러다가 일제의 탄압이 강화되어 카프가 해체된 뒤에는 문학사

연구에 눈을 돌려, 1935년경부터 일련의 학술적 업적들을 발표하기 시작하였다. 이때 그가 주로 연구한 것이 신소설·신체시부터 이광수를 거쳐 1920년대 신문학의 정착에 이르는 과정, 즉 근대문학의 탄생의 과정이었음은 잘 알려진 사실이다.

그러나 임화의 문학사적 사고의 맹아가 나타난 것은 이미 1933년경부터이다. 특히 「33년을 통하여 본 현대조선의 시문학」(《조선중앙일보》, 1934.1.1~12)은 임화의 비평적 사유에서 전환점의 의미를 갖는 중요한 논문이라고 생각된다. 그때까지의 평론들에서 그가 거칠고 과격한 언어로 소화되지 않은 좌파이론을 주장하는 데 급급했다면, 이 글은 여전히 그런 좌파 도식주의의 잔재를 지니고 있으면서도 임화의 이론적 사고에 중대한 진전이 이루어지고 있음을 보여준다.

이 점을 요약하면, 첫째, 그는 우리 근대문학 탄생의 물질적 토대에 대하여 사유하기 시작하였다. 그는 자기 자신의 문학적 모태라고 할 수 있는 《백조》 세대의 감상적 낭만주의에 대해 이제 단순히 비판만 하는 것이 아니라, 그러한 경향이 생성될 수밖에 없었던 '황량한 토양'을 논리적으로 해명하고자 하였다. 그런 점에서 그의 문학적 사유에는 당연한 일이지만, 유물론의 그림자가 짙게 드리워져 있다고 할 수 있다.

둘째, 그는 조선 프롤레타리아계급의 역사적 위치와 그 특수한 사명에 대해 발언하기 시작하였다. 서구에서는 근대 자본주의와 국민국가의 완성이 시민계급의 고유한 임무였으나, 우리의 경우에는 시민계급의 미발달로 인해 근대 이후를 책임지는 것뿐만 아니라 시민계급의 임무인 근대적 과업의 수행도 노동계급의 과제로 되었다고 그는 말한다. 조선문학사의 현 단계를 규정하고 노동계급의 문학적 임무를 설정함에 있어서도, 그는 이와 같은 역사적 특수성을 중요하게 고려해야 한다고 주장했다.

셋째, 그는 신문학의 등장과 더불어 시작된 문학사의 진전 과정에 대해 역사적 의미화를 시도하였다. 그는 우리 근대시가 육당의 신체시로부터 안서·요한의 정형적인 신시, 《백조》의 낭만주의적 자유시를 거쳐 프롤레타리아 신흥시로 나아가는 과정을 밟고 있다고 보았다. 그가 설정한 근대시의 역사적 구도 속에는 임화 자신을 포함한 카프 시인들의 위치와 역할에 대한 자부심이 각인되어 있다고 할 터인데, 이러한 문학사적 구도는 이론적 진화를 거듭한 끝에 「개설 신문학사」(《조선일보》, 1939~1940; 《인문평론》, 1940~1941)와 「신문학사의 방법」(《동아일보》, 1940) 속에 정리된다. 그가 신문학사 연구를 통해 정식화한 이론이 소위 '이식문학론'임은 널리 알려져 있다. 그의 글 가운데 두 대목만 읽어보자.

① 신문학이란 새 현실을 새 사상의 견지에서 엄숙하게 순예술적으로 언문일치의 조선어로 쓴, 바꾸어 말하면 내용·형식 함께 서구적 형태를 갖춘 문학이다. …… 따라서 신문학사는 조선에 있어서의 서구적 문학의 이식으로부터 시작되는 것이다. (「개설 신문학사」)

② 문화의 이식, 외국문학의 수입은 이미 일정 한도로 축적된 자기문화의 유산을 토대로 하지 않고는 불가능하다. …… 동양 제국과 서양의 문화교섭은 일견 그것이 순연한 이식문화사를 형성함으로 종결하는 것 같으나, 내재적으로는 또한 이식문화사 자체를 해체하려는 과정이 진행되는 것이다. (『신문학사의 방법』)

①는 임화에게 이식문학론자의 악명을 선사한 문장이다. 그러나 그는 이광수나 장도빈처럼 이식을 주장한 것이 아니라 이식이라는 현상을 지적했을 뿐이다. ②에서 그의 이식을 바라보는 시야는 확대되고 논리는 발전한다. 그는 문학적 현상을 더 넓은 문화사적 문맥 안에서 파악하고자 하며, 그리하여 서구문학의 이식을 조선만의 특수현실이 아니라 서구문명 앞에 선 동아시아 전체의 공동운명으로 인식한다.

물론 근대적 전환의 과정을 파악함에 있어서 일본과 조선의 공통성뿐만 아니라 차별성에 대한 인식 또한 매우 중요한데, 이에 대한 임화의 논의는 아닌 게 아니라 피상적임을 면치 못하였다. 가령 일본 근대문화의 형성에 있어 서구 텍스트의 번역은 창조 못지않은 고뇌와 사색을 요하는 지난한 작업이었다. 이에 비하여 우리나라 근대문화의 탄생은 이런 일본의 노고에 절대적으로 힘입는 동시에 일본적 변형에 무비판적으로 종속되는 대가를 치러야 되었다. 다시 말해 우리의 근대문화는 항시 서구와 일본이라는 이중구속을 돌파하지 않으면 안 되게 되었다. 서구문화를 받아들임에 있어 중국과 한국 간에도 중대한 차이가 있을 것이다.

이러한 섬세한 분별의 미비에도 불구하고 그러나 중요한 것은 임화가 질적으로 상이한 두 문화, 두 문학 사이에 작용하는 상호교섭의 변증법을 예리하게 간파한 데 있다.[1] 따라서 근대문학 탄생의 산고(産苦)를 추적하여 그 비밀에 다가가려 할 때, 우리가 해결해야 할 핵심적 과제의 하나는 임화가 지적한 '축적된 자기문화의 유산'의 실질적 내용을 구체적으로 밝혀내는 일이 아닐 수 없다. 따라서 위의 인용문 가운데 좀 더 주목해야 할 부분은 문화이식의 과정 자체 안에 이미 이식문화를 해체하려는 주체적 동력이 작용했다는 사실에 대한 언급일 것이다. '수입된 외국문화'와 자기 '고유문화' 간의 치열한 상호작용을 지금까지의 임화의 용어를 답습하여 그냥 '이식'이라고 부르기보다, 서구문학에 대해서 행하는 우리 민족문학의 역사적 전유(專有) 작업이라고 부르는 것이 옳다고 나는 생각한다. 21세기의 10년대에 접어든 오늘도 여전히 ── 어쩌면 오늘날이야말로 더욱 본격적으로 ── 전유작업은 계속되는 중이라고 여겨지는데, 다만 이 자리에서는 1920년대의 시점에서 생산된 시 한 편을 검토함으로써 근대시의 정착과정에서 행

---

1 임화가 단순한 이식론자가 아니라 '수입된 외국문학'과 '자기문화' 간의 상호관계를 입체적으로 파악한 변증법적 사고의 소유자임을 처음 논증한 것은 신승엽, 「이식과 창조의 변증법」(《창작과비평》, 1991년 가을호)이다. 필자는 그 논문을 발표 당시에 읽었으나 오래 잊고 있다가, 이 글을 쓰고 난 뒤에 다시 그 점을 확인했다.

해진 전유의 실례를 찾아보고 오늘을 위한 교훈을 얻으려
한다.

6

정지용의 「향수」는 만인이 좋아하는 국민 서정시이다.
그 점은 지용이 월북시인으로 잘못 알려져 금기의 족쇄에
묶여 있던 시절에도 실은 마찬가지였다. 이제는 이 작품을
자기 애송시의 목록에 넣는 것조차 쑥스럽게 널리 사랑받
고 있다. 「향수」에 대한 평문들도 당연히 엄청나게 많을 것
이다. 그런데 「향수」의 주제가 이백(李白, 701~762)·백낙천
(白樂天, 772~846) 등 동양고전의 전통에 닿아 있음은 이미
유종호 교수도 언급한 바였지만,(유종호, 「말의 힘」, 『시란 무엇인
가』, 민음사, 1995) 최근의 어느 평론은 여기서 더 나아가 「향
수」가 동양의 고전작품들을 교묘하게 차용했음을 지적한
대목이 있어 적이 놀랐다. 그 대목을 조금 인용해보겠다.

　　이 시 속에는 『시경』·『당시』·『송사』 등 동양의 고전
　에서 차용한 구절들이 전혀 표나지 않게 들어 있다. 구
　체적 예를 하나만 든다면, "하늘에는 성근 별 / 알 수도
　없는 모래성으로 발을 옮기고 / 서리 까마귀 우지짖고
　지나가는 초라한 지붕"이란 구절의 경우 조조의 「단가
　행(短歌行)」에 나오는 "달이 밝으니 별이 드물고 까마귀
　와 까치는 남쪽으로 날아가니 숲을 세 바퀴 돌아도 의

지할 가지가 없네"라는 구절을 절묘하게 변용시키고 있는 것이다. (홍정선, 「공허한 언어와 의미 있는 언어」, 『인문학으로서의 문학』, 문학과지성사, 2008, 35쪽)

그러나 이 지적은 동양의 문학전통에 대한 정지용의 교양을 설명하는 문맥에서 이루어진 것이어서, 차용의 한계와 독창의 본질에 관한 논의에서는 한걸음 비켜서고 있다.

근자에 나는 「향수」의 문제점을 상세히 분석한 조재훈(趙載勳) 교수의 논문을 뒤늦게 구해 읽고 더욱 놀랐다. 꽤 오래전 《충남문학》(1997)에 발표된 「모방과 창조」가 그 논문인데, 아마 읽은 분들이 많지 않으리라 믿고 여기 간단히 소개하려고 한다. 조 교수가 정지용의 「향수」를 처음 접한 것은 중학생 때였는데(1949년에 그는 중1이었다), 농촌 경험밖에 없는 소년으로서는 납득하기 어려운 구절들이 많았다. 가령 "얼룩배기 황소가 금빛 게으른 울음을 운다"는 것이 그러했다고 한다. 그는 시골에서 얼룩배기 황소를 본 적이 없었던 것이다. 나중에 농업학교에 들어가서 외국종 젖소 '홀스타인'이 얼룩배기라는 것을 알게는 되었다. 그뿐만 아니라 농업의 비중이 압도적이었던 지난 시절 소는 한시도 쉴 틈 없이 노역에 쫓기는 존재였으므로 '금빛 게으른 울음'이란 표현도 그에게는 실감할 수 있는 것이 아니었다. 또, 되는 대로 쏜 화살을 찾으러 풀섶을 휘젓다가 이슬에 적신다는 것도 그의 고향 경험에는 없는 장면이었다. 그의 경우 활을 만들어 쏘는 것은 나무에 앉은 새를 잡기 위한 실용적 목적에서였으므로, 함부로 쏜 적도 없거니와 쏟았다 하더라도 이슬 내리는 밤중이나 새벽일 수 없었던 것이다. 조재훈 교수는 그 밖에도 이와 같은 의문을 두세 가지 더 제시하는데, 요컨대 「향수」에 묘사된 고향은 식민지 조선에 실재하는 농촌과는 거리가 먼 서구적 풍경화 속의 농촌이라는 것이었다.

이와 같은 그의 의문에 실마리가 풀린 것은 후일 그가 『미국의 현대시』(Louise Bogan, *Achievement in American Poetry*, 김용권 옮김, 1957)란 번역시집을 읽고 나서였다고 한다. 이 책에 번역된 스티크니(Trumbull Stickney, 1874~1904)의 「추억(Mnemosyne)」이라는 작품이 기본적인 발상법과 모티브, 되풀이되는 후렴구, 연(stanza)과 행(line)의 수, 이미지와 표현 등에서 정지용의 「향수」와 너무나 많은 유사점을 보여주고 있음을 발견했다고 조재훈 교수는 말한다. 이에 관한 그의 논의를 일일이 소개하는 것은 번거로우나, 어쨌든 「추억」이라는 선행작이 없었다면, 「향수」가 태어나기 어려웠으리라는 것이 그의 암시이다(스티크니는 스위스 태생의 미국 시인으로, 한때 시단에서 재능을 떨쳤으나 요절했고, 사후에 그의 대학 친구인 동료 시인들이 엮은 유고집을 포함해 두 권의 시집을 남겼다고 한다). 부분적으로는 유명한 롱펠로의 시 「화살과 노래(The Arrow and the Song)」에서 받은 영향도 확인된다고 한다.

「향수」에 관한 이런 논의가 나에게 주는 첫 감상은 우선 아끼던 보물에 대해 모작 의혹이 제기된 데서 오는 실망감이다. 조재훈 교수의 문학적 진정성에 오랜 신뢰를 가지고 있는 나로서는 그의 견해가 무단히 우상파괴를 겨냥했을 리 없다고 믿고 있다. 이런 문학사적 사태 앞에서 나는 두

개의 '그럼에도 불구하고'를 역방향에서 교차 사용할 필요가 있다고 생각한다. 하나는 「향수」든 그 밖의 어떤 다른 작품이든 그동안 우리에게 아무리 절실한 감동을 주고 심미적 완성의 모범으로 높이 평가되어왔다 하더라도, 어쩌면 그러면 그럴수록, 신비의 후광이 벗겨지는 아픔과 아쉬움에도 불구하고 창작의 원천추적을 그만둘 수 없다는 것이다. 작품의 경우에만이 아니라 사람의 경우에도 마찬가지다. 가령 만해(韓龍雲)와 요산(金廷漢)의 경우 일제 말 식민지 당국의 국책에 협조하는 듯한 논설과 희곡 한두 편이 그들의 이름으로 활자화된 사실이 제기되었다. 이는 묵살될 것이 아니라 공개적 논의에 부쳐지는 것이 마땅하다.

그러나 다른 한편, 동서고금의 선행업적에서 따온 차용과 모방의 흔적들에도 불구하고 「향수」에는 그러한 습작기적 잔재만 있는 것이 아니라, 그와 더불어 정지용의 발군의 재능과 언어감각을 입증하는 고유한 창조도 함께 있다고 보는 것이 온당하다. 나는 한시의 멋과 영시의 맛에 대해 문외한이므로 더 이상 논의할 자격이 없지만, 그런 사실을 전제로 하고 말한다면, 「향수」는 「추억」이라는 선행작의 형식과 전원 이미지를 참고한 일종의 모방작임에 틀림없으나, 원작의 평범한 추억담을 미묘한 울림의 한국어 안에 담아 탁월한 예술적 형상으로 가공해내는 데 성공한 작품이라고 생각한다.

아마 무엇보다 잊지 말아야 할 사실은 「향수」가 근대문학 초기의 과도기적 산물이라는 점일 것이다. 《조선지광》 1927년 3월호에 발표된 이 작품의 말미에는 '1923년 3월'

이라는 창작연대가 적혀 있는바, 연보에 따르면 지용은 바로 이때 휘문고보를 졸업하고서 (같은 때 배재고보를 졸업한 김소월과 마찬가지로) 일본 유학을 준비하고 있었다. 그 시점에서 정지용이 배우고 기댈 만한 시적 모범으로서는 김억의 번역시집 『오뇌의 무도』, 그리고 《창조》《폐허》《백조》 등 동인지와 신문·잡지에 발표된 작품들이 있었을 뿐이었다. 개중에는 세월의 풍화작용을 견딜 만한 수준작도 있었지만, 따지고 보면 그 작자들은 생물적 연령이나 문학적 이력에서 정지용 자신과 크게 다를 바 없는 문학청년들이었다. 지용과 여러모로 대조적인 인물이 소월인데, 그는 중학교 때의 은사인 김억의 소개로 「그리워」 「먼 후일」 「봄밤」 「꿈」 「하늘」 「금잔디」 「엄마야 누나야」 「진달래꽃」 같은 상당수 걸작을 이미 1922년 이전에 발표하는 행운을 누릴 수 있었다.

우리 근대문학이 이런 단계에 있었음을 염두에 둔다면 「향수」에 교묘히 잠복해 있는 모방과 차용의 흔적들, 즉 정지용 초기 시에서의 습작의 잔재들은 오히려 너무나 당연한 것으로 받아들이는 것이 옳다. 그리고 『님의 침묵』과 『진달래꽃』 같은 시집에 이룩된 불후의 업적이야말로 그 시적 근원에 대해 더 심층적인 탐구가 필요한 불가사의일 것이다. 어떤 의미에서 한국 근대시의 성립에 관한 역사적 연구는 이 불가사의를 아직 제대로 해명하지도 극복하지도 못한 것이 아닌가 생각한다. 그러한 작업은 여전히 우리 연구자들 모두의 과제로 남아 있다고 할 터인데, 이 자리에서는 짤막한 일화를 통해 암시적인 언급을 하는 것으로 면책하고자 한다.

근자에 나는 김동환(金東煥, 1901~?)의 시집 『해당화』(1942, 재판 1959)를 뒤적이다가, '1940년 10월 25일'이란 날짜까지 박아서 쓴 후기에서 다음과 같은 감상적인 문장을 읽고, 김동환 시의 뿌리만이 아니라 한국 근대시의 중요한 원류의 하나를 스쳐본 듯한 새삼스러운 느낌을 받았다.

서북에 고향을 둔 몸이며 어릴 적부터 '수심가' 정조(情調)에 마음과 귀가 젖어왔다. 그 두만강가 더디게도 녹는 눈발 속으로 철쭉꽃이 반조고레 피기 시작하는 이른 봄철이 되어, 등짐 나무꾼들이 산등성이로부터 내려오면서 북소리에 장단 맞춰서 "산고곡심 무인지경(山高谷深 無人之境)에 나 누굴 찾아 왜 왔는고" 하고 구슬픈 목청으로 두세 마디 선소리 길게 뽑는 것을 들으면, 어린 마음에도 알 수 없는 인생의 애절에 가슴이 눌려져, 앉았지도 섰지도 못하게 서성거려짐을 깨닫는다.

그래서 몸은 성(城) 돌 밑 황설나무 기둥에 기대선 채로 있으나 소년의 영혼은 그 멜로디를 좇아 산으로 구름 위로 어떻게도 허구프게 방랑을 하였던고.

김동환은 한때 신경향파로 분류되던 시인이었고 『국경의 밤』 『승천하는 청춘』 등의 장르실험을 통해 민족현실의 서사시적 형상화를 시험한 바 있었다. 그런데 이제 그는 젊은 날 그가 추구했던 모든 것에서 분리되어, 어느덧 친일문학의 선두에 서 있는 자신을 발견한 것이다. 앞의 인용문에서의 흘러넘치는 감상주의는 이 쓰라린 격절감(隔絶感)의 전도된 투사일지도 모른다.

그러나 이런 시대적 외피를 벗기고 나서 남는 것, 즉 외국시의 모방도 아니고 전통시의 답습과도 구별되는, 김동환 문학의 시원(始源)에 놓여 있는 깊은 애절함을 여기서 간취할 필요도 있다. 그것은 다름 아니라 생활하는 민중의 살아 있는 노래를 모태로 하여 만인의 가슴에 닿는 진정한 근대시를 창작하고자 했던 열렬한 소망이다. 그러나 그 소망 성취의 영광은 이런 구슬픈 고백의 당사자인 김동환 자신보다 그의 동년배로서 그와는 반대로 외롭고 숨겨진 삶을 살았던, 그러나 모든 간난을 넘어 처음으로 의미 있는 민족문학 유산의 창조자가 되었던, 말의 진정한 의미에서 최초의 근대시인인 김소월에게 헌정되어야 한다. 왜냐하면 김동환의 시적 업적은 의욕에 비해 빈곤하고 산발적인 것이었음이 확실한 반면에, 김소월은 창작기간이 짧고 문단 현장에서 외롭게 떨어져 있었음에도 불구하고 살아생전에 이미 고전의 반열에 올랐고 모든 후대시인들에게 계승·극복의 대상이 된 작품을 남겼기 때문이다.

7

돌이켜보면 우리 문학은 지난 한 세기 동안 첩첩한 난관을 뚫고 지난한 행군을 해왔다. 그리고 그 간고한 역정을 통과하면서 자신의 독특한 정체성을 이룩해내는 데 어느 정도 성공했다고 생각한다. 가령 서정시로 한정해서 보더라도 김소월·한용운·이상화 이후 정지용·임화·김기림·백석·이용악·서정주·박목월을 거쳐 김수영·신동엽·고은·신경림 등 기라성 같은 존재들이 출현하였다.

오늘 한국시단에는 20대 신예부터 70대 노장까지 한데 어우러져 유례없는 성세를 이루고 있다. 이들의 문학은 이제 더 이상 전통의 계승이나 외국시의 수용 같은 외재적 연관에 의해서가 아니라, 그 자체의 내재적 성취로 자신의 미학적 존재를 입증할 수 있게 되었다. 적어도 20세기의 역사에 국한해서 살펴본다면 우리 문학의 이러한 독특한 정체성을 정의하는 개념으로서 '민족문학'이라는 용어보다 더 적절한 다른 대안을 찾기는 어렵다.

그러나 언제부터인가 상황은 점차 변하고 있는 것 같다. 이와 관련된 몇 가지 징후적 사실들을 지적할 수 있을 텐데, 우선 서구문학 영향력의 물질적 기반인 서구현실의 압도적 우위가 점차 소진되고 있다는 점이다. 반면에 흔히 이야기하는 것처럼 동아시아는 풍부한 전통문화의 자산을 간직했을 뿐만 아니라 근년에는 정치·경제적으로도 유럽과 미국의 상대가 될 만큼 성장하였다. 이제 동아시아에서 흰 피부는 과거의 우월적 지위를 잃고 점차 상대화되기 시작하였다. 또한 세계 자본주의의 진전에 따라 자본과 재화만이 아니라 노동력도 점점 더 대규모로 이동하고 있으며, 이런 추세에 따라 모더니티의 객관적 토대 중 하나인 국민국가 내부에도 질적인 변화가 일어나고 있다. 이와 아울러 정보통신 산업과 전자매체의 비약적 발전이 활자문학의 사회적 위상에 타격을 가하는 현실도 간과하기 어렵게 되었다. 이러한 상황은 필연적으로 우리의 미적 취향과 문학적 감수성에 큰 변화를 가져올 것이다. 그것은 문학의 생산과 소비, 즉 창작환경과 문학시장에 생존을 위한 변신을 강제할 것임을 시사한다.

생각해보면 우리 삶의 길은 모험이고 암중모색이며 수많은 요인의 예측할 수 없는 착종 가운데를 통과하는 것이었다. 문학은 바로 그러한 뒤얽힌 인간운명의 등신대의 초상이다. 문학적 근대의 성취를 위해 지불된 한 세대의 노고와 상처가 있었다면, 그다음 세대는 앞 세대의 것과 구별되는 또 다른 고통과 좌절의 역정 위에 자기 고유의 이름표를 달고자 미지(未知)를 향해 새로운 발걸음을 내디딜 것이다. 왜냐하면 역사에는 결론도 종착점도 없기 때문이다.

3
가혹한 시대의 시인들
이상화·김동환·김소월·정지용

가모가와 냇가에서

몇 해 전 일본의 나라(奈良)와 교토(京都)지역을 다녀왔다.
유홍준 교수의 『나의 문화유산답사기』 일본 편 완간을 기
념하는 답사여행에 따라간 것이었다. 나는 지금껏 두어
번, 그것도 잠깐 수박 겉핥기식으로 일본을 둘러보았을 뿐
이어서 어딜 가든 흥미롭게 구경할 준비가 되어 있지만,
교토 지역은 일본역사와 전통이 모여 있는 곳이라고 들었
으므로 더욱 호기심을 가지고 갔다.

빡빡한 일정 끝에 마지막 날 오후가 돼서야 우리 팀은
좀 여유를 갖고 교토 시내를 거닐 수 있었다. 유 교수의 발
길이 안내한 곳은 시내 중심가를 흐르는 냇물가였다. 이름
하여 가모가와(鴨川). 서울의 청계천보다는 훨씬 폭도 넓고
시야도 멀리까지 틔어 있어서 제법 그럴듯한 풍경을 연출
하고 있었다. 하지만 역시 강(江)이라기보다는 내(川)였다.
그래도 청계천과는 그림이 다르고 분위기도 달랐다. 오늘

의 청계천은 정취 없는 인공수로에 불과하므로 비교의 대
상조차 안 되지만, 55년 전 내가 처음 상경해서 보았던 청
계천도 박태원의 소설 『천변풍경』(1936)에 묘사된 것과 같
은 풍경은 이미 사라진 지 오래였다.

그런데 가모가와는 시인 정지용이 교토 유학생으로 지
냈던 90여 년 전의 모습으로부터 크게 변하지 않았을 것
같은 느낌으로 다가왔다. 인공의 침탈이 별로 없어 보였
고, 냇물의 흐름에 자연스러움이 살아 있는 듯했다. 어쩌
면 인공의 개입이 교묘하게 은폐된 상태를 내가 자연스러
움이라고 착각하는 게 아닌지 의심이 들기는 했다.

그 가모가와로 가는 버스 안에서 유홍준 교수는 정지용
의 시 「압천」을 암송했다.

鴨川 十里ㅅ벌에
해는 저믈어…… 저믈어……

날이 날마다 님 보내기
목이 자졌다…… 여울 물소리……

찬 모래알 쥐여 짜는 찬 사람의 마음,
쥐여 짜라, 바시여라, 시언치도 않어라.

역구풀 욱어진 보금자리
뜸북이 홀어멈 울음 울고,

제비 한쌍 떠ㅅ다,
비마지 춤을 추어,

수박 냄새 품어오는 저녁 물바람,
오랑쥬 껍질 씹는 젊은 나그네의 시름,

鴨川 十里ㅅ벌에
해가 저믈어…… 저믈어……

　정지용이 이 시를 쓴 것이 1923년 7월 도시샤(同志社)대학 유학 시절이고, 발표한 것은 교토 유학생 잡지《학조(學潮)》(1927.2)이다. 그 무렵 정지용은 우리말 잡지에도 열심히 시를 발표했지만, 유명한 일본시인 기타하라 하쿠슈(北原白秋)가 주재하는 시잡지《근대풍경》(1926.12)에 일본어로 된 시「카페 프란스」를 발표하면서 유망신인의 한 사람으로 소개된 뒤부터는 일본어로 더 활발하게 시를 발표하고 있었다. 어쩌면「압천」도 일본어로 먼저 써본 다음 일본어로는 시상(詩想)이 충분히 살아나지 않는다고 판단해서 우리말로 옮겼을 수 있다. 물론 우리말로 먼저 쓴 다음에 일본말로 옮겨보았을 수도 있다. 실제로「카페 프란스」나「슬픈 인상화」같은 작품들은《학조》창간호(1926.6)에 먼저 우리말로 발표한 다음 이를 일본어로 (번역이 아니라) 개작해서《근대풍경》에 투고했던 것이다.

　여기서 우리가 주목할 것 중 하나는 정지용에게 본격적인 시 쓰기가 우리말과 일본어 사이의 미묘한 얽힘 가운데서 발생했다는 점이고, 고민 끝에 그가 결국 우리말을 선택했다는 사실이다. 이것은 식민지 상황에서, 특히 일본 유학 중에 창작을 시작한 문인들이 보편적으로 부딪친 갈등의 하나였다.

이제 그런 문제의식을 간직한 채 비슷한 시기에 태어나 비슷한 때에 일본 유학을 거친 네 사람의 시인을 묶어서 살펴보려고 한다. 우리가 너무나 잘 아는 시인들, 이상화 (1901~1943), 김동환(1901~?), 김소월(1902~1934), 정지용 (1902~1950)이 그들이다.

1923년 9월의 경험

내가 알기에 우리 문학사의 관습에서는 이 네 시인을 함께 다루는 일이 거의 없다. 그들은 모두 그 나름으로 중요한 시인들이지만, 문학사에서는 각기 다른 맥락에 위치한다고 여겨져왔기 때문이다. 다들 아는 바와 같이 이상화는 신문학 초기 동인지 《백조》의 일원으로 활동을 시작하여 카프의 창립회원이 되기도 하고 명작 「빼앗긴 들에도 봄은 오는가」(1926)로 큰 반향을 일으키기도 했지만, 일찌감치 문단 일선에서 물러나 창작활동을 거의 접다시피 했다.

김동환은 장시 『국경의 밤』(1925)으로 명성을 얻고 잠시 카프에도 관여하는 등 문단과 언론계에서 다양한 활동을 벌였다. 하지만 1930년대 들어 차츰 시인으로서보다 잡지 발행인으로 활동하며 식민지체제 안으로 동화되는 자기배반의 길을 걸었다.

김소월은 만 스무 살도 되기 전에 천재시인의 면모를 보이며 혜성처럼 등장하여 4, 5년간 눈부신 재능을 발휘했다. 그의 시집 『진달래꽃』(1925)은 지금도 한국 근대문학이 산출한 서정시의 고전으로 평가된다. 하지만 김소월 역시 20대 중반을 넘기면서 불꽃이 사위듯 창조의 내리막길로 접어들었다.

이들에 비해 정지용은 그들과 동년배임에도 마치 10년쯤 후배인 듯한 인상을 줄 만큼 천천히 문단에 두각을 드러내어 6·25전쟁으로 행방이 묘연해지기까지 지속적인 작업을 통해 한국시의 새로운 표준을 창조한 예술가로 우리에게 널리 각인되어 있다.

이렇게 개성도 다르고 문학적 성향도 판이하지만, 이들은 우리 문학사가 그동안 주목하지 못한 젊은 날의 경험 한 가지를 공유하고 있다.

이상화(대구 출신)는 《백조》 동인으로 활동하다가 프랑스 유학의 기회를 얻기 위해 일본 도쿄로 건너가 '아테네 프랑세즈'에서 2년간 수학했다. 그러던 중 악명 높은 간토대지진(1923.9.1)을 만나 조선인 학살의 참상을 목격했고, 그 자신도 구사일생으로 살아났다고 한다. 이 충격으로 그는 유학을 포기하고 귀국했다.

김동환(함북 경성 출신)은 1921년 중동학교를 졸업하고 일본 도요(東洋)대학에 입학했으나 역시 간토대지진의 현장을 경험한 다음 학업을 중단하고 귀국하였다. 그의 장편 서사시 『승천(昇天)하는 청춘』(1926)은 남녀 주인공의 비극적인 사랑을 중심 줄거리로 하되 대지진의 혼란 속에서 벌어진 조선인 동포들의 박해와 고난의 양상을 구체적으로 묘사하고 있다. 그런 점에서 『승천하는 청춘』은 식민지 시대의 비극을 증언한 중요한 작품의 하나이다(『국경의 밤』과 『승천하는 청춘』에 대해서는 일찍이 「서사시의 가능성과 문제점」에서 비교적 상세히 다룬 바 있다. 평론집 『혼돈의 시대에 구상하는 문학의 논리』, 367~379쪽 참조).

김소월(평북 구성 출신)은 1923년 봄 배재고보를 졸업하고 그해 5월 일본으로 건너가 도쿄상대 예과에 입학했다. 하지만 그 역시 대지진의 참상에 심한 충격을 받아 유학생활을 넉 달도 채우지 못하고 귀국하고 만다. 그가 일찍부터 뛰어난 서정시를 쓴 것은 잘 알려져 있는데, 도쿄에서의 경험 이후 그는 사회현실에 눈을 돌려 『진달래꽃』의 감성적 세계와는 다른 현실적 문제를 시에 도입하고자 하였다. 그러나 방향전환은 쉬운 것이 아니었다. 더구나 고달픈 식민지 현실을 감내하기에는 김소월의 감수성은 너무도 여리고 섬세했는지 모른다. 안타깝게도 후기로 갈수록 그는 시에서도 삶에서도 정채(精彩)를 잃어갔다.

정지용(충북 옥천 출신)은 위의 세 사람들과 행로를 달리한다. 그는 김소월과 꼭 같은 1923년 봄 휘문고보를 졸업하고 역시 그해 5월 교토의 도시샤대학(예과)에 입학한다. 졸업 후 모교 교사가 된다는 조건으로 휘문고보에서 학비보조를 받았다고 한다. 얼마 후 정지용도 당연히 엄청난 뉴스를 신문에서 보았을 테고 조선인 피해 소식을 들었겠지만, 교토는 간토지역에서 꽤 멀리 떨어진 곳이었으므로 그의 삶에 직접 영향을 주지는 않았다. 그는 시 「압천」에 그려져 있듯이 외로울 때면 가모가와 냇가에 앉아 찬 모래알을 주무르며 "쥐어짜라, 바수어라, 시원치도 않어라" 하고 안으로 울음을 삼키기는 했지만, 그것은 민족적 수난에 대한 저항의식 때문이라기보다 청년기에 으레 닥치게 마련인 개인적 고뇌 때문이었을 것으로 믿어진다. 고뇌와 고독 속에서도 그는 전공인 영문학 공부를 통해 문학적 시야를 세계를 향해 넓혀가면서 시잡지 《근대풍경》과 조선인 유학생 잡지에 드문드문 시와 산문을 발표했다. 이런 수련 과정을 착실히 밟은 끝에 정지용은 1929년 6월 도시샤대학 영문학과를 졸업했고, 그리하여 그는 1930년대 식민지 조선문단을 위한 '준비된 시인'의 실력을 갖추게 되었다.

미정형/미완성의 시인 이상화

이제 조금 더 넓은 지평에서 이 시인들의 삶의 역정과 문학적 좌표를 살펴보자. 그들의 청소년기에 있었던 가장 중요한 역사적 사건은 두말할 나위 없이 소위 한일합방과 3·1운동일 것이다. 이 격동의 역사는 그들의 삶과 문학에 어떻게 반영되어 있는가.

이상화는 일찍 아버지를 여의었지만 대구 지역 유지이자 교육가인 백부의 후원으로 비교적 넉넉한 분위기에서 자랄 수 있었다. 형인 이상정(1897~1947)이 1923년 중국으로 망명하여 임정(臨政)계 광복군의 주요 간부로 활약하게 된 것도 그런 가정적 배경과 무관치 않을 것이다. 이상화 자신도 3·1운동 때 학생시위를 모의하다 피신한 경력이 있고, 의열단사건에 연루되어 체포되기도 했다. 그러나 그는 어떤 사회적 내지 문학적 이념을 지속적으로 추구한 운동가적 인물은 아니었다. 간토대지진의 참사를 직접 겪었다곤 하지만, 그 경험이 그의 인생에 결정적인 전환의 계기로 되었다는 증거는 찾아볼 수 없다. 참사에서 구사일생으로 살아났다면 그런 경험을 시로 다루는 것이 상식인데, 그렇게 하지 않은 것이 도리어 이상하다. 그의 문학세계 역시 「나의 침실로」(1923)처럼 탐미적이고 퇴폐적인 경향의 시가 있는가 하면, 「폭풍우를 기다리는 마음」(1925)처럼 반항적이고 사회고발적인 시도 있다. 요컨대 그는 청년기의 내면적 혼돈과 이념적 방황을 극복하고 자신의 고유한 시세계를 확립하는 데까지 나아가지 못한 미정형(未定形)의 시인이었던 것으로 보인다.

그런 까닭인지 이상화 문학의 예술적 성취는 고르지 못하다. 「나의 침실로」는 밀애(密愛)의 격정을 토로한 도피적 감성의 산물임이 분명하지만, 자유분방한 상상력과 비유적 언어의 유려함에 힘입어 단순히 도피의 속삭임 아닌 자아해방의 선언 같은 매혹적 울림을 발한다. 유교적 관념이 아직 압도적인데다 식민지 시대였다는 조건을 감안하면, 「나의 침실로」가 갖는 역사적 의의는 그렇게 단순한 것이 아니다.

반면에 「폭풍우를 기다리는 마음」을 비롯한 일련의 신

경향파 취향 시들은 핍박받는 농민현실을 대변하려는 시인의 주관적 의지에도 불구하고 표현이 거칠고 내용이 어설프다. 역사 현실에 대한 적극적 관심이 도리어 예술적 빈곤으로 귀결될 수도 있다는 이 역설을 우리는 어떻게 해석해야 하나! 그것은 매우 어려운 미학적 난제의 하나인데, 다만 「빼앗긴 들에도 봄은 오는가」 한 편만은 이념과 표현 양면에서 공히 식민지 시대의 문제의식을 핵심적으로 형상화한 위대한 문학의 반열에 올랐다고 볼 만하다.

생각해보면 「빼앗긴 들에도 봄은 오는가」가 발표된 그해에 만해(1879~1944)의 시집 『님의 침묵』이 간행된 것은 우연처럼 보이지 않는다. 두 작품은 전혀 다른 배경에서 태어난 것임에도 똑같이 당대 조선민중의 근본적인 상실감에 살아 있는 표현을 부여하고 식민지체제의 본질적인 허구성을 후세에 증거하는 문학적 기념비가 되었다. 물론 만해와 상화가 시에 담아내는 데 성공한 '침묵하는 님'과 '빼앗긴 땅'의 이미지를 반드시 정치적 연관에서만 해석할 필요는 없다. 하지만 가족과 연인과 이웃들, 즉 모든 공동체 구성원들이 일상적으로 맺고 있는 삶의 관계가 원천적으로 허물어져 있다고 느낀다면 그 허무감은 좁은 의미에서의 정치를 넘어서는 더 근본적인 차원에서의 정치가 아닐 수 없다. 일제 강점기나 군사독재 시대 같은 특수한 상황에서는 때로는 절망과 분노, 때로는 저항과 폭력 같은 극한 감정이 역사의 진실에 대한 민중들의 발언권을 대표할 수 있다. 그런 점에서 「빼앗긴 들에도 봄은 오는가」와 『님의 침묵』은 시대의 암흑에 가장 첨예하게 대항한 대표적인 정치시였다고 말할 수 있다.

체제 순응 김동환, 체제 바깥 김소월

앞서 지적했듯이 김동환은 한때 신경향파로 분류되던 문인이었고, 『국경의 밤』『승천하는 청춘』 같은 서사시에서는 민족 현실의 우렁찬 형상화를 모색한 시인이었다. 그러나 식민지체제가 점점 더 굳어져가는 1930년대에 접어들자 그는 젊은 날 자신이 추구했던 모든 것으로부터 떨어져나와 점차 체제에 순응하는 길을 밟는다. 1920년대 후반 좌파가 문단의 패권을 장악하자 그는 카프에서도 제명되었다. 그렇게 되자 그는 시인 노릇보다 대중추수적 언론인으로서 활동으로 분주한 나날을 보내게 되었다.

하지만 그는 친일의 오명을 쓰고 있는 동안에도 운동권과의 인연 때문에 경찰에 잡혀가는 일이 없지 않았고, 1939년에는 어용단체인 조선문인협회 간사로 선임되었음에도 이듬해 일본군 헌병대에 의해 '요시찰'로 분류되어 해방 때까지 최상급 감시대상으로 남았다. 요컨대 그는 식민지 권력과 민족현실 사이에서 자의반 타의반으로 동요하는 존재였다.

그 무렵 김동환은 시집 『해당화』(1942) 후기에 다음과 같은 소회를 적고 있다. '1940년 10월 25일'이란 날짜가 박혀 있는 시집의 후기는 김동환 시의 뿌리만이 아니라 한국 근대시의 원류의 하나가 어디 있는지 엿보게 하는 자료라고 생각된다.

　서북에 고향을 둔 몸이며 어릴 적부터 '수심가' 정조
(情調)에 마음과 귀가 젖어왔다. 그 두만강 가 더디게도
녹는 눈발 속으로 철쭉꽃이 반조고레 피기 시작하는
이른 봄철이 되어, 등짐 나무꾼들이 산등성이로부터
내려오면서 북소리에 장단 맞춰서 "산고곡심 무인지경
(山高谷深 無人之境)에 나 누굴 찾아 왜 왔는고" 하고 구슬
픈 목청으로 두세 마디 선소리 길게 뽑는 것을 들으면,
어린 마음에도 알 수 없는 인생의 애절에 가슴이 눌려
져, 앉았지도 섰지도 못하게 서성거려짐을 깨닫는다.
　그래서 몸은 성(城) 돌 밑 황설나무 기둥에 기대선
채로 있으나 소년의 영혼은 그 멜로디를 좇아 산으로
구름 위로 어떻게도 허구프게 방랑을 하였던고.

이 인용문의 흘러넘치는 감상주의는 김동환이 당시 조
선 민중사회 안에서 느끼던 쓰라린 격절감(隔絶感)의 전도
된 투사일 것이다. 그가 젊은 날 내심 되고자 열망했던 것
과 지금 실제로 되어 있는 것 사이에는 너무도 깊은 단절
이 만들어져 있음이 스스로에게도 분명했던 것이다. 돌이
켜보면 김동환 문학의 근원에 있는 소망은 외국시의 모방
도 아니고 전통시의 답습과도 구별되는 민족적인 근대시
의 창조였다. 그것은 위의 인용문에서 확인되듯이, 생활하
는 민중의 살아 있는 노래를 모태로 하여 만인의 가슴에
닿는 진정한 근대시를 창작하는 것이었다.

그러나 문학사가 증언해주듯이 그 소망 성취의 영광은 위에 보이는 구슬픈 고백의 당사자인 김동환이 아니라 김동환과 달리 외롭고 고달픈 삶을 살았던 김소월에게 바쳐지게 되었다. 김동환의 시적 업적은 의욕에 비해 풍요롭지 못하고 산발적인 것이었던 반면에, 김소월은 활동기간이 짧고 문단현장에서 멀리 떨어져 있었음에도 살아생전에 이미 고전의 후광에 싸였고 의문의 죽음 이후에는 모든 후대 시인들에게 계승·극복의 대상이 되었기 때문이다.

그러나 식민지 상황에서 김동환은 예외적 존재가 아니다. 문인·예술가·지식인을 포함한 당시 사람들의 절대다수가 사실상 식민지체제의 '바깥'을 상상하지 못하는 '체제내적' 삶을 살았다고 나는 믿고 있다. 그런 점에서 본다면 염상섭(1897~1963)의 중편소설 『만세전』(1922~1924)만 하더라도 조선왕조와 대한제국의 기억이 민중들의 일상생활에서 아직 물질적·정신적 토대로 남아 있던 구(舊)시대의 산물이다. 따라서 『만세전』의 주인공이 식민지체제 안에서 자신의 정체성에 대해 다음과 같이 생각하는 것은 김동환의 경우를 이해하는 데에도 참고가 될 수 있다.

사실 말이지, 나는 그 소위 우국지사는 아니나 자기가 망국 백성이라는 것은 어느 때나 잊지 않고 있기는 하다. …… 차차 지각이 나자마자 일본으로 건너간 뒤에는 간혹 심사 틀리는 일을 당하거나 일 년에 한 번씩 귀국하는 길에 하관(下關)이나 부산·경성에서 조사를 당하고, 성이 가시게 할 때에는 귀찮기도 하고 분하기도 하지마는 그때뿐이요, 그리 적개심이나 반항심을 일으킬 기회가 적었었다. 적개심이나 반항심이란 것은 압박과 학대에 정비례하는 것이나, 기실 그것은 민족적으로 활로를 얻는 유일한 수단이다.

이 인용문에 표명된 주인공의 태도를 어떻게 평가할 수 있을까. 투철한 민족주의자라면 그 애매한 태도에 비판을 금치 못할 것이고, 간교한 기회주의자라면 오히려 그 순진함을 비웃을 것이다. 하지만 분명한 것은 이 주인공의 사회적 자아가 아직 형성과정 중에 있다는 점일 것이다. 소설로서 『만세전』의 탁월한 성과는 이러한 중간적-청년적 존재의 열린 시각을 통해 3·1운동 전후 조선사회의 일상 현실을 극히 작은 규모에서나마 총체적으로 포착했다는 것이다. 이런 연관 속에서 1930년대 후반 군국주의의 억압이 닥쳐왔을 때 염상섭은 결국 만주로의 도피행을 선택했고, 김동환은 한 발 두 발 친일의 나락으로 진입하는 대열에 들어섰다.

체제 안에서의 망명, 정지용

1930년대는 세계사의 무대에서도 파시즘과 자유주의 사이에서 치열한 투쟁이 전개되던 운명의 시대였다. 미국과 유럽 국가들이 대공황의 여파로 허덕이는 과정에서 이탈리아와 독일에서는 파시스트와 나치스가 차례로 권력을 장악했다. 스페인에서는 가혹한 내전 끝에 공화파가 패배하고 프랑코의 군사독재체제가 구축되었다. 만주점거(1931)에 이은 중국대륙 침략(1937)이 진행되는 동안 일본 본토와 식민지 조선에서도 파쇼적 억압이 날로 강화되었다. 1933년 이후 나치스 독일이 저지른 상상초월의 범행은 칸트와 괴테의 나라가 어떻게 한순간에 최악의 야만국가로 돌변하는지 실증한 거대한 잔혹극이었다. 다수의 지식인·예술가들이 자유를 찾아 미국 등지로 망명했고, 일부는 소련으로 도망쳤다.

남은 사람들에게는 어떤 선택이 가능했던가. 독일의 경우, 체제에 저항하다가 처형되거나 감옥으로 들어가는 것 이외에 그래도 묵묵히 비협조의 자세로 하루하루 견디는 '침묵 속으로의 도망자'가 되는 길이 남아 있었다. 토마스 만이 1933년 11월 7일의 일기에서 처음 사용한 개념을 빌린다면 이른바 '내적 망명(Innere Emigration)'이었다. 한스 카로사, 슈테판 안드레스, 알프레히트 괴스, 리카르다 후흐 같은 문인이 그런 부류에 속했고 고트프리트 벤 같은 시인도 후일 그렇게 자처했다.

《문장》《인문평론》같은 우리말 문예지가 폐간되고 나서 정지용이 선택한 것도 내적 망명에 해당하는 것이었다고 나는 생각한다.《문장》제2호(1939.3)에 발표된 시 「장수산(長壽山) 1」을 읽어보면 정지용은 이미 잡지 폐간 이전에 망명상태에 한 발짝 들여놓고 있었음을 실감할 수 있다. 다음에 그 전문을 원문대로 인용한다.

伐木丁丁 이랬거니 아람도리 큰솔이 베혀짐즉도 하이 골이 울어 멩아리 소리 찌르렁 돌아옴즉도 하이 다 람쥐도 좃지 않고 뫼ㅅ새도 울지 않어 깊은산 고요가 차라리 뼈를 저리 우는데 눈과 밤이 조히보담 희고녀! 달도 보름을 기달려 흰 뜻은 한밤 이골을 걸음이란다? 웃절 중이 여섯 판에 여섯 번 지고 웃고 올라간 뒤 조 찰히 늙은 사나히의 남긴 내음새를 줏는다? 시름은 바 람도 일지 않는 고요에 심히 흔들리우노니 오오 견듸 랸다 차고 兀然히 슬픔도 꿈도 없이 長壽山 속 겨울 한 밤내 ─

마치 침묵의 수도원 수도사와도 같은 뼈를 저리는 고요 에 깊이 침잠해 있는 시인의 모습이 처절하도록 숙연하다. "슬픔도 꿈도 없이"라는 표현에서 감지되는 것은 물론 슬 픔도 꿈도 진(盡)한 극한의 경지인데, 그것이 "長壽山 속 겨 울 한밤내"라는 시공간 안에 배치됨으로써 수정처럼 차고 단단한 자아상(自我相)으로 형상화된다.

제목에서부터 혹한의 계절을 시대의 비유로 불러오고 있음이 분명한 작품 「인동차(忍冬茶)」(1941)도 그렇지만, 독 실한 가톨릭신도임을 보여주는 시 「천주당(天主堂)」(1940) 에서도 끓어오르는 격정을 인고와 묵언으로 다스리는 수 행의 자세가 역연하게 드러난다. 후자를 읽어보자.

열없이 窓까지 걸어가 默默히 서다
이마를 식히는 유리쪽은 차다

無聊히 씹히는 鉛筆 꽁지는 뜹다

　이 작품은 그보다 10년 전에 발표된 유명한 시 「유리창
1」(1930)에서 이미지를 한 조각 떼어낸 소품 같다. 시로서
의 무게가 그만큼 처진다고 할 것이다. 하지만 일찍 떠난
자식의 환영 때문에 한밤중 일어나 "외로운 황홀한 심사"
에 못내 서성이는 시간으로부터 "무료히 씹히는 연필 꽁
지"로 뜲은 나날을 견디는 시간으로의 퇴행은 1930년대
의 시대 상황 속에서 시인 정지용의 내면이 어떻게 헐벗었
는지 아프게 증언한다.

　그런데 이 시들에 표현된 정지용의 개결한 정신자세가
실생활에서의 그의 행적과 완벽하게 일치하는 것은 아니
다. 임종국(1929~1989)의 『친일문학론』(1966)에 따르면 일
제 말 정지용도 조선문인협회 발기인에 이름을 올렸고, 문
인들의 시국 좌담회에도 한두 번 참석한 것으로 되어 있
다. 국책에 호응하여 창간된 문예지 《국민문학》(1941.2)에
발표된 「이토(異土)」라는 시는 황군을 찬양하는 듯한 냄새
를 살짝 풍기기도 한다. 「이토」는 임종국이 찾아낸 정지용
의 유일한 '친일시'인데, 이런 시의 작성이나 어용단체에
이름을 올린 것이 당시 문단에서 그의 위치로 보아 부득이
했을 것으로 이해되면서도 한 줄기 서운함 또한 어쩔 수
없다.

　『친일문학론』은 단 한 편의 친일문장도 남기지 않은 문
인으로서 이병기(1891~1968), 오상순(1894~1963), 황석우
(1895~1960), 이희승(1896~1989), 변영로(1898~1961), 홍사

용(1900~1947), 김영랑(1903~1950), 이육사(1904~1944), 한
흑구(1909~1979), 박목월(1915~1978), 박두진(1916~1998),
조지훈(1920~1968) 등과 함께 윤동주(1917~1945)의 이름을
열거하고 있다. 정지용의 경우에 그러하듯 일제 말의 상황
에서 친일적인 글을 썼다 또는 쓰지 않았다는 것 자체는
절대적 기준이 될 수 없다고 본다. 글이든 말이든 모든 인
간행위는 복합적인 연관성의 산물이므로 그 의미를 제대
로 해석하고 평가하자면 나타난 것의 배후에 숨어 있는 다
양한 요인의 심층적인 검토가 필수적이다.

도시샤대학 구내에 와서

유홍준 교수 답사팀이 교토박물관을 거쳐 가모가와를
둘러본 다음 마지막 도착한 곳은 도시샤대학이었다. 거기
들른 까닭은 두말할 것 없이 정지용과 윤동주의 학창시절
을 추억해보기 위해서였다. 많은 한국 관광객의 발길이 이
곳으로 향하는 것도 두 시인의 시비(詩碑) 때문일 것이다.
물론 우리도 그 앞에서 머리를 숙였다.
　널리 알려져 있듯 정지용과 윤동주는 여러 면으로 인연
이 깊다. 가장 중요한 것은 윤동주가 정지용의 시를 좋아
하여 창작의 모범으로 삼았다는 점, 말하자면 시적 사제
관계를 맺었다는 점일 것이다. 연희전문 시절 한동안 윤동
주의 하숙집이 정지용의 집과 한동네여서, 윤동주는 정지
용 댁으로 찾아가 담화를 나누고 가르침을 받았다고 한다.

어쩌면 그가 도시샤대학 영문과를 택한 것도 정지용의 후배가 되고 싶어서였을지 모른다. 1930년대 후반으로 갈수록 상황이 팍팍해져 가고 이에 따라 정지용 시에서 외면적 수사(修辭)가 줄어들고 「장수산 1」에서 보는 바와 같은 내면성의 강화가 이루어지는데, 내 생각에 일제 말기 정지용과 윤동주는 시의 내면성이라는 점으로 강력하게 연결되어 있었던 것으로 보인다.

「또 다른 고향」「서시」「쉽게 씌어진 시」 같은 1940년 전후의 작품들로 미루어 윤동주는 이때 이미 자신의 시적 창조성의 절정기에 이르러 있었다. 다만 유감스럽게도 작품의 수준에 합당한 발표의 지면이 사라진 뒤였으므로, 그는 여전히 '시인 지망생'의 처지에 머물 수밖에 없었다. 그나마 도시샤 학창생활 1년여 만에 그는 '사상불온·독립운동 배후' 따위의 모호한 혐의로 체포되어 징역 2년을 선고받고 후쿠오카 형무소에 보내졌다. 그리고 안타깝게도 그곳에서 옥사하였으니, 1945년 2월 16일이다.

물론 시대의 현실에 대처하는 데에는 윤동주의 길만 있는 것도 아니고, 그것이 최선이라고 말할 수 있는 것도 아니다. 역사 앞에서 시가 무엇이고 가혹한 현실을 시인이 어떻게 대처해야 하는가를 생각함에 있어 단일한 정답을 가정하는 것은 불가능할뿐더러 위험한 일이기도 하다. 민족주의나 계급주의 같은 이념적 관점이 한때 세계를 휩쓸었고, 그 여진은 지금도 남아 있지만, 가령 1930년대의 문학을 바라봄에 있어서도 민족 그 자체가 절대적 우선권을 주장해서는 안 된다는 것을 새삼 확인한다.

얼마 전 나는 언론인 김효순의 저서 『간도특설대』(서해문집, 2014)를 읽고 새로운 사실을 많이 알게 되었다. 그 가운데 하나는 1930년대에 활동한 일본 시인 마키무라 고(槇村浩, 1912~1938)의 삶과 죽음이다. 김효순의 책에 따르면 마키무라는 중학교 재학 중에 벌써 반전사상을 드러냈고, 1932년 고향에 주둔하는 일본군이 중국으로 파견될 움직임을 보이자 「병사여, 적을 착각하지 마라」는 격문을 써서 반대투쟁을 벌였다고 한다. 그는 조선에도 간도에도 와본 적이 없으나, 프롤레타리아 시인의 한 사람으로서 장시 「간도 빨치산의 노래」(1932)를 발표하여 조선인민과의 연대 및 식민지 해방을 호소하였다. 그런 반정부활동으로 인한 고문과 투옥 때문에 몸이 망가져 그는 불과 26세에 요절하였다. 그는 죽었으되 그의 시 「간도 빨치산의 노래」는 1930년대 중반 연변지역 항일운동가들 사이에 널리 퍼졌다고 한다.

마키무라와 쌍벽을 이루는 다른 한 사람의 프롤레타리아 작가는 고바야시 다키지(小林多喜二, 1903~1933)이다. 그는 사후 75년이 지난 2008년 일본에서 갑자기 주목받는 작가로 부활했다. 우리나라에도 번역되어 화제를 모았던 대표작 『게 가공선(蟹工船)』(1929, 한국어 번역판, 창비 2012)은 실제로 일어난 사건을 취재한 소설로, 그는 이 작품에서 노동착취의 현실을 너무나 생생하게 묘사한 것 때문에 경찰에 잡혀가 혹독한 고문을 받았다. 풀려난 뒤인 1933년에는 고문의 잔인성을 폭로한 또 다른 소설로 다시 경찰에 연행되었고, 연행되자마자 보복성 고문을 받아 당일로 죽음에 이르렀다. 그의 주검이 가족에게 인계되었을 때는 검시 요청을 받아준 병원조차 없었다고 한다.

그런데 이 소식을 접한 중국의 루쉰(魯迅, 1881~1936)은 고바야시의 죽음을 기려 다음과 같은 전보를 보냈다고 한다.

일본과 중국의 대중은 원래 형제다. 자산계급은 대중을 속이고 그 피로 경계선을 그었다. 그리고 계속 긋고 있다. 하지만 무산계급과 그 선도자들은 피로 그 경계선을 씻어낸다. 동지 고바야시의 죽음은 그것을 실증하는 한 예다. 우리는 알고 있다. 우리는 잊지 않을 것이다. 우리는 동지 고바야시의 길을 따라 전진하고 손을 맞잡을 것이다.

고바야시가 죽은 1933년은 알다시피 일본이 괴뢰국 만주를 세우고 나서 호시탐탐 대륙침략의 기회를 노리고 있을 때였다. 그런 엄중한 상황에도 불구하고 루쉰은 애국주의-민족주의 따위 이념적 허구에 얽매이지 않고 강력한 동지적 애도를 표했던 것이다. 루쉰이 더 오래 살아 윤동주가 어떤 시인이고 어떻게 죽음을 맞았는지 알았다면 그는 틀림없이 고바야시에게 보냈던 것과 똑같이 깊은 애도와 뜨거운 연대를 윤동주에게도 표했을 것이다. 인간해방을 지향하는 작가들이라면 국가의 경계를 넘고 이념과 계급과 종교의 장벽을 넘어 무엇을 반대하고 어떻게 연대해야 하는지, 루쉰은 뛰어난 실례를 보여주었다.

뒷이야기

위의 네 시인은 대한제국 시대에 태어나 식민지체제가 굳어지는 과정을 살았던 사람들이다. 따라서 그들의 삶과 문학은 식민지체제와의 관계 속에서 이루어지며 체제의 규정성을 피할 수 없었다. 김소월은 시대와의 불화 끝에 30대에 요절했고, 이상화도 고향 대구에서 낙백(落魄)한 상태로 40대에 생애를 마감했다. 김동환은 해방 후 친일파로 몰려 은둔해 있다가 6·25 때 납북된 이후 소식이 끊어졌고, 정지용은 갓 창간된 《경향신문》의 첫 주필로서 미군정체제에 비판적인 칼럼을 쓰다가 정권의 미움을 받아 칩거하던 중 역시 6·25전쟁 와중에 행방이 묘연해졌다(정지용의 죽음에는 여러 설이 있는데, 1950년 9월 북으로 가다가 미군 폭격으로 사망했다는 설이 가장 유력하다). 그들 각자에게만 책임을 물을 수 없는, 참으로 안타까운 결말이다.

위의 네 시인보다 20년쯤 뒤에 태어난 소설가 선우휘 (1921~1986)와 이병주(1921~1992) 및 시인 김수영(1921~1968)과 김춘수(1922~2004)는 또 다른 시대적 현실을 헤쳐 나가야 했다. 그들은 일제 강점기에 식민지교육을 받았고 일제 말에는 학병에 끌려가거나 학병을 피하기 위해 고난을 겪었다. 6·25전쟁도 그들 각자의 삶에 서로 다른 낙인을 찍었다. 선우휘는 군인이 되어 평양 철수를 진두지휘한 것으로 알려져 있고, 김수영은 북한 의용군으로 강제징집되었다가 부산과 거제도의 포로수용소를 거쳤다. 선우휘와 이병주는 소설가이자 언론인으로서, 전자는 《조선일

보》편집국장이 되어 박정희체제에 협력했고 이병주는
《부산일보》《국제신보》논설위원으로 진보적인 논설을 쓰
다가 5·16 이후 감옥살이를 했다. 김춘수는 대학에서 시
를 가르치는 교수로서 비교적 평온한 생활을 하다가 1980
년 신군부 쿠데타 이후 갑자기 국회의원(전국구)으로 차출
되어 외도를 감행했다. 오직 김수영만은 직장다운 직장 없
이 '온몸으로' 문학에 전념하다가 47세 한창나이에 불의
의 교통사고로 세상을 떠났다.

낭만적 주관주의와 급진적 계급의식

일제 강점기 임화의 시와 시론

1

오랫동안 나는 시집 『현해탄』의 복간본(기민사, 1986)과 선집 『다시 네거리에서』(미래사, 1991) 등을 통해 임화의 시를 읽었을 뿐이었다. 그러다가 근자에 『임화문학예술전집』(소명출판, 2009)이 간행됨으로써 제1권 '시'편(김재용 편)을 통해 비로소 그의 시 전체를 연대순으로 통독할 수 있게 되었다.

잘 알려진 바와 같이 임화는 일제 강점기 프로문학 진영을 대표하는 시인이었지만, 거기에 그치지 않고 '문학사'(임규찬 편), '문학의 논리'(신두원 편), '평론1'(신두원 편), '평론2'(하정일 편)로 이루어진 『전집』 구성이 입증하듯 정력적인 비평가이자 선구적인 문학사가였고, 아울러 그의 경력에서 나타나듯 누구보다 목적의식적으로 현실에 참여한 문예운동가였다. 따라서 이런 다양한 면모들, 특히 그의 비평가로서의 이론적 자의식과 그의 시창작 사이에 얽혀 있는 내적 연관을 밝히는 것은 임화 시의 독해에 필수적인 절차일 것이다.

돌이켜보면 대부분 월북문인들과 마찬가지로 임화도 지나친 과대평가와 부당한 폄훼의 이중적 파행을 겪어왔다. 비평가 임화에 가려서 시인 임화가 충분히 해명되지 못하기도 했고, 반대로 시인 임화의 명성 때문에 비평가 임화가 제대로 조명받지 못한 측면도 있었는데, 이것은 그 자체가 냉전시대의 문학사적 불행이라 할 수 있다. 그러나 이제 전집의 간행을 계기로 임화가 생산한 텍스트에 기반하여 그의 시적 성취가 얼마나 영속적 가치에 값하고 그의 이론적 문장들이 어느 수준의 비평사적 중요성을 달성했는지, 그리고 임화의 독특한 개성 안에서 양자가 어떻게 서로를 견인하고 제약하는지 좀 더 객관적으로 검토할 여건이 마련되었다.

작품이 작가의 의식을 기계적으로 반영하는 단순구조물이 아니라는 것은 상식에 속한다. 작품이 작가의 의도에 반(反)하는 성취 또는 실패를 결과한 예는 문학사의 예외적 현상이 아니다. 그런 점에서 창작자의 이론적 문장들이 갖는 자기설명적 효능은 언제나 조심스럽게, 즉 비판적으로 활용되어야 한다. 하지만 임화의 경우에는 오히려, 이 글이 검토해보려는 문제들 중의 하나가 그것인데, 그의 비평적 자아가 시적 자아에 비해 대체로 우위에 있지 않았던가 생각되기 때문에, 다시 말해 그의 경우 논리와 의식이라고 할 만한 요소가 시의 표현과 언어구성을 많은 경우 압도한다고 믿어지기 때문에 삶과 예술의 분리를 전제로 하는 자율성이론은 그의 시를 설명하는 일과는 애초부터 인연이 멀다고 할 수 있다.

이런 예비적 화두를 꺼내면서 먼저 떠오르는 것은 무엇보다도 임화가 신문학 초창기, 즉 근대문학 초기에 활동한 문인이라는 자명한 사실이다. 유종호 교수가 임화의 비평 문장과 관련하여 "언문일치운동이 일어난 지 얼마 안 되는 시점의 문체적 혼란에 대해서 준열히 추궁하는 것도 공정한 처사는 아닐 것이다"[1]라고 언급한 것, 또 임화의 반(反) 기교주의 비평과 관련하여 "그가 홀대하고 비방한 기교라는 것은 사실 한 편의 시를 시로 책봉해주는 기본적 형태 요소였으며, 우리 현대시가 넓은 의미의 습작기에 있었던 1920년대와 1930년대에는 특히나 방법적으로 세련시킬 필요가 있는 기초적 국면이었다"[2]고 지적한 것은 그런 점에서 매우 온당하다고 할 수 있다.

실제로 내 경우에도 시든 산문이든 임화의 초기 작품을 읽는 것은 동시대의 대부분 문장들이 그러하듯 적잖은 노고를 요하는 일이었다. 여기서 '초기'라는 말로 가리킨 것은 그가 '어린 다다이스트 시절'이라고 자칭했던 20세 이전의 문학적 유아기만을 뜻하는 것이 아니다. 이른바 '단편 서사시'의 잇따른 발표를 통해 프로시단의 총아로 떠올랐을 무렵이나, 뒤이어 소위 '제2차 방향전환'으로 카프의 이론적 주도권을 장악했을 무렵, 즉 기세등등한 청년시인

---

1 유종호, 『다시 읽는 한국시인』(민음사, 2002), 19쪽.
2 위의 책, 95쪽.

으로 자기 존재를 확립했을 때의 글들도 거기 담긴 내용의 선진성·정당성 여하를 떠나 우리말 문장으로서 매끄럽게 읽히지 않고 부분적으로는 아주 조악한 느낌조차 준다. 급변하는 우리 현대사에서 70~80년 세월이 의미하는 엄청난 언어적 격류를 감안하더라도 그렇다고 말할 수 있다. 그러므로 「카톨리시즘과 현대정신」이란 임화의 논문에 대해 "문장은 너무나 생경하고 투박하고 독백적이어서 섬세하고 엄정한 사고의 흔적이라고는 보이지 않는다"[3]고 질타한 유종호 교수의 매서운 평가에는 약간의 단서를 붙이는 조건으로 나도 동의할 수 있다.

그 단서란 다음과 같은 것이다. 첫째 임화 문장의 생경함과 투박함은 그의 산문뿐 아니라 시에도 거의 그대로 적용될 수 있고 적용되어야 할 성질의 것이라는 점이다. 산문의 기준을 시에 적용하는 것은 당연히 부당하고 위험한 일이지만, 그러나 내 생각에 1930년 전후시기에 임화가 구사한 언어는 시와 산문이 민감하게 구별되는 단계의 언어, 즉 문학적 원숙기의 언어가 아닌 것이다. 임화에게 초기 시의 과격성과 초기 비평의 관념성은 본질적으로 임화 초기 문학의 미숙성이라는 동일한 뿌리에서 나온 두 개의 다른 결과물이다.

둘째, 유 교수의 비판은 1939년의 임화 논문을 대상으로 한 것인데, "섬세하고 엄정한 사고의 흔적이라고는 보이지 않는다"는 혹평을 들음직한 문장들이 1920년대의

---

3 위의 책, 19쪽.

문단에 범람했고 임화도 범람하는 흙탕물 속에서 그 일부가 되어 활동한 것이 사실이다. 그러나 대체로 1933년을 경계로 그는 일본 좌파이론에 대한 일방적 추종을 탈피하여 문학과 현실에 대한 자기 나름의 독자적인 사유를 전개하기 시작했다. 이에 따라 그의 문장에서도 관념적 생경함과 논리의 억지스러움이 점차 가셔지는 동시에 그에 비례하여 사고의 유연성이 증가한다.

물론 지적 성장은 활연대오하듯 단숨에 비약하는 것이 아니어서, 1939년의 글에도 1929년의 잔재가 남아 있게 마련이다. 더욱이 종교에 대한 임화의 식견이 상식 이상의 것일 수 없음은 짐작하기 어려운 일이 아니다. 반종교운동이 거셌던 당시의 세계적 유행을 감안하더라도 그가 깊지 않은 유물론 지식을 밑천으로 여러 차례 가톨릭 비판에 나섰던 것은 사려 깊은 행동이라고 보기 어렵다. 그러나 그런 혼란스러운 측면도 1930년대 임화 비평의 일부임에 틀림없으나, 그 혼란이 당시 그의 이론작업에서 결정적인 의미를 가지는 것은 아니다. 요컨대 우리의 시선이 집중되어야 할 곳은 젊은 임화를 둘러싼 개인적·시대적 역경에도 불구하고, 그가 역경에 굴하지 않고 다른 누구도 대신할 수 없는 뛰어난 시적·비평적 업적을 이룩했다는 부동의 사실이다.

오히려 임화에 관해 경탄하지 않을 수 없는 놀라운 사실은 10년 남짓한 기간에 그가 이룩한 엄청난 지적·문학적 성취라고 할 수 있다. 알다시피 임화는 중학 중퇴자로서 제도교육의 혜택을 받지 못했고, 따라서 근대학문의 방법론적 훈련을 받을 기회도 거의 없었다. 그럼에도 불구하고 그는 동년배의 대학 졸업자들을 추월하여 우리 근대문학의 역사적 형성에 관한 최초의 이론적 체계화를 시도했을 뿐만 아니라, 자기 시대의 문학이 당면한 이론적 과제들에 항상 가장 치열하게 대응하고 이를 논리화했다. 이것은 임화의 천재성으로만 설명할 수 없는 하나의 수수께끼이다. 특히, 그가 1933년경부터 일본 프로문학 이론을 단순히 수입하여 전파하는 데 그치지 않고 우리 근대시의 전개 과정을 그 나름의 주체적인 유물사관으로 해석하고자 한 배경은 무엇일지 숙고할 필요가 있다.

나는 조심스럽지만 바로 1933년에 간행된 백남운(白南雲, 1894~1979)의 저서 『조선사회경제사』가 하나의 계기가 되었을 것으로 추측한다. '백조' 낭만주의의 역사적 위상에 대한 임화의 사회사적 설명은 이를 뒷받침한다. 다른 한편, 1930년대 이후 카프의 퇴조와 더불어 소위 해외문학파가 무시 못할 세력으로 등장하고 정지용·이태준·이효석·김기림·최재서·이상 등 실력 있는 작가들의 활동이 본격화함에 따라 임화로서는 단순히 계급이념적 정당성만으로 버틸 수 없는 시대가 도래했음을 실감하지 않을 수 없었을 것이다.

2

이번에 간행된 전집의 『시』편에 따르면 최초로 활자화

된 임화의 시는 「연주대」이다.[4] 1924년 12월 8일자 《동아일보》에 (아마 독자투고로) 발표된 것인데, 전반부를 인용하면 다음과 같다.

> 야주개 군밤장사
> 설설히 끓소
> 애오개 만두장사
> 호이야호야
> 이 내 몸은 과천 관악
> 연주대에서
> 가슴을 파헤치고
> 호이야호야

열여섯 살 소년의 것답게 단조롭고 유치하다. 임화의 문학생애에서 그리 중요한 작품은 아닐지 모른다. 그러나 후일 유명해진 시인의 처녀작임을 상기하면 무심하게 넘길 수 없는 몇 가지 사실이 눈에 뜨인다. 우선 야주개의 군밤장사, 애오개의 만두장사처럼 그 시절의 서울 토박이 아니면 알지 못하는 풍물들이 호출됨으로써 간결하게 작자의 성장배경이 제시되는 것이 흥미롭다. 관악산에 등산한 소년의 호연지기가 시가지의 상업적 소음에 대비되는 방식도 시인다운 싹수를 엿보게 하며, '호이야호야'라는 의성어

---

4   시 인용은 모두 김재용 교수가 편집한 『임화문학예술전집. 시』(소명출판, 2009)에 의거하고 『시』로 표시한다. 다만 본문의 표기방식에 문제가 있을 경우에는 책 뒤의 원문을 참조하여 수정했다.

가 후렴구로 반복된 것도 자못 기능적인 구실을 하고 있다.

무엇보다 주목되는 것은 이 작품의 정형적 형식과 7·5 조(내지 4음보) 율격이다. 이것은 소년 임화가 한국 근대시의 역사에서 신체시와 자유시의 연결적 위치에 있는 안서(金億)나 요한(朱耀翰)의 독자였음을 짐작케 하는 대목인데, 후일 그가 안서의 새로운 정형시 시도(및 소위 국민문학파의 시조부흥운동)를 강력히 비판한 것은 과거로의 퇴행에 대한 일종의 자기방어를 뜻한다고 볼 수 있다.[5]

마지막으로 간과할 수 없는 것은 이 작품의 밝고 낙천적인 어조이다. 알다시피 임화는 1925년경 집안이 파산하여 가출했고 다니던 중학도 5학년으로 중퇴했는데, 「연주대」는 바로 그 직전의 작품인 것이다. 뒷날 그는 어느 자전적인 글에서 "열아홉 살 때 가정의 파산과 더불어 그의 평화한 감상의 시대는 끝이 났습니다"[6]라고 회고한 바 있다. 평화로운 감상의 시대가 허락한 낙원의 정서를 「연주대」만큼 진솔하게 전해주는 작품은 아마 달리 찾기 어려울 것이다.

가정의 풍비박산으로 거리를 헤매게 된 임화는 그러나 낙담하고 좌절하는 대신 오히려 도발적이고 반항적인 자세로 시대의 전위에 서고자 하였다. 시「무엇 찾니」(《매일신

---

5 임화는 평론 「33년을 통하여 본 현대 조선의 시문학」(《조선중앙일보》, 1934.1.1~12)에서 안서의 시형식에서의 복고주의를 다음과 같이 비판하고 있다. "뿐만 아니라 그는 내용의 새로움을 빼놓은 형식을 찾기 때문에 필연적으로 …… 자유시로부터 낡은 정형적 형식으로 퇴화하고 있는 것이다." 『임화문학예술전집. 평론 1』(신두원 책임편집, 이하 『평론1』로 표시), 342쪽.

6 임화, 「어느 청년의 참회」, 《문장》, 1940.2, 22쪽.

문》, 1926.4.16)는 낙원에서 추방된 불우한 천재의 치열한 자아탐구 선언이다. 길지 않은 작품이기에 새삼 음미해봄직하다.

　　죽은 듯한 밤은 땅과 하늘에
　　가만히 덮였고
　　음울한 대기는 갈수록 컴컴한
　　저 하늘 끝에서 땅위를 헤매는데
　　소리 없이 자취를 감추고 내리는 가는 비는
　　고요히 졸고 있는 나뭇잎에
　　구슬 같은 눈물을 지워
　　어둔 밤에 헤매면서 우는
　　두견의 슬픈 눈물같이 굴러떨어진다
　　남모르게 홀로 뛰는 혼령아
　　이 어둔 비 오는 밤에도 쉬지 않고 날뛰며
　　무엇을 너는 찾느냐?

　앞의 「연주대」로부터 불과 1년 반밖에 지나지 않아서 나온 작품이라고는 믿어지지 않을 만큼 두 작품 사이에는 커다란 격차가 있다. 간단히 말해서 「연주대」가 소년적 감상의 발산이라면 「무엇 찾니」는 청년의 고뇌의 산물이다. 물론 아직 언어구사가 충분히 세련되어 있지 못하고 비유도 날카로움도 찾을 수 없는 습작기의 소품이라고 말할 수도 있다. "죽은 듯한 밤은 땅과 하늘에 / 가만히 덮였고"(1, 2행)와 "음울한 대기는…… / 저 하늘 끝에서 땅위를 헤매는

데"(3, 4행)와 같은 서술은 단순반복에 그치고 있어서 시의 화자를 둘러싼 어둠 이미지의 강도를 오히려 떨어뜨리며, "구슬 같은 눈물을 지워 / …… 눈물같이 굴러떨어진다"(7~9행)에서 '눈물'의 중복사용도 세심한 언어감각의 결여를 드러낸다.

그러나 임화의 초기 문장에 산재한 이런 미숙성에도 불구하고 이 작품은 그러한 서투른 언어표현 내부에서 작동하는 진지하고 진실한 정신의 움직임을, 즉 절망의 고통을 극복하기 위해 '날뛰는' 고독한 영혼의 투쟁을 독자의 가슴에 강력하게 각인시킨다. "어둔 밤에 헤매면서 우는 두견"은 안식의 처소를 잃고 야음을 배회하는 임화 자신의 투사(投射)로서의 슬픈 자화상일 터인데, 행이 바뀌면서 시의 화자는 드높이 앙양된 어조의 질문형식을 통해 서정적 주체를 시에 불러들임으로써 작품 전체가 좀 더 높은 차원의 긴장에 도달하는 것이다.

물론 "남모르게 홀로 뛰는 혼령아"라는 외침이 완전한 독창인 것은 아니다. 여러 곳에서 고백한 바 있듯이 이 무렵 임화의 문학적 자양분은 주로 《백조》의 자장 안에서 공급되고 있었고, 따라서 고독한 영혼의 방황이라는 관념은 그 동인지의 감상적·낭만적 분위기 속에서 양성되었을 것이다. 그런 점에서 그것은 괴테와 낭만주의자들에게 깊은 영감을 선사한 루소의 '아름다운 영혼' 개념에까지 연결될 수 있을지 모른다. 루소의 주관적 감상주의가 근대적 개인의 탄생에 양면적인 역할을 했고 그의 '아름다운 영혼'도 해방적 측면과 복고적 측면이라는 모순성을 가진다고 할 때,[7] 주관적 낭만주의자로서의 젊은 임화의 내면에 자기분열의 단초가 잠복해 있음을 발견하는 것은 이상한 일이 아니다. 어떻든 「무엇 찾니」의 작품구조는 이후 임화 시에서 반복적으로 변주되어 나타나며, 그의 시세계에 가장 빈번하게 등장하는 서정적 주체로서의 '청년'은 '남모르게 홀로 뛰는 혼령'의 거듭 재탄생되는 후예들일 것이다. 그런 점에서 「무엇 찾니」는 그의 문학생애 전체를 규정하는 원형적 존재이다.[8]

3

주지하는 대로 임화는 미구에 《백조》동인의 영향권을 벗어나 단기간의 다다이스트 실험을 거친 다음 드디어 프롤레타리아 계급시인으로서의 자기정체성을 확립하기에 이른다. 한 청년시인의 이처럼 재빠른 변신이 입증하는 것

---

7 아르놀트 하우저, 개정판 『문학과 예술의 사회사 3』(창비, 1999), 103쪽 참조.

8 임화 시의 출발점으로서 「무엇 찾니」의 의의에 먼저 주목한 사람은 유성호 교수이다. 그는 이렇게 말하고 있다. "(이 작품의) 이와 같은 질문의 형식이야말로 그의 마지막 작품인 「너 어느 곳에 있느냐」까지 이어지면서, 바로 임화의 운명과 실존을 암시하고 있다." 유성호, 「비극적 근대시인의 시적 경로」, 문학과사상연구회 편, 『임화문학의 재인식』(소명출판, 2004), 167쪽. 유 교수는 「무엇 찾니」부터 「너 어느 곳에 있느냐」까지를 잇는 탐색과 질문의 형식을 중시하는 셈인데, 나는 질문의 형식이라는 두 작품의 공통성 자체보다는 「무엇 찾니」를 시발점으로 하는 서정적 주체의 내적 발전, 그 방황과 변모에 관심을 갖는다.

은 이 시대 우리 문학전통이 행사하는 구속력의 허약성이고 근대문학이 서 있는 기반의 박토성(薄土性)이라고 말해도 좋을 것이다. 그러나 변신의 당사자에게는 그 나름으로 내적 필연성이 없지 않았다. 임화의 경우 그를 다다의 추종자로, 다시 프로문학의 주창자로 급속하게 밀고나간 동력은 현실에 대한 일관되게 강렬한 반항의 열정이었다. 스스로 그렇게 의식했음을 그는 다음과 같이 적고 있다.

> 10년 전에 '다다'나 '표현파'의 모방자들은 시의 사상과 내용에 있어서 동일적인 반항자이었다. 그러므로 박팔양(朴八陽), 김화산(金華山) 혹은 필자까지가 일시적으로나마 그 급진적 정열로 말미암아 프로문학에까지 도달했던 것이다. 그들에게 있어 본질적인 것은 양식상의 과거부정일 뿐만 아니라 생활, 세계관 그것에 있어서 보다 더 큰 반항의 열정가이었다.[9]

논술의 객관성을 확보하기 위한 전략으로 박팔양·김화산을 끌어들여 3인칭 복수로 묘사하고 있지만, 사실 위의 글은 임화 개인의 1인칭 단수 고백이나 다름없다. 그러니까 임화는 가정의 파산과 가출을 계기로 쾌활하고 감상적인 문학 소년으로부터 급진적인 반항아로 변모한 것인데, 1920년대 식민지 조선반도에 불어닥친 제1차 세계대전과

---

9 임화, 「담천하의 시단 1년」, 《신동아》, 1935.12, 『전집』 제3권: 『문학의 논리』, 495~496쪽.

러시아혁명의 이념적 파장은 임화의 변신을 위한 객관적 조건을 부여했던 것이다.

「담(曇) - 1927」(예술운동 1927.11)은 카프 가입(1926.12)에 뒤이은 프롤레타리아 시인 임화의 탄생을 만천하에 고지한 선언문적 정치시이다. 이 작품은 낭만주의의 낙원에서 추방된 임화의 의식이 새 사조의 맹렬한 학습을 통해 치열한 계급적 각성에 이르렀음을, 그리하여 세계적 범위에서 진행되는 계급투쟁의 전장 안으로 화려하게 진입했음을 보여준다. 작품 말미의 제작일자(1927.8.28)를 믿는다면 국제뉴스에 대한 그의 촉각은 마치 텔레비전이나 인터넷이 있는 시대에 살고 있는 것처럼 놀라운 동시성과 현장성을 발휘한다. 그는 계급의식에 눈뜬 지 얼마 안 된 약관의 청년임에도, 그리고 당시 국내 대중매체의 발달이 유치한 수준이었음에도 국제혁명운동의 동향에 자못 밝았다는 것이 드러난다.

작품의 소재가 된 이주노동자 출신의 사코와 반제티는 무정부주의적 활동 이외에 아무런 범죄증거가 드러난 바 없었음에도 불구하고, 그리고 전 세계 노동자와 지식인들의 격렬한 항의와 규탄시위에도 불구하고 미국정부에 의해 결국 사형이 선고되고(1927.4.9) 얼마 후에는 전기의자에서 죽음을 맞았다.(1927.8.23)[10] 작품은 거칠면서도 매우

---

10 '20세기판 미국의 마녀재판'이라 불린 이 사건의 여진은 오늘에도 가라앉지 않았다. 그 자신 노동자 출신인 작가 부르스 왓슨(Bruce Watson)은 오랜 준비 끝에 사건 80주년이 되는 2007년에 *Sacco and Vanzetti*란 책을 출판했고, 이 책은 최근(2009.9) 우리말로 번역되었

박력 있는 언어로 사건진행을 형상화하면서 계급적 적대감과 투쟁의지를 강력하게 고취하고 있다. 어쨌든 이 시는 1920년대의 우리 문단이 산출한 최고의 선동적 정치시라고 할 수 있다.

이 작품에서 한 가지 주목되는 점은 임화가 이 시에서 '아메리카 제국주의 정부'가 아닌 '아메리카 부르주아의 정부'를 규탄한 사실이다. 이것은 당시 미국에 대한 국내 좌파들의 인식에서 무게중심이 어디에 있었는지 알려주는 사례로서, 그것은 노동계급의 국제적 연대를 통한 사회주의 혁명이라는 목표가 식민지 민족해방이라는 목표를 압도하고 있었음을 증명한다. 어쨌든 「담 – 1927」 같은 뛰어난 정치적 선동시는 일제 강점기 동안에는 자취를 감추었다가 해방정국의 이념적 격동 속에서 다시 분출하여 시인

다. 인터넷의 '출판사서평'에는 다음과 같은 설명이 올라와 있는데, 이것은 임화의 시 「담-1927」이 단지 시인의 치솟는 격정의 발산이 아니라 그 시대의 들끓는 현실을 놀랍도록 정확하게 반영한 것이었음을 입증한다. "1927년 8월 메사추세츠주 보스턴, 두 사내의 처형이 임박해오자 미국은 물론 전 세계 노동자들과 지식인들의 사형 반대운동이 들불처럼 타올랐다. 파리에 있는 미국 대사관 밖에는 탱크가 출동하여 성난 군중을 막아섰다. 런던의 하이드파크에는 시위자들이 운집했고 제네바에서는 미국 상품이 판매되는 가게와 영화관이 공격당했다. 라틴아메리카 곳곳에서는 동맹파업이 벌어졌고 수송이 중단되었다. 남아프리카 요하네스버그 시청 바깥에서는 미국 국기가 불에 탔다. 시드니, 부쿠레슈티, 베를린, 암스테르담, 로마, 도쿄, 부에노스아이레스, 아테네, 프라하, 마라케시의 거리에 흥분한 시위대가 모여들었다. 아인슈타인은 곧바로 쿨리지 대통령에게 항의서한을 보냈고, 작가 아나톨 프랑스는 미국정부를 향해 「유럽 노인의 호소」를 발표했다. 작가 존 도스 파소스는 '두 개의 미국'을 선언했다."

의 비극적 운명을 재촉하게 된다.

「담 - 1927」부터 2년 뒤인 1929년은 임화의 문학적 생산성이 특별히 고조된 해였던 것 같다. 「젊은 순라의 편지」(1928.4)에서 처음 선을 보인 그의 새로운 시적 시도는 주로 《조선지광》 지면을 통해 「네거리의 순이」(1929.1) 「우리 오빠와 화로」(1929.2) 「어머니」(1929.4) 「봄이 오는구나」(《조선문예》, 1929.5) 「병감에서 죽은 녀석」(《무산자》, 1929.7) 「다 없어졌는가」(1929.8) 「우산 받은 요꼬하마의 부두」(1929.9) 「양말 속의 편지」(1930.3) 등으로 연속되면서 그를 일약 카프문단의 혜성으로 떠오르게 했던 것이다. 여기서 새로운 시도란 이른바 '단편 서사시'를 가리키는 것인데, 메마른 구호와 딱딱한 관념에 치우쳐 독자에게 정서적 호소력을 행사하지 못하는 프로시단에서 임화의 시들은 작품적 실천을 통한 새로운 활로의 개척으로 열렬히 환영받았다.

그런데 위에 거명한 여러 작품들은 시적 성취 수준에 조금씩 차이가 있고, 서사성의 강도도 서로 다를뿐더러 이야기 전개(narration)의 구조 또한 한결같지 않다. 이들 가운데 「네거리의 순이」 「우리 오빠와 화로」 「어머니」는 거의 동일한 구조로 되어 있어 '단편 서사시'의 기본형이라 할 만하고, 나머지 작품들은 그 변형이라 할 수 있다. 해방 후의 다양한 정치시와 6·25 기간 중의 전선시(戰線詩)를 별도로 치면, 이들 작품군(群)은 시집 『현해탄』의 바다시편[11]과 더

---

11 시집 『현해탄』 가운데서 바다를 배경으로 한 시편을 유종호 교수가

불어 임화에게 한국시사(詩史)의 지정석을 마련해준 양대 업적으로 평가받아왔다. 그런데 임화의 이 일련의 시들을 '단편 서사시'라는 이름으로 포괄하는 지금까지 관행을 폐기할 필요는 없을지 모르지만, 그것이 엄밀한 개념이 아님은 분명히 해둘 필요가 있다. 그 개념의 출발지점으로 한번 돌아가 살펴보자.

이 용어를 처음 쓴 사람은 주지하듯이 평론가 김기진(金基鎭=金八峰, 1903~1985)이다. 그는 「우리 오빠와 화로」가 발표되자 그 작품에 감동하여 이를 상세하게 분석하고, 이 분석을 토대로 프로 시의 방향을 제시하는 논문을 집필하였다. 그것이 바로 「단편 서사시의 길로」(《조선문예》, 1929.5)라는 평론인데, 이 글은 80년의 세월이 지난 지금 읽어보아도 일정한 설득력을 가지고 있다. 당시 대다수 좌파 논문들이 설익은 개념, 추상적인 논지, 비현실적 상황판단, 터무니없는 과격성, 그리고 소모적인 파벌주의 등으로 읽기 괴로웠던 데에 견주면, 김기진의 이 평론은 여러 가지 시대적 한계를 분명히 지니고 있음에도 그 한계 안에서는 최대한 성실하게 비평대상에 접근하고 있다. 아마 시 한편을 이처럼 꼼꼼하게 분석하고, 이를 바탕으로 시단 전체를 향해 일반이론을 전개한 논문은 우리 비평사에 흔치 않을 것이다. 그러나 이런 미덕에도 불구하고 김기진이 「우리 오빠와 화로」의 분석을 통해 도출한 양식(樣式)개념으로

이렇게 부른 것인데, 편의상의 것이라는 단서를 고려하면 적절한 호칭이라고 생각된다. 유종호, 앞의 책, 61쪽 참조.

서의 '단편 서사시'는 대상작품의 어떤 특성을 설명하는 용어로서는 일정한 설득력이 있지만, 특정 장르를 가리키는 명칭으로서의 보편성을 획득했다고 보기에는 충분하지 못하다.

일찍이 나는 김동환의 「국경의 밤」(1925)부터 신동엽의 「금강」(1967), 김지하의 「소리내력」(1972), 고은의 「갯비나리」(1978), 이성부의 「전야」(1978) 등을 거쳐 신경림의 「새재」(1978)에 이르는 작품들의 시적 성취와 양식상의 특성을 검토한 바 있었다.[12] 그 글의 「국경의 밤」 부분에서 나는 1920년대의 한국문인들 앞에 놓인 장르 선택의 곤경을 지적하면서 "김동환에게는 서정시와 소설 어느 쪽으로도 채워질 수 없는 예술적 충동이 있었음이 분명하며 그것이 「국경의 밤」 같은 형태로 귀착되었을 것이다"라고 추론하였다. 이와 아울러 임화의 「우산 받은 요꼬하마의 부두」를 분석하여 이 작품이 김동환의 서사시와 구별되는 서술적 특징을 갖고 있다고 지적했다.[13]

상식적인 얘기지만, 서정시에도 감정의 토로와 상황의 전달을 책임지는 화자가 있게 마련이다. 그런데 화자는 시인 자신과 거의 분리되지 않은 존재일 수도 있고 시인과는 전혀 다른 허구적 존재일 수도 있으며, 또 텍스트 안에 등

---

12 졸고, 「서사시의 가능성과 문제점」, 평론집 『한국문학의 현단계』(창작과비평사, 1982.2) 참조.
13 『국경의 밤』(1925.3) 서문에서 김억이 처음으로 이 작품을 '장편서사시'라고 규정지었는바, 김기진의 '단편 서사시' 개념은 김억의 용어에서 유래했을 가능성이 높다.

장할 수도 있고 바깥에 몸을 숨기고 있을 수도 있다.「국경의 밤」에서 화자는 마치 3인칭 시점의 소설에서처럼 순차적으로 사건 진행을 서술하고 등장인물들의 언행을 전달한다. "아, 무사히 건넜을까 / 이 한밤에 남편은 / 두만강을 탈없이 건넜을까?" 이 유명한 서두부는 등장인물의 독백이며, 조금 뒤에 이어지는 "소금실이 밀수출 마차를 띠워놓고 / 밤새가며 속태이는 젊은 아낙네 / 물레 젓던 손도 맥이 풀려져 / 파 ! 하고 붓는 어유(魚油)등잔만 바라본다." 이것은 화자의 서술이다. 반면에「우리 오빠와 화로」「우산 받은 요꼬하마의 부두」등에서는 단일화자의 '극적 독백'이라 할 만한 것으로 시종한다. 그런 측면 때문에 김윤식 교수는 이들 작품을 "꿰뚫고 있는 시적 상황은 영락없는 배역시(Rollengedicht)이다. 배역시란, 시인의 자아가 다른 몫을 맡아 그 주어진 배역의 서정이랄까 감정을 노래하는 것으로 제목 자체가 말해주듯 연기적인 능력이 절대로 필요하다"고 설명하는 것 같다.[14]

　지금 논의하는 일련의 임화 작품에 연극적 요소가 있음은 명백하다. 한때 임화가 연극이나 영화에 깊이 관여한 것은 널리 알려진 사실이고, 또 이 작품들을 군중 앞에서 낭송하거나 단막극으로 각색하여 공연한다면 책에서 묵독할 때와는 비교할 수 없는 폭발력을 가지리라는 것도 짐작하기 어렵지 않다. 실제로 1930년 봄 평양에서 개최된 어느 강연회에서 김남천이 막간에 낭독한「양말 속의 편지」

---

14 김윤식,『임화연구』(문학사상사, 1989), 274쪽.

는 군중들의 열렬한 환영을 받았다고 한다.[15] 그러나 그런 점 때문에 이들 작품을 배역시라고 부를 수 있는 것은 아니다. 김윤식 교수와 같이 육당의 「해에게서 소년에게」조차 배역시라고 한다면 소위 사물시(事物詩)처럼 객관적 묘사로만 이루어진 시 이외의 대부분 시가 배역시일 것이다.

문제는 개념사용의 적절성 여부에만 있는 것이 아니라 개념이 가리키는 시적 성취의 내용 자체에 있다. 아마 이론적 혼선의 출발은 김기진의 논문에서 찾을 수 있을 것이다. 그에 의하면 시는 막연한 감정과 단순한 심리적 충동의 노래가 아니기 때문에 소설과 마찬가지로 현실적·객관적·실재적·구체적 태도를 요구한다. 그가 보기에 임화의 시 「우리 오빠와 화로」는 "한 개의 통일된 정서를 전파하는 동시에 감격으로 가득 찬 한 개의 생생한 소설적 사건을 안전에 전개하고 있다."[16] 요컨대 독자와의 괴리라고 하는 프로문학의 난관 앞에서 김기진이 찾은 해결책은 임화의 「우리 오빠와 화로」에 이루어진 것과 같은 리얼리티의 획득인데, 그 유력한 방법론이 다름 아닌 '단편 서사시의 길'이었던 것이다. 물론 그는 프롤레타리아의 의식, 프롤레타리아의 생활을 소재로 삼아야 한다는 주문을 잊지 않았으나, 그의 소박하고 온건한 절충주의 미학은 창작 당사자인 임화의 거센 반박으로 설자리를 잃고 말았다.

---

15 김남천의 증언(《조선일보》, 1933.7.23). 김윤식, 위의 책, 283쪽 참조.
16 김팔봉, 「단편 서사시의 길로」, 『김팔봉문학전집』 제1권(문학과지성사, 1988), 143~144쪽.

'단편 서사시'의 발표로 프로시단의 화려한 조명을 받았음에도 임화는 거기에 만족하지 않고 좌충우돌 공격적으로 논쟁에 개입하였다. 특히 「시인이여! 일보 전진하자!」(《조선지광》, 1930.6)라는 구호적인 제목의 글에서 그는 객관정세의 엄중함에 옳게 대처하지 못함으로써 무력증에 빠진 카프운동의 지도부를 비판하고 김기진 등 선배들의 기회주의에 공격의 포문을 열었다. 그는 시단의 난국을 타개하고 시인이 일보전진하기 위해서는 시의 대중화, 시의 프롤레타리아화라는 원칙을 무조건 관철해야 한다고 주장하였다. 그에게 있어 일보전진이란 "프롤레타리아의 생활 속으로 들어가는 것" "노동자 농민의 생활감정을 자기의 생활감정으로 하는 것"이었다. 이런 입장에서 그는 「네거리의 순이」 「우리 오빠와 화로」 등 자신의 시에 대해서도 가차없는 자기비판을 감행하였다. 그는 이렇게 쓰고 있다.

불행히도 우리는 종이 위에서 흥분하였으며, 머릿속에서 노동자를 만들고, 철필을 쥐고 [계급](伏字: 인용자의 추측)의 심리를 분석하였을 뿐이다.

비가 와도 오월의 태양만 부르고 누이동생과 연인을 까닭 없이 [희생자](伏字: 역시 추측)로 만들어서, 자기 중심의 욕망에 포화(飽和)되어 나자빠졌다. 네거리에서 순이를 부르고, 꽃구경 다니며 동지를 생각했다.

이러한 프롤레타리아가 사실로 있을 수 있는가? 이

조선의 급전(急轉)하는 현실 속에.[17]

　아마 이것은 임화의 급진적 계급주의가 최악의 경직상태에 이르렀음을 기록한 문장의 하나일 것이다. 그가 1929년 말경 도일하여 카프 도쿄지부 이북만(李北滿) 집에 1년 남짓 기거하면서 좌파서적을 탐독했다고 하는데, 이 글은 당시 임화의 독서체험에 대한 기계적 반영인지도 모른다. 물론 의식과 생활의 일치, 삶 자체의 철저한 프롤레타리아화라는 요구 자체는 그 나름으로 어떤 순결성의 발로이다. 그리고 그 기준에서 볼 때 자신의 문학과 생활이 관념적·소시민적이라는 것은 정직한 자기인식이다.

　실제로 임화의 평생에 걸친 계급적 기반은 그가 어떤 상황에서 무슨 말을 하더라도 시종일관 소시민성 위에 세워져 있었다고 규정지을 수 있다. 이것은 임화를 이해함에 있어 기본적으로 중요한 사항이다. 그러나 한 작가의 계급적 귀속이 그의 문학을 환원론적으로 결정하는 것은 아니다. 작가의 사회적 존재와 그의 의식 사이, 그리고 그의 의식과 문학적 결과물 사이에는 복잡한 변증법이 있을 수 있음을 이미 마르크스주의의 창시자들은 오래전에 밝혀놓은 바 있다. 그런 관점에서 말하면 임화의 일련의 '단편 서사시'들은 얼마간의 형식적 부조화, 충분히 다듬어지지 못한 언어, 인물 처리의 도식성 등 불만스러운 점들이 있음에도 불구하고 그 자신의 과도한 평가절하와 달리 한국시의 역

17 임화, 「시인이여! 일보 전진하자!」, 『평론 1』, 172쪽.

사에서 빼놓을 수 없는 업적이다.

　비평가 임화에게 있어 「33년을 통하여 본 현대조선의 시문학」(《조선중앙일보》, 1934.1.1~12)은 전환점의 의미를 갖는 중요한 논문이라고 생각된다. 지금까지 평론들에서 그가 거칠고 과격한 언어로 설익은 도식적 좌파이론을 주장하는 데 급급해왔다면, 이 글은 여전히 그런 도식주의의 잔재를 지니고 있으면서도 다음과 같은 점에서 임화의 이론적 사고에 중대한 진전이 이루어지고 있음을 보여준다.

　첫째는 그가 1920년대 한국 근대문학 탄생의 물질적 토대에 대하여 사유하기 시작한 점이다. 이것은 한국 비평문학의 역사에서 획기적인 의의를 가지는 것으로 평가되어 마땅하다. 그는 이제 앞 세대의 감상적 낭만주의에 대해 단순히 비판하는 데 그치지 않고, 그러한 경향이 생성될 수밖에 없었던 토대로서의 식민지 사회의 '황량한 토양'에 대하여 이론적 해명을 시도하는 것이다.[18] 그가 보기에 조선의 부르주아지는 대외적으로 제국주의에 대해 타협적이며, 동시에 경제적으로 허약하고 충분히 공업적이지 못하다. 이것이 임화가 해명을 시도한 조선 근대문학의 불완전, 즉 조선 낭만주의의 사회적 근원이다.

---

18 임화, 「33년을 통하여 본 현대조선의 시문학」, 위의 책, 331쪽 참조. 그런데 임화의 사고에 어떻게 이런 '사회과학적' 뒷받침이 생겨날 수 있었을까. 고증을 통해 확인된 사실은 아니지만, 나는 백남운(白南雲)의 『조선사회경제사』가 1933년에 출판된 사실을 상기하고 싶다. 임화는 조선 부르주아 계급의 경제적 허약성과 타협주의에 관한 백남운의 설명에서 '조선 근대문학의 불완전', 즉 '조선 낭만주의'의 사회적 근원을 찾았던 것 같다.

둘째는 그가 한국 프로계급의 역사적 위치와 그 특수한 사명에 대해 발언하기 시작한 점이다. 서구에서는 근대 자본주의와 국민국가의 형성이 시민계급의 고유한 임무였으나, 우리의 경우에는 시민계급의 미발달로 인해 근대의 완성뿐만 아니라 근대 이후를 상상하는 것도 불가피하게 노동계급의 과제가 되었다고 임화는 설명한다. 이러한 역사적 상황의 '조선적' 특수성은 문학사의 현단계를 파악함에도 결정적 지침을 제공한다. 그가 급진적 소부르주아지(즉, 자기 자신이 속한 계급)의 낭만주의에 대한 투쟁을 언급하는 과정에서 다음과 같이 말한 것은 해방 후 그가 주창한 민족문학론의 단초가 이미 이때 싹트고 있었음을 확인하게 한다고 할 수 있다.

> 이곳에 낭만주의에 대한 진실한 투쟁이, 즉 원칙적으로는 부르주아지가 수행해야 할 문학상의 행동이 프롤레타리아문학 위에 이중적으로 걸려 있게 되는 특수성이 있는 것이다.[19]

셋째는 그가 봉건조선의 몰락과 신문학 등장 이후에 시작된 문학적 변화 과정에 대해 역사적 의미화를 시도한 점이다. 그는 말하자면 일종의 발전사관에 입각하여 우리 근대시가 육당의 신체시로부터 안서·요한의 정형적인 신시, 《백조》의 낭만주의적 자유시를 거쳐 프롤레타리아의 신흥

---

19 위의 책, 332쪽.

시로 나아가는 단계적 과정을 밟아왔다고 보았다. 이러한 해석에는 은연중 임화 자신을 포함한 카프시인들의 문학사적 위상에 대한 자부심이 내재되어 있다고 할 터인데, 다만 그는 우리나라 프로시가 노동계급의 일상적 투쟁 가운데서가 아니라 부르주아 시의 선진적 부분에서, 그리고 그와 더불어 진보적 지식인의 손에서 태어났기 때문에 부르주아 시의 잔재로서의 낭만주의적 요소를 제대로 청산하지 못했다고 인정한다.[20] 이런 역사적 논의의 연장선 위에서 그는 「우리 오빠와 화로」「요꼬하마의 부두」 같은 자기 업적 자체에 대한 자신의 전면부정을 철회하고, 이들 작품이 가지고 있던 약점으로서의 감상주의를 '부르주아 감상주의'로부터 구별할 것을 주장하는 것이다.[21]

이상과 같은 이론적 모색과 역사적 사유과정을 거쳐 드디어 시인으로서의 일정한 자기긍정에 도달한 임화는 3, 4년간 중단했던 시작활동을 활발히 재개한다. 그러나 동시에 그에게는 일찍이 없던 시련이 닥치는데, 그것은 다름 아니라 카프의 해체와 더불어 동지들은 감옥에 갇히고 자신은 결핵에 걸려 병상에 눕는 신세가 된 것이었다. 1930년대 중반 손발이 잘린 그에게는 이제 고독한 '시 쓰기'만이 남았다.

정말로 가시덤불은 무성하여 좁은 앞길을 덮고,

---

20 위의 책, 360쪽 참조.
21 위의 책, 362~363쪽 참조.

깊은 밤 날씨는 언짢아, 두터운 암흑이
그 위에 자욱 누르고 있다.
이미
자네는 부상한 채 사로잡히고, 나는 병들어 누워,
벌써 몇 사람의 진실로 존귀한 목숨이
고난에 찬 그 험한 길 위에 넘어졌는가?
이제 우리들의 긴 대오는 허물어지고 '전선'은 어지
럽다.

— 「나는 못 믿겠노라」 부분

지금
우리들 청년의 세대의 괴롭고 긴 역사의 밤,
검은 구름이 비바람 몰고 노한 물결은 산더미 되어,
비극의 검은 바다 위를 달리는 오늘
그 미덥던 너도 돛을 버리고 닻줄을 끊어,
오직 하늘과 땅으로 소리도 없는 절망의 슬픈 노래
를 뜯어,
가만히 내 귓전을 울린다.

오오, 이것이 청년인 내 죽음의 자장가인가?

— 「옛책」 부분

번화로운 거리여! 내 고향의 종로여!
웬일인가? 너는 죽었는가, 모르는 사람에게 팔렸는가?
그렇지 않으면 다 잊었는가?

나를! 일찍이 뛰는 가슴으로 너를 노래하던 사내를,
그리고 네 가슴이 메어지도록 이 길을 흘러간 청년
들의 거센 물결을,
그때 내 불쌍한 순이는 이곳에 엎더져 울었었다.
그리운 거리여! 그 뒤로는 누구 하나 네 위에서
청년을 빼앗긴 원한에 울지도 않고,
낯익은 행인은 하나도 지내지 않던가?
— 「다시 네거리에서」 부분

「나는 못 믿겠노라」는 감옥에 갇힌 동지의 편지를 받고
이에 대해 답장을 보내는 형식의 독백체 서술의 시이다.
「옛책」의 작중화자는 운동의 현장을 떠나 병실에 갇혀 지
낸다. 지금 그는 미래를 차단당한 상태에서 옛날에 줄 그
어가며 읽었던 레닌의 책을 꺼내 들고 괴로운 회상의 시간
을 보낼 뿐이다. 「다시 네거리에서」는 청춘과 희망과 투쟁
의 장소였던 종로가 얼마나 낯설고 황량한 거리로 바뀌었
는지를 침통하게 노래한다.

세 편 모두 카프가 해산되고 조직원들이 구속된 시점에
서의 작품인데, 임화의 것이라곤 믿을 수 없을 만큼 어두
운 비탄과 깊은 패배주의가 전편을 지배하고 있다. 이 무
렵 쓰여진 「낮」 「야행차 속」 「안개」(이상 1935) 「가을 바람」
「강」 「적」 「단장(斷章)」(이상 1936) 「주유(侏儒)의 노래」 「밤
길」(이상 1937) 「한 잔의 포도주를」(1938) 「자고 새면」(1939)
등의 작품들도 이 범주에 속한다고 할 수 있다.

그러나 달리 생각해보면 이 시들에 표현된 깊은 비탄과

한없는 절망감은 일제 강점기의 억압적 현실과 그 현실 속에서 갈등하고 좌절하는 지식인의 고뇌를 무엇보다 진실하게 형상화하고 있다고 말할 수 있으며, 어떤 면에서는 대중 앞에서 낭독하기에 알맞은 임화 시 특유의 힘차고 유장한 리듬조차 살리고 있다고 볼 수 있다.

이 작품들 가운데 일부와 기타 미발표작 상당수를 묶어 해방 전의 유일한 시집 『현해탄』(동광당, 1938.2)이 간행되었다. 표제작 「현해탄」을 비롯한 이른바 '바다시편'은 유종호 교수에 의해 "현해탄에 관한 시인의 격정적인 상념과 감회를 자유분방하게 토로하고 있다" "이 시편은 청년을 기리는 송가이며 모든 것에도 불구하고 미래와 역사에 바치는 불굴의 신앙고백이다"라는, 대체로 공감이 가는 지적을 받았다.[22]

그러나 '바다시편'에서의 그와 같은 자유분방한 어조와 낙관적 결의가 시인 임화의 진정한 실감인지 아니면 단순한 위장이거나 허세인지 판별하는 것은 간단한 일이 아니다. 왜냐하면 그 시기 임화의 시에는 앞에서 살펴본 것과 같은 절망과 비탄이 거의 동시에 나타나고 있기 때문이다. 그렇다면 그의 내면 깊은 곳에 가장 완강하게 잠재해 있는 것은 존재와 의식의 균열, 추방된 낙원으로의 복귀를 꿈꾸는 도전과 좌절의 신화, 발산적 행위로서의 창작과 성찰적 행위로서의 이론 사이의 비대칭적 길항이었던가. 그의 삶과 문학은 좀 더 따져보아야 할 모순을 내장하고 있다는 점에서 여전히 문제적이다.

---

22 유종호, 앞의 책, 71, 73쪽.

시와 행동

윤동주의 생애와 시를 보는 하나의 시각

1. 머리말

필자에게 주어진 과제는 윤동주의 저항정신을 살피라는 것이다. 그런데 지금까지 알려진 바로는 윤동주는 식민지 체제의 철폐를 위해 투쟁한 행동적 시인도 아니었고, 또 어떤 전투적 민족이론을 전개한 저항적인 사상가도 아니었다. 요컨대 살아 있는 동안의 그는 한 사람의 무명시인에 지나지 않았다고 할 수 있다. 오늘날 우리가 윤동주에 대해 알고 있는 것은 27년 2개월에 걸친 그의 생애와 적지(敵地)에서의 비극적 죽음에 관련된 단편적인 사실들, 그리고 원고로 남겨졌다가 해방 후에야 책으로 모아진 100편 남짓한 시와 동시, 대여섯 편에 불과한 짧막한 산문들뿐이다.

여기서 그에 대한 논의는 둘로 갈린다. 하나는 그의 생애와 죽음에 초점을 맞춘 논의이고, 다른 하나는 그의 시 작품을 중심으로 한 문학적 논의이다. 윤동주에 관한 이

두 방면에서의 접근은 물론 완전히 서로 무관하게 이루어질 수는 없는 노릇이었으나, 결과적으로는 그의 일면을 강조하거나 타면을 소홀히 함으로써 윤동주의 정신과 문학에 대한 총체적 이해에는 미치지 못했던 것으로 보인다. 근자에 발표된 김홍규 씨의 「윤동주론」(《창작과비평》, 1974년 가을)은 이러한 편파성 및 미흡성을 올바르게 극복하고 윤동주의 생애와 문학을 인간정신의 필연적 전개과정이라는 하나의 연쇄 속에 담아 그의 시와 정신에 대한 전면적 이해의 길을 틔워 놓았다. 필자는 김홍규 씨의 이 획기적 업적에 크게 감명을 받았으나, 이와는 얼마간 다른 각도에서 기왕에 발표된 자료들을 중심으로 주어진 문제에 접근해 보려고 한다.

2. 전기적(傳記的) 사실들

윤동주의 가계와 출생에 관해서는 아우 윤일주 씨의 비교적 자세한 기록이 있다.

파평 윤씨인 우리는 보통 회령 윤씨로 통하는데, 세조 연간에 회령 지방의 현감으로 간 분의 자손으로서 회령을 중심으로 500년간 관북 일대에 퍼진 것으로 전해진다.

우리 집안이 만주 북간도의 자동(紫洞)이란 곳에 이주한 것이 1886년이라 하니, 증조부 43세, 조부 12세

때에 해당한다. 그때부터 개척으로써 가산을 늘려 할아버지가 성가(成家)했을 때에는 부자 소리를 들을 만큼 소지주였다고 한다.

1900년에는 같은 간도 지방의 명동촌(明東村)이란 마을로 이주하여 정착하게 되었다. …… 1910년에는 할아버지께서도 기독교를 믿게 되고, 같은 무렵에 입교한 다른 몇 가문과 더불어 규암 김약연 선생을 도와 과감히 가풍을 고치고 신문화 도입에 적극 힘쓰셨다고 한다. 그리하여 우리 집안은 유교적 구조를 유지하면서도 술·담배를 일체 끊고 재래식 제사도 폐지하였다. 할아버지는 4형제의 맏분으로서 도량이 크시었다. 며느리와 조카며느리들을 이름으로 부르시기도 하고, 방학에 돌아오는 손자를 마루 아래까지 내려와서 악수로 맞이하시던 것을 생각하니 퍽 신식 할아버지였던 것 같다.

1910년에는 또 16세인 우리 아버지(영석)가 규암 선생의 24세 손아래의 매부가 됨으로써 김씨 집안과 우리 집안은 사돈 간이 되었다. 즉 규암 선생은 우리의 외삼촌이 된 것이다. 역시 명동학교 출신인 아버지가 외삼촌의 주선으로 보내진 유학생 중 한 사람으로 북경에 다녀와서 명동학교 교원으로 계시던 1917년 음력 11월 17일에 동주 형은 태어났다. (그의 생일이 12월 30일로 되어 있는 것은 해방 후 양력으로 풀이한 때문이다.)[1]

---

1   윤일주, 「다시 동주 형님을 말함」, 《심상》, 1975.2, 115~116쪽.

이로써 미루어 본다면 윤동주는 당시 우리나라 안의 어느 곳에서도 찾을 수 없을 만큼 개화된 집안에서 태어나 자유로운 환경에서 행복한 소년시절을 보냈던 것 같다. 위에 인용한 윤일주 씨의 글에는 그의 집안이 '유교적 구조를 유지'했다고 하나, 1910년에 이미 조부가 기독교에 입교했었다든지 재래식 제사를 폐지했다든지 하는 기록으로 미루어 그 '유교적 구조'란 윤동주 가문의 생활과 의식을 구속할 만한 아무런 규범적 힘도 갖고 있지 못했던 것으로 짐작된다. 다시 말하여 윤동주는 수백 년 동안 한국인의 행동과 사고를 직접 간접으로 지배해온 봉건유교적 가치체계와의 결별에서 어떠한 자기분열도 경험하지 않을 수 있었던 것 같다. 이러한 그가 어린 시절을 보냈던 간도 명동이란 곳은 어떤 곳이었던가. 윤동주의 인격형성에 태반(胎盤)이 된 이 명동이란 곳의 유래와 분위기를 반드시 알아볼 필요가 있다.

광무 3년(1899) 무렵에 규암(김약연 ─ 인용자)은 함북 종성으로부터 김정규·문정호·문치정 등 10여 호 가구와 함께 두만강을 건너갔다. 그들은 간도 명동에 집단 이주하여 동가(董家)라는 중국 사람의 임야 수백 정보를 사들여 개간을 시작했다. 중국정부의 간섭이 거의 없었기 때문에 이들 이민들은 마음놓고 개간하여 한인 부락을 이룩하는 데에 성공하였다. 이러한 소식이 국내에 퍼지자 간도로 몰려드는 동포의 수가 점점 늘어났다.[2]

김약연의 조카로서 윤동주와 소학교 동창이자 외사촌 사이인 김경우 씨는 좀 더 자세하게 설명하고 있다.

북간도 명동촌은 근대 한국의 민족사적·기독교 교회사적 입장에서 고찰할 때 빼놓을 수 없는 훌륭한 고장이라고 생각한다. 명동의 유래를 일일이 다 기록할 수는 없으나 1900년대 초기에 쓸쓸한 만주벌 벽촌에 중학교·소학교·여학교의 서구식 2층·단층 건물과 아담한 한국식 교회당이 세워진 것으로 보아 문화사상 큰 역할을 했으리라는 사실을 넉넉히 짐작할 수 있다. 내가 이 기회를 빌어 강조하고 싶은 것은 기독교 교회사적 입장에서 특히 그 의의가 깊다는 점이다. 그 까닭은 외국인 선교사들에 의하여 전도된 것이 아니고 순한국인의 손으로 전도되었다는 사실이다. …… 이 마을은 사방이 산으로 둘러싸여 있는 아늑한 큰 마을이다. 동북서로 완만한 호선형 구릉이 병풍처럼 마을 뒤로 펼쳐져 있고 그 서북단에는 선바위란 절경의 삼형제 바위들이 서북풍을 막아주며 웅장한 모습으로 창공에 우뚝 솟아 있다. 그 바위들 후면에는 우리 조상들의 싸움터로 여겨지는 산성이 있고 화살 같은 유물들이 가끔 발견되곤 하였다.[3]

2   윤영춘, 「황무지에 세운 기폭(旗幅), 김약연」, 『한국의 인간상』 제6권 (신구문화사, 1966), 393쪽

3   김정우, 「윤동주의 소년시절」, 《크리스챤 문학》, 1973년 신춘호, 78~79쪽.

명동촌의 이렇게 아름다운 자연풍경과 기독교적 분위기에 못지않게 소년기의 윤동주에게 커다란 영향을 준 것은 다음의 증언들에 나타난 바와 같은 이 고장의 사상적 환경이라 할 수 있다. 왜냐하면 소년기를 벗어난 그가 명동촌을 떠나 평양(19세)과 서울(22세)과 일본 도쿄(26세)에서 부딪쳐야 했던 식민지적 조건은 명동촌에서 일상적으로 경험했던 그 사상적 환경에 비추어 그에게 다른 무엇보다도 충격적인 이질감을 주었을 것이며, 그로 하여금 식민지적 질곡의 고통을 보다 첨예하게 느끼도록 했을 것이기 때문이다.

당시에 명동 출신이라 하면 열렬한 배일운동가(排日運動家)로 인정되었으니, 심지어 개중에는 평생 동안 일본이라는 이름조차 부르기 싫어서 일본을 왈(曰)본이라 불렀던 문재린·윤영석(동주의 부친 ― 인용자)·문성린·김석관 등이 있었다. 이들은 졸업한 후 북경으로 유학을 떠났다가 다시 모교로 돌아와 교편을 잡았다.[4]

북간도에서 동만(東滿)의 대통령이라고 불린 김약연 목사님이 자리 잡고 계시던 명동이 바로 윤동주가 자란 고장이다. 나는 그 명동소학교에서 동주와 6년을 한 반에서 공부했다. 그리고 명동에서 30리 떨어진 곳 용정(龍井)에 있는 은진(恩眞)중학교에서 3년을 같이 공

---

4 윤영춘, 앞의 책, 395쪽.

부했다. 「초 한 대」라는 시가 씌어진 중학 2학년까지 우리는 교실과 강당과 운동장에서 태극기를 펄럭이며 '동해물과 백두산이……'를 소리 높여 불렀다. 일본 사람들에게 돈을 안 준다고 동경제대 유학시절에 전차를 타지 않고 꼭 걸어다녔고, 기차를 안 탄다고 용정에서 평양까지 자전거를 타고 갔다 온 백발이 성성한 명희조 선생에게서 국사 강의를 들으며 우리는 민족애를 불태웠던 것이다.

그러나 동주의 민족애가 움튼 곳은 명동이었다. 국경일·국치일마다 태극기를 걸어놓고 고요히 민족애를 설파하시던 김약연 목사님(교장)의 넋이 어떻게 동주의 시에 살아나지 않고 말았겠는가? 어떤 작품이든 조선 독립이라는 말로 결론을 내리지 않으면 점수를 안 주던 이기창 선생의 얽은 모습이 어찌 잊히랴![5]

윤동주의 출생과 성장이 이루어진 이러한 환경은 물론 그의 인간형성에 있어 넓은 윤곽을 제공하는 것일 뿐이며, 하나의 독특한 개성으로 정립된 역사적 개인이 바르게 이해되기 위해서는 보다 세밀한 관찰이 요구된다. 우선 윤동주의 타고난 기질이랄까 성품은 대단히 조용하고 내성적이며 온화하고도 강직했던 것 같다. 친지와 친척들의 회고담은 이 점에 거의 일치된 견해를 보이고 있다.

---

5 문익환, 「태초와 종말의 만남」, 《크리스챤 문학》, 1973년 신춘호, 65쪽.

동주 형의 근실(勤實)하고 관유(寬裕)함은 할아버지에게서, 내성적이요 겸허함은 아버지에게서, 온화하고 치밀함은 어머니에게서 각각 물려받은 성품이라고 생각됩니다. …… 신작로를 걷다가도 부역(賦役)하는 시골 아낙네들에게 따뜻한 말 한마디 건네고 싶어 하고, 골목길에서 노는 아이들을 붙잡고 귀여워서 함께 씨름도 하며, 한 포기의 들꽃도 차마 못 지나치겠다는 듯 따서 가슴에 꽂거나 책짬에 놓곤 하였습니다.[6]

동주는 별로 말주변도 사귐성도 없었건만 그의 방에는 언제나 친구들이 가득 차 있었다. 아무리 바쁜 일이 있더라도 "동주 있나" 하고 찾으면 하던 일을 모두 내던지고 빙그레 웃으며 반가이 마주앉아주는 것이었다. …… 이런 동주도 친구들에게 굳이 거부하는 일이 두 가지 있었다. 하나는 "동주, 자네 시(詩) 여기를 좀 고치면 어떤가?" 하는 데 대하여 그는 응하여주는 때가 없었다. 조용히 열흘이고 한 달이고 두 달이고 곰곰이 생각하여서 한 편 시(詩)를 탄생시킨다. 그때까지는 누구에게도 그 시를 보이지 않는다. 이미 보여주는 때는 흠이 없는 하나의 옥이다. 지나치게 그는 겸허·온순하였건만, 자기의 시만은 양보하지를 안 했다.[7]

6 윤일주, 「선백(先伯)의 생애」, 『하늘과 바람과 별과 시』(정음사, 1967), 231쪽.
7 강처중, 「발문」, 『하늘과 바람과 별과 시』(정음사, 1948), 69~79쪽.

그는 아주 고요하게 내면적인 사람이었다. 그래서 그는 친구들 사이에 말 없는 사람으로 통했다. 그렇다고 아무도 그를 건방지다고 생각하지 않았다. 모두들 그 말 없는 동주와 사귀고 싶어 했다.[8]

동주는 깊은 애정과 폭넓은 이해로 인간을 긍정하면서도, 자기는 회의와 일종의 혐오로 자신을 부정하는 괴벽한 휴우머니스트이다. 남에 대한 애정은 곧 자신에 대한 자학으로 변모하는 그의 인생관이 시작(詩作)에도 여러 군데 나타나고 있다.[9]

외유내강(外柔內剛), 동주 형을 아는 분이라면 누구나 그를 이렇게 표현하는 데 이의가 없을 것이다. 그는 대인 관계에서 모가 나는 일이 없었고 따라서 적이 없었다. 누구도 그를 지탄하고 싫어하는 사람은 없었다. 그러나 그는 자신에게는 엄격하였다. 나는 그가 자신을 변명하는 것을 본 적이 없다. 남을 이해하고 용서하고 변명하는 일에는 너그러웠지마는 스스로를 용서하는 일은 없었다.[10]

---

8 문익환, 「동주 형의 추억」, 『하늘과 바람과 별과 시』(정음사, 1967), 216쪽.
9 장덕순, 「인간 윤동주」, 위의 책, 222쪽.
10 정병욱, 「인간 윤동주의 편모(片貌)」, 《크리스챤 문학》, 1973년 신춘호, 58쪽.

이러한 성격의 윤동주인지라 길지 않은 그의 생애가 남긴 외적 사건들은 더욱이나 적을 수밖에 없다. 연보(年譜)가 전해주는 바로서는 19세 되던 해 봄부터 1년가량 평양에서 숭실학교를 다녔고, 22세 때부터 4년간 서울의 연희전문에서 수학했으며, 연희전문 졸업 후 일본으로 건너가 릿쿄(立敎)대학과 도시샤(同志社)대학에서 영문과에 다니다가, 1943년 7월 귀향의 길에 오르기 직전 집에다 "귀향 일자를 알리는 전보"를 치고 "차표를 사서 집까지 부쳐놓고"11 교토(京都)에서 불의에 경찰에 체포되어 1년간 미결감 생활을 한 끝에 2년형의 언도를 받고 후쿠오카(福岡) 형무소에 수감되어 복역하던 중 1945년 2월 16일 옥사했다는 것이 그의 생애의 전부인 것이다. 요컨대 윤동주의 생애는 유·소년기 7, 8년간과 작고하기 전 2년을 제외하면 완전히 학창 생활로 이루어져 있음을 알 수 있다.

이러한 그의 내면세계를 떠받치고 있던 두 개의 기둥은 종교와 문학, 즉 기독교와 시였던 것 같다. 연희전문에 다니던 시절 한때 "그의 존재를 뒤흔드는 신앙의 회의기"12가 없었던 것은 아니었으나, 그가 일생 동안 진실한 기독교 신자였음은 모든 회고록들의 일치된 증언이다. 그는 "남의 일에 나서서 남을 이끌기보다는 조용하고 성실한 주일을 보내기를 좋아"했으며, "세속적인 신앙이라고 할까, 교인임을 발보이는 그런 교인을 오히려 비판하기까지" 하

11 윤일주, 「선백의 생애」, 앞의 책, 241쪽.
12 문익환, 「동주 형의 추억」, 앞의 책, 221쪽.

는 "순수한 교인"이었다.[13]

한편 그의 문학적 관심 역시 매우 어릴 때부터 싹텄던 것 같다. 열두 살 때, "그러니까 명동소학교 4학년 때 동주 형은 벌써 서울에서 소년 소녀를 위한 월간잡지를 구독했다. 동주 형과 고종사촌이며 동갑인 송몽규란 친구가 있었다. 그도 역시 문학소년이었다. 몽규 형은《어린이》란 잡지를, 동주 형은《아이생활》이란 잡지를 서울에서 부쳐다 읽었다"는 것이다. 이듬해인 열세 살 때에는 윤동주와 송몽규의 발기로 "우리들도 월간잡지를 등사로 발간할 것을 결정"하고《새명동》이란 이름으로 몇 호 발간했다고 한다.[14] 따라서 현존하는 최초의 작품들, 즉 「삶과 죽음」이나 「초한 대」가 씌어진 1934년 이전에 적어도 3, 4년의 습작기가 있었던 것으로 생각되며, 이런 점들로 미루어 윤동주는 지극히 짧은 일생에도 불구하고 10여 년간의 시작(詩作) 생활을 했다는 결론이 나온다.

어떻든 외면적으로 보아 대단히 조용하고 평범했던 그의 생애는 일본 제국주의 경찰의 느닷없는 개입으로 말미암아 홀연 중단되고 만다. 그가 왜 일제의 경찰에 체포되었는지에 대해서는 아직도 결정적 이유가 밝혀지지 않았다. 아우 윤일주 씨는 이렇게 쓰고 있다.

재판상의 공식적인 죄목을 우리는 모른다. 재판기록

---

13 정병욱, 「인간 윤동주의 편모」, 앞의 책, 59쪽.
14 김정우, 「윤동주의 소년시절」, 앞의 책, 81쪽.

을 공개하거나 죄목을 친절하게 가르쳐줄 일제가 아니었다.

사상불온으로 치안유지법에 걸린 정도로 알고 있었으며, 성미가 과격하고 행동파이던 몽규 형이 동주 형보다 6개월 더 형량이 많은 것으로 보아 학생들 간에 어떤 단결된 움직임이 있었음은 확실하다. 학병제(學兵制)가 실시되던 바로 전인 그 무렵 교오또에서는 일본 학생 간에도 반전·반체제운동이 강렬하였다고 한다.[15]

다음의 글은 윤동주가 "법정에서 행해진 정식 재판 결과 2년의 실형을 언도"받았고, "정식 재판인 이상 근거 없는 사건에 실형을 언도하지는 않았으리라"는 전제 밑에 이렇게 추론하고 있다.

거기에다 윤동주가 민족운동을 한 곳이 국내가 아니라 적지(敵地)인 일본 본토였다는 사실도 이 경우에는 고려되어야 한다. 적지였기 때문에 윤동주의 민족운동은 더욱 은밀한 가운데 계획·진행되었을 가능성이 크다. 동시에 그곳이 동포와 이웃해 사는 땅도 아니었기 때문에 그의 활동 상황이 전해질 기회는 상대적으로 더욱 한정되어 있었던 셈이다.[16]

15 윤일주, 「다시 동주 형님을 말함」, 앞의 책, 119쪽.
16 김용직, 「일제시대의 항일시가」, 『일제시대의 항일문학』(신구문화사, 1974), 125쪽.

그러나 이 추론을 확정지어줄 만한 증거는 아무것도 발견되지 않고 있다. 그 까닭이 위의 추론대로 "은밀한 가운데 계획·진행"된 탓인지, 혹은 그가 어떤 나타난 형태의 민족운동에도 실제로 참여하지 않았던 탓인지 확인할 길이 없다. 어쨌든 그가 일제 경찰에 붙잡혀 2년 가까운 옥살이 끝에 불행한 죽음을 당했다는 그 사실 한 가지는 확실하다. 윤동주를 마지막으로 만나본 사람 중의 하나인 김정우 씨는 당시의 모습을 이렇게 전한다.

> 동주 형이 교오또에서 체포되었다는 소식을 듣고 내가 교오또로 면회하러 간 것이 1944년 봄이었다. 가모가와 경찰서를 찾아 들어가서 4조 반 다다미방에 마주 앉았을 때 창백한 그의 얼굴에 겨우 미소를 지어 나를 쳐다보며 할아버지에게 잘 있다는 소식을 전해줄 것을 몇 번이고 부탁하던 그 창백한 모습과 그 간절한 효심의 음성, 이것이 내가 이 세상에서 마지막으로 보고 들은 그와 그의 음성이다.[17]

다음의 기록도 윤동주의 비극적 최후가 어떠했는지 짐작케 한다.

> 유해나마 찾으러 갔던 아버지와 당숙님은 우선 살아 있는 몽규 형부터 면회하니 "동주!" 하며 눈물을 쏟고,

---

17 김정우, 「윤동주의 소년시절」, 앞의 책, 82쪽.

매일같이 이름 모를 주사를 맞노라는 그는 피골이 상접하였더랍니다.

"동주 선생은 무슨 뜻인지 모르나 큰 소리를 외치고 운명했습니다." 이것은 일본인 간수의 말이었습니다.[18]

3. 행동에서 시까지

윤동주의 시집 초판(1948년) 서(序)에서 정지용(鄭芝溶)이 "무시무시한 고독에서 죽었고나! 29세가 되도록 시도 발표하여 본 적도 없이!"라는 유명한 경탄과 "아직 무릎을 꿇을 만한 기력이 남았기에 나는 이 붓을 들어 시인 윤동주의 유고(遺稿)에 분향(焚香)하노라"[19]는 외경을 발한 이래 상당수의 회고담과 시인론이 윤동주의 이름 앞에 바쳐졌다.

그에 관한 회고담들이 지용이 느꼈던 것과 같은 존경심과 그리움으로 물들어져 있는 데 비하여 그에 관한 시인론들은 대체로 윤동주의 생애 — 특히 그의 죽음과 결부되어 있는 항일지사적 면모 — 와 시를 어떻게 하나의 통일적 원리로서 일관되게 설명할 수 있느냐 하는 문제를 중심으로 전개되어왔다. 생애에 초점을 맞추어 그의 작품을 저항시의 모범으로 예증하기도 하고 작품 자체를 중시하여 아름다운 서정시로서만 해석하기도 하였으며, "윤동주의 항

18 윤일주, 「선백의 생애」, 앞의 책, 242쪽.
19 『하늘과 바람과 별과 시』(정음사, 1948), 3, 8쪽.

일적 생애와 윤동주의 아름다운 서정세계는 이름만 다른 한 개의 어떤 원형질을 보유하고 있었으리란 짐작"[20]을 제기했으면서도 그 '원형질'의 구체적 실체를 충분히 정립하지 못한 경우가 많았다.

앞서 거론한 김흥규 씨의「윤동주론」은 바로 이 의문, 즉 "한 시인의 삶이 지닌 준엄함과 정신의 탁월함이 곧 그의 시적 탁월성을 '자동적으로' 결정하는 것인가" 하는 의문에서 출발하여 시작품들의 철저한 분석을 통해 윤동주 시 세계의 내적 구조를 체계화하고자 하였다. 그리하여 윤동주는 "환상적인 평화에 안주함도, 어둠 속에 방황함도 보람 없는 일임을 느꼈고 마침내 고통스러운 현실과 맞서서 유혹과 억압으로부터 자기를 지켜야 할 것임을" 깨달았고 이러한 깨달음을 "폭넓은 상상적 융합력에 힘입어 상징적 체험으로 조직"한 시인으로서, 요컨대 "시대의 아픔을 자기화한 인간 고뇌의 형상화에 도달"한 시인으로서 평가되는 것이다.[21] 그러니까 만해(萬海)나 육사(陸史)에 대해서와 마찬가지로 윤동주에 대해서 단순히 저항시인이었다고 말하는 데 그치는 것은 내용 없는 관용적 표현을 되풀이한 데 불과하다는 말이다. 이제 이 문제를 좀 더 천착해보기 위해서 김흥규 씨의 논문 한 구절을 읽어보자.

물론 한 인간의 준엄한 삶과 정신적 탁월성은 가치

---

20 홍기삼,「시와 시인의 생애」,《심상》, 1975.2, 105쪽.
21 김흥규,「윤동주론」,《창작과비평》, 1974년 가을호, 637, 673~675쪽.

있는 것이며, 그의 작품을 이해 평가하는 데 중요한 부분일 수 있다. 그러나 그 가치가 곧 문학적 가치와 일치하는 것은 아니다. 시와 신념이 완전히 분리되어야 한다는 생각이 의문인 것처럼, 신념의 탁월함이 곧 시의 탁월함이 되리라는 태도 또한 수긍할 수 없다.[22]

이 필자는 육사를 논한 다른 글에서도 같은 생각을 거듭 천명하고 있다.

작품이란 '체험의 선택적 조직—형상화'라고 할 수 있다. 따라서 작품은 그것을 낳게 한 삶과 동일할 수 없고, 삶의 훌륭함이 작품의 훌륭함과 동일하다거나 또는 그것을 보증한다고 할 수 없다. 작품과 삶은 '절연(絕緣)된 것'은 아니지만 '구별되는 것'이기 때문이다.[23]

이 견해의 온당성은 부인되기 어려울 것이다. 작품과 삶 혹은 시와 행동은 너무나 자명하게 구별되는 것이기 때문이다. 그러면 이 양자는 어떤 관계로서 서로 얽혀 있는 것인가. 김홍규 씨는 이 양자의 관계를 밝히기 위하여 윤동주와 이육사의 경우를 치밀하게 분석한 바 있다. 그러나 그는 한 개별 시인의 세계를 정립하는 데는 성공하고 있으

22 김홍규, 앞의 글, 637쪽.
23 김홍규, 「육사의 시와 세계인식」, 《창작과비평》 1976년 여름호, 233쪽.

나, 위의 인용에 나타난 견해에서 더 깊이 들어간 작품과 삶 내지 시와 행동의 관계에 대한 통일적인 일반원리를 제시하는 데까지는 이르지 못하고 있는 듯하다.

이것은 예술작품이 기본적으로 인간의 삶을 질료로 해서 이루어지는 만큼 삶이 작품의 성립과 작품의 이해에 기본적으로 중요하기는 하나, 작품 자체는 그것대로 일정한 자립성을 가지는 하나의 완전한 객체라고 보는 그의 관점에서 연유되는 듯하다. 즉 그에게 본질적으로 문제가 되는 것은 문학적 가치요 작품들의 질적 무게로써 구성된 작가의 소우주적 세계인 것이다. 따라서 작품의 우열(優劣)을 결정짓는 것은 언어-형식적 완성도에만 있는 것은 아니고 체험의 강도와 체험을 조직화하는 능력의 올바른 결합에 있는 것이기는 하나, 무엇이 강한 체험과 강한 표현을 낳게 하는지에 대한 최종적 해답은 주어지지 않고 있는 것이다.

여기서 논의를 한 걸음 진전시키기 위하여 필자는 두 가지 예를 제시하고자 한다. 20세기 초엽 나라가 이미 일제의 식민지나 다름없이 되었을 무렵 안중근 의사가 분연히 민족의 원수 이토 히로부미(伊藤博文)를 처단하여 잠시나마 가슴을 후련하게 했음은 우리가 너무나 잘 아는 사실이다. 이때 안 의사의 동지인 우덕순(禹德淳)이란 분은 이 의거에 참하면서 다음과 같은 노래를 읊었다고 한다.

> 만낫도다, 만낫도다, 너를 한번 맛나고자 일평생에 원했지만 하상견지만야(何相見之晩也)런고 ……
> 덕(德) 딱으면 덕이 오고, 죄(罪) 범하면 죄가 온다. 네

뿐인 줄 아지 마라 너의 동포 오천만을 오늘부터 시작
하여 하나둘식 보난 대로 내 손으로 죽이리라.

이 피맺힌 절규를 인용하고 나서 『항일민족론(抗日民族
論)』이란 책의 저자는 이렇게 말하고 있다.

　　이 시를 보면 시란 결국 한갓 시인의 읊음이 아니라
시를 창조할 만한 풍부한 인생을 가진 사람의 소산이
라는 생각이 든다. …… 우덕순처럼 자기 시 속에 자기
몸의 중량을 싣고 이 중량과 함께 제2 차원의 세계로
솔직하게 치솟는 시는 없었다. …… 우덕순이 살던 시
대는 그 객관적 상황이 싸우는 시대였다. 이 싸우는 시
대의 상황인식이 그대로 시라고 하는 예술작업의 한
형식을 통하여 한 작가의 의식 속에 반영되었고 따라
서 재창조된 측면이 이처럼 완벽할 수가 없기 때문이
다.[24]

　한편 1950년대의 아프리카 반식민지 해방투쟁의 이론
적 지도자 중 한 사람이었던 프란츠 파농은 "시인의 가장
우선적인 의무는 그의 창작의 주제가 되는 민중을 분명하
게 보아야 하는 것이다. 어느 지식인이든 그가 얼마나 민
중으로부터 소외되었는가를 먼저 인식하지 못하는 한 대
담하게 앞으로 나아갈 수 없다"고 지적하고 케이타 포데바

24　백기완, 「항일민족의 노래」, 『항일민족론』, 1971, 204~207쪽 참조.

라는 사람의 「아프리카의 여명(黎明)」이란 기다란 작품을 인용하고 나서 이렇게 말한다.

　　이 시의 이해는 지적 작업일 뿐만 아니라 정치적 작업이다. 이 시를 이해하는 것은 자신이 해야 할 역할을 이해하는 것이고, 그가 하는 일이 무엇인가를 다시 확인하는 것이며, 갖고 있는 무기에 손질을 하는 것이다. …… 식민지 문화인의 책임은 민족문화에 대한 것만이어서는 안 된다. 그의 책임은 민족 전체에 대한 전 세계적인 책임이어야 한다. 왜냐하면 한 민족의 문화는 결국 그 민족의 단면에 불과한 것이기 때문이다. 민족문화를 위하여 싸운다고 할 때 그것은 먼저 문화가 가능할 수 있는 물질적 모형(母型)인 민족의 해방을 위한 싸움이어야 한다. 민중적 투쟁과 별개로 그와 병행하여 전개되는 '문화투쟁'이란 존재하지 않는다.[25]

　위의 두 인용은 물론 전문적 비평가의 문학론은 아니다. 그러나 필자는 여기서 위대한 문학작품이란 도대체 어떠한 것인가, 그리고 무엇이 문학작품에 진실한 위대성과 참된 생동성을 부여하는가에 대한 최고도의 문예이론적 함축을 읽을 수 있다고 생각한다. 압박받는 민중 속으로 몸뚱이를 던져 넣어 탄압자에 대한 민중적 투쟁의 대열에 참

---

25 프란츠 파농, 「민족문화론」, 『문학과 행동』(태극출판사, 1974), 454~ 460쪽.

가하는 것만이 식민지 시대에 있어 지식인의 자기 존재를 가능케 하며, 이러한 절실한 삶만이 위대한 작품을 태어나게 한다는 것을 그것은 가르쳐준다. 물론 위대한 삶이 자동적으로 위대한 작품을, 또 위대한 작품만을 낳는 것은 아니다. 위대한 삶으로부터 위대한 작품에 이르는 길에는 그 나름의 만만치 않은 절차가 놓여 있으나, 그것은 위대함을 결정짓는 것과는 다른 차원의 문학내적(文學內的) 문제에 속한다. 그것은 문학만의 문제임에는 틀림없으나 문학의 가장 중요한 문제라고 볼 수는 없을 것이다. 위대한 삶은 위대한 문학만을 낳는 것이 아니고 위대한 사상도 낳을 수 있고 위대한 웅변을 낳을 수도 있다. 그러나 위대하지 않은 삶이 위대한 문학을 낳을 수는 없다. 요컨대 본질적인 것은 어떤 삶을 사느냐 하는 것이며, 이 삶의 무게가 작품 속에 올바르게 운반될 때 그것은 작품 자체의 무게로 전화(轉化)되는 것이다. 다음의 유명한 시는 윤동주가 마침내 이러한 깨달음에 이르렀음을 나타낸다고 하겠다.

창 밖에 밤비가 속살거려
육첩방(六疊房)은 남의 나라,

시인이란 슬픈 천명(天命)인 줄 알면서도
한 줄 시를 적어볼까,

땀내와 사랑내 포근히 품긴
보내 주신 학비(學費)봉투를 받아

대학 노트를 끼고
늙은 교수의 강의 들으러 간다.

생각해보면 어린 때 동무를
하나, 둘, 죄다 잃어버리고

나는 무얼 바라
나는 다만, 홀로 침전(沈殿)하는 것일까?

인생은 살기 어렵다는데
시가 이렇게 쉽게 씌어지는 것은
부끄러운 일이다.

육첩방은 남의 나라
창 밖에 밤비가 속살거리는데,

등불을 밝혀 어둠을 조금 내몰고,
시대처럼 올 아침을 기다리는 최후의 나,

나는 나에게 작은 손을 내밀어
눈물과 위안(慰安)으로 잡는 최초의 악수.
——「쉽게 씌어진 시」 전문

이 작품은 역시 앞서 말한 김홍규 씨에 의해 적절하게
해석된 바 있다.[26] 이 작품의 핵심은 김씨의 암시처럼 "등

불을 밝혀 어둠을 조금 내몰고, / 시대처럼 올 아침을 기다리는 최후의 나"이다. 김씨의 말대로 "종말론적인 의미와 민족적인 의지를 모두 내포한" 이러한 시적 인식과 결의는 그렇다면 어떻게 해서 태어날 수 있었는가.

이를 풀어주는 열쇠는 이 시의 제7연에서 찾을 수 있다. 윤동주가 느끼기에는, 참으로 시다운 시를 낳을 만한 흡족한 삶을 그는 살고 있지 못한 것이다. 앞에서 지루하게 살펴보았던 전기적(傳記的) 사실들로 미루어 이것은 결코 지나친 겸손이나 심리분석적 개념으로서의 '부끄러움'이 아니라 정직하고 단순한 자기성찰이라고 생각된다. 우리 시문학사에 이만한 정직성조차 흔치 않았다는 사실이 결코 위대성의 보장이 될 수는 없다. 그리고 또 바로 이만한 정직성의 보장이 있었기에 '시대처럼 올 아침'을 예감할 수 있었을 것이다.

이제 우리는 시집 초판의 서(序)에서 정지용이 했던 이후 여러 사람이 되풀이했던 가정(假定)에 도달한다. 윤동주가 더 오래 살았더라면 어떻게 발전했을까 하는 가정이 그것이다. 시인으로서 대성했으리라는 추측은 안이한 것이다. 윤동주에게 있어야 할 것은 일생 동안 내면적 성실성에 집착했던 그에게 횡액처럼 불행한 죽음을 들씌운 일본 제국주의의 폭압적 본질을 보고 이를 현실에서 철폐하기 위한 민족적 투쟁에 나서는 일이다. 시대적 현실에 대한 윤동주의 예민한 의식을 부인할 수는 없으나, 그것은 그에게 내

---

26 김흥규, 「윤동주론」, 앞의 책, 659~660쪽.

면화된 형태로 나타나 괴로움의 악순환 속으로 그를 몰아넣었다. 그 순환의 고리를 깨는 것은 의식이나 상념 속에서만 가능할 수 없으며 민중 속으로 몸뚱이를 밀어넣는 데서 가능성이 열린다. 역사에서 폭력과 불의를 몰아내고자 하는 사람들에게 있어서 윤동주는 그 성과에서뿐만 아니라 그 한계에서도 많은 교훈을 주는 인물임이 분명하다.

한 민족주의자의 정치적 선택과 문학적 귀결

김광섭의 시를 위협하는 것들

1

오래전 김광섭 선생(1905~1977)이 작고한 직후에 썼던 「김광섭 소론」[1]에서 나는 1935년 《시원(詩苑)》에 데뷔작 「고독」을 발표한 때부터 대략 40년 동안의 시인의 문학적 역정을 크게 3등분하여, ① 고단한 식민지 지식인으로서 당대의 암담한 현실을 우울하고 관념적인 언어 속에 담았던 초기, ② 해방 후 왕성한 사회활동으로 분주한 나날을 보내면서 주로 구호적인 애국시들을 발표했던 중기, 그리고 ③ 뇌출혈로 쓰러져 힘든 투병생활을 하면서도 문학적으로 높은 창조적 경지에 이르렀던 후기로 정리한 바 있었다.

돌이켜보면 그 글을 쓸 당시 내 눈에는 시집 『성북동 비둘기』(1969)와 시선집 『겨울날』(1975)에 거두어진 후기의

---

1 《세대》, 1977.7, 『민중시대의 문학』 수록.

업적들이 너무 크게 앞을 가리고 있어서, 초-중기의 김광섭 문학을 그것 자체의 내적 논리 안에서 바라보는 데에 소홀하였고, 따라서 나는 초-중기 문학과 후기 문학 간의 차별성 못지않게 중요한 양자 간의 연속성의 측면을 제대로 파악하지 못하였다. 또한 나는 해방 직후부터 1960년대 중엽 병으로 쓰러지기까지 그가 우파적 문인단체와 보수적 언론기관에서 매번 중요한 직책을 맡아 적극 활동했고, 심지어 대통령 공보비서의 직책까지 맡았던 것을 단순히 시인으로서의 탈선으로 간주하여 괄호 안에 묶었을 뿐이었다. 하지만 이승만 시절의 활발한 문단적-사회적 활동과 일제 강점기의 그의 짧지 않은 감옥살이 및 그의 민족주의적 문학이념 사이에는 틀림없이 독특한 연관성이 있다고 보고 통일적으로 해석해야 되는 것 아닌가. 요컨대 당시에 나는 그의 삶과 문학을 그가 살았던 시대와의 관계 속에서 일관되게 종합하지 못하였다.

이상과 같은 자기반성을 기초로 나는 김광섭 문학에 관해 대략 다음의 문제들을 중점적으로 살펴보고자 한다. 첫째, 김광섭의 초기 문학활동 특히 첫 시집 『동경(憧憬)』(1938.7)을 구성하는 시대적 요소와 개인적 특성은 무엇인가. 그리고 이 시집 발간 이후 점점 더 죄어오는 억압의 시기를 맞아 다수의 문인들이 정치이념의 차이와 문학적 경력의 구별을 넘어 '친일'의 나락으로 추락한 반면에 김광섭은 그동안 현실정치에 비교적 냉담한 태도를 지녀왔음에도 오히려 치안유지법 위반이라는 죄목으로 3년 7개월 동안 철창에 갇히는 몸이 되었는데, 이 사실과 그의 문학은 어느 지점에서 연결되는가.

둘째, 김광섭은 평생에 걸쳐 자신이 민족주의자임을 자부하였다. 그러나 민족주의는 결코 자명한 개념이 아닐뿐더러 단순명료한 개념도 아니다. 어떻든 그는 일제 강점기에 민족교육을 했다는 죄목으로 감옥에 갔다. 그리고 해방을 맞아 수많은 정치적 분파들이 난립하는 가운데 결국 이승만 노선을 선택하였고, 그 노선에 따른 적극적인 문화운동을 전개하였다. 그렇다면 이와 같은 정치적 선택을 통해 그가 추구한 '민족'의 내용은 무엇이며, 그것은 그의 문학과 어떻게 연관되는가.

마지막으로, 1965년 발병 이후 작고하기까지 10여 년 동안 그의 신체적 조건은 번다한 문단적-사회적 활동의 압박으로부터 그를 보호해주었다. 덕분에 산출될 수 있었던 그의 훌륭한 병상시(病床詩)들은 그 이전의 시들과 어떤 차별성을 가지는가. 그의 말년의 시들은 초-중기 시들의 연장선 위에 있는가, 아니면 그것으로부터의 질적인 비약인가. 다시 말하여 김광섭의 시적 생애를 관통하는 불변의 미학적 동력이 있다면 그것은 무엇인가.

2

김광섭은 아주 늦깎이로 문학에 입문하였다. 중동학교를 졸업하던 1924년에 일본으로 건너가 이태 동안의 입시 준비 끝에 그가 들어간 곳은 와세다대학 제일고등학원 영문과였다. 그 학교 조선인 동창회가 주최한 신입생 환영회에서 만난 인물이 바로 불문과 1년 위에 재학하고 있던 이헌구(李軒求)였는데, 두 사람은 평생 동안 둘도 없는 친구이자 한결같은 문학적 동반자로 지냈다. 세련된 문학청년 이헌구로부터 서양문학의 세례를 받고 이 새로운 종교의 독실한 신도가 되기까지 김광섭은 "문학이나 시에 대해서 생각해본 일도 없었고 또 그런 비현실적인 이야기를 해준 사람도 없었다. 중학 시절에 겨우 《창조》라는 제본부터 색다른 잡지 한 권을 본 일밖에는 없었다."[2]

그때까지 그가 경험한 것은 고향인 함경도 바닷가의 물새와 들꽃, 잠시 이주해 살았던 북간도의 황량한 벌판, 가난을 벗어나기 위해 불철주야 일에 매달려 지내던 가족들, 그리고 식민지적 압제의 현실이었다. 읍내의 경성공립보통학교에 편입하기 전에는 동네 서당에 다녔는데, "아침 서당에 가면 수군거리는 말 ─ 새벽에 독립군이 와서 밥 먹고 갔다는 둥…… 쌀을 가지고 갔다는 둥…… 항상 동네는 수런거렸다. 낯선 사람이 지나가면 저 사람이 산에서 나온 독립군이 아닌가 하며 혹시 일본 헌병이 나와 그를 보고 있지 않나 해서 두렵고 무섭기도 했다."[3] 게다가 동네 한가운데 새로 지은 그의 집 바로 뒤에 헌병대가 들어와, 저녁 무렵이면 애국청년과 독립군들을 잡아다가 고문하는 소리가 들려, 소년 김광섭은 방 안에 앉아 숨도 크게 못 쉬

---

2 김광섭, 「詩에의 登程」, 『나의 옥중기』(창작과비평사, 1976), 306쪽.

3 김광섭, 위의 책, 298쪽.

고 비명소리를 들을 수밖에 없었다. 이것이 1910년대 일제 식민지 통치권력의 중심부에서 멀리 떨어진 함경도 변방의 풍경이었다. 그는 자신의 민족의식이 바로 이런 환경 속에서 싹텄다고 회고한 바 있다.

유학지인 도쿄의 대학에서 그가 경험한 것은 입시공부에서 해방된 자유, 연애보다 달콤한 문학의 매혹, 당시 대학사회를 휩쓸고 있던 시대정신으로서의 사회주의 등이었다. 그는 중동학교 입학 전인 열다섯 살 때 이미 결혼을 했지만, 그때까지 그가 경험했던 것과는 완전히 다른 도쿄의 근대적·문명적 풍조 속에서 그는 급속도로 문학에 빨려 들어갔다.

그는 유학생 동창회에서 등사로 발행하던 《알(卵)》이란 동인지에 기다렸다는 듯이 참가하였다. 그리고 난생처음 「모기장」이란 시를 발표하였다. 이 작품은 그 후 어느 시집에도 수록되지 않았는데, 아마 남들 앞에 내놓기 민망할 정도의 습작이었을 것이다. 그래도 김광섭 자신은 후일 이 시에서의 모기가 "일본 형사를 비유한 것으로 이념적인 것이었다"고 언급하면서, 그 무렵 어학과 문학 양쪽의 재사로 학생들 사이에 명성이 높던 영문과 3학년 정인섭(鄭寅燮)으로부터 괜찮다는 평을 받아 "나도 시를 쓰면 되겠구나" 하는 자신감을 얻었다고 한다.[4] 어떻든 여기서 우리의 주목을 끄는 것은 그가 최초의 습작에서부터 단순한 감상의 토로나 외국시의 모방을 시도하지 않고 그 나름으로 민

---

4   김광섭, 위의 책, 307쪽.

족의식을 표현하고자 했다는 사실이다.

그러나 대학시절 그는 시창작보다 영문학 공부에 몰두하였다. 바이런·셸리·키이츠 등 낭만주의 시인들의 작품을 많이 읽었고, 발레리와 엘리엇 같은 동시대 모더니즘 시인들의 '지성적인 사조'에도 커다란 영향을 받았다고 한다. 하지만 1932년 제출된 그의 졸업논문은 시인론이 아니라 「사회극 작가로서의 골즈워디 연구」였다.

다른 한편 그는 오랜 수난의 역사를 지닌 아일랜드의 문예운동과 특히 애비(Abbey)극장을 중심으로 전개된 아일랜드의 민족극운동에 관심을 가졌다. 졸업 직후 귀국하여 그해 12월 친구인 이헌구의 권유로 '극예술연구회(극연)'에 가입하는데, 연극인도 아니면서 자신이 극연에 가입한 것은 아일랜드 문예부흥운동을 우리 현실에 옮겨 민족운동의 활성화에 기여하고자 하는 데 뜻이 있었다고 주장하였다.[5]

실제로 그는 이듬해인 1933년 모교인 중동학교 영어교사로 취임한 다음부터 시집 『동경』의 간행으로 시인의 위치를 확립하기까지 여러 편의 연극 관련 글들을 발표하였다. 그것들을 연대순으로 나열하면 다음과 같다.

「극단(劇壇)의 전망, 제언」(《조선일보》, 1933).
「연극 제3회 공연을 앞두고」(《극연회보》, 1933).
「우리의 연극과 외국극의 영향」(《조선일보》, 1933).

---

5   김광섭, 위의 책, 319쪽.

「극작가 존 골즈워디의 극론 소고」(《중명(衆明)》, 1933).

「외국극 이입(移入) 문제」(《조선일보》, 1933).

「극장과 민중문화, 연극기관의 필요」(《조선일보》, 1934).

「애란 민족극의 수립」(《동아일보》, 1935).

「연극문화 발전과 그 수립의 근본 도정(특집): 관객층의 조직과 연락」(《조선일보》, 1935).

「연극운동과 극연」(《조선문단》, 1935).

「극계의 회고」(《동아일보》, 1935).

「애란 문예부흥 개관」(《삼천리》, 1936).

「유진 오닐 단상: 그 생애와 예술에 관하여」(《조선일보》, 1936).

「애란 연극운동 소관(小觀)」(《삼천리》, 1936).

「근대극의 부(父) 입센의 생애」(《조광》, 1936) 등.

이 글들을 제대로 검토해보지도 않고 단지 그 목록의 나열만으로 이 무렵 김광섭의 정신적 지향과 문학활동의 내용을 추론하는 것은 무책임한 일이다. 다만 확실한 것은 시집 『동경』의 출간을 계기로 연극 관련 에세이의 발표가 씻은 듯이 청산되었다는 사실이다. 그러나 이것이 연극운동을 통해 달성하고자 했던 목표 자체에 어떤 변화가 생긴 까닭인지, 아니면 연극보다 더 효과적이고 자신의 능력과 소질에 더 적합한 다른 수단이 발견되었기 때문인지 단정할 수는 없다. 오직 시집 『동경』 안에 이룩된 작품의 객관적 성취만이 개인 김광섭의 방향전환에 대해 역사적 판단을 할 권리가 있을 것이다.

시집 『동경』에는 김광섭의 이름을 우리 문단에 예리하게 각인시킨 사실상의 데뷔작 「고독」을 필두로 총 38편이 실려 있다. 「고독」은 일제 강점기 그의 대표작으로 널리 알려져 있고 시인 자신도 이 작품에 어지간히 만족감을 느껴 자주 거론했지만, 그 결과 생겨난 세평을 점검하기 위해서라도 다시 한번 읽어볼 필요가 있다.[6]

내
하나의 生存者로 태어나 여기 누워 있나니

<hr>

6 이 글에서 시의 인용은 모두 1974년 일지사 판 『김광규 시전집』에 의거했다. 이 전집에 수록되지 않은 작품의 경우에는 1975년 창작과비평사판 선집 『겨울날』을 따랐다.
그런데 2005년 9월 29일 '탄생 100주년 문학인 기념문학제'가 열리는 자리에서 나는 『이산 김광섭 시전집』 『이산 김광섭 산문집』(문학과지성사) 두 권을 기증받았다. 따라서 이 글을 발표하고 난 뒤에야 이들 시전집과 산문집을 검토할 수 있게 된 것은 부득이하지만 유감스러운 일이었다. 이 기회에 다시 확인한 사실은 저자 김광섭이 작품을 발표하거나 저서를 출간한 이후에도 수시로 자기 글을 손질했다는 점이었다. 이번에 출간된 문학과지성 판 시전집은 각 시집들의 초간본을 그대로 재수록하면서 다만 한자를 괄호 안에 넣어 처리했고, 반면에 내가 참고한 일지사판 시전집은 한자를 그대로 노출하면서 초간본 이후의 저자의 수정을 반영하고 있다. 작품의 형성 과정이나 그 작품들의 발표 당시의 수용과정에 관한 역사적 연구가 아니라면 작품 창작의 책임자인 저자의 마지막 수정을 정본(定本)으로 받아들이는 것이 옳다고 나는 생각하며, 그 점에서 문지판 시전집은 저자의 수정을 무시한 이유에 대해 납득할 만한 해명을 내놓을 책임이 있다. 어떻든 이 「고독」의 경우 김광섭은 세 군데 손을 대었는데, 가령 제4연 제1행의 "맑은 性 아름다운 꿈은 멀고"가 새로 나온 문지판에는 시인이 고치기 이전의 "맑은 성 아름다운 꿈은 잠들다", 즉 초간본대로 ── 한자를 괄호 안에 넣었다는 점에서는 그나마 변형시켜 ── 복원해놓았다. 결코 납득할 수 없는 조치다.

한 間 무덤 그 너머는 無限한 氣流의 波動도 있어
바다 깊은 그곳 어느 고요한 바위 아래

내
고단한 고기와도 같다

맑은 性 아름다운 꿈은 멀고
그리운 世界의 斷片은 아즐타
오랜 世紀의 知層만이 나를 이끌고 있다

神經도 없는 밤
時計야 奇異타
너마저 자려무나

이 시에 설정된 구도를 파악하는 것은 어려운 일이 아니다. 시의 화자는 첫 줄에 한 글자로 서정적 자아를 앞세운다. 그러나 이렇게 도전적으로 제시된 단독자·서정적 자아를 둘러싼 시대적 상황은 자아를 압박하며 자아에 대해 적대적이다. 작품 「고독」뿐만 아니라 시집 『동경』 전체를 지배하는 가장 기본적인 정조는 이와 같은 내리누르는 듯한 중압감이라 할 수 있는데, 그 중압감의 근원은 방금 김광섭의 이력을 개관하면서 암시했듯이 그의 남다른 민족의식이다.

그러나 그는 어떤 경우에도 자신의 민족의식을 저항적

행동으로 표출하지 않는다. 그는 외부지향적이고 투쟁적인 기질의 소유자가 아닌 것이다. 후일 감옥 안에서도 그는 반항·적개심·절망 같은 격렬한 감정에 사로잡히기보다 꼼꼼하게 사물을 관찰하고 차분히 자신을 반성하는 태도로 일관한다. 1943년 11월 10일부터 1944년 9월 5일까지 서대문형무소에 갇혀서 쓴 「옥창일기」는 옥중기라고 믿을 수 없을 만큼 전체적으로 냉정한 기록으로서, 마치 수행자가 토굴생활을 적듯이 자기 마음의 움직임을 적어나간 수행일지의 성격이 짙다. 요컨대 그는 자아를 압박하는 외부세계, 즉 억압적 식민지 현실을 '한 간 무덤'으로, 그리고 현실과 불화관계에 놓인 자신을 한 마리 '고단한 고기'로 인식함에도 불구하고 자기의 시를 자아와 세계의 대결이 벌어지는 치열한 싸움의 장(場)으로 만들지 않는다. 그리하여 "맑은 성(性) 아름다운 꿈"으로서의 초월의 공간은 아득히 멀고, 자아는 극도의 신경증적 긴장 속에서 모든 미래의 전망으로부터 차단당한다.

이 작품이 당대의 독자들에게 신선하게 다가간 것은 마지막 연의 간결하면서도 압축된 표현이 갖는 비수 같은 날카로움 때문이었을 것이다. 특히 "시계야 기이타"라는 짧은 한 행은 평범한 일상적 사물을 신기성(新奇性) 내지 생소성의 개념에 의해 정의함으로써 시대적 상황의 압도적 무게에 포획되어 고뇌하는 지식인의 불면의 밤을 청각적 진공 속에 부각시킨다. 그러나 작품 전체를 처음부터 다시 읽어보면 마지막 연의 예각적 효과에 이르는 시의 진행이 용의주도하게 운용되었다고 말하기는 어렵다. '하나의 생

존자' '무한한 기류의 파동' 그리고 '맑은 성' 따위의 표현
들은 어색하거나 불투명하고, '지층(知層)'이란 조어도 꼭
필요한 것인지 납득되지 않는다. 언어에 대한 둔감과 표현
의 불투명, 그리고 그 점과 결부된 관념어의 과잉은 시집
도처에서 찾아볼 수 있지만, 비교적 성공적인 다음과 같은
소품에서도 그 폐해를 깨끗이 청산하지는 못하는 것 같다.

　　수리개가 旋回하는 靜謐한 오후

　　이 小谷에는
　　새의 노래도 한 떨기 꽃도 없이
　　綠陰이 깃들이고 있나니

　　願하여 愛의 性을 그려 보거늘
　　오늘도 마음은
　　둔한 벌레가 되어 외로이 풀잎에 기다
　　　　　　　　　　　　　　　──「소곡에서」 전문

　작품 「고독」에 표현된 '한 간 무덤' '바다 깊은 그곳'과
이 「소곡에서」가 묘사하는 '새의 노래도 한 떨기 꽃도 없
는' 작은 골짜기는 두말할 것 없이 동질적인 공간이다. 그
곳에서 시적 자아는 단순한 생존 이상의 더 높은 자기실현
을 추구하지 못하며 고뇌와 무력감에 빠져 존재의 퇴행을
경험한다. 이 시에서의 수리개(솔개)의 선회는 앞의 시 「고
독」의 '무한한 기류의 파동'에 대응되는, 그리고 '정밀한

오후'의 침묵과 '무덤'의 정지 상태에 대비되는 동적 이미지일 것이다. 그러나 "오늘도 마음은 / 둔한 벌레가 되어 외로이 풀잎에 기다"라는 표현은 "내 / 고단한 고기와도 같다"에 비할 때 본질적으로 동일한 자아인식을 나타낸 것이면서도 비유의 생동성과 감정의 객관화에 있어 더 뛰어난 성취를 이룩하고 있으며, 그럼으로써 시대의 압박 밑에 왜소해진 한 인간의 심리적 초상을 절실하게 그려내는 데 성공하고 있다.

다만 이 「소곡에서」 역시 "맑은 성 아름다운 꿈은 멀고" 같은 구절에 못지않게 막연하고 불투명한 "원하여 애의 성을 그려 보거늘" 같은 구절을 포함하고 있다. 이 가위눌린 듯이 어눌한 말투와 관념어의 몽롱한 파편들 사이로 신음처럼 새어 나오는 시인 김광섭의 소망은 망망한 창공을 드높이 비상하여 자유를 실현하는 것, 끝 간 데 없이 넓은 초원에서 자연과의 합일을 이룩하는 것, 즉 식민지 현실의 암흑적 질곡에서 초월적 공간으로 탈출하는 것이라고 추측해볼 수 있다.

그런 점에서 다음에 인용하는 「우수(憂愁)」는 시집 『동경』을 대표하는 수작일 뿐만 아니라, 1930년대 후반의 암울한 식민지 풍경에 굴복하기를 거부하는 시인의 고뇌와 독립정신을 유감없이 형상화한 작품이라고 말할 수 있다.

　　海心에 깜박이는 등불로 말미암아
　　밤바다는 무한히 캄캄하다

물결은
발 아래 바위에 부딪쳐서 출렁이고
自由는
永遠한 憂愁를 또한 이 國土에 더하노라

어둠을 스쳐 멀리서 갈매기 우는 소리
귓가에 와서 가슴의 傷處를 허비고 사라지나니

아 밤바다에 외치고 가는 詩의 새여
그대의 길도 어둠에 차서 向方 없거늘
悲哀의 詩人 苦惱를 안고
또한 그대로 더불어 밤의 大洋으로 가랴

　똑같이 억압적인 상황에서 태어났음에도 이 작품은 동시대 김광섭 문학의 일반적 특징인 관념적 모호성과 입안에서 더듬거리는 듯한 어눌함을 어느 정도 제어하고 있고, 그럼으로써 시어들이 이미지의 활달한 진행에 통합되고 있다. 아니, 이 시에 남아 있는 부분적인 관념성과 어눌함 자체가 작품의 전체적인 침통함에 적절히 보강작용을 하고 있어, 이 시가 암흑 시대의 소산임을 웅변하고 있다.
　사실 김광섭의 시에서는 처음부터 율격에 대한 배려를 찾아보기 어려웠다. 이 특징은 그의 말년에 이르기까지 지속된다. 아마도 이 특징은 그의 시의 출발이 가령 김소월처럼 조선민중의 노래인 민요가 아니라 서구 낭만주의 시대의 자유시 및 그 계승으로서의 모더니즘 시였기 때문일 것으로 추측된다.[7] 불행히도 그는 한국시의 전통 안에서 언어감각을 습득하고 표현기법을 연마할 기회를 갖지 못한 채 일본 유학을 떠났고, 거기서 서양문학을 통해 시를 공부하여 시인이 되었다. 이 성장기의 트라우마는 평생 그를 따라다니게 되는데, 그러나 「우수」 같은 작품의 존재는 한 시인의 출발지점이 어디이고 통과장소가 어떤 곳이냐가 훌륭한 문학의 산출에 본질적인 장애가 되지 않음을 입증한다. 왜냐하면 이 작품은 그가 김소월의 리듬과 정지용의 언어감각을 제대로 익히지 못한 채 출발했음에도 불구하고 —— 어쩌면 바로 그랬기 때문에 김소월이나 정지용과는 전혀 다른 독특한 영역을 개척할 가능성이 있음을 보여주고 있기 때문이다.

「우수」의 배경은 밤바다이다. 멀리 바다 한가운데서 깜박이는 등불로 말미암아 오히려 밤은 그 압도적인 어둠을 천지에 덮는다. 그러나 시의 화자는 위축되지 않는다. "바다 깊은 그곳 어느 고요한 바위 아래 / 내 / 고단한 고기와도 같다"의 무력감과 좌절의식에 비할 때, "물결은 / 발 아래 바위에 부딪쳐서 출렁이고"에서는 오연하게 고양된 자아의 도전정신이 감지된다. 이 막막한 압제의 땅에 영원한 슬픔을 더한다고 느끼게 하는 것은 관념으로서의 자유 자

---

7 이 점을 잘 보여주는 것이 그의 시론적(詩論的) 에세이 「현대시와 지성에 대한 관견」이다. 그가 시에 대해서 말할 때 주로 의거하는 모범은 낭만주의와 상징주의의 전통 속에서 탄생한 유럽의 현대시인들 즉 랭보, 오든, 엘리엇, 발레리 등이었다. 그는 자신도 현대시인의 반열에 속한다는 강력한 자의식을 가지고 관념과 지성을 옹호하고 감상주의를 배격하였다. 『나의 옥중기』, 277~295쪽 참조.

체가 아니라 시의 화자 내부에서 들끓는 자유에의 갈망일 터인데, 그것은 멀리 날아다니는 갈매기의 울음소리에 허비어 덧나는 가슴의 상처와도 같다. 그렇게 본다면 갈매기는 이 고뇌의 시대에 어둠의 항로를 뚫고 가야 하는 시인의 사명 또는 그의 비극적 운명을 담지한 시적 상징일지도 모른다. 그런 점에서 이 시는 자아와 세계, 실존과 역사가 부딪치는 충돌의 현장에서 솟아오른 시인의 호쾌한 출항 선언이다.

그러나 시집 『동경』에서 「우수」의 통렬함은 예외적인 것이고, 대부분의 작품들은 불분명한 관념과 생경한 우리말 표현으로 인해 그러지 않아도 답답한 분위기를 더욱 침울하게 만들고 있다. 이 점과 관련하여 김광섭은 시집 발문에서 이렇게 말한다. "추상(抽象)된 세계를 가지지 못한 시인의 생명은 의심스러울 것이나, 이 추상된 세계란 현실을 통하여서의 이상(理想)이거나 반역일 것이다. 그러므로 저건너에 깃들여 있는 추상된 세계의 거울은 곧 현실이요 현실 없는 추상은 없다. 그러므로 또한 현실이 쓰거운데 추상의 세계만이 감미로울 수도 없다. 여기서 시의 사명은 아름다운 서정의 세계나 산뜻한 감각의 기복(起伏)만을 영출(靈出)해냄에 시종할 배 아니다."[8]

이것은 김광섭 시문학의 이론적 자기정당화로서, 그는 현실과 유리된 추상적 관념주의 및 이념적 전망이 배재된 현실추수주의 양자를 아울러 비판한다. 또한 그는 은연중

8   김광섭, 『김광섭 시전집』(일지사), 96쪽.

1930년대 중반 우리 시단을 풍미하는 기교적 심미주의와 말초적 감각주의에 대한 명백한 반대를 보여주며, 현실의 고통을 외면한 감상적 낙관주의에 대해서도 공격의 화살을 보낸다. 그리고 그는 자기 시가 관념적 내지 추상적이라고 비판하는 데 대해 그것은 현실반영의 불가피한 방법론이라고 반박한다. 그와 동시에 그는 이 무렵 카프 문학이론의 전투적 열정을 인정하면서도 카프의 정치의식 과잉과 기계적 공식주의가 문학 창작의 자유를 속박한다고 지적하는 동시에 소위 해외문학파에 대해서도 일정하게 거리를 두는 발언을 하였다.[9]

특히 여기서 해외문학파와의 관계를 분명히 해둘 필요가 있다. 앞에서 김광섭이 일본에서 귀국한 직후 이헌구의 권유로 극연에 가입하여 한동안 활발하게 활동한 사실을 언급한 바 있는데, 그가 영문학을 전공했기 때문에 그리고 극연 회원과 해외문학연구회 구성원이 대부분 중복되기 때문에 그를 해외문학파의 일원으로 간주하지만, 사실은 그렇지 않다.[10] 아마 이보다 더 중요한 것은 그가 해외문학파의 공적을 높이 평가하면서도 민족현실을 등한시하는 듯한 그 세계주의적 측면을 놓치지 않고 비판한다는 점이다. 이렇게 추적해본다면 1930년대에 명멸했던 다양한 문학이론의 분파들 속에서, 그리고 1940년대로 넘어가는 상

---

9 김광섭, 「비평현상의 부진」, 《동아일보》, 1935.9.28. 참조.

10 그는 다음과 같이 회고한 바 있다. "한국문학사를 보면 나를 해외문학파의 한 멤버로 소개하고 있다. 사실 나는 이 회에 가입한 적이 없다." 「나의 이력서」, 《한국일보》, 1977.3.20.

황의 이념적 파산 국면에서 김광섭이 모색했던 민족문학의 길은 입지가 협소하고 불안정한 험로였음이 분명하고, 바로 그런 점에서 그는 친구 이헌구와 평생 심정적으로 동행하면서도 드물지만 때로는 이론적으로 갈라지기도 하였다.

3

귀국 이듬해부터 만 8년째 모교인 중동학교에서 영어교사로 근무하던 김광섭은 1941년 2월 21일 아침 출근 준비 중에 형사들에게 연행되어 경찰서로 끌려간다. 석 달이 넘도록 조사를 받은 끝에 5월 말 형무소 미결감으로 넘겨지고, 여기서 다시 지루한 검찰조사와 간단한 재판을 거쳐 꼭 1년 만에 2년형의 선고를 받은 다음 그때부터 기결수로서 1944년 9월 6일 만기석방될 때까지 옥고를 치르게 된다.

그에게 적용된 법률은 현행 국가보안법의 원조에 해당하는 소위 치안유지법이었다. 판사가 유죄를 인정한 그의 범행 내용이란 그가 수업시간에 학생들에게 독립사상을 선동했다는 것인데, 그가 학생들 앞에서 했다고 인정된 발언의 요지는 ① 말로는 내선일체라고 하면서 조선인을 차별한다. ② 학교에서 조선어 과목을 폐지한 것은 조선어를 말살하려는 정책이다. ③ 이광수와 이태준은 민족주의자로서 학생들은 그들의 인물과 작품을 알아야 한다. ④ 조선어 신문인 《조선일보》와 《동아일보》를 폐간한 것은 조선 문자를 없애 조선인을 문맹으로 만들려는 것이다.[11] 이보다 앞선 1940년 8월 10일 당시 조선일보사에 근무하던 이헌구는 김광섭으로부터 "슬프다 조선일보여"라는 전보를 받는다. 바로 그날 두 한글신문이 폐간되었고, 이헌구는 병중임에도 해산식 참석을 위해 신문사에 나갔던 것이다.[12]

앞에서 여러 차례 암시했듯이 김광섭은 소년 시절부터 민족감정을 자극받을 만한 환경에서 성장하였고, 일본 유학시절 이후 비록 민족운동에 직접 행동으로 뛰어든 적은 없어도 언제나 자신을 민족주의자로 자각하고 있었다. 다만 그의 민족주의는 사회주의와 연합 내지 협력할 수 있는 개방성을 지니지 못한 것이라는 데에 한계가 있다. 감옥생활을 회고한 글 「사상범」에는 다음과 같은 문장들이 적혀 있다.

> 민족은 근원이다. 그러므로 그 민족에 속한다는 가장 단순한 생각 하나만으로도 민족의식은 형성되는 것이다. 한 민족에 속하는, 더군다나 지식인, 그것도 저의 나라 최고학부를 졸업한 데다가 민족의식이 가장 강렬한 시인에 대하여 민족을 버리고 1년 10개월 만에 네 항목의 죄를 만든 놈들을 따르란 말이냐.[13]

---

11 김광섭, 『나의 옥중기』(창작과비평사), 14쪽.
12 위의 책, 이헌구의 머리말, 3쪽.
13 김광섭, 「사상범」, 월간 《다리》, 1972, 『나의 옥중기』, 214쪽 수록.

나의 중동 교단 10년은 나의 민족정신의 단상(壇上)이었다. 거기서 민족의식의 씨앗, 사상의 씨앗이 더욱 심화되면서 내가 교단에 서면 '조선인'이라는 것을 설명이 없어도 학생들에게 직감케 했다. 감정은 처벌하려도 증거가 없는 것이다. 다만 슬픔을 전해주면 무언중에 그것은 의식화되면서 보이지 않는 민족의식의 뿌리가 …… 뻗쳐 나가므로, 이것이 직접 운동보다 현실적 효과는 적지만 …… 일본의 식민지 동화정책을 막는 데 근본되는 잠재력이 되므로 나는 교단에서 그러한 힘의 상징이 되고자 했던 것이다.[14]

위의 문장에 보이는 바와 같이 그가 반일적 감정의 소유

---

14 앞의 책, 210~211쪽. 「사상범」은 1972년에 30여 년 전의 옥중생활을 회고하면서 쓴 글이다. 따라서 이 글에는 서로 다른 시점에서의 김광섭의 생각이 혼재되어 있다고 말할 수 있다. 「옥창일기」에는 그런 성격이 좀 더 복합적으로 개입되어 있다. 모범수였던 그는 2년형을 언도받아 기결감에 온 지 1년 반 만에 집필허가를 받아 일기를 쓰기 시작하였다. 1943년 11월 10일부터 1944년 9월 5일 출소 전날까지 쓴 것이 「옥창일기」이다. 그런데 「사상범」 「옥창일기」 등을 모은 저서 『나의 옥중기』 머리말에서 그는 "일어에서 옮기자니 약기(略記)한 것, 은유와 반어로 쓴 것, 이모저모에 암시한 것 등 바로잡기에 이력저력…… 3개월여……"라고 말하고 있다. 이로써 미루어 본다면 원래 일본어로 압축적 반어적으로 써놓았던 것을 《자유문학》(1961년 4·5월 합병호~1962년 7·8월 합병호)에 연재하면서 3개월여에 걸쳐 우리말로 번역 수정했음을 알 수 있다. 그런데 최근 나는 『나의 옥중기』에 수록된 「옥창일기」와 그동안 둘째 딸 금옥 씨가 보관하고 있던 원고본 「옥창일기」가 적지 않은 부분에서 일치하지 않음을 발견했다. 이것은 1961년에 원고화한 것을 1976년에 책으로 내면서 저자가 다시 한 번 수정했음을 말해주는 것이다. 따라서 「옥창일기」에는 1943년, 1961년, 1976년 세 시기의 김광섭의 관점이 혼재하고 있다고 보아야 한다.

자임은 분명하지만, 그러나 일제 식민지 통치의 철폐를 위해 어떤 조직을 만들거나 행동으로 투쟁에 나설 그런 종류의 인물은 아니었다. 그는 경찰 조사과정에서 자기가 조선 독립을 희망한다고 진술한 것에 대해 검사에게 대략 이렇게 대답한다. "경찰 진술에서 독립을 희망 안 한다고 주장하고 싶었지만, 그렇게 하면 죄는 면할 수 있을지 모르나 양심을 부정하는 것으로서, 지독한 고문을 당하면서 독립을 희망조차 않는다고 할 수 없어서, 다만 희망을 부인하지 않은 것뿐입니다."[15] 그에게는 형벌을 받느냐 않느냐보다 자신의 양심을 지키느냐 못 지키느냐가 본질적으로 더 중요한 것이었다. 또 감옥의 독방에서 지내던 어느 날 배식시간이 오래 지났는데도 밥이 오지 않아 현기증이 날 만큼 배가 고팠다. 하지만 전후사정을 알고는 그 밥 돌리는 죄수에게 화가 미치지 않게 하기 위해서 참고 입을 다물었으며, 그러고 나서는 혹시 그 대가를 바라는 마음이 자신에게 생길까 스스로 경계하는 대목이 있다.[16]

또 그 무렵 유명한 국문학자 김태준(金台俊)이 들어와, 두 사람은 간수의 묵인하에 통방을 하며 의견을 나눈다. 그런데 김태준은 김광섭이 보기에 자신과 정반대의 인물로서, 견습간수를 매수하여 바깥과 연락을 취하다가 발각되기도 하고, 그런 말썽 중에도 자신에게 공산주의를 권고하는 철두철미함을 보인다. 그 김태준에 대하여 김광섭은 이렇게

15 위의 책, 208쪽.
16 위의 책, 81쪽.

서술한다. "그와 나는 같은 문학도로 문학적 양식도 본질적으로는 비슷했고 시대의 고민에 대한 것도 같은 테두리 안에 있었는데, 다만 한 가지 그는 공산주의 신봉자요 나는 민족주의자로서 정신적 사상적 차이가 있었을 뿐인데, 판단하고 적응하는 데 있어 그는 기민하고 주의를 위하여서는 수단과 방법을 가리지 않았다."[17] 김태준이 실제로 어떤 사상과 인품의 소유자였는지를 따지는 것은 별개의 문제이겠지만, 어쨌든 그와의 대조를 통해 드러나는 김광섭의 모습은 온건한 민족주의자, 온순하고 양심적인 지식인의 그것이다.

출옥 후 1년도 안 되어 닥친 8·15 해방은 김광섭의 삶에 일대 전환점을 마련한다. 그는 이헌구와 더불어 1945년 9월 8일 '조선문화협회'라는 모임을 만들고, 이어서 열흘 뒤에는 그것을 '중앙문화협회'로 개편 확장하여 정식 조직으로 발족시킨다. 임화·김남천 등의 '조선문학건설본부' 간판이 워낙 빨리 내걸리기는 했지만(1945.8.16), 이에 대한 김광섭의 반응도 느린 것은 아니었다. 아직 한반도의 정치적 운명이 어디로 향할지 불확실한 상황에서(하지 중장이 지휘하는 미군 부대가 인천항에 상륙한 것은 9월 8일이다), 그리고 대부분 문인이 망연자실 사태를 관망하고 있던 그 시점에, 비록 상반된 노선을 지향하고 있었지만, 임화와 김광섭은 민족의 미래에 대한 어떤 신념을 그처럼 황급히 현실 속에 투입하고자 했던 것인가. 구(舊)카프의 주류 세력이 프롤레

---

17 위의 책, 213쪽.

타리아 계급문학을 고수하고 있고 김동리·조연현 등 후배 세대들이 '순수문학'을 주장한 데 비하여, 임화와 김광섭이 들어올린 이념적 깃발이 공교롭게도 똑같이 '민족문학'이었다는 것은 지극히 역설적인 일치라 할 것이다.

이 무렵 김광섭의 행적을 좀 더 따라가 보기로 하자. 그의 중앙문화협회는 『해방기념시집』 『일본패배의 진상』 등 출판사업에 손을 대면서, 연말경 모스크바 3상회의의 신탁통치안 협의 내용이 보도되고 김구 중심의 임정계열이 반탁운동을 전개하자 즉각 반탁 홍보에 앞장섰다. 좌파문인들이 내부분열을 극복하고 광범하게 동조자를 규합하여 '조선문학가동맹'(1945.12.13)을 결성하자, 이에 대항하여 중앙문화협회는 자파 중심의 '전조선문필가협회'를 출범시켰다.(1946.3.13) 이 협회 결성식에서 개회선언은 박종화, 취지서 낭독은 김광섭, 경과보고는 이헌구가 했고, 김구는 내빈으로 참석했으며 이승만은 축사(대독)를 보내어 격려했다.

그런데 이 자리에서 채택된 4개 항의 강령 중 주목할 만한 것은 두 번째, 즉 "민족자결과 국제공약에 준거하여 즉시 완전자주독립을 촉성하자"는 항목이다. 이것은 명백한 반탁선언이라 할 수 있는데, 1946년 1월 조선공산당을 비롯한 좌익계열이 신탁지지로 선회하고 이승만이 한동안 애매한 입장을 보이는 상황에서,[18] 전조선문필가협회의 결성을 주동한 김광섭·이헌구 등은 명백히 김구 쪽으로 기

---

18 신복룡, 『한국분단사연구』, 2001, 304~311쪽 참조.

울고 있었던 것이다. 이런 입장은 그들의 언론계 진입에서도 드러난다. 왜냐하면 임정계열의 김규식(金奎植) 명예사장, 엄항섭(嚴恒燮) 사장 체제로 1946년 6월 10일 창간된 《민주일보》에 이헌구가 편집국장, 김광섭이 사회부장으로 참여했던 것이다.

확실하게 입증할 만한 증거가 없기는 하지만, 이헌구·김광섭이 김구·김규식 등에서 멀어져 이승만 쪽으로 가까워진 것은 1947년 봄쯤이 아닌가 한다. 이 무렵 그들은 민주일보사 경영진과의 감정적 대립으로 대거 퇴사하여 윤보선(尹潽善) 사장의 《민중일보》에 핵심 간부직으로 일제히 자리를 옮겼다(이헌구 부사장, 김광섭 편집국장). 이것은 단순히 몇몇 문인들이 이 신문에서 저 신문으로 직장을 옮긴 것을 의미하는 것이 아니라, 당시 남한 기득권세력의 정치적 선회를 보여주는 것이었다고 할 수 있다. 그것은 당시 남한의 보수 주류가 이제 김구 노선으로부터 이승만 노선으로 갈아탔다는 사실을 의미한다.

과연 얼마 후 김광섭은 함대훈(咸大勳, 1906~1949)의 추천으로 미 군정청 공보국장에 취임하였다. 당시 군정청 공보부에는 공보국·여론국 등 4개의 부서가 있었고, 공보부 전체의 한국인 책임자는 이철원(李哲源)이었다.[19] 극연 시절부터의 친구인 러시아문학 전공의 소설가 함대훈은 해방 후 뜻밖에도 군정청 공안국장과 공보국장 및 국립경찰전문학교 교장을 지낸 인물이고, 이철원은 일찍이 미국과 프

---

19 신복룡, 위의 책, 163쪽.

랑스에서 유학하였고 뉴욕에서 영어신문을 발행한 경력도 가지고 있었으며 이승만 정부에서는 공보처장을 역임한 인물이었다.[20] 김광섭은 이런 활동의 연장선에서 정부 수립 후 대통령 공보비서관이 되어 1951년까지 재임하였다. 비서관을 사임한 뒤에도 그는 2, 3년간 피난지 부산과 대구를 옮겨다니며 정부 홍보지인 《대한신문》 발행인으로 신문 발행에 애를 썼고, 1958년에는 그가 책임지고 있던 《자유문학》의 편집을 소설가 김송(金松, 1909~1988))에게 맡기고 자신은 1년 남짓 《세계일보》 사장으로 활약하였다. 이 신문은 당시 자유당의 실력자인 이기붕(李起鵬)계로 알려져 있었다.

이처럼 그가 중앙권력 근처에 바짝 다가가기는 했지만, 그러나 그가 권력 자체를 탐하거나 문학을 버린 것은 아니었다. 어떤 점에서 그의 활발한 사회활동은 자신의 민족주의적 신념을 현실 속에서 관철하기 위한 노력의 일환이었다고 볼 수 있다. 따라서 그의 사회활동은 그의 문필활동과 모순되는 것이 아니라 오히려 상호보완적이었다. 해방공간에서 발표된 다음과 같은 그의 평론목록은 그동안 우리 문학사에서 간과되었던 또 한 갈래의 문학이념의 실재를 확인시킨다.

「정치의식과 문학의 기본이념」, 《경향신문》, 1946. 7. 10.

---

20 1949.12.21. 이날 열린 김광섭 시집 『마음』 출판기념회 사진은 서 있는 이헌구와 김광섭 사이에 이철원이 앉아 박수치는 장면이 있어, 그들 간의 관계를 보여준다. 『김광섭 시전집』 화보 참조.

「문학의 당면한 임무」,《민주일보》, 1946.8.15.

「시의 당면한 임무 – 시론」,《경향신문》, 1946.10.31.

「민족문학의 방향」,《만세보》, 1947.4.28.

「문학과 현실」,《백민》, 1947.6.

「정치의식과 문학의 기본이념」,《경향신문》, 1947.6. 10.

「문학의 현실성과 그 임무」,《백민》, 1948.1.

「민족문학을 위하여」,《백민》, 1948.4.

「통일이념 수립과 문화인의 임무」,《연합신문》, 1949. 1.23.

「민족주의 정신과 문화인의 건국운동」,《백민》, 1949. 6.

　표제부터 우파 민족주의의 입장을 표방한《백민(白民)》은 김송의 주재로 1945년 12월부터 1950년 5월까지 총 22호가 발간된 문예지인데, 경영난으로 여러 번 결호를 냈으나 김광섭의 지원으로 고비를 넘겼다고 한다.[21] 군정청 공보국장과 대통령 공보비서관의 위치가 당대 문학활동에 어떤 영향을 미치는지 보여준 셈이었다. 위의 목록에 있는 김광섭의 글들을 거의 읽지 못하고서 그 문학사적 의미를 거론하는 것은 망발일 테지만,「민족문학을 위하여」의 몇 대목을 음미해보는 것만으로도 대한민국 단독정부 수립을 전후한 시기 우파 민족주의의 정치적·문학적 입장을 엿보는 것이 불가능한 일은 아니다.

21　한국문인협회 편,『해방문학 20년』(정음사, 1965), 171쪽, 김송의 회고.

문학을 하는 사람 가운데는 자기의 작가적 기질이나 감흥에만 의거하여 문학을 창작하는 사람도 있고 혁명과 투쟁을 위해서만 문학을 제작하는 사람도 있으나, 문학은 민족 전체를 한 개의 공동된 운명체로서 인식하고 그 지성과 감성을 다하여 민족이 당면한 위기를 극복해야 할 것이다.

　…… 특히 민족문학이라고 부를 때에는 거기에는 문학이 가진 바 역사적으로 규정된 민족적 사명이 중대한 의의를 지닐 것이다. …… 여기에서 문학은 그 주제가 일개 연애사건이거나 계급투쟁이거나 그 어느 것 할 것 없이 민족의 성격을 띠고 민족의 현재로서 또는 민족의 미래로서 그것을 표현하려고 한다.

　정치건 문학이건 기타 일반 정신과학이건 그 어느 것을 물론하고 적어도 현 단계에선 민족 전체가 염원하는 바가 무엇인가를 파악하여 근본이념으로 해야 할 것이요, 다음으로 계급의식을 고조하여 계급의 이익을 옹호하더라도 민족이 해방되지 못한 이상 계급해방이 없다는 관점에서, 계급을 위하여 민족을 파괴하여서는 안 될 것이오.

이와 같은 김광섭의 주장에서 이승만의 민족대동단결론을 읽는 것은 어렵지 않은 일인데, 김구·여운형·박헌영 등 해방 직후의 민족 지도자들 중 그 누구에 비하더라도 국내적 기반이 취약했던 이승만으로서는 대동단결론을 통해 친일파 세력에게 면죄부를 주고 그들의 현실장악력을 자기 편으로 끌어들여 집권의 수단으로 이용하는 것이 불가피했다. 물론 이승만 자신을 친일파로 보기는 어려울지 모르지만, 그의 정부를 구성한 최대의 분파가 친일세력이었다는 것은 공지의 사실이다. 김광섭은 말하자면 이승만 정부 내의 소수파인 비(非)친일 분파의 일원이었던 셈인데, 이런 사실과 관련하여 위에 인용한 그의 민족문학론에서 주목되는 점은 민족문학과 계급해방과의 관계이다. 이헌구·김동리·조연현 등의 논자들이 계급주의 문학에 대해 노골적인 적대의식을 드러낸 데 비하면 김광섭의 민족문학론은 일정한 수준에서 계급주의를 포용하려는 듯한 논리를 전개한다. 이것은 앞에서 그가 김태준에 대하여 민족주의와 공산주의라는 사상적 차이에도 불구하고 문학적 양식에서 본질적 상통성을 느꼈다고 고백했던 것과 연결되는 측면이라 할 것이다.

그러나 분단현실의 격화는 그의 이런 이성적 자세가 탈 없이 지속되도록 허용하지 않았다. 「민족문학을 위하여」 같은 글이 발표되는 순간에도 실제로 그는 좌파와의 공존을 모색하기보다 좌파를 타도하기 위해 싸우는 전선에 몸담고 있었고, 6·25전쟁의 발발로 중간적 견해들이 설 땅을 잃고 모든 타협의 가능성이 봉쇄되자 결국 그의 민족문학론은 소멸의 운명에 처하게 되었던 것이다. 이 무렵 발표된 그의 작품들은 단세포적인 선동적 구호시로서 문학적으로는 볼품이 없지만, 그의 정치적 주장의 내용이 어떤 것인지 알려준다는 점에서 아주 무의미한 것은 아니다.

아 조선의 의지와 지혜와 생명

영원토록 생동하라

도약하라 비상하라

대우주의 창조에 깊은 뿌리를 박고

지고한 가슴속에 정열을 가다듬어

무한한 미래에 계속된

20세기의 波動 많은 산맥

높은 봉우리 위에

영원한 자유와 독립의 탑을 세우라

이것은 1945년 9월 29일 강연회에서 낭독한 「해방」이라는 작품의 마지막 연이다. 보는 바와 같이 내용 없는 주장이 벅찬 감격의 언어를 통해 공허한 메아리로 울릴 뿐, 아무런 진정한 실감도 나타내지 못하고 있다.

대한민국 정부 수립 뒤인 1948년 12월 27~28일에는 문총(전국문화단체총연합회, 1947.2.12 창립) 주최로 '민족정신 앙양 및 전국 문화인 총궐기 대회'가 열리는데, 이때 김광섭은 대회 말미에 공직자의 자격으로 연설을 한다. 1949년 1월 1일이라는 날짜가 명기된 「새나라!」라는 작품은 아마 이 강연 내용을 시의 형식으로 요약한 것으로 믿어진다. 뒷부분을 인용한다.

괴뢰에 아첨하는 자

중간에서 헤매는 자

침묵으로 말살하려는 자

졸렬한 도피자들
그대들은
어디로 갈 터이냐
오라
민족의 노래를 부르라
감격과 경이와 정열로
대한민국을 세우라

중간파의 존립 가능성을 부인하고 정치로부터의 은둔과
사회적 침묵에 대해서조차 공격을 퍼붓는다면, 그것은 이
미 대한민국에 대한 찬가를 초과한 위험한 정치폭력이다.
그것은 대한민국의 기본이념인 자유민주주의의 부정이며,
다름 아닌 파시즘의 논리이다. 놀랍게도 6·25 직전 이 나
라 문단의 주류가 이런 살벌한 광기에 사로잡혀 있었다니,
이 시기 전투와 상관없는 민간인 학살이 100만에 이른다
는 사실과 더불어 실로 몸서리칠 일이다.

4

박종화·이헌구·김광섭 등이 이끌었던 '전조선문필가협
회'와 김동리·서정주·조지훈·조연현 등이 주동한 '조선청
년문학가협회'는 38선 이남에 대한민국 정부가 수립되고
그 과정에서 다수의 좌익문인들이 월북하고 난 다음 '한국
문학가협회(문협)'라는 단일조직으로 통합되었다. 그러나

전쟁을 거치고 환도한 후 1954년 예술원의 발족을 계기로 문단은 다시 두 조각으로 갈라지게 된다. 김동리·조연현 등 문협 주류의 독주에 불만을 가진 문인들이 모여 '한국자유문학자협회(자유문협)'를 결성한 것인데, 한마디로 이념적 분열과는 상관없는 이권다툼의 소산이었다.

당시 김광섭은 모윤숙·변영로 등과 함께 오스트리아의 빈에서 열린 세계작가대회(펜대회)에 참석하고 돌아오던 중 대만에서 자신이 자유문협 위원장으로 선출되었다는 소식을 듣는다. 그만큼 그는 사회적 중량감을 지닌 문단의 중심인물이었다. 참고로 김광섭 이외의 자유문협 간부진을 살펴보면, 이무영·백철이 부위원장, 모윤숙·김팔봉·서항석·이헌구·이하윤 등이 각 분과 위원장을 맡았다. 과거의 소위 해외문학파를 중심으로 문협 주류에서 배제된 잡다한 분파가 광범하게 여기에 결집한 셈이었다.

그러나 4·19혁명에 의한 이승만 정권의 붕괴와 뒤이은 5·16 군사쿠데타는 거대한 사회적 변화를 불가피하게 동반하였고, 이 과정에서 김광섭·이헌구·모윤숙 등 자유당 정권에 음으로 양으로 기대고 있던 문인들의 영향력은 점차 쇠퇴의 길을 걷게 되었다. 5·16 직후 자유문협의 해체에 따라 김광섭이 개인적으로 인수하여 발행하던《자유문학》도 점점 운영이 어려워져 결국 1963년 8월(통권 71호) 잡지사 문을 닫게 된다. 동분서주 애쓰던 일이 예전과 달리 난관에 부딪치자, 그는 큰 심정적 타격을 받는다. 그리하여 1965년 4월 그는 운동장에서 야구를 구경하던 중 고혈압으로 쓰러져 병상에 눕게 되고, 얼마 뒤에는 1952년부터 재직하던 경희대학교에서도 퇴임을 통고받는다. 이 와중에 그는 어머니를 잃는 슬픔을 겪는다. 그러나 다들 아는 바와 같이 그는 병고를 딛고 시인으로 거듭나 『성북동 비둘기』(1969) 『반응』(1971) 『겨울날』(1975) 같은 시집을 간행함으로써 기적과도 같은 재기(再起)에 성공하였다.

나는 이번에 모처럼 이 후기 시들을 다시 한 번 읽어보았다. 이 글을 쓰다 보니 시간에 쫓기고 분량이 넘쳐서 자세한 분석적 검토를 다른 기회로 미룰 수밖에 없지만, 내 기억 속에 남아 있는 몇몇 훌륭한 시들의 감동은 여전한 반면, 그의 초-중기 시들과 맥락을 같이하는 불투명한 관념시 및 소박하고 단조로운 사회시 또한 적지 않다는 것을 새삼 발견하였다. 어쩌면 당연한 이야기지만, 병후의 그의 문학이 과거로부터의 단절이나 비약일 수 없다는 사실은 더 넓은 차원에서 역사의 준엄함을 증거하는 것이기도 하다. 그러나 그의 후기 시가 초기부터 그에게 씨앗처럼 내장되어 있던 인간적 따뜻함과 자연에 대한 친화의 정서를 좀 더 넉넉하고 편안하게 형상화하고 있다는 것 또한 분명하다. 이런 점에서 그의 삶과 문학 역시 그 성취의 측면에서뿐 아니라 과오와 결함의 측면에서도 우리에게 가르침을 준다. 왜냐하면 그가 만년의 훌륭한 시들에 이룩된 높은 인간적 진실과 투명한 지혜의 경지에 닿는 것을 방해하고 위협했던 요소들은 바깥의 현실 속에만이 아니라 그의 삶의 내부에도 엄존해 있었기 때문이다.

서정주와 송욱
1960년대 한국시에 대한 하나의 개관

1

1960년대의 한국시를 서투르게나마 훑어본다는 것은 하나의 역사적 행위이다. 다시 말하면 그것은 필자 자신이 살고 있는 시대를 시사적 연속성 속에 편입시키는 일이며, 약 10년 동안 발생한 일체의 시적·시단적 사건들을 그 보편적 의미의 수준에서 재평가한다는 일이다. 두말할 나위 없이 이것은 허다한 곤란과 위험을 각오해야 하는 방대한 작업일 수밖에 없다. 물론 이러한 전제를 미리 앞세우더라도 엄정한 객관성을 공언하기 힘든 작업이다.

따라서 이 글은 1960년대의 한국시에서 특징적이라고 느껴지는 몇 가지 현상을 중점적으로 취급해볼 작정이며, 그렇게 하더라도 주어진 제목에 비해서 양적으로나 질적으로 극히 제한된 내용일 수밖에 없다. 그러나 한정된 테두리 속에서의 독단과 오류에 대해서는 아낌없는 비판을 바라는 바이며, 가능하다면 그것이 건설적인 논쟁으로 발전하기를 기대한다.

2-1

　모든 문학적 현상은 ── 다른 문화적 활동들도 그렇겠지만 ── 다음의 두 측면에서 동시에 이해되어야 한다. 즉 하나는 문예작품을 특정한 시대의 사회적 소산의 일부로 이해하는 측면이고, 다른 하나는 문학 자체의 고유한 내적 발전으로 이해하는 측면이다. 하나는 문학을 시대정신의 발현으로 보고 거기에서 일정한 사회의식의 표현을 찾는 것이며, 다른 하나는 문학이 자기 내부에서 오랫동안 발전시켜온 특정한 표현양식과 정서의 변화를 음미하고 분석하는 것이다.

　지금까지 한국의 비평은 대체로 이 양면 중에서 어느 한쪽으로 치우쳐오지 않았나 여겨진다. 문예사회학적인 접근법은 흔히 문학 바깥에서 이미 이루어진 분석도구와 결론을 기계적으로 문학에 적용하는 데 만족하기 일쑤였다. 문학이 초사회적이거나 비사회적인 어떤 것일 수 없음은 물론이지만, 그렇다고 해서 사회 속에서 해소되고 마는 어떤 것도 아니다. 문학과 사회의 이러한 관계를 도외시한 비평이 도달한 곳은 난폭한 공식주의요, 문학 그 나름의 독자성에 대한 몽매한 부정이었던 것이다.

　한편 소위 내재적 비평이라고 하는 것은 오늘날 우리 눈앞에 한창 창궐해 있는 바로서 그 폐해를 몸소 겪는 터이지만, 요컨대 그것은 문학을 철저히 비정치화·비사회화시킴으로써 올바른 현실감각을 마비시킬뿐더러 올바른 문학 행위 자체를 저해하고 역사의 후퇴에 공헌해온 것이다. 아무리 정밀한 분석이라 하더라도 그것이 외적 현실에 대한 철저한 순종과 무지를 기초로 한 것이라고 한다면 그것은 현실맹목적 문학 전문가들끼리 주고받는 자기만족과 자기기만의 가면극에 지나지 않는다.

2-2

1960년대의 서막을 여는 사건이 4·19혁명임은 두말할 것도 없다. 1960년대의 사회와 문학에서 4·19의 위대성과 빈곤이 가지는 의미에 대해서는 이미 백낙청 씨의 당당한 분석이 있었다.(「시민문학론」, 《창작과비평》, 1969년 여름호) 그러한 분석의 바탕 위에서 우리는 이 1960년대가 오랜 역사 속에 잠재해 있던 4·19적 이상을 하나의 구체적 형태로 파악한 전진의 시대인 동시에 각급 정부기구와 어용매체들이 내놓는 모든 번지레한 선전에도 불구하고 그 이상이 점차 희미해져간 퇴색의 시대로 규정할 수 있다. 그러므로 1960년대는 뜨거운 가능성을 보여준 시대이자 아직 가능성으로서만 남아 있음을 깨우쳐준 시대이며, 의식 마비의 질곡이 보편화되기 시작한 시대인 동시에 그 마비 상태와의 싸움을 앞날의 과제로 남겨준 시대인 것이다. 1960년대의 유행적 구호인 '근대화'의 내적 구조가 본질적으로 어떤 것인지 제대로 아는 것이야말로 1970년대를 떠맡은 우리 세대의 참다운 책임일 것이다.

2-3

1960년대의 한국시가 물려받은 특징적인 유산으로서 우리는 서정주(徐廷柱)의 영향과 소위 모더니즘을 지적할 수 있다. 이 두 경향의 대립은 물론 어제오늘의 일이 아니다. 육당(六堂)이 시조부흥론을 말하고 안서(岸曙)가 상징주의 시를 번역하던 신문학 초창기에 이미 퇴영적 복고주의와 전통부정적 현대주의는 뚜렷하게 갈라져 있었다고 볼 수 있다. 유사 이래 우리가 선진 외국문화의 영향을 계속해서 받아왔던 점을 생각하면, 이러한 양분상태의 역사는 훨씬 더 오래될는지도 모르는 일이다. 토속적·중세적인 것에 미화된 찬양을 보내고 일체의 외래적인 것을 기피하는 시대착오적 순수주의와 세계시민의 헛된 환상을 가지고 모든 전통적인 것에 야유와 조소를 보내는 태도는 겉으로는 서로 상반된 지향을 드러내 보임에도 불구하고 근본적으로 동일한 오류 위에 서 있다. 1950년대 전반을 휩쓴 전쟁과 그 여파는 이런 태도들을 더욱 초조하게 극단화한 것으로 보인다. 이제 필자는 이 문제를 서정주와 송욱의 작품을 통해서 구체적으로 살펴보려고 한다.

　서정주는 『화사집(花蛇集)』(남만서고, 1941)의 누구보다도 개성적인 목소리를 가지고 시인 생활을 시작했다. "이마 위에 얹힌 시의 이슬에는 / 몇 방울의 피가 언제나 섞여 있어 / 볕이거나 그늘이거나 혓바닥 늘어트린 / 병든 수캐마냥 헐떡어리며 나는 왔다."(「자화상」) 이 강렬한 몸부림과 자기 해체의 언어는 일제 군국주의가 점차 단말마적 발악 상태로 들어가던, 그리고 대부분 시인이 전원으로 도망치거나 전시체제의 하수인이 되려 하던 1940년 전후에 하나의 참신한 충격일 수 있었다. "원수여. 너를 찾아가는 길의 / 쬐그만 이 휴식"(「도화도화」)이라든지 "눈 떠라. 사랑하는 눈을 떠라…… 청년아. / 산 바다의 어느 동서남북으로도 / 밤과 피에 젖은 국토가 있다"(「바다」)든지 하는 것과 같은 만만치 않은 섬광과 침통한 열정의 시구가 있어서만 그러한 것은 아니다.

　시집 『화사집』의 어느 구석에서도 우리는 편안하다거나 혹은 조용하고 한가한 분위기에 젖을 수 없다. 그 시집 안에서는 평화와 안식을 허락받지 못한 영혼의 배회, 순응주의에 길들여지지 않은 청춘의 고뇌, 그리고 조화와 균형 바깥에서 맴도는 예술의 갈등이 계속해서 꿈틀거리는 것이다. '피'의 냄새와 '울음'의 소리와 '뱀'의 징그러움은 이 시집의 중심적 이미저리(imagery)를 이루고 있는데, 그것들은 시적 도구로서 애써 고안된 것이 아니라 시인의 절박한 삶의 내용으로서 불가피하게 제시된다. 그렇기 때문에 우리는 시와 더불어 어떤 달콤한 몽환상태에, 세상이야 어떻게 돌아가든 나는 예술을 즐기런다는 심미적 마비상태에 빠지는 것이 아니라 도리어 그런 몽환과 마비로부터의 날카로운 각성을 체험하게 된다. 이 시집의 도처에서 시인 개인을 어지럽히는 모든 불필요한 감정낭비와 제스처와 과장에도 불구하고 『화사집』은 이런 의미에서 식민지적 현실에 대한 일종의 저항을 함축하고 있다고 말할 수 있다.

3-2

'화사'적 방황과 좌절은 해방 직후에 나온 시집 『귀촉도(歸蜀途)』(선문사, 1948)에서도 어쨌든 중요한 감정으로 남아 있다. 그러나 그것은 이미 청춘의 박력을 잃고 얼마간 타성화되어버린 듯한 느낌을 감출 수 없다. "오늘도 가슴속엔 불이 일어서 / 내사 얼굴이 모다 타도다."(「거북이에게」) 이것은 '화사'의 반복이지 발전은 아니다. 반복이라고 하는 것은 벌써 창조적 긴장의 해이를 나타내는 증거이고, 어떤 순간의 시적 비전이 다음 순간에 있어 시적 상투형으로 변질되어가는 과정을 표시하는 것이며, 한마디로 창조 그것의 본질에서 한걸음 비켜서는 일이다.

그러나 『귀촉도』의 서정주는 적어도 그렇게 비켜서는 행위의 허위성을 느끼고 있다는 점에서 시인적 순결을 잃지 않았다고 할 수 있다. "종보단은 차라리 북이 있읍니다. 이는 멀리도 안 들리는 어쩔 수도 없는 사치입니까. 마지막 부를 이름이 사실은 없었습니다."(「만주에서」) 물론 이것은 마지막 부를 이름이 없는, 역사의 주인의 이름을 깨닫지 못한 사람의 노래임에 틀림없지만, 그러나 한편으로는 이름이 없음을 느끼고 그 이름을 찾겠다는 의지가 아예 결여된 사람에게서 나올 수 있는 노래는 아니다. "종보단은 차라리 북"을 택한 자신의 미온적 퇴영적 자세를 하나의 '사치'로 인식한 것은 이 시기 시인의 아슬아슬한 균형 상태를 반영하는 것이다.

　서정주의 시적 발전은 세 번째 시집 『서정주시선』(정음사, 1956)에 이르러 그 나름의 종합을 달성한 것처럼 보인다. 「풀리는 한강 가에서」는 전통적 한(恨)의 감정을 해빙(解氷)이라는 자연현상에 의탁하여 안타깝게 표현한다. 「상리과원(上里果園)」에는 자연과의 화해가 황홀하게 묘사된다. 「기도 1」은 솔직한 자기통찰을 보여주기도 한다. 이 작품들은 넘치는 서정적 감정을 탁월한 언어의 묘미 안에 담아내는 데 성공하고 있음이 분명하다. 그러나 이 모든 경우에 있어서 우리는 6·25전쟁을 거치는 동안의 우리 현실의 참혹이 인간 서정주의 영혼의 심층에 아무런 손상도 입히지 않고 지나갔으며, 그의 피난생활이 "가난이야 한낱 남루에 지나지 않는다"는 경탄할 만한 태평세월로 읊조려질 수 있었다는 사실에 일말의 배반감을 느끼지 않을 수 없다. 다음과 같은 구절이야말로 전후의 모든 서정주 시에 대한 우리의 한탄을 대변하는 것 같다.

　　산덩어리 같아야 할 분노가

초목도 울려야 할 서름이

저리도 조용히 흐르는구나

—「학」에서

3-3

　서정주 문학의 '저리도 조용한 흐름'이 인도하는 반역사
적·비사회적 발전은 『신라초(新羅抄)』(정음사, 1961)와 『동천
(冬天)』(민중서관, 1968)에 와서 점점 더 비참한 모습을 노출
한다. 실은 '화사' 시대의 「고을나(高乙那)의 딸」이나 '귀촉
도' 시대의 「견우의 노래」 혹은 그 뒤의 「춘향의 말」 등이
벌써 이런 변화를 예고하는 작품으로서, 『서정주시선』에
서의 현실도피가 어떤 새로운 출구의 설정을 예상케 하는
입장이라고 할 수 있다. 다시 말해 엄정한 자기극복과 치
열한 현실대결을 회피한 끝에 서정주는 마침내 오만한 전
통주의자로 변신하는 것이다.

　그의 후기 시에 관해서는 찬양과 비판이 엇갈려 있다.
그러나 어떠한 찬미자들도 「고조(古調) 1」이나 「내가 돌이
되면」 같은 작품들의 말장난과 허황한 주술적 언어에는
위구심을 금치 못할 것이다. 토속적인 것에의 초조한 귀
의, 황당무계한 고대적 시간에로의 환상적 초월은 전통을
정말 살아 있는 힘으로서 옳게 계승하고 우리의 역사적 과
거를 바르게 탐구하자는 의욕과는 거리가 멀다. 우리가 힘
껏 유지하고 발전시켜야 하는 전통이라고 하는 것이 있다

면, 그것은 우리가 그것에 귀의함으로써 편해지고 쉬워지는 어떤 것이라기보다 도리어 우리가 그것을 스스로 짊어짐으로써 전 현실의 무게를 감당하는 책임 앞에 우리를 몰아세우는 어떤 것일 터이다. 전통에의 폭 좁은 순수주의야말로 민족의 전통이 인류의 영원한 보편적 이상에 접근하는 것을 목표로 삼는 데 방해가 되는 태도일 것이다.

서정주의 『신라초』와 『동천』은 이 시집들이 주관적으로 의도한 관념적 목표가 허황한 것일 뿐만 아니라 작품의 됨됨이에 있어서도 초기작의 수준에서 훨씬 떨어지고 있음을 보여준다. 시집 『동천』을 통틀어서 작자의 미신적 관념을 잊고 순수하게 즐길 수 있는 작품은 「어느 가을날」「무제(無題)」(몸살이다 몸살이다……) 「일요일이 오거던」 「고요」 등 몇 편에 지나지 않는다. 이러한 작품들도 그저 잡것이 덜 섞여서 깨끗하게 읽혀진다는 정도이지, 초기의 「자화상」이나 「부활」이 주던 숨 막히는 감동에는 멀리 미치지 못하고 있다. "인제는 산그늘 지는 어느 시골 네 갈림길 / 마지막 이별하는 내외같이 / 피여 / 홍역 같은 이 붉은 빛깔과 / 물의 연합에서도 헤여지자."(「무제」) 이러한 시행은 『화사집』이나 『귀촉도』 시절의 분위기를 그대로 간직하고 있다. 그러나 작품 전체, 시집 전체를 놓고 따져볼 때, 그리고 30년 가까운 시간의 낙차를 감안할 때, 그것은 분명히 이 작품에서 덜 본질적인 부분이고, 이 시점에서 예외적인 구절이며, 이 시인에게 있어 과거를 발전시킨 것도 현재에 충실한 것도 아닌 시구인 것이다.

　이렇게 파고들어 본다면 오늘의 서정주에 있어서 잃어진 것은 시 그것이요, 얻어진 것은 수로부인이니 이차돈이니 처녀귀신이니 늙은 무당이니 혹은 산수유니 모란이니 하는 따위 한 무더기 낡은 관념의 껍질일 뿐이 아닌가. 한때의 그에게 도취했던 우리가 도취의 대가로서 오늘의 그에게 보답해야 할 것이 있다면, 그것은 오직 아낌없는 비판과 준열한 문책일 것이다.『화사집』의 사랑이 야성적인 몸부림이요,『동천』의 그것이 휴식의 질서라는 이성부(李盛夫) 씨의 비평을 신용한다면(「삶의 어려움과 시의 어려움」,《창작과비평》, 1969) 우리가 마땅히 해야 할 일은 편안한 휴식 상태에서 다시 그를 깨워 일으키는 노력일 것이다. "마지막 부를 이름이 사실은 없었습니다"는 인식이 오늘날 새롭게 거듭되지 않으면 안 된다. 수로부인이나 늙은 무당이 그 이름일 수 없다면 그는 (그리고 우리들은) 잃어진, 잊혀진, 또 숨겨진 "마지막 부를 이름"을 찾는 작업에 과감하게 나서야 할 것이다.

　서정주의 시작법은 해방 후 한국시단에 막대한 영향을 끼쳤고 허다한 아류를 배출시켰다. 시를 보는 안목이 의심스러울 만큼 그는 많은 사람들을 시인으로 추천하여 자신의 주위에 배치했다. 넓게 보아 그의 영향권 내에 있는 시인으로는 박재삼·구자운·고은·이동주·이성교·임강빈·이형기·박용래·이수복 등 수많은 이름을 열거할 수 있을 것이다. 물론 이들은 시의 이념적 지향에서나 작시의 방법에서 다른 선배 시인의 영향, 한시나 서구시에 대한 교양 및 체질의 상이들이 이리저리 배합되어 상당한 개인적 편차를 보이는 것이 사실이다. 그러나 어떤 경우에도 서정주의 시에서 우리가 제기할 수 있는 문제점들의 근거, 즉 그의 시학을 — 비록 부분적인 수정이나 보완은 있어도 — 근본적으로 뛰어넘은 것 같지는 않다.

그렇다고는 하더라도 필자는 그들의 시작업이 전면적으로 비판받아야 된다거나 단도직입적으로 부정될 수 있다고는 믿지 않는다. 김기림 이후 모더니스트들에 의한 거듭된 공세에도 불구하고 이 경향이 1960년대의 마지막인 오늘의 한국시단에서도 의연히 주류의 위치를 지키고 있다는 현실을 부정할 수 없기 때문이기도 하지만, 무엇보다 다음과 같은 점을 잊어서는 안 될 것이기 때문이다. 첫째 그들의 시는 해체의 과정에 들어선 지 오래된, 그러나 아직도 남아 있는 '한국적' 감정을 기반으로 하고 있다. "작년 봄 우리 님이 산을 넘을 제 / 아흔아홉 굽이마다 눈물이 서렸나니 / 얼켰던 머리카락 눈빛에 새로워라"라든지 "먼 나라로 갈까나 / 가서는 허기져 / 콧노래나 부를까나"라든지 하는 것은 그것이 아무리 섬세하게 말을 다듬었다 하더라도 결코 절실한 사건의 서술도 아니요 동시대적 소망의 표현도 아니다. 그러면서도 아직 남의 것이 아니라 우리의 것일 수밖에 없는 정서와 감각에 근거하고 있다. 따라서 둘째 그들의 시는 소위 '언어'니 '실험'이니 '존재'니 하는 표어 밑에 남발된 시적 사기사(詐欺師)들의 파괴행위에 비교적 덜 오염될 수 있었다. 이것은 그들의 전통주의가 상대적으로 빚어낸 소극적 미덕일 것이다.

4-1

시를 포함한 모든 지적인 활동, 일체의 창조적 작업은 근본적으로 인간과 사물을 보는 기존의 방식에 대한 끊임없는 도전의 과정이다. "자기의 눈으로 봐라" "새로운 눈으로 봐라"고 예술가에게 요구할 때, 탁월한 의미에서의 '본다'는 말은 상투화된 관점, 고정화된 판단에 대한 부정을 가정하는 것이다. 이런 의미에서 모든 예술가는 언제나 모더니스트로서의 일면을 가진다고 말할 수 있다. 또 이런 의미에서 모더니즘을 회피하는 예술은 결과적으로 습성화된 사고방식과 틀에 박힌 판단기준에 의거해 있는 기존 체제 속에서 스스로 하나의 장식이 되는 길을 택하는 것이다 (이때 필자가 말하는 모더니즘이 특정한 시대의 특정한 경향을 가리키는 것이 아님은 물론이다). 그러므로 모든 전위예술은 불온하다고 김수영(金洙暎) 시인이 말했을 때 그것은 예술과 현실의 관계, 예술에서의 현대성의 옳은 의미를 함축성 있게 갈파한 것이었다.

한국시의 한 산맥을 이루는 소위 모더니즘은 새로운 것

을 추구한다는 일의 본질에 놓인 이러한 사도적(使徒的) 고난과 탐구정신을 놓치고 흔히 새로운 외형을 갖추기에 급급했던 것으로 여겨진다. "내장외과(內臟外科)와 소녀와 원양항해와…… / 모든 아름다운 계산과 휘파람과…… / '아마리리스'도 없는 제단 위에 / 산란하는 아아 나의 에스쁘리여!" "사자(死者)는 기하학과 함께 묻힌다 / 되풀이되는 / 아크로포리스 / 팔데농은 비문(碑文) / 오늘도 기울어지고 있다 / 폐허의 원형인 채." 1950년대를 휩쓸던 이런 따위 비상식적 언어 날조가 이즈음 그래도 가셔진 것은 다행한 일이지만, 그러나 그런 날조행위를 가능하게 했던 문학적 사고 자체가 사라진 것은 아니다. 이제 필자는 이런 경향의 시를 써왔고 이런 경향의 시를 옹호하는 데 도움 되는 이론을 공급해온 사람 중 하나로 알려진 송욱(宋稶, 1925~1980)의 시를 비판적인 각도에서 살피고자 한다.

4-2

송욱의 처녀 시집 『유혹』(사상계사, 1954)은 그가 영문학도임을 알려주는 몇 편의 시들(「쥬리엣트에게」「햄릿트의 노래」 등)을 제외하면 모든 점에서 대체로 재래적인 작시법을 따르고 있다. 실상 「쥬리엣트에게」 등의 작품들도 제목에서 언뜻 감지되는 바와는 달리 「슬픈 새벽」 같은 재래적 서정시와 구별될 만한 점을 따로 갖고 있지 않다.

이 무렵의 대표작으로 흔히 알려진 「장미」와 「비 오는 밤」에 의한다면 송욱은 순진한 감성과 비교적 단순한 표현법으로 출발한다. "벌거숭이 그대로 / 춤을 추리라. / 눈물에 씻기운 / 발을 뻗고서 / 붉은 해가 지도록 / 춤을 추리라."(「장미」) 서 있는 장미에서 벌거숭이 그대로의 춤을 발견해내는 것은 거의 소년적인 감수성이요 소년적 열광에 가깝다. 이 시는 "핏방울 지면 / 꽃잎이 먹고" 같은 구절까지 포함해서 요컨대 서정주의 낙인이 깊게 찍혀 있으나, 다만 서정주적 좌절과 서정주적 통곡이 없다. 「비 오는 창」도 가령 정지용의 「유리창」과 비교한다면 얼마나 더 소박한 감정을 얼마나 덜 현대적으로 표현하고 있는가. 그래도 괜찮은 시로서 읽을 수 있는 것은 이 시가 아직 사변이나 재치의 폐해를 입지 않은 채 그 소년적 순결성을 유지하고 있기 때문일 것이다.

　한국시가의 한 전통적 운율인 7·5조는 송욱의 시를 출발부터 지금까지 끈덕지게 지배하고 있다. 그러나 이미 구속력이 희미해진 재래적 리듬에 의존하는 것은 시적 빈곤을 교묘하게 얼버무리려는 송욱적 지성의 산물이지, 결코 한국시의 전통적 운율이 해체되는 과정을 몸소 겪으려는 괴로운 노력의 결과일 수 없다. 조지훈의 「승무」를 연상케 하는 「승려의 춤」을 보더라도, 전자의 실감 나는 묘사와 은근한 정취에 비하여 후자는 불확실한 묘사와 불투명한 상상력의 결합이 빚은 어눌(語訥) 상태를 7·5조로써 간신히 호도하고 있는 것이다.

처녀 시집의 표제로 되어 있는 「유혹」은 풍부하지 못한 감수성을 점차 사변적 기술로, 혹은 그것을 빙자한 무의미한 말장난으로 대치시키려는 초기적 징후를 드러내고 있다. "눈 감으면 / 모래밭이 다가선다. / 깜박하지 말고 / 온 누리를 누리라고." 이 첫 연에서 이미 그러한 분열상태가 날카롭게 포착된다. 전반은 어쨌든 「장미」 시절의 반복이라 할 수 있지만, 후반은 거의 난센스에 가깝다. 시에서 난센스를 고의적으로 의도하는 경우도 있으나, 그것은 소위 '의미'를 추구한다는 시들의 낡고 상투화된 방법에 대한 항의이자 거부로서 다른 하나의 의미를 갖는다. 그러나 이 경우의 난센스는 다만 결함일 따름인 것이다.

"이발하러 갔더니 / 바로 코 위에, / 칼날이 왔다갔다 / 사형(死刑)틀이데."(「실변(失辯)」) 이런 시정배들의 희작만큼도 재미없는 소리가 섞여 있음에도 불구하고 여기까지는 재래적 시론의 한계 내에서 거론될 수 있다. 그러한 한에서 송욱이 평범한 한 사람의 서정시인으로 대접받아 안 될 이유는 없다. 그러나 『유혹』에서의 부분적인 실패를 감당할 만한 시적 생산성이 고갈될 때 그는 마침내 실패를 조직화 체계화하고 이를 설명하기에 부족함이 없는 서구의 시이론을 도입함으로써 새로운 단계로 넘어서는 것이다. 『하여지향(何如之鄕)』(일조각 1961)에는 이런 변신의 기만성을 해부하는 데 유용한 구절들이 산적해 있다. 「현대시학」이라는 제목이 붙은 작품은 시적 사기행위를 고발·규탄하

려는 사람들에게 오래도록 인용될 악명 높은 예문이 되어
줄 것이다.

(참고삼아 일부를 옮겨본다. "내재율도 외재율도 / 해도 안 해도 / 없어
도 / 좋은 무슨 / 나쁜 소리야? / 야금야금 얌얌 / 바드득 바드득 / 꿀꺽 /
울렁 / 흑흑 / 때로는 아이쿠 에그머니- / 우지끈 / 욱박지를 / 수? / 좋은
/ 수야! / 입으로 머리로 가슴으로 몸으로! / 허나 말! 말로써!")

물론 한 시인의 진지한 발전에 있어서 이런 장난은 벌써
장난이 아니라 자기 시에 대한 매서운 질타를 뜻할 수도
있다. 그러나 송욱에 있어서 그것은 논리적으로 고안된 장
난이요, 변명의 여지없는 속임수다. 이것이야말로 표현주
의의 뜨거운 결벽성과 다다이즘의 자폭적 항의정신과 슈
르레알리즘의 혁명적 용기를, 즉 진정한 현대주의를 모독
하는 것이 아닐 수 없다. 「어느 십자가」「남대문」 등에서
그가 사회풍자적 시선을 보내본다 해서 그것이 제스처 이
상의 것이 되지 않음은 실로 당연한 일이라 하겠다.

송욱의 이런 발전이 방법적으로 자각되어 하나의 종합
을 이루는 작품은 유명한 「하여지향」이다. 1,000행이 넘
는 이 작품에는 "회사 같은 사회" "치정(痴情) 같은 정치가 /
상식이 병인 양하여" "현금이 실현하는 현실 앞에서" "초현
실을 뛰어넘는 / 현실 속에서 / 배배 꼬인 너와 나"처럼 그
래도 뼈 있는 재담이 전혀 없는 것은 아니다. 그러나 가뭄
에 콩 나듯이 섞인 그런 구절의 앞뒤에 범람하고 있는 것
은 무책임한 야유와 내용 없는 말장난과 페단티즘의 악취
를 풍기는 어휘들의 홍수다.

"고적함이 빛인 양하여 / 돌아온 강산처럼 / 나고 차는

것을 탐하는 그릇이기에, / 뜻밖에 빈 것을 / 아찔할 듯 없는 것을 / 나는 섬긴다." ── 이것이 대체 무슨 소리인가.

"Neant이 / No / 노(怒)한다. / 박꽃으로 더불어 / 초가집들이 / UN빌딩을 두루 나르다가 / Cogito를 포격하고 / 항시 아리랑! 고개만 넘으면 / 일전(一錢) 같은 일심(一心)으로 / 날담배를 피워물고" ── 또 여기선 대체 우리는 무엇을 읽어야 한단 말인가.

이런 것을 '실험'의 이름 아래 용납하고 '모더니티'라는 이름 밑에 묵과해야 할 것인가? 이런 따위 황당무계한 작품이 떳떳이 시로서 행세하고 더구나 평판에 오르내릴 수 있었던 이 문단의 생리라는 것은 실로 통탄에 값하는 것이라 아니할 수 없다.

4-4

송욱에 관해서 이처럼 핏대를 높이는 것은 사실 쓸데없는 일인지도 모른다. 왜냐하면 그는 모더니즘을 표방하는 경향에 있어서의 한 현상을 대변할 따름이지, 그 경향을 핵심적으로 이끌어가는 인물은 아니기 때문이다. 그와 비슷한 연배로서 후배들에게 더 중요하고 직접적인 영향을 미친 사람은 김춘수(金春洙, 1922~2004)와 전봉건(全鳳健, 1928~1988)일 것이다. 특히 김춘수는 김수영과 더불어 1960년대의 한국시를 양분하는 영향력을 발휘한 것으로 보인다.

문제작『부다페스트에서의 소녀의 죽음』(1959)에 이르기까지 시인으로서 김춘수는 맑은 감각과 섬세한 조형능력을 결합시킨 초식성(草食性)의 시적 체질을 실수 없이 지속시켜왔다. 그러나 『타령조(打令調) 기타』(1969) 이후의 시 창작과 '존재론' 운운의 시론 활동이 시단에 끼친 폐해는 아직 심각하게 비판받은 바 없다. "미 팔군 후문 / 철조망은 대문자로 OFF LIMIT. / 아이들이 오류인 둘러앉아 / 모닥불을 피우고 있다. / 아이들의 구기자빛 남근이 / 오들오들 떨고 있다 / 동국(冬菊) 한 송이가 삼백오십 원에 / 일류 예식장으로 팔려간다."(「동국」전문) 이런 시가 아무리 현대적으로 무장된 이론으로 그럴듯하게 설명될 수 있다 하더라도 그것은 이론의 설명이지 시의 설명은 아니다. 다시 말해서 그런 이론의 설명을 위해서 예증되도록 조립될 수는 있을지언정 참다운 시는 아닌 것이다.

또한 김춘수는 앞의 송욱의 시구("Neant이 / No / 노한다 …… 낱담배를 피워물고")를 인용한 다음 이렇게 해설한 바 있다. "이 시는 또렷한 방법론을 밑받침하고 있다. 따라서 심미의식과 poem에 대한 자각이 또렷하다. 압운(押韻)의 시험과 재미나는 패러디, 시정어(市井語)의 활용을 통한 이러한 시도는 시에 새로운 드라이한 미감을 주는 것인데, 송욱 씨는 영시에 조예가 있는 만큼 그쪽의 시에서 작시의 방법을 많이 배웠으리라고 생각한다."(『한국전후문제시집』에서) 영시에 조예가 있다는 마지막 언급을 제외한 나머지 부분의 설명은 가슴에 닿지 않는다고 할 수밖에 없다. "심미의식과 에 대한 자각"이 어떻게 또렷하다는 것인지, 필자 같은 사람에게는 조금도 또렷이 실감되지 않는다. "압운의 시험과 재미나는 패러디, 시정어의 활용"이 구체적으로 지적되었지만 "Neant이 / No / 노한다" 따위의 구절을 압운이라고 한다면 그것은 전화번호부에서도 같은 것을 느끼는 감각의 소산일 것이며, "Cogito를 포격하고 / 항시 아리랑" 운운을 패러디라고 한다면 그런 패러디를 구하기 위해서 우리는 시집을 펼치기보다 떠들썩한 술집으로 향하는 것이 나을 것이다. 이러한 사람들에 의해서 요란스럽게 전파된 '방법론'이니 '심미의식'이니 '애매성'이니 또는 '내면'이니 하는 그야말로 애매한 구호들은 지금도 시 아닌 시들의 대량생산에 밤낮없이 복무하고 있다. 이것은 진정한 모더니즘에의 배반이요, 시 그것에 대한 배신일 것이다.

5

필자는 지금까지 지나치게 감정적인 비판을 가한 것인지도 모른다. 차후 얼마든지 수정할 생각이며 그렇게 되기를 진심으로 소망한다. 다만 1960년대를 결산하는 마당에 이르러 우리에게는 시단의 앞날을 어둡게 하는 어떠한 기만주의, 여하한 독단주의와도 싸울 태세를 갖추는 일이 중요할 것이다. 1960년대 전 시기를 통해서 언제나 훌륭한 시인이요 가장 용감한 이론가였던 김수영의 활동, 소박한 대로 애국적인 정열을 노래에 담은 신동엽의 활동, 그들의 선배인 김광섭과 김현승, 박두진 등의 계속된 작업, 이들이 뿌린 씨가 점차 우리 시의 앞날을 짊어질 새로운 세대의 출현으로써 응답되기 시작함을 증명하는 이성부나 조태일 및 그 밖의 여러 재능 있는 젊은이들의 활동, 그리고 1960년대의 마지막을 빛내주는 민용태, 최민, 김지하, 김준태 등의 등장 — 이 모든 것은 아직 싹의 상태에 있고 아직 가능성의 형태로 잠재해 있지만, 그러나 전통을 활력 있는 힘으로 계승하고 현실에 창의적으로 도전하는 참다운 현대성의 획득을 위해서 무한한 희망을 불어넣어준다. 1960년대의 작업을 명예로운 업적으로 자랑하고 싶은 사람이든 수치스러운 유산으로 괴로워하는 사람이든 모든 시인은 이 희망의 대열에 분명하게 참가하는 용기를 보여야 할 것이다. 시인이란 어떤 어두운 시대에나 거짓과 싸우고 아픔을 실천하며 어두움에도 불구하고 밝음이 있음을 예언하고 그 밝음의 마지막 승리를 노래하는 사람의 이름인 것이다.

김수영론

1

김수영(金洙暎)이 세상을 떠난 지 10년이 가까워오는 요즈음, 시집 『거대한 뿌리』(1974)와 산문집 『시(詩)여, 침을 뱉어라』(1975)에 이어 다시 시집 『달의 행로(行路)를 밟을지라도』와 산문집 『퓨리턴의 초상(肖像)』이 간행되어 나왔다. 이로써 우리는 이 시인의 대부분의 문학적 업적을 살펴볼 수 있게 되었다.

생전의 그는 언제나 첨예한 문학적 논쟁의 중심에 있었으나, 사후에도 그의 작품과 문학적 발언들은 흔히 날카로운 쟁점에 결부되어 거론되었다. 나는 이 사실 자체가 김수영 문학의 성격을 드러내는 하나의 중요한 국면이라고 생각한다. 다시 말해 그의 문학은 높게든 낮게든 아직 문학사적으로 평가가 정착되지 않은 상태에 있는 문학이며, 그러니까 여전히 살아 있는 문학인 것이다. 이것은 바꾸어 말하면 그가 우리 문학에 제출한 문제들이 적어도 상당한 부분에 있어서는 아직 어떤 결론에 이르지 못했음을 증명하는 것이라 볼 수 있다.

그러나 다른 한편, 이번에 새삼 그의 시와 산문들을 훑어보고 나는 그의 글에서 어딘가 철이 지난 듯한 느낌도 아울러 받았다. 그에게 그처럼 절박한 괴로움을 안겨주었던 문제들 중에서 어떤 것은 이미 그렇게 절박하지 않게 즉 절박한 고비를 넘긴 것으로 생각되기도 하였고, 또 지금 우리에게 중요하다고 여겨지는 문제들이 김수영에게는 간과된다고 여겨지기도 했다. 그것은 우리가 문학사적으로 김수영과는 확실히 다른 시대에 살고 있음을 말해주는 것으로, 그의 뜻하지 않은 죽음 이후 활발하게 전개되어온 최근 10여 년의 시적 성과들을 상기해볼 때 우리에게 김수영의 시대가 지나갔다는 이 느낌은 더욱 보강되는 듯하다.

이런 뜻에서 김수영이 앞 시대의 문학적 유산에서 이어받은 것이 무엇이고 극복한 것이 무엇이며, 우리에게 있어 살아 있는 측면이 무엇이고 지나간 측면이 무엇인가를 따져보는 작업은 김수영의 시사적(詩史的) 위치를 정립하기 위해서뿐 아니라 우리 자신이 감당하고 있는 문학사의 현단계를 점검하기 위해서도 대단히 중요한 일이라 생각된다. 작고하기 전 2, 3년 동안 그와의 접촉에서 더할 수 없이 귀중한 배움을 얻은 한 사람으로서, 나는 그의 문학에서 바로 배우고 아울러 그의 문학을 바로 넘어서는 것이야말로 그에게 진 빚을 갚는 길이라고 믿는다.

2

　활자로 인쇄된 김수영의 첫 작품은 1947년경《예술부락》이란 동인지에 게재된 「묘정(廟庭)의 노래」라고 한다. 「연극하다가 시로 전향」이란 수필에 보면, 이때 그는 벌써 상당한 정도의 습작을 하고 있다가, 해방 후 최초로 나온 이 문학동인지에 20편 가까운 '모던한 작품들'을 투고했던 바, 그중에서 하필 스타일이 가장 낡은 이 작품이 뽑혀서 실렸다고 한다. "그 후 나는 이 작품을 나의 마음의 작품 목록에서 지워버리고, 물론 보관해둔 스크랩도 없기 때문에"(침,[1] 56쪽) 그것이 어떤 작품이었는지 유감스럽게도 검토해볼 수 없다.

　이 무렵 김수영은 박인환(朴寅煥)이 경영하던 마리서사(茉莉書肆)란 책방을 드나들게 되고, 이 책방에 자주 나타나던 김기림(金起林), 이시우(李時雨), 김광균(金光均), 오장환(吳章煥), 김병욱(金秉旭), 박일영(朴一英) 등 당대의 소위 첨단을 걷는 예술가들과 어울리게 되었다. 이들과의 교유가 김수영의 문학에 얼마나 본질적인 영향을 미쳤는지 확인할 길은 없으나, 어떻든 김수영이 이들의 모더니즘적인 분위기에서 출발했던 것은 분명하다. 박인환의 이름이 나오는 모든 수필들에서 김수영은 이 유명한 모더니스트에게 기탄없는 경멸을 표하고 있지만, 당시의 김수영으로서는 요란스러운 현대 용어들이 마구 나열되어 있는 박인환의 '모더

1　침=『시(詩)여, 침을 뱉어라』, 퓨=『퓨리턴의 초상(肖像)』, 이하 같음.

니즘'에 이끌림과 반발을 아울러 느꼈던 것 같다. 마리서
사가 없어진 얼마 후 김경린(金璟麟), 임호권(林虎權), 박인
환, 양병식(梁秉植)과 함께 낸 사화집『새로운 도시와 시민
들의 합창』(도시문화사, 1949.4)에 그가 발표한 두 편의 시 제
목이 「아메리카 타임지(誌)」와 「공자(孔子)의 생활난」이라
는 데서도 우리는 김수영의 그러한 자기분열을 느낄 수 있
다. 좀 더 정리된 작품이라고 여겨지는 「공자의 생활난」을
예로 들어 김수영의 시적 출발 지점을 검토해보기로 하자.

꽃이 열매의 상부(上部)에 피었을 때
너는 줄넘기 작란(作亂)을 한다

나는 발산(發散)한 형상(形象)을 구하였으나
그것은 작전(作戰) 같은 것이기에 어려웁다

국수 — 이태리어로는 마카로니라고
먹기 쉬운 것은 나의 반란성(叛亂性)일까

동무여 인제 나는 바로 보마
사물과 사물의 생리(生理)와
사물의 수량(數量)과 한도(限度)와
사물의 우매(愚昧)와 사물의 명석성(明晳)을
그리고 나는 죽을 것이다

얼핏 읽기에 대단히 어려운 작품이다. 솔직히 말하면 반

쯤 장난삼아 억지로 만들어낸 작품 같기도 하다. 그러니까 그동안 우리가 신물나게 많이 보아온 소위 난해시들 중의 하나이다. 그러나 그렇게 억지로 꾸며내는 가운데서도 시를 지향하는 어떤 일관된 의도가 완전히 배제되고 있지는 않음을 알 수 있다.

우선 가장 뚜렷이 눈에 띄는 의도의 한 덩어리는 "동무여 인제 나는 바로 보마"로 시작되는 제4연이다. 그러나 거의 선언문적 선명성을 가진 이 제4연이 선명하면 선명할수록 작품 전체의 구조는 오히려 더욱 불가해한 양상을 띤다. 즉 어떤 시적 전개의 결과로서 작중화자가 "동무여 인제 나는 바로 보마……"고 다짐하게 되었는지, 그리고 이어서 "……나는 죽을 것이다"란 비장한 예감을 하게 되는 것인지 도무지 짐작하기 어려운 것이다. 그래서 우리는 이 비밀을 풀어주는 열쇠가 당연히 그 앞의 세 연에 있으리라고 기대하게 된다. 앞의 세 연을 다시 한 번 읽어보자. 나는 여러 번 되풀이해서 이 구절들을 읽었으나 가물가물 분명히 잡히는 게 없었다. 곰곰이 따져보면 '꽃'과 '줄넘기 작란', '발산한 형상'과 '작전' 그리고 '마카로니'와 '나의 반란성'이 각 연에서 짝을 이루면서 전개되고 있음을 알 수 있다. 아울러 '꽃'과 '발산한 형상'과 '마카로니'가, '줄넘기 작란'과 '작전'과 '나의 반란성'이 서로 연결되면서 어떤 의미를 향해 나아가고 있음을 어렴풋이 인지할 수 있다. 그러나 그 발전의 다음 단계인 제4연에서 돌연한 전환은 오직 독자를 얼떨떨하게 만들 따름인 것이다.[2] 어쩌면 김수영이 이 시에서 노린 것은 바로 이와 같은 의미의 혼란과 단절, 돌연한 전환, 제4연과 제5연 사이에 있는 바와 같은 엉뚱한 비약, 그리고 이 모든 것들의 총체적 결합으로 독자를 낭패시키는 소격효과(疏隔效果) 자체인지도 모른다. 이런 뜻에서 작품 「공자의 생활난」은 전형적인 모더니즘 계열의 난해시 중의 하나이다.

『새로운 도시와 시민들의 합창』은 김기림(金起林), 이상(李箱)의 1930년대적 모더니즘을 1950년대의 모더니즘으로 확산시키는 길목에서 하나의 중요한 징검다리가 되었다. 그러나 이 사화집 자체는 하나의 동인지를 표방할 만큼 회원들 사이에 문학적 의견의 일치를 이루지 못했던 것 같다.[3] 해방 후 우리나라의 모더니즘이 명확한 프로그램을 지닌 하나의 집단운동으로 전개되는 것은 1951년 피난수도 부산에서 김경린(金璟麟, 1918~2006), 조향(趙鄕, 1917~

---

2 김현은 시집 『거대한 뿌리』 해설에서 '바로 본다'가 대상을 도식적·관습적으로 보지 않는 것, 즉 상식에 대한 반란을 뜻하기 때문에 '나의 반란성'과 밀접히 관련된다고 하였다. 그러나 그것은 '바로 본다'와 '나의 반란성'이란 두 말만을 결부시킨 해석이지, 그 말들이 유기적 일부분으로 포함되어 있는 작품 전체의 구조와 의미에 대한 해석이라고 볼 수는 없을 것 같다. 오히려 그보다 '시를 의식한 시'라는 황동규(黃東奎)의 언급에 동감이 간다. '시를 의식한 시'란 시의 개념이 앞서 있는 시, 시의 일정한 개념에 따라 조립된 시일 것이기 때문이다.

3 사화집 『새로운 도시와 시민들의 합창』의 표제 위에는 '신시론시집(新詩論詩集)'이라고 되어 있다. 이 시집 후기에는 "우리들은 '신시론'의 멤버를 고정하여 두고 싶지도 않다. 이론과 인간성이 합(合)하는 데 스스로 모이고 이론과 인간성에 간격이 생(生)하는 데 스스로 흩어지고, 그러나 이런 유동(流動)과 함께 '신시론'이 발전해 나갈 수 있는 계기를 갖는다면 새로운 시가 전진하는 한 모멘트가 될 것이다"라고 씌어 있다. 요컨대 이 사화집은 이념적 동질성을 기반으로 모인 동인지라 하기 어려운데, 그런 느슨함이 김수영의 참여를 불러왔을 것이다.

1984) 등이 주도한 후반기(後半期) 동인의 활동을 통해서이지만,[4] 이때 김수영은 전쟁의 소용돌이에 말려 혹심한 고생을 겪고 있었다. 포로수용소에서 풀려날 때 그는 거의 걸음을 옮기기 힘들 만큼 육체적으로 피폐해 있었고, 다쳐서 싸맨 무릎에서는 구더기가 기어나왔다고 한다. 이후 그는 "도회(都會) 안에서 쫓겨다니는 듯이 사는 / 나의 일이며 / 어느 소설보다도 신기로운 나의 생활이여"(「달나라의 장난」)라고 스스로 개탄했던 대로 소시민의 고단한 생활을 하면서 작고하기까지 15년 동안 매년 10편 내외의 시들을 발표했다.

3

1950년대에 김수영의 문학활동은 문예운동으로서의 모더니즘과는 언제나 일정한 비판적인 거리를 유지하면서도 동시에 언제나 모더니즘의 테두리 안에서 전개되었다. 그는 일생 동안 김소월이나 김영랑 혹은 서정주와 같은 개념

4 「후반기 동인회의 의의」라는 글에서 김춘수는 이 동인회를 다음과 같이 적절히 비판하고 있다. "후반기 동인회의 최대의 약점은 史的으로 볼 때 잠깐 잊혀지고 있었던 문제를 다시 제기하여 이목을 어느 정도 끌게 했다는 이른바 선언적 역할에 그쳤지, 實(質이라고 해도 되겠다)에 있어 30년대를 능가하지 못했을 뿐 아니라, 이미 말한 대로 시적 발상태에 있어서는 그들 자신의 선언(의도)과는 달리, 전통적 발상태에 머물고 있었다는 데 있지 않을까 한다."(김춘수, 『의미와 무의미』, 1976, 140쪽)

에서의 서정시를 단 한 편도 쓰지 않았다. 아마도 그는 자연을 자연 자체로 완상하는 시를 쓰지 않은 드문 시인 중의 하나일 것이다. 이런 뜻에서도 그는 철저한 반(反)전통주의자이다. 물론 그가 구름·눈·비·반달·폭포, 등나무·싸리꽃, 토끼·풍뎅이·거미·파리 같은 소재들을 다루지 않은 것은 아니지만, 그것들은 언제나 '김수영 인간학'의 개진을 위한 소도구나 장식에 불과했다. 풍경화나 정물화를 그리는 일은 그에게 아무런 관심도 끌지 못했던 것이다. 사람들이 와글거리며 아귀다툼하는 이 도시적 환경에서 어떻게 제대로 살 것이며, 또 어떻게 제대로 못 살고 있는가, 이것만이 그에게 문제였다는 점에서 그의 시는 언제나 윤리적 가치와의 관련에서 자신을 시험대 위에 올려놓았다.

제트기 벽화(壁畫) 밑의 나보다 더 뚱뚱한 주인 앞에서
　나는 결코 울어야 할 사람은 아니며 영원히 나 자신을 고쳐가야 할 운명(運命)과 사명(使命)에 놓여 있는 이 밤에
　나는 한사코 방심(放心)조차 하여서는 아니 될 터인데
　팽이는 나를 비웃는 듯이 돌고 있다
　　　　　　　　　　　　　　　　　―「달나라의 장난」 일부

　나의 마음을 딛고 가는 거룩한 발자국소리를 들으면서
　지금 나는 마지막 붓을 든다

누가 무엇이라 하든 나의 붓은 이 시대를 진지하게
걸어가는 사람에게는 치욕(恥辱)

물소리 빗소리 바람소리 하나 들리지 않는 곳에
　나란히 옆으로 가로 세로 위로 아래로 놓여 있는 무
수한 꽃송이와 그 그림자
　그것을 그리려고 하는 나의 붓은 말할 수 없이 깊은
치욕

———「구라중화(九羅重花)」제3·4·5연

　비교적 의미가 명료한 부분을 떼어서 인용하는 것이 작
품 전체의 유기적 통일성의 이해를 해칠 수도 있다는 위험
을 감안하고 읽어주기 바란다. 「달나라의 장난」의 인용 부
분에는 '뚱뚱한 주인'과 '팽이'가 앞뒤에 진을 치고 있고 그
사이에 '나'가 있다. '뚱뚱한 주인'은 왕성한 생활인이고
'팽이'는 단순한 사물로서, 양극단에 위치한 이 두 존재가
'나'를 당기고 있다. 즉 '울어야 할 사람은 아니'라는 윤리
적 다짐이 '뚱뚱한 주인'과의 사이에, '비웃는 듯이 돌고 있
다'는 자의식이 '팽이'와의 사이에 개재해 있는 것이다. 그
리하여 왕성한 생활인으로서의 '뚱뚱한 주인'이 열심히 돌
고 있는 '팽이'로 축소되어 보이기도 하고, 반대로 '팽이'가
'뚱뚱한 주인'으로 확대되어 보이기도 한다. 이러한 작품
의 구조가 '영원히 나 자신을 고쳐가야 할' '한사코 방심조
차 하여서는 아니 될' 것이라는 '나'의 도덕적 각성에 시적
긴장을 부여한다.

「구라중화」에서도 우리는 동일한 주제가 되풀이됨을 본다. 여기서 '팽이'에 해당되는 것은 '꽃'이다. "물소리 빗소리 바람소리 하나 들리지 않는 곳에 / 나란히 옆으로 가로 세로 위로 아래로 놓여 있는 무수한 꽃송이와 그 그림자"—— 이 부분에 있어서만은 김수영은 대상의 존재 자체에 순간적으로 붙잡힌다. 그러나 그는 대상을 그리는 순간에도 대상을 그리고 있다는 행위의 의미를 의식하는 일에서 결코 놓여나지 못한다. 그것은 자기가 "이 시대를 진지하게 걸어가는 사람"은 못 된다는 의식이다. 이처럼 대상을 의식하는 나를 의식하고 다시 그러한 자기를 의식하는 의식의 순환은 김수영의 문학적 사유를 이해하는 데 대단히 중요하다.[5]

---

5 거의 말장난처럼 여겨지는 다음의 시를 우리는 현대심리학에서의 이러한 의식의 분열을 모르고서 이해할 수 없을 것이다.

　풍경이 풍경을 반성하지 않는 것처럼
　곰팡이 곰팡을 반성하지 않는 것처럼
　여름이 여름을 반성하지 않는 것처럼
　속도가 속도를 반성하지 않는 것처럼
　졸렬(拙劣)과 수치가 그들 자신을 반성하지 않는 것처럼
　바람은 딴 데에서 오고
　구원은 예기치 않은 순간에 오고
　절망은 끝까지 그 자신을 반성하지 않는다
　——「절망」(1965) 전문

이런 작품에 작동되는 심리학을 김수영은 스스로 다음과 같이 해설하기도 했다. "프로이트의 무의식의 시에 있어서는 의식의 증인이 없다. 그러나 무의식의 시가 시로 되어 나올 때는 의식의 그림자가 있어야 한다. 이 의식의 그림자는 몸체인 무의식보다 시의 문으로 먼저 나올

그러나 이 의식의 문제가 그의 문학에서 본격적인 사유의 대상이 되는 것은 하이데거의 저작을 읽기 시작한 이후인 것 같으며, 1950년대의 김수영을 사로잡은 것은 역시 생활의 중압과 그 중압 밑에서도 시를 쓰고 있다는 자기반성이었다. 그의 시를 거론하는 사람들이 빠짐없이 그의 문학적 주제라고 지적하는 '자유'의 문제만 하더라도, 그것이 하나의 정립된 가치 개념으로서 처음부터 그에게 주어져 있었던 것은 아니다. 오히려 그의 문학에 활력과 매력을 주었던 것은 '자유'라든지 '정의'라든지 하는 어떤 이름 붙여진 목표가 그에게 확정되어 있지 않다는 사실이었다. 타협과 정체, 도취와 집착은 언제나 그의 적이었던 것이다. 고요한 안주가 세속적으로는 행복이라고 믿어지기 때문에 "영원히 나 자신을 고쳐가야 할 운명"에서 그는 때때로 비애를 느꼈는지 모른다.

> 비가 오고 있다
> 여보
> 움직이는 비애(悲哀)를 알고 있느냐
>
> ──「비」제1연

> 아아 아아 아아
> 불은 켜지고

수도 없고 나중 나올 수도 없다. 정확하게 동시다. 그러니까 그림자가 있기는 있지만, 이 그림자는 그림자를 가진 그 몸체가 볼 수 없는 그림자다."(「참여시의 정리」,《창작과비평》, 1967년 겨울호)

나는 쉴사이 없이 가야 하는 몸이기에
구슬픈 육체여

　　　　　　　　　　　　　　　——「구슬픈 육체」마지막 연

어느 매춘부의 생활같이
다소곳한 분위기 안에서
오늘이 봄인지도 모르고
그래도 날개 돋친 마음을 위하여
너와 같이 걸어간다
흐린 봄철 어느 오후의 무거운 일기(日氣)처럼
그만한 우울이 또한 필요하다
세상을 속지 않고 걸어가기 위하여

　　　　　　　　　　　　　　　——「바뀌어진 지평선」일부

바늘구녕만한 예지(叡智)를 바라면서 사는 자의 설움
이여
너는 차라리 부정(不正)한 자가 되라
오늘
이 헐벗은 거리에 가슴을 대고
뒤집어진 부정(不正)이 정의(正義)가 되지 않더라도

　　　　　　　　　　　　　　　——「예지」제1연

　　1930년대의 김기림과 김광균의 시에서 감각과 재치로
그려진 그림들 안쪽에 언제나 애수와 감상이 도사리고 있
었던 것처럼 김수영의 도덕적 자기단련 배후에 비애와 우

울과 설움이 깔려 있음을 보는 것은 대단히 흥미로운 일이 아닐 수 없다. 인용된 네 시들 중에서 앞의 둘은 더 설명할 필요 없이 명백하므로 먼저 「바뀌어진 지평선」을 살펴보자. 이 시에서 "세상을 속지 않고 걸어가"겠다는 시인의 결의를 뒷받침하는 것은 '매춘부의 생활'과 '날개 돋친 마음' 사이의 긴장과 갈등이다. '매춘부의 생활'을 이해하기 위하여 그의 에세이 한 토막을 인용한다. "나의 산문(散文) 행위는 모두가 원고료를 벌기 위한 매문(賣文)·매명(賣名) 행위였다. 그리고 지금 이 순간에 하고 있는 것도 그것이다. 진정한 '나'의 생활로부터 점점 거리가 멀어지고, 나의 머리는 출판사와 잡지사에서 받을 원고료의 금액에서 헤어날 사이가 없다."(수필 「마리서사」, 퓨, 220쪽) 글을 팔고 이름을 팔고 결국 몸을 파는 행위에 견디지 못하는 마음, '진정한 나'를 그리워하며 그것에 가까워지려는 마음을 '날개 돋친 마음'이라 할 때, 이 마음과 생활 즉 의식과 존재는 김수영에게 있어 지금 서로 모순·대립하고 있는 것이다. 이 작품의 경우 세상을 속지 않고 걸어가겠다는 것을 우리는 그 대립을 회피하지 않겠다는 것으로 받아들일 수 있다. 모순의 수락이라는 이런 메마른 도덕적 긴장을 '흐린 봄철' '어느 오후' '무거운 일기' 즉 짙은 우울의 분위기가 감싸고 있다.

「예지」에서는 이 갈등이 역설의 형태로 표현된다. '흐린 봄철'이란 시간적 배경이 '헐벗은 거리'라는 공간적 배경으로 바뀌어 있음도 유의할 필요가 있다. 다시 말하면 이 작품은 훨씬 더 논리적인 구조를 가지고 있다. 논리의 전제가 되는 것은 '뒤집어진 부정이 정의가 되지 않더라도'이다. '뒤집어진 부정' 즉 부정에 가담 않는 소극적 자세가 정의 즉 적극적 가치와 일치하는 것은 아니다. 그것을 알면서도 겨우 '바늘구녕만한 예지'에 기대어 삶을 지탱하고 있다는 사실의 서러운 확인은 '너는 차라리 부정한 자가 되라'고 부르짖게 만든다. 이 경우 '차라리'란 말은 '바늘구녕만한 예지'에 함축된 최소한의 자기긍정마저 끝내 거부하는 철저한 윤리의식으로 고양되어 '부정한 자가 되라'의 의미를 정의에 대한 비할 바 없이 강력한 갈구로 역전시키는 것이다.

그러나 몹시 갈구하되 몸으로 실천하지 못하고 있다는 사실 및 그 사실에 대한 자의식은 결국 이 작품뿐만 아니라 김수영의 모든 문학에 난해성을 부여한다. 그의 시는 4·19 직후에 발표된 서너 편을 제외하면 언제나 선명한 발언과는 거리가 멀다. 물론 시가 명료한 의미만으로 이루어지는 것은 아니다. 우리 조상 때부터 늘 읽으며 즐겨온 시들, 우리가 으레 잘 알고 있는 것으로 간주하는 시들 중에도 사실은 명료한 의미의 질서를 갖지 않은 작품들이 얼마든지 있다. 과거의 시들은 흔히 이 의미의 불투명을 흥겨운 가락에 실어 독자들의 심미적 요구에 호응했다. 의미나 가락 이외에도 수없이 많은 요소들의 총화로서 시의 효과는 작용된다. 그런데 문제는 과거의 시에서는 시의 총체적 효과가 시인 한 사람의 단독적 발명이 아니고 일반 독자들의 장구한 세월에 걸친 직·간접적 협력과 간섭에 의해 형성되었기 때문에 독자가 그것에 처음부터 상당히 익숙해 있다는 점이다. 농부들이 민요를 어느 누구의 작품이라는 의식 없이 노래하는 사실에서 우리는 중요한 암시를 얻을 수 있다.

　김수영을 포함한 현대시인의 경우에는 시인 자신이 독자들의 몫까지 맡아야 하게 되어 있다. 오늘날 시의 제작은 창조행위와 그것에 대한 비평적 견제행위의 통일로서 이루어질 수밖에 없다. 여기서 근본적으로 중요한 문제는 이러한 작업이 의식의 분열을 동반하지 않아야 한다는 것이다. 즉 시인 자신으로서는 자기의 절실한 감정과 생활을 노래하는 것으로 그치되, 그것이 그대로 독자들에게 동질적인 울림으로 재창조되어야 한다. 현대시인들은 그것이 불가능하다고 말한다. 시가 어려워서 독자들이 가까이하려 하지 않는 데서 오히려 영광을 느껴야 한다고 주장하는 시인마저 있다. 그러나 이것은 시인과 독자의 분열, 즉 시의 소외가 유구한 시의 역사에서 지극히 예외적인 현상이요 대단히 불행한 현상이라는 데 대한 인식의 결여를 증명하는 것 이외의 아무것도 아니다. 김수영은 시의 난해성이 극복되어야 할 현상이라는 분명한 인식을 가지고 있었던 점에서 1950년대 우리 시단에서 매우 선진적인 시인이었다. 그러나 20여 년에 걸친 끈덕진 혈투에도 불구하고, 그의 시에서 난해성이 청산되지 않았던 것도 우리는 인정하지 않을 수 없다. "나의 현대시의 출발"(침, 60쪽)이라고 자부했고 그의 대표작의 하나라고 거론되곤 하는 「병풍(屏風)」(1956)을 예로 들어 이 점을 살펴보자.

병풍(屛風)은 무엇에서부터라도 나를 끊어준다

등지고 있는 얼굴이여

주검에 취(醉)한 사람처럼 멋없이 서서

병풍은 무엇을 향하여서도 무관심하다

주검의 전면(全面) 같은 너의 얼굴 우에

용(龍)이 있고 낙일(落日)이 있다

무엇보다도 먼저 끊어야 할 것이 설움이라고 하면서

병풍은 허위(虛僞)의 높이보다도 더 높은 곳에

비폭(飛瀑)을 놓고 유도(幽島)를 점지한다

가장 어려운 곳에 놓여 있는 병풍은

내 앞에 서서 주검을 가지고 주검을 막고 있다

나는 병풍을 바라보고

달은 나의 등뒤에서 병풍의 주인 육칠옹해사(六七翁 海士)의 인장(印章)을 비추어주는 것이었다

김수영 자신은 이 작품이 "죽음을 노래한 시"라고 말하고 있다.(침, 60쪽) 그런데 나로서는 여러 번 읽고 생각해보았으나 이 작품이 어떻게 죽음을 노래하는지 도저히 간파할 수 없었다. 물론 그의 '죽음'이란 말 자체가 단순한 것은 아니다. 몇 차례에 걸쳐 그는 이 말을 매우 독특한 개념으로 쓰고 있다. "죽음의 구원, 아직도 나는 시를 통한 구원을 받지 못하고 있는 것처럼 죽음에 대한 구원을 받지 못하고 있다."(「마리서사」, 퓨, 220쪽) "모든 시는 — 마르크스주의의 시까지도 포함해서 — 어떻게 자기 나름으로 죽음을 완수했느냐의 문제를 검토하는 방법이라고 해도 과언이 아니

다. 그리고 모든 시론은 이 죽음의 고개를 넘어가는 모습과 행방과 그 행방의 거리에 대한 해석과 측정의 의견에 지나지 않는다."(「죽음과 사랑의 대극(對極)은 시(詩)의 본수(本髓)」, 퓨, 188쪽) "요즘 젊은 시인들의 특히 참여시 같은 것을 볼 때, 그것이 죽음을 어떤 형식으로 극복하고 있는지에 자꾸 판단의 초점이 가게 된다. …… 신동엽(申東曄)의 이 시에는 …… 죽음의 음악이 울리고 있다."(「참여시의 정리」,《창작과비평》, 1967년 겨울호) 각각 조금씩 뉘앙스가 다르기는 하지만 모두 어떤 비슷한 개념을 지향하고 있다. 이 경우 '죽음'은 단순한 생물적 종말을 뜻한다기보다, 삶의 과정을 부단히 규제하고 삶에 붙어 있는 허위들을 척결해내는, 즉 삶을 가장 삶답게 하는 궁극적 담보로서의 의미를 지닌다고 할 수 있다. 그런데 문제는 이런 것들을 따져보더라도 작품 「병풍」에서 밝혀지는 것이 별반 없다는 사실이다. 다시 작품 자체로 돌아와 그 내부 구조를 분석해보자.

A ── 용(龍) / 낙일(落日) / 비폭(飛瀑) / 유도(幽島) / 인장(印章).

B ── 등지고 있는 얼굴 / 주검에 취한 사람 / 주검의 전면(全面).

C ── 허위의 높이보다도 더 높은 곳 / 가장 어려운 곳.

D ── 병풍은 무엇에서부터라도 나를 끊어준다 / 병풍은 무엇을 향하여서도 무관심하다 / 무엇보다도 먼저 끊어야 할 것이 설움이라고 하면서 / 병풍은 내 앞에 서서 주검을 가지고 주검을 막고 있다 / 나는 병

풍을 바라보고.

작품을 해체하여 이렇게 조립해놓고 보면, 뚜렷한 의미
가 잡히지는 않아도 그런대로 어떤 질서가 지어지는 듯하
다. A는 설명의 여지가 없이 분명하다. 병풍이 둘러쳐져
있고 그 병풍에 용과 져가는 해와 폭포와 아득히 섬이 그
려져 있고 도장이 찍혀 있는 것이다. 집에서 장례를 치르
던 시절의 풍경이다. B도 뚱딴지 같은 비유이기는 하지만
그것이 다름 아닌 사자(死者)의 방에 관련된 비유임을 대충
알아볼 수 있다. 그 비유가 '등지고 있는'에서 '주검에 취
한'으로, 그리고 다시 '주검' 자체로 발전하는 데에 세심하
게 유의한다면 C의 의미가 어렴풋이 잡혀오는 것 같다.

이 시에 진술된 상황은 '나는 병풍을 바라보고'일 뿐이
다. 그런데 그 병풍은 시각적으로 바로 내 앞에 있으면서
심리적으로는 '가장 어려운 곳'에 있다. 즉 병풍은 단순한
사물로서 앞에 놓여 있는 것이 아니라 '가장 어려운' 문제
로서 '나'를 가로막고 있다. 그리고 '나'에게 세속의 모든
것을 벗어나라, 무엇보다도 먼저 설움에서 벗어나라, 그것
이 죽음을 이기는 첫걸음이라고 요구하는 듯하다. 그러나
그것은 '병풍을 바라보는' 사람의 자의식일 뿐이고, 병풍
자체는 언제나 마치 '주검'처럼 '무엇을 향하여서도 무관
심하다.' '내 앞에 서서 주검을 가지고 주검을 막고 있다'는
이 작품의 핵심적 구절은 이런 관련 밑에서 이해될 수 있
다.[6] 왜냐하면 '주검을 가지고'는 '무엇을 향하여서도 무관
심하다'에, '주검을 막고 있다'는 '무엇에서부터라도 나를

끊어준다'에 각각 대응되면서 이 한 쌍의 대응 사이에 모순이 존재하는데, 이 모든 대응과 모순의 전개가 '내 앞에 서서 주검을 가지고 주검을 막고 있다'에 와서 총체적으로 집약되고 있기 때문이다.

내 딴에는 상당히 철저하게 따져본 셈이다. 그런데도 이 분석들이 나에게는 김수영 본인의 "죽음을 노래한 시"라는 단 한마디의 결정적 요약이 갖는 명징성에 멀리 미치지 못하는 것으로 느껴지며, 따라서 작품 자체는 여전히 내 손에 잡히지 않았다는 허전함이 남아 있다. 그리하여 나는 1950년대에 씌어진 김수영의 시들 중에서 앙상한 논리보다 풍부한 이미지와 비유로써 이루어진 「도취의 피안(彼岸)」(1954) 같은 작품에서 가장 시다움을 느낀다. 길지만 전문을 인용한다.

> 내가 사는 지붕 위를 흘러가는 날짐승들이
> 울고 가는 울음소리에도
> 나는 취하지 않으련다
> 사람이야 말할 수 없이 애처로운 것이지만
> 내가 부끄러운 것은 사람보다도

---

6 「병풍」과 같은 해(1956)에 씌어진 「수난로(水煖爐)」란 작품의 마지막 연은 다음과 같다. 이 경우 '주검'과 '어둠'은 동질적인 의미의 계열에 속하는바, 두 작품의 배후에는 어떤 동일한 정신의 움직임이 작동하고 있으리라 추측된다.
"그래서 그는 낮에도 밤에도
어둠을 지니고 있으면서
어둠과는 타협하는 법이 없다."

저 날짐승이라 할까
내가 있는 방 위에 와서 앉거나
또는 그의 그림자가 혹시 떨어질까 보아 두려워하는
것도
나는 아무것에도 취하여 살기를 싫어하기 때문이다

하루에 한 번씩 찾아오는
수치와 고민의 순간을 너에게 보이거나
들키거나 하기가 싫어서가 아니라

나의 얇은 지붕 위에서 솔개미 같은
사나운 놈이 약한 날짐승들이 오기를 노리면서 기다
리고
더운 날과 추운 날을 가리지 않고
늙은 버섯처럼 숨어 있기 때문에도 아니다
날짐승의 가는 발가락 사이에라도 잠겨 있을 운
명 —
그것이 사람의 발자국 소리보다도
나에게 시간을 가르쳐 주는 것이 나는 싫다
나야 늙어가는 몸 위에 하잘것없이 앉아 있으면 그
만이고
너는 날아가면 그만이지만
잠시라도 나는 취하는 것이 싫다는 말이다

나의 초라한 검은 지붕에

너의 날갯소리를 남기지 말고
네가 던지는 조그마한 그림자가 무서워 벌벌 떨고
있는
나의 귀에다 너의 엷은 울음소리를 남기지 말아라

차라리 앉아 있는 기계와 같이
취하지 않고 늙어가는
나와 나의 겨울을 한층 더 무거운 것으로 만들기 위
하여
나의 눈일랑 한층 더 맑게 하여다오
짐승이여 짐승이여 날짐승이여
도취의 피안에서 날아온 무수한 날짐승들이여

이 작품 역시 김수영 특유의 도덕적 순결성에 대한 갈망
을 담고 있기는 하다. 첫 연의 "울고 가는 울음소리에도 /
나는 취하지 않으련다"는 구절은 즉각 앞서 검토한 「병풍」
의 "무엇보다 먼저 끊어야 할 것이 설움"이라는 대목을 연
상시킨다. 제3연에 보이는 '수치와 고민'이라는 화두 또한
우리는 김수영이 평생 놓지 못한 주제들 중 하나라고 알고
있다. 그러나 이 작품에서 김수영의 도덕적 태도만을 읽으
려는 것은 옳지 못할 것이다. 이 시가 우리에게 감동을 주
는 것은 김수영이 의도하지 않은 혹은 심지어 의식하지 않
은 부분일지도 모른다. 우리는 시인의 계산된 논리 내지 계
획된 의도를 모르더라도 이 시를 즐길 수 있다. 가령 제4연
의 "나의 얇은 지붕 위에서 솔개미 같은 / 사나운 놈이 약

한 날짐승들이 오기를 노리면서 기다리고 / 더운 날과 추운 날을 가리지 않고 / 늙은 버섯처럼 숨어 있기 때문에도 아니다" 같은 구절은 그 생생한 묘사와 적확한 비유 때문에만도 즐겁게 읽힌다. 하지만 이 구절도 잘 생각해보면 일정한 상징적 의도를 감추고 있음이 감지된다. 그러나 그 상징성을 아는 것은 이 시가 주는 즐거움을 배가시키기는 하지만, 상징성 자체가 즐거움의 유일한 원천인 것은 아니다. 그렇기 때문에 우리는 별다른 사전의 준비 없이도 이 시가 주는 풍성한 감흥 자체에 빠져들 수가 있는 것이다.

김수영의 대부분 시 및 이른바 현대시라고 일컬어지는 모든 시는 독자들에게 이미지·리듬·비유 등에 관한 지식으로 무장하기를 요구한다. 이런 무장을 갖추지 않은 사람에게 있어서 가령 앞의 「병풍」 같은 작품은 전연 이해할 수도 즐길 수도 없는, 괴이하기 짝이 없는 한 뭉텅이의 어군(語群)에 지나지 않을 것이다. 우리 문학사를 보면, 1930년대의 이상(李箱)이 그런 괴이한 작품들을 만들어냈고 1940년대 후반에는 더 많은 시인들이 이런 실험에 관심을 보였으며, 1950년대에 오면 '후반기(後半期)' 동인회를 시발점으로 하여 이런 계열의 수많은 작품들이 양산되어 나왔고 지금도 쉴 새 없이 그런 작품들이 발표되고 있다. 이에 대하여 김수영은 진짜 '난해시'와 '불가해(不可解)한 시'를 구별하면서(「생활현실(生活現實)과 시(詩)」, 퓨, 26쪽) 양심이 없이 기술만을 구사하는 시인들이 "사기(詐欺)를 세련된 현대성이라고 오해하고"(「난해(難解)의 장막(帳幕)」, 퓨, 108쪽) 있다고 통렬하게 비판하였다.

현대사회가 지닌 복잡한 문제성과의 혼신의 싸움 끝에 태어난 진정한 난해시와 겉모양만 흉내낸 가짜 난해시를 구별하려는 김수영의 노력은 물론 훌륭한 것이고, 오늘의 한국시 전반을 뒤덮고 있는 허위와 기만성을 공격하는 데 바쳐진 그의 헌신은 기념비적인 중요성을 지닌다. 그러나 내가 보기에는 진짜 난해시냐 가짜 난해시냐를 구별하는 데만 문제가 있는 것이 아니라, 진짜·가짜를 모두 포함해서 난해시 자체가 서 있는 문학사적 근거를 옳게 인식하고 이를 제대로 극복하고 넘어서느냐 못 넘어서느냐에 문제가 있다. 김수영의 다음과 같은 지적이 난해시를 넘어선 자리 아닌 난해시의 한계 안에 남아 있는 한, 가짜의 횡행은 결국 막을 길이 없지 않을까 염려한다.

좋은 이상(李箱)의 시가 이런 가짜의 누명을 쓸 여지를 남겨놓고 있는 반면에, 나쁜 아류(亞流)의 모더니즘의 시가 실격(失格)의 집행유예를 받을 수 있는 여지가 또한 생긴다. 1950년대의 모더니즘의 폐해는 이런 의미에서 아직도 그 뒤치다꺼리가 깨끗이 되어 있지 않다. (「참여시의 정리」, 위의 책)

이런 점에서 나는 김수영이 「예지」나 「병풍」이나 「폭포」나 「동맥(冬麥)」처럼 메마른 논리의 악순환에 빠져 그 속에서 현대시의 문제를 해결하고 출구를 찾으려고 시도하기보다 「도취의 피안」처럼 풍성한 이미지와 싱싱한 감수성의 세계를 개발·확보함으로써 현대시의 전혀 새로운 지평을 개척하는 것이 더 생산적이지 않았을까 생각한다.

4

　각박한 생활이 주는 한없는 고달픔, 정직하고 진실하게
살려는 갈망, 생활과 갈망의 괴리에서 오는 자책과 자의
식, 그리고 이 모든 것들에 물들여져 있는 비애와 우수
…… 아마 우리는 1950년대 김수영의 시를 이렇게 요약해
볼 수 있을 것이다. 그런데 그의 문학의 최대의 강점은 어
떤 정지된 상태에 만족하지 않는 지칠 줄 모르는 탐구욕,
끊임없이 앞을 향해 움직이는 진보의 정신이 그를 지배한
다는 사실이다. "나는 너무나 많은 첨단(尖端)의 노래만을
불러왔다 / 나는 정지(停止)의 미에 너무나 등한하였다"(「서
시(序詩)」)는 구절은 그 자신에게 있어서는 자기반성의 일환
으로 발해진 것이지만, 그러나 그에게 정신의 건강과 의식
의 확장을 지속적으로 담보해준 동력은 이러한 '첨단의 노
래'를 추구하는 한결같은 자세였다. 4·19혁명 이후 강인
한 사회의식과 열렬한 참여정신은 김수영 문학의 상표처
럼 알려지게 되었으나, 실은 그것은 1950년대의 전 기간
에 걸친 치열한 고뇌의 과정이 축적된 뒤에야 겨우 정착된
어떤 것이었다. 그런 점에서 1950년대 말에 발표된 「사령
(死靈)」(1959)은 그의 개인적인 도덕성이 일정한 사회적 차
원을 획득하려는 고비에서의 긴장을 보여준다는 면에서
주목을 끈다.

…… 활자(活字)는 반짝거리면서 하늘 아래에서

간간이

자유를 말하는데

나의 영(靈)은 죽어 있는 것이 아니냐.

벗이여

그대의 말을 고개 숙이고 듣는 것이

그대는 마음에 들지 않겠지

마음에 들지 않어라.

모두 다 마음에 들지 않어라.

이 황혼(黃昏)도 저 돌벽 아래 잡초(雜草)도

담장의 푸른 페인트빛도

저 고요함도 이 고요함도.

그대의 정의(正義)도 우리들의 섬세(纖細)도

행동의 죽음에서 나오는

이 욕된 교외(郊外)에서는

어제도 오늘도 내일도 마음에 들지 않어라

그대는 반짝거리면서 하늘 아래에서

간간이

자유를 말하는데

우스워라 나의 영은 죽어 있는 것이 아니냐

여기서 드디어 우리는 1960년대의 김수영을 결정적으

로 사로잡게 된 하나의 단어를 만난다. 물론 그동안에도 그가 '자유'라는 낱말을 안 썼던 것은 아니지만, 그러나 거기에 일정한 사회적·문학적 목표를 지향하는 이념으로서의 확실한 무게가 얹히는 것은 이 작품 이후라고 생각된다. 이러한 확실성의 획득은 작품의 의미를 선명하게 하는 데에도 기여하고 있다.

이 작품에는 두 개의 의미의 계열이 서로 꼬리를 물고 진행되고 있다.

> '활자는 …… 자유를 말하는데' — '나의 영은 죽어 있는 것이 아니냐',
> '벗이여 / 그대의 말을' — '고개숙이고 듣는 것이',
> '그대의 정의' — '우리들의 섬세',
> '행동' — '죽음',
> '그대는 …… 자유를 말하는데' — '나의 영은 죽어 있는 것이 아니냐.'

이렇게 도식화해놓고 보면 이 작품은 "누가 무엇이라 하든 나의 뜻은 이 시대를 진지하게 걸어가는 사람에게는 치욕"(「구라중화(九羅重花)」)이라는 그의 낯익은 주제가 좀 더 선명하고 격정적으로 변주되고 있음을 알 수 있다. 그러나 1950년대의 전형적인 김수영 시들에 비하면 이 작품에서의 '자유'나 '정의' 같은 말들은 순결성 강박에서 빚어진 소시민적 자의식의 찌꺼기를 상당한 정도 덜어내고 있으며, 덜어낸 그만큼 이 작품의 구도는 밝고 선명해진다.

그와 더불어 이 작품의 정교한 짜임새도 눈길을 끈다. 모두 다섯 연으로 된 이 시에서 호격 '벗이여'를 제외하고 종결어미들을 뽑아보면, '아니냐 / 않겠지, 않어라 / 않어라 / 않어라 / 우스워라, 아니냐'가 된다. 여섯 개의 부정사들 틈에 '우스워라'가 끼여 변화를 주는 동시에 부정의 반복이 초래할 법한 어두운 분위기를 재치있게 반전(反轉)시키고 있다. '우스워라' '않어라'들의 적절한 배치에서 오는 음악적 효과도 간과할 수 없을 것이다.

이렇게 검토해볼 때 우리는 개인의 테두리 안에서 뜨겁게 소용돌이쳐온 김수영의 도덕적 갈등이 이제 보다 확장된 공간을 요구하게 된 필연성에 납득이 간다. 이 점에서 4·19혁명은 그에게 결코 우발적인 사건일 수 없었다. 4·19는 해방 후 우리 역사의 분수령이었을 뿐만 아니라 김수영의 문학적 생애에서도 결정적인 분기점이 되었다. 이를 계기로 김수영의 문학은 단연코 사회적인 성격을 띠게 되었고, 인간의 구체적 삶을 규정짓는 터전으로서의 정치·사회적 상황에 예리한 관심을 기울이게 되었다. 1960년대의 시들도 그 대다수는 소재를 개인적·신변적인 데서 구했지만, 그런 경우에도 언제나 사회적 관련이 시의 성취를 결정하는 보다 중요한 요인이 되었다. 이와 동시에 그는 시론과 시비평 활동에 적극적으로 참여하여 우리 시단의 낙후성과 기만성을 공격하고 시인의 양심과 표현의 자유를 옹호하기 위한 정력적인 투쟁을 전개함으로써, 1960년대 후반부터 지금까지에 이르는 한국시의 한 시대를 개막하였다. 이제 산문들에 표현된 그의 문학적 지향을 살펴보자.

김수영은 일생 동안 시인으로 자처했고 평론 쓰는 것을 늘 일종의 외도라고 생각했다. "나의 시에 대한 사유(思惟)는 아직도 그것을 공개할 만한 명확한 것이 못된다."(『시여, 침을 뱉어라』, 침, 122쪽) "나는 아직도 나의 시론을 전개할 만한 준비가 되어 있지 않다."(「시작 노트」, 퓨, 76쪽) 그러나 이렇게 말하면서도 그는 다른 어느 시인보다 열심히 시론과 시평을 썼고, 그렇게 하여 묶여진 『시여, 침을 뱉어라』와 『퓨리턴의 초상』을 읽어보면 그가 우리나라 일급의 산문가요, 1960년대 최고의 시론가임을 확인할 수 있다.

우리 문학사에서 그와 비교될 만한 인물로서는 오직 1930년대의 김기림이 찾아질 뿐인데, 우연치 않게도 이 두 사람은 여러 가지 점에서 흥미 있는 유사성과 차이점을 보여준다. 그들은 다 같이 문학론의 원천을 영문학에서 구했고, 외국문학의 소개와 번역에 업적을 남겼으며, 현대문명 전체의 상황을 바탕으로 사유를 전개하려 했다. 그들은 무엇보다도 낡은 전통과 퇴영적 보수주의에 대한 타협할 줄 모르는 비판자라는 점이 공통된다. 두 사람은 또한 각각 당대 일류의 시와 시론들에 있어서 그 청신성과 발랄함을 공유했고, 동시대의 문단에 미친 영향력의 범위에 있어서도 막상막하였다. 반면에 김기림은 아카데미즘의 훈련을 더 받은 사람답게 자기 나름의 시이론적 체계를 세우는 데 주력했으나, 김수영은 실제비평에서 더 역할을 발휘했다. 김기림이 이 땅에 모더니즘을 도입하여 시와 이론에 적응시키려 했다면, 김수영은 모더니즘의 김기림적 유산을 물려받아 그것의 토착화를 위해 — 따라서 그것의 극복을 위해 문학적 생애를 바쳤다.

이렇게 볼 때 이상(李箱)이나 정지용(鄭芝溶)의 일면까지도 포함한 김기림 문학과 김수영 문학 사이에는 서정주와 청록파(靑鹿派)의 업적 및 1950년대 초의 후반기 동인 활동을 괄호 속에 넣는 중요한 시사적(詩史的) 연속성이 존재한다. 한국 모더니즘의 역사에 있어서 김기림이 그 씨앗을 뿌린 사람이라면, 김수영은 모더니즘을 철저히 실천하려는 과정에서 한편으로 모더니즘을 완성하고 다른 편으로 그것에서 벗어나는 길을 틔워놓았다. 김수영은 한국 모더니즘의 허위와 불완전성을 철저히 깨닫고 이를 통렬하게 공격했으나, 그의 목표는 진정한 모더니즘의 실현이지 모더니즘 자체의 청산이 아니었다. 다시 말하면 그의 모든 문학적 사고는 넓은 의미에서 모더니즘의 틀 안에서 이루어졌다. 그러나 그의 모더니즘은 '진정한' 모더니즘으로 나아가고자 한 것이었기 때문에 — 다른 모든 진정한 사고와 행동의 역사적 작용에서 볼 수 있듯이 — 한국 모더니즘의 기초를 분해하는 효소로서 작용하였다. 여기에 한국 모더니즘 역사에서 김수영의 역설적 위치가 있는지도 모른다. 이제 그의 문학관을 핵심적으로 보여주는 한 문장을 읽어보기로 하자.

모든 진정한 새로운 문학은 그것이 내향적인 것이 될 때는 — 즉 내적 자유를 추구하는 경우에는 — 기존의 문학형식에 대한 위협이 되고, 외향적인 것이 될 때에는 기존 사회의 질서에 대한 불가피한 위협이 된다. …… 모든 실험적인 문학은 필연적으로는 완전한 세계의 구현을 목표로 하는 진보의 편에 서지 않을 수 없게 되는 것이다. 모든 전위문학은 불온하다. 그리고 모든 살아 있는 문화는 본질적으로 불온한 것이다. 그 것은 두말할 것도 없이 문화의 본질이 꿈을 추구하는 것이고 불가능을 추구하는 것이기 때문이다. (「실험적인 문학과 정치적 자유」, 퓨, 58쪽)

이것은 그가 작고하기 바로 몇 달 전인 1968년 2월에 이어령(李御寧)과의 논쟁에서 쓴 문장의 한 구절이다. 김수영은 이보다 훨씬 전(1961년 3월)에도 이와 비슷한 생각을 글로 남겼다.

시무용론(詩無用論)은 시인의 최고 혐오인 동시에 최고의 목표이기도 한 것이다. 그러나 진지한 시인은 언제나 이 양극의 마찰 사이에 몸을 놓고 균형을 취하려고 애를 쓴다. 여기에 정치가에게 허용되지 않은 시인만의 모럴과 프라이드가 있다. 그가 사랑하는 것은 '불가능'이다. 연애에 있어서나 정치에 있어서나 마찬가지, 말하자면 진정한 시인이란 선천적인 혁명가인 것이다. (「시의 뉴 프런티어」, 퓨, 40쪽)

김수영이 이 문장들을 통해 말하고자 하는 바는 명확하다고 할 수 있다. 그가 추구하고자 하는 것은 '진정한 새로운 문학'일 뿐이다. 그런데 오늘의 현실에서 진정 새로운 문학을 하는 것은 안으로는 기존의 문학형식에 대한 위협이 되고, 밖으로는 기존의 사회질서에 대한 위협이 될 수밖에 없다. 다시 말해 문학이든 사회든 기존의 것들은 낡고 썩어서 새로운 정신의 진정한 내용을 용납하지 못한다. 이 대목에 보이는 바와 같이, 분단 이후 한국문학에서 김수영이 본격적으로 개막한 것은 문학과 사회현실의 내적 연관에 대한 근원적 사유로서, 그에게 있어 새로운 문학은 새로운 형식의 추구로 나타날 뿐만 아니라 필연적으로 새로운 사회의 도래를 요구하는 것이었다. 김수영에게 새로운 문학이란 다름 아닌 전위문학이고 실험적인 문학인데, 그것은 본질적으로 완전한 세계의 구현을 목표로 한다. 따라서 새로운 문학은 사회의 낡은 질서와 타협하기를 거부하며, 그렇기 때문에 사회의 기득권자들 눈에 불온해 보이는 것이 당연하다. 또한, 꿈을 추구하고 완전을 추구하며 불가능을 추구한다는 점에서 시인과 혁명가는 언어의 영역과 정치의 영역이라는 구별에도 불구하고 본질적으로 동일한 것을 추구하는 공동운명의 소유자들이다.

시와 혁명을 대비시킨 문장은 그의 일기에도 씌어져 있다. "말하자면 혁명은 상대적 완전을, 그러나 시는 절대적 완전을 수행하는 게 아닌가. 그러면 현대에 있어서 혁명을 방조 혹은 동조하는 시는 무엇인가. 그것은 상대적 완전을 수행하는 혁명을 절대적 완전에까지 승화시키는 혹은 승화시켜 보이는 역할을 하는 것이 아닌가. 여하튼 혁명가와 시인은 구제를 받을지 모르지만, 혁명은 없다."(침, 25쪽) 이 경우 '혁명'은 시의 정신성에 대조되는 현실성을 가진 개념일 것이다. 김수영은 현실세계에서의 혁명과 정신세계에서의 시가 '완전'을 추구하는 점에서 일치하나, 혁명은 현실에 구속되기 때문에 상대적이고 시는 무엇에도 구속되지 않기 때문에 절대적이라고 본 것이다. 따라서 시는 혁명보다 더 '혁명적'이다. 앞에서 '선천적 혁명가'라고 했을 경우의 '혁명'은 이 '더 혁명적'이라는 경우의 '혁명'을 가리키는 것으로 생각할 수 있다. 이렇게 살펴볼 때 "영원의 나 자신을 고쳐가야 할 운명과 사명"(「달나라의 장난」)이라는 시 구절은 바로 김수영 자신에 관한 노래인 동시에 시인 일반의 운명과 사명을 갈파한 것임이 드러난다. 그에게 있어서 '혁명'이란 정치적 영역까지 포괄하는 삶의 깊이와 넓이를 남김없이 감싸려는 부단한 자기부정의 과정을 가리키며, 그 자신의 말로 하자면 "끊임없는 창조의 향상을 하면서 순간 속에 진리와 미와 전신(全身)을 위탁하는"(「제정신(精神)을 갖고 사는 사람은 없는가」, 퓨, 14쪽) 행위를 뜻하는 것이다.

이제 김수영의 '모든 진정한 새로운 문학'에 관한 논의로 다시 돌아가기로 하자. 이것은 필연적으로 모더니즘에 관한 논의로 우리를 유도한다. 흔히 모더니즘은 서구문학에서 넓게는 20세기에 들어와 명멸한 표현주의·미래주의·형태주의·이미지즘·다다이즘·초현실주의 등 모든 새로운 문예들의 경향을 포함하기도 하고, 특수하게는 1920년대 영국의 이미지즘을 주축으로 하는 새로운 주지주의적 시 경향을 가리키기도 한다. 이 모더니즘의 서구적 및 한국적 개념을 밝히고 정립하는 것 자체는 아마 따로 독립된 작업을 요하는 커다란 문제일 것이다.

그러나 세계문학사 차원에서의 정확한 개념 정립에 못지않게 시급하고 중요한 것은 다름 아닌 우리 문학사에서 모더니즘에 포괄될 수 있는 현상들을 구체적으로 검토하고 그 허점을 극복하는 일이라 생각된다. 기왕에도 나는 김기림으로부터 1950년대의 관념적인 난해시에 이르는 일련의 시적 경향들을 모더니즘의 개념으로 묶어 그 허구성을 비판한 바 있다. 그 비판의 요지는 다음과 같다. 현실을 보는 눈의 새로움에 필연적으로 동반되게 마련인 형식적 새로움을 모더니즘의 한 특징이라 할 때, 이러한 의미에서 모더니즘은 사실은 모든 시대의 모든 참된 문학에 항상 존재한다고 볼 수 있다.

그런데 김기림이 주도한 1930년대의 모더니즘 및 그 후계자로서의 1950년대 모더니즘의 형식적 새로움은 새로운 현실인식과 새로운 사회적 실천으로부터 불가피하게 태어난 것이라기보다 현대 서구문학의 학습을 통해 받아들여진 것이라고 생각된다. 그렇기 때문에 한국의 모더니즘은 하나의 관념으로서는 존재하나 관념의 사회적 기반을 결여하고 있다. 즉 언제나 당대의 구체적 현실로부터 유리되어 있고, 따라서 대다수 독자들로서는 이해하기도 어렵고 공감할 수도 없는 작품적 결과에 이르렀던 것이다. 김기림과 이상(李箱)의 문학이 단순히 서양문학의 모방에 그친 것이 아니라 그 나름 시대적 고뇌의 소산임을 인정하면서도, 그들의 후계자에 이르러 이상이 지녔던 바와 같은 치열함과 정직성이 약화되는 순간 거기에는 형식적 새로움도 아무것도 아닌 일종의 문학적 허위가 자리잡게 된다. "좋은 이상의 시가 이런 가짜의 누명을 쓸 여지를 남겨놓고 있는 반면에, 나쁜 아류의 모더니즘의 시가 실격(失格)의 집행유예를 받을 수 있는 여지가 또한 생"기는 것은 이런 점에서 당연한 귀결이며, 김기림적 모더니즘에서 한걸음 더 나아가야 할 문학사적 이유는 여기서도 거듭 확인된다고 하겠다.

그 최초의 한걸음을 떼어놓은 사람이 다름 아닌 바로 김수영 본인이었다. 김기림부터 1950년대까지의 모더니즘에 가한 그의 결정적인 보완은 '모든 진정한 새로운 문학'을 '기존의 문학형식에 대한 위협'으로서뿐만 아니라 '기성 사회의 질서에 대한 불가피한 위협'으로서 파악한 그의 탁월한 관점에 의해 이룩된다. 흔히 그는 과격한 참여론자로 알려져 있으나, 실은 그는 모더니즘 시의 내용 없는 형식주의에 올바른 사회의식을 결합시킴으로써 진정으로 새로운 문학에 이르고자 한 인물일 뿐이다. 그러한 작업을 끝내 모더니즘의 테두리 안에서 성취하려고 했다는 점에서 오히려 그의 역사적 한계가 있을지는 모르지만, 어쨌든 그는 결코 현실 참여 일변도로 기울어진 문학적 편식가(偏食家)는 아니었다. 그가 신동엽(申東曄)이나 장일우(張一宇)의 주장에 공감하면서도 "나의 소원으로는 최소한도 작품다운 작품이라도 많았으면 좋겠다"(「생활현실과 시」, 퓨, 20쪽)는 선에서 특히 장일우에게 여러 가지 유보사항을 달았던 것을 보면 우리는 그 점을 더욱 확인할 수 있다.

그의 '작품다운 작품'이란 무엇인가. 그가 생각하기에 최고의 형식과 최고의 내용은 그야말로 동시에 달성될 목표이다. 그에게 있어 최고의 형식이 달성되는 순간은 곧 최고의 내용이 달성되는 순간이다. 그에게는 이것이 결코 단순한 말장난이나 이상(理想)이 아니고 그의 시의 현실적 과제였다.

> 우리들은 시에 있어서의 내용과 형식의 관계를 생각할 때, 내용과 형식의 통일성을 공간적으로 상상해서 내용이 반, 형식이 반이라는 식으로 도식화해서 생각해서는 안 된다. '노래'의 유보성, 즉 예술이 무의식적이고 은성적(隱性的)이기는 하지만, 그것은 반이 아니다. 예술성의 편에서는 하나의 시작품은 자기의 전부이고, 산문의 편, 즉 현실성의 편에서도 하나의 작품은 자기의 전부이다. 시의 본질은 이러한 개진(開陣)과 은폐(隱蔽)의, 세계와 대지의 양극의 긴장 위에 서 있는 것이다. (『시여, 침을 뱉어라』, 침, 124~127쪽)

같은 말을 그는 더욱 정열적인 어조로 다음과 같이 표현하기도 했다. 아마 이것은 우리나라 시문학의 터전에서 발해진 시론의, 그리고 정지용과 김기림과 이상의 유산을 자기의 시적 사고 속에 용해한 김수영 시론의 최고 수준에 있어서의 요약일 것이다.

> 시는 온몸으로, 바로 온몸을 밀고 나가는 것이다. 그

것은 그림자를 의식하지 않는다. 그림자에조차도 의지하지 않는다. 시의 형식은 내용에 의지하지 않고, 그 내용은 형식에 의지하지 않는다. 시는 문화를 염두에 두지 않고, 민족을 염두에 두지 않고, 인류를 염두에 두지 않는다. 그러면서도 그것은 문화와 민족과 인류에 공헌하고 평화에 공헌한다. 바로 그처럼 형식은 내용이 되고, 내용은 형식이 된다. 시는 온몸으로, 바로 온몸을 밀고 나가는 것이다. (『시여, 침을 뱉어라』, 침, 128~129쪽)

이처럼 고도의 완전성에 대한 희구를 바탕에 깔고 그는 형식주의자들에게는 사회의식을 요구했고, 참여주의자들에게는 예술성의 보장을 요구했다. 그러나 이것은 그에게 있어 두 개의 요구가 아니라 하나의 요구였다. 왜냐하면 시에 있어서 형식과 내용은 전체의 반씩이 아니고 예술성의 편에서든 현실성의 편에서든 "하나의 시작품은 자기의 전부"이기 때문이다. 따라서 시는 "온몸으로 바로 온몸을 밀고 나가는 것"이며, 상식적 차원에서 생각하면 결국 시인의 양심의 문제로 귀일하는 것이다. "기술의 우열(優劣)이나 경향 여하가 문제가 아니라 시인의 양심이 문제다"(「난해의 장막」, 퓨, 108쪽)라고 그가 말했을 때, 그것은 이처럼 "우리는 아직도 문학 이전에 있다"(「마리서사」, 퓨, 223쪽)는 쓰디쓴 판단에 입각하여 난해시든 참여시든 우선 '작품다운 작품'이 되어야겠다는 기초적인 조건을 제시한 것이었다.

형식과 내용 — 김수영은 이것을 기교와 사상(「한국인의 애수」, 침, 94쪽) 또는 구조의 기술과 생명의 기술(「5편의 명맥」,

퓨, 172쪽)이라고도 했다 ── 은 탁월한 의미에서 동시적인 것이고 고도로 통일되어야 하는 것이지만, 그렇다고 해서 그중 어느 것을 문학의 더 본질적인 계기로 보느냐 하는 문제가 무의미해질 수는 없다. 나는 앞에서 김수영이 끝까지 모더니즘의 멍에를 짊어진 채로 현대시의 문제들을 해결하려고 했고, 그 때문에 그의 시가 끝내 난해의 한계를 넘어서지 못했다고 말했지만, 다음과 같은 발언들은 그가 적어도 이론에 있어서는 확실하게 모더니즘을 뛰어넘고 있음을 보여준다.

> 시인의 스승은 현실이다. 나는 우리의 현실이 시대에 뒤떨어진 것을 부끄럽고 안타깝게 생각하지만, 그보다도 더 안타깝고 부끄러운 것은 이 뒤떨어진 현실을 직시하지 못하는 시인의 태도이다. (「모더니티의 문제」, 퓨, p.121쪽)

> 소위 순수를 지향하는 그들은 사상이라면 내용에 담긴 사상만을 사상으로 생각하고 대기(大氣)하고 있는 것 같은데, 시의 폼을 결정하는 것도 사상이라는 것을 잊어서는 안 된다. 이런 미학적 사상의 근거가 없는 곳에서는 새로운 시의 형태는 나오지 않고 나올 수도 없다. (「변한 것과 변하지 않은 것」, 퓨, 116쪽)

> 언어의 변화는 생활의 변화요, 그 생활은 민중의 생활을 말하는 것이다. 민중의 생활이 바뀌면 자연히 언

어가 바뀐다. 전자가 주(主)요, 후자가 종(從)이다. (「가장 아름다운 우리말 열 개」, 침, 112쪽)

시의 형태를 결정하는 것이 사상이고 사상의 변화 즉 언어의 변화를 가져오는 것이 생활의 변화라고 한다면, 진정한 새로운 시는 진정한 새로운 생활에서 태어나는 것이라고 볼 수밖에 없다. 새로운 실천은 새로운 인식을 낳으며, 올바른 인식은 올바른 실천에 의해 뒷받침되어야 한다. 김수영은 자기 시대의 현실이 시인적 실천을 위해 너무나도 열악한 조건들로 가득 차 있음을 발견한다. 그가 보기에 자유는 다른 모든 사회적·문학적 실천의 가능성을 열어주는 열쇠와 같은 것인데, 오늘 우리의 상황이 지닌 최대의 문제는 바로 이 자유가 결여되어 있다는 점이었다.

그리하여 김수영은 4·19 이후 세상을 떠나던 그날까지 누구보다도 정열적으로 이 자유를 위하여 투쟁한다. 글의 곳곳에서 그는 자유의 부재를 고발하며 자유의 회복을 외친다. 그는 심지어 '자유의 회복'이야말로 나의 신앙이라고까지 고백한다.(「나의 신앙은 '자유의 회복'」, 침, 164~166쪽 참조) 오늘날 우리나라에는 "참여시가 없는 사회에 대항하는 참여시가 있을 뿐"(「참여시의 정리」, 앞의 책)이라는 그의 탄식은 바로 참된 참여시가 나오기 위한 기본적인 사회적 전제로서의 자유가 결해 있다는 탄식이다. 작고한 지 10년 가까이나 되는 한 시인의 탄식이 여전히 조금도 시효를 잃지 않았다는 사실에서 나는 슬픔과 부끄러움을 느낀다.

4·19를 전후하여 김수영은 강렬한 사회의식의 소유자가 되었고, 자기 시대의 정치적 상황에 대한 관심을 시적 사유의 내부 문제로 받아들였다. 그러면 이러한 사실이 그의 시에 가져온 변화는 무엇인가 하는 것이 이제 가장 중요한 문제로 남는다. 그러나 1960년대에 씌어진 그의 시들을 보면, 기술적으로 더욱 원숙해지고 있고 예민한 정치적 감각이 도처에서 번뜩이고 있음에도 시 자체의 표현 차원에서 어떤 본질적인 변화를 찾기는 어렵다. 여기서 가장 핵심적으로 지적되어야 할 것은 비평가가 아닌 시인으로서의 김수영은 끝까지 난해시의 영역, 즉 모더니즘의 한계 속에 남아 있었다는 사실일 것이다. 4·19 직후 그래도 상당한 정도 언론의 자유가 꽃피웠던 동안에 그는 잠시 난해의 껍질을 벗고,

> 시를 쓰는 마음으로
> 꽃을 꺾는 마음으로
> 자는 아이의 고운 숨소리를 듣는 마음으로
> 죽은 옛 연인을 찾는 마음으로
> 잊어버린 길을 다시 찾은 반가운 마음으로
> 우리는 우리가 찾은 혁명을 마지막까지 이룩하자
> ──「기도(祈禱)」 일부

하고 간절한 목소리로 다짐하기도 했고,

자유를 위해서

비상(飛翔)하여 본 일이 있는

사람이면 알지

노고지리가

무엇을 보고

노래하는가를

어째서 자유에는

피의 냄새가 섞여 있는가를

혁명은

왜 고독한 것인가를

—「푸른 하늘을」 제2연

하고 비장한 심정으로 노래하기도 했으나, 4·19혁명의 참
정신이 훼손되기 시작됐다고 생각하는 순간 그의 시는 다
시 어려워지는 것이다. 혁명의 좌절과 변질을 소재로 삼은
「그 방을 생각하며」나 「하……그림자가 없다」에 이르면
벌써 김수영의 시 특유의 반복과 역설, 비약과 반전(反轉),
단절과 압축 등 난해하고 복잡한 현대적 테크닉이 등장하
게 된다.[7] 「누이야 장하고나!」(1961) 「장시(長詩) 1」(1962)
「거대한 뿌리」(1964) 「강가에서」(1964) 「어느 날 고궁을 나
오면서」(1965) 「눈」(1966) 「설사의 알리바이」(1966) 「사랑
의 변주곡」(1967) 「여름밤」(1967) 「거짓말의 여운 속에서」
(1967) 「풀」(1968) 등 1960년대에 발표된 대표적인 작품들

---

7 이 중 가장 중요한 것은 반복인 바, 황동규는 「꽃잎 1」「꽃잎 2」「눈」

에서 때때로 그는 자못 분명하게 현실을 비판하고 시대의 암흑에 도전한다. 그러나 그런 경우에도 그는 의식의 악순환, 즉 자기 자신과의 내면적 싸움의 소용돌이에서 놓여나지 못하는 것이다. 그런 점에서 나는 그가 신동엽을 "그는 50년대에 모더니즘의 해독을 너무 안 받은 사람 중의 한 사람"(「참여시의 정리」, 앞의 책)이라고 아쉬워했던 것과 정반대로, 김수영이 너무나도 모더니즘에 깊숙이 발을 들여놓았던 것을 유감스럽게 생각하며, 앞 세대의 한용운이나 김소월 및 모더니즘 바깥에 서 있었던 서정주·이용악 같은 시인들에게, 그리고 나아가 광범한 민중의 시인 민요에 눈을 돌려 배울 것을 제때 배우지 않았음을 서운하게 생각한다. 어쩌면 그랬기 때문에 오히려 우리나라 모더니즘은 철저히 그 한계가 드러나게 되었는지 모르지만, 그러나 그것은 한 시인으로서의 김수영에게는 너무도 고된 형벌을 부과하지 않았을까. 1970년대의 우리 문단을 빛나게 했던 한 후배 시인의 김수영에 대한 다음과 같은 평가는 우리 시의 역사적 전개를 고려할 때 지극히 중대한 문제제기라 하겠다.

그가 우리 시에서 모더니즘의 부정적 측면을 극복하고 그 강점을 현실 비판의 방향으로 발전시킨 것은 매우 훌륭하다. 특히 그가 시 속에 힘의 표현, 갈등의 첨

「풀」 등의 작품을 예로 들어 김수영 시의 반복효과를 대단히 정밀하게 분석하고 있다. 황동규, 『사랑의뿌리』(1976), 94~99, 152~157쪽 참조.

예한 표현, 난폭성, 조악성(粗惡性), 공격성, 고미(苦味)와 소외감, 신랄성 등의 사회적 적의(敵意)와 비판적 감수성, 한마디로 추(醜)를 양성(釀成)시킨 점은 더없이 높이 칭찬해야 할 업적이다. 추야말로 철없는 자들의 말장난에 의해 꾸며지지 않은 비애의 참모습이며 분 바르지 않은 한(恨)의 얼굴이다. 추야말로 폭력의 안이요 바깥이다. 추야말로 모순에 찬 현실의 적나라한 현상이다. 이것은 마땅히 이어받아야 한다.

그러나 그럼에도 불구하고 그의 풍자가 모더니즘의 답답한 우리 안에 갇히어 민요 및 민예 속에 난파선의 보물들처럼 무진장 쌓여 있는 저 풍성한 형식가치들, 특히 해학과 풍자언어의 계승을 거절한 것은 매우 올바르지 않다. 이것은 비판적으로 극복해야 한다. 민요·민예의 전통적인 골계(滑稽)를 선택적으로 광범위하게 계승하고 창조적으로 발전시켜 현대적인 풍자 및 해학과 탁월하게 통일시키는 것은 바로 젊은 시인들의 가장 중요한 당면 과제이다.[8]

민요 및 민예의 형식가치들을 계승하지 않았다는 것은 곧 그것들을 계승할 만한 생활적 토대를 갖지 않았음을 의미한다. '지식층의 피로'(「제정신을 갖고 사는 사람은 없는가」, 퓨, 11쪽)와 '문인의 세속화'(「히프레스 문학론」, 침, 117쪽)를 공박하고 늘 '여유가 생기면 둔해'지는(「반시론」, 침, 67쪽) 데에 경

---

8 김지하, 「풍자냐 자살이냐」, 《시인》, 1970년 6·7월호 참고

각심을 지닌 '진정한 아웃사이더'(『마리서사』, 퓨, 222쪽)로서
의 김수영은 한국 모더니즘의 위대한 비판자였으나 예리
한 감각의 양심적 소시민이요 외국문학의 젖줄을 떼지 못
한 도시적 지식인으로서의 그는 모더니즘을 청산하고 민
중시학(民衆詩學)을 수립하는 데까지 나아가지는 못하였다.
그렇기 때문에 그는 "혁명은 / 왜 고독한 것인가"를 알았으
되, 혁명이 또한 탁월하게 군중적인 것을 충분히 알지는
못하였다. 힘없고 모자란 대로나마 서로 뒤섞여 돕고 이끌
며 역사를 만들어가는 군중성의 체험, 민중적 실천의 체험
은 유감스럽게도 아직 그의 생애에 도착하지 않았다. 김수
영 시의 난해성이 끝내 극복되지 않았던 근본적 이유는 바
로 여기서 찾아진다. 그러나 「풀」「사랑의 변주곡」 같은 그
의 마지막 무렵의 작품들은 그가 1960년대부터 등장한 젊
은 후배 시인들과 나란히 또는 앞장서서 그 자신의 시대적
한계를 뛰어넘는 사업에 적극 진출했으리라는 심증을 굳
게 한다. 그의 느닷없는 죽음을 슬퍼해야 할 이유는 너무
나 많다.

신동문과 그의 동시대인들

신동문(1927~1993)은 이제 문단 안에서도 아주 희미한 이름이 되었다. 2020년 초가을 두 권으로 된 그의 전집이 출판되어 사위어가는 그의 명성의 불씨를 되살릴 계기가 마련되었으나,[1] 반년 가까이 시간이 지나는 동안 나타난 독자들의 반응은 그런 기대가 헛된 것이었음을 깨닫게 한다. 같은 연대에 활동한 많은 시인들 가운데 가령 김수영 (1921~1968)·천상병(1930~1993)·신동엽(1930~1969)이 거듭 새로운 조명을 받아 생전에 활동하던 때보다 오히려 더 중요한 시인으로 살아나고 있고, 김종삼(1921~1984)·박용래(1925~1980)·박인환(1926~1956)·박재삼(1933~1997)·김관식(1934~1970)·박봉우(1934~1990)도 우리 시사의 성좌에서 그 나름으로 독자적인 영역을 확보한 데에 비하면 정한모(1923~1991)·송욱(1925~1980)·전봉건(1928~1988)·신

---

1 신동문 전집 詩篇 『내 노동으로』, 散文篇 『행동한다 그러므로 존재한다』(솔, 2004.9.17).

동문 등 한때 상당한 중량감을 지녔었고 실제로 중요한 역할을 했던 시인들이 대중의 시야에서 멀어진 것은 무심코 넘겨버릴 사안이 아니다.

나는 개인적으로 위에 거명한 시인들 가운데 박인환을 제외한 모든 분들과 다소간의 친분 내지 인연이 있었고, 특히 두 분에게는 지난 40년 동안 가슴속 깊은 존경과 애정을 지녀왔다. 바로 김수영과 신동문이 그들인데, 그들의 극히 대조적인 개성에 같은 무렵 동시에 매혹되었던 나로서는 그들의 전혀 상반된 문학사적 운명 앞에 마치 『노자(老子)』의 한 구절 '천지불인(天地不仁)'의 냉혹성이 관철되는 것을 보는 듯하여 섬뜩함을 느낀다. 문학사의 수레바퀴가 굴러가는 동안 무엇이 그들을 이렇게 가차없이 갈라놓았는가. 거듭되는 재해석을 통해 점점 더 문학적 쟁점의 심층부로 진입하는 김수영과 반대로 신동문은 망각의 늪으로 사라져버린 듯이 보인다. 이 글은 신동문의 삶과 문학을 그 시대의 문단적 상황과 결부시켜 검토함으로써 신동문 자신과 그의 동시대인들의 숨결을 좀 더 가까이 느껴보려는 데 목적이 있다.

1

누구나 알다시피 1945년부터 1953년까지의 기간은 일제가 물러난 이 땅에 미·소 양국군이 진주하여 군정을 실시하고 이에 기반하여 남북에 각각 별개의 정부가 성립되고 또 이러한 남북의 정권 사이에 혈전이 전개됨으로써 결국 분단이 확정된 기간이다. 말하자면 분단체제의 형성기라 할 수 있는데, 분단시대 한국의 역사에서 결정적 분수령이 되는 두 사건을 들라면, 나는 주저하지 않고 1960년의 4·19와 1987년의 6월항쟁을 지목하겠다. 1950년대의 이승만체제에 대한 민중저항으로서의 4·19와 4반세기에 걸친 군사독재에 대한 시민봉기로서의 6월혁명은 기존의 정치권력을 타도했다는 정치적 승리의 측면에서나 불완전한 혁명에 그쳤다는 측면에서나 아주 유사하다고 할 수 있다. 물론 4·19와 6월항쟁을 단순 비교하면 4·19의 한계와 미숙성이 더 두드러져 보일지 모른다. 그러나 시민적 역량이 극히 초보적인 수준에 불과한 상태에서 학생들 중심으로 부정선거를 규탄하는 데모에서 시작된 운동이었지만, 결과적으로 4·19는 막강한 독재권력을 타도하는 데 성공함으로써 1945~1948년의 좌절된 해방을 다시 그 역사의 암실로부터 소생시키는 민족적 자기회복의 원천이 되었다. 다시 말하면 4·19는 친일파와 민족반역자 및 이들을 뒤에서 엄호하는 외세로부터 되찾은 제2의 해방이었다. 적어도 그 시발점이었다.

따라서 4·19는 분단 후 한국사의 물줄기를 바꾸었을뿐더러 억압과 절망감 속에 살아가던 개인들의 내면세계에도 커다란 해방적 작용을 하였다. 그러나 현실정치 속에서 4·19의 경과 자체는 민주주의의 실현이라는 이상과 거리가 멀었다. 4·19 이후 1년 동안 벌어진 현실정치는 퇴행과 변질, 타협과 배반의 연속이었다. 이 과정을 문학적으로 가장 생생하게 증언하는 문학사례의 하나는 김수영의 시일 것이다. 이 무렵부터 불의의 교통사고로 작고하기까지 그의 작품에는 거의 대부분 집필 일자가 붙어 있는데, 「하… 그림자가 없다」(1960.4.3) 「우선 그놈의 사진을 떼어서 밑씻개로 하자」(1960.4.26) 「기도」(1960.5.18) 「육법전서와 혁명」(1960.5.25) 「푸른 하늘을」(1960.6.15) 「만시지탄은 있지만」(1960.7.3) 「나는 아리조나 카보이야」(1960.7.15) 「거미잡이」(1960.7.28) 「가다오 나가다오」(1960.8.4) 「중용에 대하여」(1960.9.9) 「허튼소리」(1960.9.28) 「피곤한 하루하루의 나머지 시간」(1960.10.29) 「그 방을 생각하며」(1960.10.30)로 이어지는 김수영의 시작업은 그의 시적 사유가 4·19의 진행과 얼마나 긴밀하고도 숨가쁘게 얽혀 있는지를 기록한, 시의 언어로 씌어진 혁명일지와도 같은 것이다. 이 치열한 호흡을 따라가는 독자만이 "혁명은 안 되고 나는 방만 바꾸어버렸다 / 그 방의 벽에는 싸우라 싸우라 싸우라는 말이 / 헛소리처럼 아직도 어둠을 지키고 있을 것이다"(「그 방을 생각하며」)는 구절 속에서 혁명의 진정성에 대한 시인의 끝없는 열망과 패배의 예감에 떨고 있는 한 영혼의 불안을 감지할 수 있을 것이다.

김수영의 시가 안타깝게 증언하는 혁명의 변질에도 불구하고 그러나 4·19는 한국사회를 일신할 수 있는 에너지의 토대이고 새로운 상상력의 근원이었다. 이 무렵 자타가 공인하는 새세대문학의 기수였던 평론가 이어령은 어느 글에서 다음과 같이 회고하고 있다. 아마 이것은 4·19정신이 한국의 출판문화에 끼친 극적인 영향을 기록한 하나의 좋은 예가 될 것이다.

데모 군중이 이승만 대통령의 하야를 외치며 종로거리로 밀려들고 있을 때, 나는 관철동(신구문화사가 자리해 있던) 뒷골목의 작은 다방에 앉아 이종익 사장과 한창 흥분해서 떠들어대고 있었다. 혈기왕성하던 때이고 더구나 그때 나는 직장이 없었기 때문에 울적한 나날을 보내고 있었던 터였다. …… 그날도 역시 그런 날들의 하루였지만, 어떻게 하다가 화제는 새로운 시대의 개막이라는 데로 비약하고 있었다.

이승만 시대로 상징되던 해방 후와 전후시대가 끝났다는 거였다. 새로운 세대 ─ 지금 길거리에서 함성을 지르는 젊은 세대들의 시대가 열리고 있다는 것, 그리고 우리는 지금 그 역사가 돌아가고 있는 그 모서리를 직접 눈으로 바라보고 있다고 말했다.[2]

당시 이어령은 아직 20대의 젊은 나이였지만, 보수적이고 침체된 문단풍토에 잇따라 공격의 화살을 날려 이미 유명인사가 되어 있었다. 그런 그의 눈에도 종로와 광화문을 행진하는 학생들에 의해 한 시대가 끝나고 다른 시대가 열리고 있는 것이 보였고, 역사의 현장에 있다는 것이 실감되었던 것이다. 이날 출판사 신구문화사 사장 이종익과

---

2 이어령, 「이종익 사장과 세계전후문학전집」, 『출판과 교육에 바친 열정』(우촌기념사업회출판부, 1992), 145쪽.

그 회사 편집고문인 평론가 이어령의 대화를 바탕으로 결실을 맺은 출판물이 『세계전후문학전집』이다. 처음 7권으로 기획된 이 전집의 첫째 권은 손창섭·장용학·선우휘·오상원·서기원·송병수·추식 등 당시 전후문학의 대표적 신예작가들 소설을 모은 『한국전후문제작품집』으로서, 혁명의 열기가 아직 식지 않은 그해 7월에 출간되었다. 이 책에 대한 독자들의 반응은 가히 폭발적이었다. 책 내용의 기획이 대담하고 도전적이어서 젊은 세대의 의욕을 적절히 자극하는 것이었을 뿐만 아니라 책의 겉모양 즉 장정과 디자인도 새로운 감각에 맞는 진취성과 파격성을 갖추고 있었다. 이듬해 1961년까지 이 전집은 6권이 출간되었고, 애초의 계획을 확대하여 10권으로 된 전집이 1962년 3월에 완간되었다. 1960년대에 문학청년 시절을 보낸 사람치고 이 전집 한두 권을 읽지 않은 사람은 없을 것이다. 문학도뿐만 아니라 일반인에게도 이 전집은 전후시대의 새로운 사상과 문학을 소개하는 지적 자극제가 되었다. 그것은 이승만 독재의 폐쇄적 냉전체제가 무너진 뒤의 자유의 공기가 어떤 것인지 실감케 하는 이념적 정서적 개방성의 경험이었다.

그렇다면 이때 4·19는 신동문에게 무엇이었던가. 이 위대한 역사적 사건을 노래한 대표적인 시의 하나로 그의 「아! 신화같이 다비데군(群)들」은 단연 독보적이다. 이 시가 발표 당시에뿐만 아니라 오늘에 이르기까지 선명하고 가열찬 인상으로 우리에게 각인되어 있는 까닭은 무엇보다도 시의 부제가 '4·19의 한낮에'라는 데서 드러나듯이 그 생생한 현장성과 즉흥성에 있다. "마지막 발악하는 / 총구의 몸부림 / 광무하는 칼날에도 / 一絲不亂 / 해일처럼 해일처럼 / 밀고 가는 스크럼"의 행렬을 바로 눈앞에 목격하면서 시인 자신이 어느덧 군중의 일원이 되어 "싸우라 / 싸우라 / 싸우라고 / 이기라 / 이기라/ 이기라고" 외치는 듯한 급박한 호흡이 시의 전편을 숨막히게 파동치는 것이다.

김수영의 문학적 생애에서 4·19가 하나의 분수령이었듯이 신동문에게도 4·19는 결정적인 전환점이었던 것 같다. 그러나 그것을 받아들이는 방식에서 두 사람은 극히 대조적이다. 김수영에게 4·19는 단순히 외부적 현실 또는 객관적 사건이었던 것만은 아니다. 그것은 그의 시적 사유 내부에서 진행되는 의식의 가변성 자체이기도 했으며, 때로는 일상생활의 여러 세목으로 표출되는 행동들의 심리적 준칙이기도 하였다. 그런 점에서 1960년 4월 이후 씌어진 김수영의 모든 시는 4·19혁명의 전진 과정이 그의 정신에 일으킨 파동을 마치 계기판처럼 기록한 일종의 역사문건이라고 말할 수도 있다. 반면에 신동문의 4·19는 무엇보다도 거리에서 벌어지는 육체적 행동이고 구체적인 투쟁이다. "沖天하는 / 아우성 / 혀를 깨문 / 안간힘의 / 요동치는 근육 / 뒤틀리는 사지 / 약동하는 육체"(「아! 신화같이 다비데군들」) 같은 구절에 형상화되어 있듯이 그것은 혁명벽화나 혁명조각처럼 영웅적이고 기념비적이다. 그렇기 때문에 그의 시는 복잡한 사유의 과정에 동반되는 회의와 망설임을 거절하며, 정의라든가 민주주의 같은 단순하고도 자명한 가치에 뒷받침되어 투명하고 힘찬 선동성을 발휘한다. 그것은 비장한 행동의 순간에 응결된 조소적(彫塑的) 혁명성이며 내면적 갈등의 여유를 허락받지 못한 어떤 단일한 동력의 우발적이고 직선적인 폭발이다.

2

연보에 따르면 신동문은 1955년 「봄 강물」이 《한국일보》에, 연작시 「풍선기(風船期)」 중의 한 편이 《동아일보》에 가작으로 입선하였고, 같은 해 제1회 충북문학상을 수상했다고 한다. 그런데 이번 간행된 전집에는 「봄 강물」이 빠져 있다. 연작시 「풍선기」는 원래 모두 53호, 총 1700행이나 되는 장편시였는데,[3] 군복무중 보관의 어려움 때문에 대부분 버렸다고 한다. 남은 20편에 새로 순서를 매겨 그중 한 편이 《동아일보》에 입선되고, 열다섯 편(6~20호)이 다음해인 1956년 《조선일보》에 박봉우의 「휴전선」과 함께 당선하였다. 이로써 신동문은 공식적으로 문단의 일원이 되었다.

하지만 시인으로 데뷔한 뒤에도 그는 한동안 고향인 청주에 머물러 있었다. 그 무렵 고등학생들의 문학서클인 '푸른 문' 동호회의 고문으로 그들을 지도하기도 했고,(소설가 김문수, 평론가 홍기삼, 전 국회의원 신경식 등이 당시의 회원들이었다고 한다) 청주시장이 사장으로 있는 출판사에서 첫 시집 『풍

---

3 시집 『풍선과 제3포복』(1956) 후기. 전집 『내 노동으로』, 107쪽.

선과 제3포복』을 간행하기도 하였다. 1957년에 민병산(閔
丙山) 등 지역의 문인·예술가들과 함께 충북문화인총연합
회를 창립했고, 1959년에는 충청북도 문화상(예술부문)을
수상하였다. 《자유문학》 《현대문학》 《사상계》 등 월간지에
드문드문 작품을 발표하여 전후문단에 서서히 이름을 알
리고 있었다.

그러다가 서울에서 4·19데모가 일어나고 그 여파가 지
방도시로 미쳐 청주에서도 학생 데모가 벌어지자, 청주에
서 신문에 논설을 쓰며 지내던 신동문은 배후로 지목되어
경찰의 추적을 받게 되었다. 신경림 시인의 증언에 의하면
신동문은 4·19 직후 피신차 상경하여 4월 26일의 대규모
봉기를 서울에서 겪었으리라 한다.[4] 이 긴장된 시대의 정
서를 담고 있는 에세이 「썩어진 지성에 방화하라」(《새벽》,
1960.5)를 읽어보면 3·15선거 당시 얼마나 노골적이고 비
열한 부정이 자행되었는지 짐작할 수 있다.[5] 투표일 아침
그는 투표장 어귀에 쳐놓은 새끼줄 앞에서 완장 두른 사람
으로부터 입장이 제지된다. "어데 가오?" "투표하러 갑니
다." "삼인조 짜 오시오." "난 조가 없소." "안 되어. 저기 가
서 저 흰 완장 두른 조장한테 상의하시오." 그 조장은 자유
당 석 자가 뚜렷한 흰 완장을 차고 있었다. 이렇게 투표장
에 들어가지도 못하고 쫓겨났다가 안면이 있는 시 선거위
원을 만나는 덕분에 다시 돌아가서 투표를 할 수 있었다는

4   신경림, 『시인을 찾아서』(우리교육 1998), 280쪽.
5   전집 『행동한다 그러므로 존재한다』, 19~23쪽.

것이다. 이것이 저 유명한 3·15부정선거의 한 장면인데, 사실 신동문은 야당투사도 아니고 좌파적 이념의 소유자도 아니었음에도 배후조종 혐의로 쫓기는 몸이 되었다.

이런 혐의를 받게 된 이유 중 하나는 신동문 주위에 늘 사람들이 모인다는 것이었다. 그는 솔직하고 용기가 있을 뿐더러 화제가 풍부하고 사람들과 어울리기를 좋아했다. 그에게는 권위주의적인 데가 전혀 없어서, 나처럼 십수 년 나이가 아래인 젊은이도 격의없이 대할 수 있었다. 그는 어려운 처지에 있는 동료와 후배들을 돕는 것을 좋아했다. 신구문화사에서 매일 만나던 시절 나는 구자운·천상병·고은·김관식 같은 후배시인들이 무시로 그를 찾아와 개인적 고충을 털어놓기도 하고 술값을 뜯기도 하는 것을 자주 보았다. 1950년대 후반 청주 시절에는 유종호·신경림 등 나이가 제법 후배이나 문단진출은 거의 동기인 문인들이 심심치 않게 찾아왔고, 아마 이들을 통해 서울의 문인들을 사귀게 되었을 것이다.

어쨌든 4월혁명의 와중에 아예 활동의 무대를 서울로 옮긴 신동문은 월간지 《새벽》사에 편집장으로 취직을 하였다. 이 《새벽》이란 잡지에 대하여 잠시 살펴볼 필요가 있다. 지금 내 곁에는 우연히 1959년 10월호가 꽂혀 있다. 판권난을 찾아보니 사장 장이욱(張利郁), 편집 겸 발행인 주요한, 주간 김재순(金在淳)으로 되어 있다. 이 명단만 보고도 잡지의 성향을 어느 정도 짐작할 수 있을 터인데, 간단히 말해서 도산 안창호를 따르던 평안도 출신 흥사단 계열임을 알 수 있다. 장이욱은 한국인 최초의 서울대 총장이

자 장면(張勉) 정부의 주미대사로 유명한 교육학자로서, 내가 만나본 바로는 겸손하고 부드러우면서도 강직함이 느껴지는 작달막한 체구의 교양인이었다. 주요한은 「불놀이」의 시인 바로 그 사람이고, 김재순은 후일 국회의장까지 지낸 정치인이다. 《새벽》은 1954년 8월에 창간되었다고 하나 널리 읽히는 잡지가 아니었는데, 1959년 10월에 혁신호를 내는 것을 계기로 독자대중에게 적극적으로 다가가는 내용의 편집과 영업방침을 택했다. 이 혁신호는 함석헌의 권두논문 「때는 다가오고 있다」를 앞세운 다음, '정권교체는 가능한가'라는 도전적인 제목의 특집을 꾸며 이승만의 자유당정부가 물러나야 한다는 것을 강력히 암시하고 있다. 박남수(朴南秀)의 시와 선우휘·오상원의 단편소설을 실어 문학에도 적지 않은 지면을 할애하고 있다. 이것은 《새벽》의 전신이라 할 일제 강점기의 《동광(東光)》(1926.5~1933.1)도 동일하게 지녔던 편집방침이고, 어쩌면 우리나라의 모든 종합지들이 한결같이 따랐던 편집방침일 것이다. 주요한과 김재순은 1955년에 출범한 통합야당 민주당의 신파 소속으로서 4·19 이후 장면 정부의 구성원이 되었다.

신동문이 편집장으로 일하는 동안의 《새벽》은 대담한 기획과 파격적인 필자 등용으로 당시의 젊은 독자들에게 《사상계》 못지않은 호응을 받았다. 대학 신입생이었던 나 자신도 《새벽》의 진취성에 더 호감을 느꼈고, 선우휘의 「깃발 없는 기수(旗手)」라든가 최인훈의 「광장」 또는 폴란드 작가 마레크 홀라스코의 「제8요일」처럼 600매가 넘는 대작을 한꺼번에 싣는 데에 커다란 흥분조차 느꼈다. 그 무렵 《현대문학》《자유문학》 같은 문예지들의 구태의연하고 고식적인 편집에 갑갑함을 느끼던 문학청년들은 앞서 언급한 『세계전후문학전집』과 《사상계》《새벽》을 통해 세계문학의 새로운 기류를 호흡하고 참신한 감각을 접할 수 있었다. 이 책들을 만드는 데 실무의 아이디어를 제공한 것이 신동문·이어령 등임을 생각하면, 1960년대 문학에 끼친 그들의 영향은 막중한 것이라 하지 않을 수 없다.

그런데 잡지 《새벽》은 민주당 장면 정부가 출범한 뒤에 12월호를 종간호로 내고 나서 간판을 내린다. 친구인 민병산은 어느 글에서 다음과 같이 회고하고 있다. "당시 종로 2가 관철동에 있던 신구문화사 편집실을 신동문과 동행해서 방문한 것은 1960년 동지 무렵이었다. 그 무렵 (신)동문은 맡아보던 《새벽》지의 종간호를 내고 나서 이따금 이종익 사장을 만나 출판 아이디어에 관해 의논을 받고 있었는데, 하루는 나더러 같이 가서 이야기나 하자는 것이었다. …… 그날 저녁 아마 이사장, 어어령, 신동문, 나 이렇게 합석을 해서……."[6] 이렇게 신동문과 이어령은 그 무렵 신구문화사의 비상임 편집자문역을 하고 있었는데, 두 사람 중 이어령이 먼저 《서울신문》을 거쳐 《경향신문》 논설위원으로 왔고 이어서 신동문도 《경향신문》 특집부장으로 취직했다. 자유당 시절 《경향신문》은 《동아일보》와 더불어 양대 야당지로 일컬어지고 있었다. 1959년 4월 주요한의

---

6 민병산, 「단 한번의 외도」, 앞의 책, 『출판과 교육에 바친 열정』, 153쪽.

칼럼(소위 여적(餘滴)사건) 때문에 독재권력에 의해 폐간되었던 《경향신문》은 이승만의 대통력직 사임발표 다음 날인 1960년 4월 27일 복간호를 냈다. 오랫동안 이 신문을 맡고 있던 천주교 재단이 1962년 경영난으로 물러나긴 했으나, 여전히 비판적 입장을 고수하고 있었다. 그러나 신동문은 입사 1년여 만인 1964년 5월 경향신문사를 그만두었다. "우리나라의 쌀부족 문제를 북한쌀의 수입으로 해결하자"는 독자투고가 신문에 게재되어 편집국장·특집부장·담당기자 등이 중앙정보부에 연행되어 조사를 받은 사건이 퇴사의 계기였다.

1964년 바로 《경향신문》 신춘문예에 문학평론이 당선되어 문단에 얼굴을 내민 나는 그 신문 논설위원이자 그해 평론부문 심사위원이었던 이어령의 소개로 신구문화사 편집부에 취직했다. 당시 『세계전후문학전집』의 성공에 고무된 신구문화사는 그 후속작업으로 1964년 『노벨상 문학전집』을 간행하고 이어서 18권짜리 『현대한국문학전집』을 기획하였다. 이 전집의 얼개를 짜고 작가들을 섭외하는 것은 그 무렵부터 신구문화사에 상근하기 시작한 신동문의 일이고, 내용을 채우는 것은 나의 몫이 되었다. 1965년에 여섯 권, 이듬해 열두 권으로 완간된 이 전집은 미숙하나마 신동문과 나의 합작품이라고 나는 자부하고 있다. 이 작업을 통해 나는 많은 선배문인들을 사귀게 되었고, 이것이 1960년대 말부터 내가 잡지 편집자로 일하는 데 자산이 되었음은 말할 것도 없다.

10년 가까운 긴밀한 접촉을 통해 내가 알게 된 신동문은 참으로 매력적인 개성의 소유자였다. 깨끗하고 양심적이었으며 다정하고 친절했다. 다만 내가 그에게 불만인 것은 그가 시 쓰는 일에 대해 다소 냉소적이랄까 초탈한 듯한 태도를 보이는 것이었다. 나는 그를 수없이 마주하여 재치와 해학에 넘치는 그의 화술에 빠져들곤 했지만, 문학에 대해 얘기하는 것을 들어본 적은 거의 없다. 그것은 화제가 무엇이었든 문학적 연관성을 떠나 말할 줄 모르는 김수영과 아주 반대되는 성향이었다. 대체 신동문의 내면풍경은 어떤 것이었던가.

3

1963년경을 고비로 신동문은 한편으로는 여전히 「오늘에 서서 내일을」(1963.10) 「시인아 입법하라 아니면 폭동하라」(1964.5) 같은 산문을 통해 시인의 사회적 책임과 현실 참여를 주장하면서도, 다른 한편 자신의 시 쓰기의 무의미와 무능력에 대해 되풀이 고백하는 분열적 양상을 드러낸다. 「변명고(辨明考)」(1964.3)에서 그는 독촉에 못 이겨 책상 앞에 앉았으나 도무지 시가 써지지 않아서 괴로워하는 실정을 그대로 털어놓는다. 「시인이 못된다는 이야기」(1965.11)에서 그는 이렇게 말한다. "나는 시를 쓴다는 일이 도무지 무의미하게만 생각된다. 시를 쓰기 위해 밤을 새우고 시를 생각하기 위해서 시간을 할당해야 한다는 일은 너무나 아깝고 억울한 일로만 생각된다."[7] 그러나 「실시(失詩)

의 변」(1966)에서 그는 잠시 새로운 다짐을 하기도 한다. "어떠한 이유로든 침묵하고 있다는 것은 그만큼 시인으로서의 과오라는 것은 알고 있고, 그 죄에 대한 대가로 …… 언젠가는 보다 좋은 시를 써야 한다는 것을 각오하고 있다."[8] 그러나 그의 이 각오는 끝내 지켜지지 못했다. 이미 1963년쯤부터 현저히 줄어들기 시작한 신동문의 시창작은 「내 노동으로」(1967.12) 한 편으로 사실상 종결되기 때문이다.

많지 않은 1960년대의 시들 가운데 그런대로 의미있는 작품을 꼽자면 「'아니다'의 주정(酒酊)」(1962.6) 「절망을 커피처럼」(1962.12) 「아아 내 조국」(1963.4) 「바둑과 홍경래」(1965.5) 그리고 조금 전에 거명한 「내 노동으로」가 될 것이다. 이 작품들에 공통적으로 깔려 있는 것은 강렬한 부정의 육성이다. 그런데 부정의 대상은 거의 무차별적이다. 다시 말하면 부정의 주체가 존재하지 않는다. 따라서 그의 시세계에 남는 것은 순간적 위안과 일시적 망각뿐인 것처럼 보인다.

　　커피를 절망처럼
　　커피를 아침 차례 진한 한숨처럼
　　아침부터 마시면
　　빈 창자 갓갓이

7　전집 『행동한다 그러므로 존재한다』, 81쪽.
8　위의 책, 84쪽.

메마른 가슴구석까지
커피는 절망처럼 스미고
야릇한 위안과 함께
나는 포근히 진정한다.

—「절망을 커피처럼」마지막 연

싼 술 몇 잔의
주정 속에선
아니다 아니다의
노래라도 하지만
맑은 생시의
속깊은 슬픔은
어떻게 무엇으로
어떻게 달래나

—「'아니다'의 주정」부분

  그런데 중요한 것은 「아! 신화같이 다비데군들」을 포함
한 1960년대 신동문의 시들이 출구와 전망을 잃어버린 자
의 절망에도 불구하고 비극적 장엄성 내지 침통함의 분위
기를 나타내지 않는다는 점이다. 1950년대 그의 시들은
대부분 줄글로 되어 있고, 고양된 자의식과 냉혹한 상황
간의 분열과 대립으로 인해 대단히 복합적인 양상을 띤다.
이와 반대로 1960년대의 시들은 시적 화자의 시선이 내부
지향적이 아닐뿐더러 시행이 짧고 경쾌하며 마치 빠른 행

진곡처럼 율동적이기까지 하다. 그렇다면 그의 문학에 있는 것은 절망의 고통 아닌 절망의 제스처일 뿐인가. 어쩌면 그는 자신의 내부에 도사린 이러한 자기기만과 파멸의 위험을 똑똑히 알았기에 문학을 버리고 "내 노동으로 오늘을 살자"는 결심에 일치되는 농사짓는 일의 세계로 떠난 것인지 모른다.

1970년대에 접어들어 신동문은 단양 농장의 개간을 본격화하기 시작했다. 1969년부터 《창작과비평》 발행인이 되기는 했으나, 실무를 챙기는 일은 나에게 온통 일임했다. 이 무렵 어느 날 그는 나에게 낯선 책을 한 권 보여주었다. 그것은 1950년대에 중국에서 간행된 침술책이었다. 대장정 기간 중에 침으로 치료한 경험을 정리한 전문적 의료서적이었다. 신동문은 어렵게 구한 그 책을 독학하면서 자신의 몸에 수없이 침을 꽂아가며 침술을 익힌다고 말했다. 1975년 여름방학에 나는 단양의 농장으로 찾아가 그의 허름한 농막에서 이틀밤을 잤다. 새벽부터 인근 주민들이 침 맞으러 찾아오는 바람에 농사일이 안 될 지경인 것을 목격했다. 그런데 돈을 절대 받지 않았으므로 치료받은 환자들 중에는 밭에서 두어 시간 일하는 것으로 치료비를 대신하는 사람들도 있었고, 돈을 내겠다고 끝까지 우기는 사람에게는 돈 대신 노래를 한 곡조 시키기도 했다. 그가 한 달에 한두 번 가족을 만나러 서울에 왔다가 관철동 기원에 나가 바둑을 두고 있으면 역시 그의 침술 소문을 듣고 그의 바둑판 곁에서 기다리는 환자들을 나는 여러 번 보았다. 그의 침은 믿을 수 없을 만큼 놀라운 효력을 발휘한다고 바둑친구들은 말했다. 그러다가 1970년대 중반 창비에 게재된 리영희의 논문 「베트남전쟁」 때문에 그는 다시 한 번 중앙정보부에 끌려가 문초를 받았다. 1975년 가을호를 마지막으로 그는 창비 발행인으로 이름 올리는 것도 마감했다. 신동문은 살아생전에 이미 문학 없는 전설의 나라로 이주했던 것이다.

순수, 참여 그리고 가난
다시 돌아본 천상병의 삶과 문학*

1

내가 천상병(千祥炳)선생을 처음 만난 것은 1965년이다. 문단 데뷔 1년 남짓 된 신인 평론가로서 신구문화사라는 출판사에 근무하고 있을 때였다. 이 출판사는 당시 정음사와 을유문화사에 이어 한국을 대표하는 문학-교양서적 출판사였다. 민음사나 창비 같은 오늘의 대형 출판사들은 아직 생기기도 전이었다. 신구문화사 책들 가운데 우리 세대에게 특히 커다란 영향을 끼친 것은 4·19 직후 10권으로 간행된 『세계전후문학전집』이었는데, 그 전집은 우리에게는 전후 시대, 즉 1950년대의 빈곤과 우울에 던지는 해방의 축포와도 같았다. 이 전집의 상업적 성공에 힘입어 신구문화사는 해방 직후 등단한 오영수·손창섭·김수영·김

---

* 이 글은 "천상병 20주기 문학제"(2013년 4월 27일)에서 강연한 내용을 보완 정리한 것이다.

춘수부터 1960년 전후에 등단한 최인훈·김승옥·황동규까지의 문인들 작품으로 18권짜리 『현대한국문학전집』을 만들었다. 김동리·서정주 같은 공인된 대가들을 배제하고 문학전집을 만든다는 것은 당시로서는 아주 파격적이고 대담한 구상이었다.

그게 1965년부터 1967년까지였는데, 편집고문인 시인 신동문(辛東門) 선생이 전체적인 틀을 설계하여 수록문인들 섭외를 맡았으며, 수록작품을 선정하고 해설을 청탁하는 업무는 내게 주어졌다. 그런 인연으로 나는 해방 후 등단한 주요 문인들의 그때까지의 대표작을 대부분 읽을 수 있었다. 그런 행운에 곁들여 나는 그 문인들 다수를 직접 만나는 즐거움도 누렸다(이것은 그 후 나에게 잡지 편집자로 활동하는 데 큰 자산이 되었다). 천상병을 알게 된 것도 이와 같은 필자-편집자의 관계 속에서였는데, 당시 그는 전집 뒤에 붙는 작가론과 작품해설을 가장 많이 집필한 평론가의 한 사람이었다. 즉 내가 가장 자주 청탁한 필자의 한 분이었다.

이번에 찾아보니 그가 『현대한국문학전집』에 해설로 쓴 평론에는 다음과 같은 것들이 있다. 「선의(善意)의 문학 – 오영수론」(제1권), 「순화(純化)된 형상세계 – 최일남론」(제10권), 「애증 없는 원시사회 – 오영수, '은냇골 이야기' 해설」(제1권), 「구(舊)질서에의 안티테제 – 서기원, '암사지도(暗射地圖)' 해설」(제7권), 「생존의 막다른 지역 – 오유권, '산장(山莊)' 해설」(제9권), 「욕구불만의 인텔리 – 추식(秋湜), '왜가리' 해설」(제9권). 이 밖에도 더 있을지 모르지만, 지금 내게 전집의 완질이 갖추어져 있지 않아 확인하지 못했다. 그런데

258

『천상병 전집』[1] 산문 편에는 이 평론들이 모두 빠져 있다. 전집의 편자들이 자료수집을 위해 많은 애를 썼을 텐데도 이들 평론의 존재는 몰랐음이 틀림없다.

2

다들 알다시피 6·25전쟁 이후 한국문단을 주도한 것은 김동리·서정주·조연현 등을 중심으로 한 문인협회 세력이었다. 문학활동은 예나 이제나 출판사·잡지사·신문사 같은 언론매체를 발판으로 이루어지게 마련인데, 이 가운데서도 문인협회 주류세력에 장악된 《현대문학》이 단연 패권적인 지위에 있었다고 할 수 있다. 《문학예술》《자유문학》《문학춘추》등 적잖은 문예지들이 발간되어 그 나름으로 경쟁적 입장에 있었으나 오래 버티지 못하고 간판을 내렸다. 이들 문예지 이외에, 1950년대 중반부터 1970년까지의 기간에 문예지보다 오히려 더 큰 영향력을 발휘한 것은 종합지 《사상계》일 것이다. 이 잡지는 문학에 많은 지면을 할애하고 동인문학상을 운영하는 등 《현대문학》 독점체제에 균열을 내고 있었다. 하지만 그럼에도 문협 중

---

1   천상병 3주기가 되는 날(1996.4.28)에 맞추어 평민사에서 시와 산문으로 나누어 두 권짜리 전집을 간행했다. 그런데 이 전집에는 편집의 책임자가 밝혀져 있지 않은 데다 서지사항도 완벽하지 못하다. 그럼에도 현재로서는 천상병 연구를 이 전집에 의존할 수밖에 없다. 이하 『시전집』『산문전집』으로 약칭한다

심의 문단 판도를 바꾸는 데까지 이르렀다고 볼 수는 없을 것이다. 어떻든 4·19를 거치면서 문협 단일지배는 점차 와해의 조짐을 보이기 시작하는데, '전후문인협회'(1961)의 결성과 '청년문학가협회'(1967)의 태동은 하나의 징후적 사건일 것이다.

당시 시인 신동문은 말하자면 문협체제 바깥에 산재한 젊은 세대 문인들의 중심 노릇을 하는 분이었다. 그의 주위에는 언제나 사람들이 모여들었다. 김수영처럼 번역 일감을 얻으러 오거나 천상병·김관식처럼 술값을 뜯으러 오거나 혹은 이호철처럼 마땅히 갈 데가 없어 들르거나 간에 신동문은 그들 모두에게 심리적 후원자였다. 그런데 그의 근무처가 신구문화사였다. 나는 1964년 2월에 신구에 입사했고 나보다 1년쯤 뒤에 평론가 김치수, 그리고 다시 좀 뒤에 소설가 최창학·김문수도 입사했으므로 이 무렵 신구문화사는 김현·김승옥 같은 내 또래 문인들에게는 흔치 않은 개방적 공간이었다. 요컨대 당시 신구문화사는 비주류 문인들의 사랑방이자 가장 중요한 활동거점 중 하나였다.

천상병은 체질적으로 조직을 싫어한다고 공언한 적이 있음에도 불구하고 인맥으로 볼 때 문협 주류의 계보 위에 설 수밖에 없는 존재였다. 그의 스승이 김춘수(金春洙)이고 그를 시인으로 추천한 사람이 유치환(柳致環)이며 평론 추천자는 조연현(趙演鉉)이었다. 그런 인맥을 떠나서 보더라도 그의 문학 자체가 시종일관 '순수'라는 개념 안에 수렴될 만한 성질의 것이었는데, '순수'는 거기 담긴 내용 여하에 관계없이 언제나 문협 주류의 이념적 깃발 노릇을 했다. 그러므로 1950년대에만 하더라도 천상병은 문협 황태자들 중의 한 명이라고 할 수 있었다. 어쩌면 그 무렵 조연현은 천상병을 자신의 평론 후계자로 간주하고 있었을지 몰랐다.

이런 처지였음에도 차츰 그는 문협의 이단아로 낙인찍히기 시작했다. 한 가지 이유는 속물적 처세에 대한 그의 본능적 거부감과 문협 지배체제에 대한 부적응 때문이었는데, 그것은 널리 알려진 대로 주사(酒邪)의 형태로 표현되었다. 예컨대 그는 후일 수필에서 스스로 자책했던 바와 같이, 평소 선생님으로 깍듯이 받들어 모시던 조연현에게 취중에 '이 새끼 저 새끼' 하고 쌍욕을 퍼부으며 대드는 실수를 저질렀다.[2] 가끔씩 나타나는 그런 발작적 술주정 때문에 천상병은 그런 면에서 그보다 더 심한 양상을 보이던 시인 김관식(金冠植)과 한데 묶여 탈속(脫俗)의 괴짜 또는 불치(不治)의 기인으로 취급받았다. 자연히 문협 주류에게는 경원의 대상이 될 수밖에 없었다.

그러나 천상병이 문협 주류를 떠나게 된 좀 더 본질적인 이유는 4·19혁명을 겪으면서 그가 사회적 현실의 문제를 자신의 문학적 사유 안으로 끌어안게 된 것이라 할 수 있다. 물론 그는 여전히 예술적 '순수'를 고수한다고 자처했다. 하지만 이제 그의 '순수'는 좀 더 근원적인 곳을 향하고 있었다. 그에게 순수는 갖가지 현실도피적 행태들을 '비정치'라는 이름으로 위장하기 위한 기만적 수사가 아니라,

---

2 수필 「무복(無福)」, 「술잔 속의 에세이」, 『산문전집』, 80, 150쪽 등 참조.

바로 그런 타협주의 내지 정치적 굴종의 거부를 가리키는 내면적 자유의 선언이 되었다. 그렇기에 이제 그는 신동엽·김관식·박봉우처럼 그 나름으로 저항적인 시인들에게 차츰 더 동지적인 연대감을 느끼게 되었고, 그들을 기리는 시와 산문을 썼다. 하지만 이 경우에도 그가 그들 동료에게서 본 것은 모종의 진보적 이념이나 사회적 저항성 자체가 아니라 '진정한 의미의' 순수였다. 가령 그에게 있어 신동엽은 무엇보다도 세속의 오염으로부터 멀리 떨어진 '외로운 꽃'이었던 것이다.

> 잡초 무더기
> 저만치 가장자리에
> 꽃, 그 외로움을 자랑하듯,
>
> 신동엽!
> 꼭 너는 그런 사내였다.
>
> ─「곡(哭) 신동엽」일부[3]

그가 동년배 시인들 가운데 가장 동질감을 느낀 사람은 누구보다 김관식이었던 것 같다. 내 나름으로 가까이서 겪은 바에 따르면 신동엽은 단정하고 과묵한 지사풍이었고 박봉우는 열정에 들끓는 투사 체질이었으므로, 그 두 사람에게는 천상병의 '천진무구'나 '자유분방'과는 뒤섞일 수

---

3 『시전집』, 70쪽.

없는 이질적인 면이 있었다. 반면에 김관식의 기행(奇行)은 천상병 자신이 저지를 뻔한 추태를 더 과격한 모습으로 대신 저지른 것으로 그에게 받아들여졌을 수 있다. 그러므로 실제보다 꼭 10년을 부풀려 1924년생으로 행세하던 '선배' 김관식이 1970년 술과 가난에 찌들려 세상을 떠났을 때, 천상병이 그에게 바친 다음의 논평에는 깊은 진정과 동지애가 서려 있었다. "그는 언제나 가난했으나 마음은 태산과 같았다. 그는 끝까지 서구문화를 기피하고 그 대신 다소의 열등감을 서구문화에 지니고 있었다."[4] 이 논평에는 천상병 본인이 자신의 삶과 문학에 대해 품고 있는 긍정과 연민의 감정도 투영되어 있음이 분명하다.

이 문장에서 그가 '서구문화'에 대한 김관식의 오연한 태도를 거론한 것은 무엇보다 그 자신의 문학관을 드러낸 것으로 이해될 수 있다. 그는 일찍이 스승인 김춘수의 시집 『구름과 장미』(1947)를 되풀이 읽으며 시를 공부했다고 고백한 바 있다. 그러나 김춘수가 차츰 릴케 시학에 심취하고 '무의미 시론'의 전도사로 변모하자 그는 김춘수에게 강력한 비판을 가한다. 또한 그는 후배시인들에게 끼친 영향력에서 김춘수와 무게를 양분했던 동시대의 김수영에 대해 별다른 언급이 없는데, 이것은 참여시의 범주에서 흔히 김수영과 함께 거론되곤 했던 신동엽에 대해 애정과 공감을 표했던 것과 아주 대비되는 현상이다. 반면에 얼른 이해되지 않는 것은 그가 '동양적' 체취에서뿐 아니라 일

---

4 평론 「젊은 동양시인의 운명」, 『산문전집』, 302쪽 참조.

탈적 기행에서도 일맥상통하는 바 있는 고은(高銀)에게는 거침없는 경멸감을 표했다는 점이다. 최인훈의 소설에 대해서도 그는 매우 비판적이다.

이렇게 호오(好惡)가 갈리는 경계선은 서구주의에 대한 그의 부정적 입장에 있는 것으로 믿어지는데, 물론 이때의 '동양' '서구'라는 개념은 오늘의 문맥에서 재조정될 필요가 있는 것이 사실이지만, 여하튼 그가 그 개념으로 말하고자 하는 바의 진의는 여전히 무의미해진 것이 아니다. 한마디로 그것은 서구문명의 절대적 우위가 지속되는 '피식민지적' 상황에서 자기상실의 위험에 대한 경계심이었다고 말할 수 있다. 요컨대 천상병이 의식적으로 또는 암묵적으로 추구한 것은 탈식민적 주체성이었다.

3

알다시피 천상병은 평론가이기 이전에 시인이었다. 연보에 따르면 그는 중학교 5년 재학 중인 1949년에 이미 동인지《죽순(竹筍)》에 시를 발표했고 1952년에는《문예》지에 정식으로 추천을 받았다. 고교시절 그의 시재를 알아본 교사 김춘수가 원고를 유치환에게 보내 추천받도록 했다고 천상병은 회고하지만, 김춘수 자신은 이 사실을 기억하지 못한다고 말했다 한다.[5] 어린 나이에 쓴 그의 초기 시들은 까다로운 안목을 지닌 김춘수에게조차 인정을 받을 만큼 맑은 감성과 예민한 언어감각의 소산이었다. 그러나 그는 자신의 이런 천성을 연마하여 시작품으로 표현하는 일에 정진하기보다 문학의 다른 영역으로 눈을 돌렸다. 그것이 비평인데, 앞서 말했듯이 그는 시인으로 등단한 이듬해인 1953년 조연현의 추천으로 평론가의 대열에도 들어섰던 것이다.

평민사 판 『천상병 전집』을 보면 1949년부터 1965년까지 그가 발표한 시는 불과 20편 미만이다. 물론 그는 평론도 많이 쓴 편은 아니었다. 그러나 1950~1960년대에 발표된 이 나라의 문학평론들 다수가 시효를 상실했다고 여겨지는 것과 달리, 그의 비평문장은 지금 읽어도 취할 바가 적지 않다. 즉 당시에도 그는 시류에 편승하기보다 자기 나름의 독자적인 문학적 사유를 진행하여 그것을 논리화하고자 했다. 아무튼 내가 천상병을 처음 만났던 1965년 무렵 그는 나에게 조금도 시인 티를 내지 않고 평론가로서 대접받고 싶어했는데, 어쩌면 상대인 내가 출판사 젊은 직원이었기 때문에 그랬는지 모르겠다는 생각도 든다. 그런데 그에게 평론을 접고 시에만 전념하도록 강제한 모진 시련의 시간이 닥쳤다. 1967년 7월 소위 동백림사건에 걸려든 것이었다.

돌이켜보면 1967년 7월 8일 김형욱 당시 중앙정보부장은 유럽에 거주하는 많은 지식인·예술가·유학생들이 1959년 9월부터 동베를린 소재 북한 대사관을 왕래하면

---

5 수필 「외할머니 손잡고 걷던 바닷가」 등 참조, 『산문전집』 28쪽 등 참조.

서 간첩활동을 했고, 그중 일부는 북한에 들어가 노동당에 입당한 뒤 귀국하여 이적활동을 했다고 발표했다. 이것이 소위 동백림사건인데, 이 사건과 관련해서 국제적으로 큰 말썽이 일어났다. 한국의 중앙정보부가 이응로·윤이상 등 저명한 예술가·학자들을 그들이 거주하는 프랑스·서독 등지에서 불법적으로 잡아왔기 때문이었다. 그 나라들은 자국 영토 안에서 벌어진 외국 정보기관의 주권침해 행위에 강력히 항의하면서 외교관계 단절까지 시사했다. 이런 저런 이유 때문에 이 사건은 관련자 194명 가운데 1심에서 6명에게 사형, 4명에게 무기징역을 구형할 만큼 법석을 떤 대형 간첩사건이었음에도 최종심에서 간첩죄가 인정된 피고는 아무도 없었다. 그나마 1970년 12월에는 두 명의 사형수까지 마지막으로 풀려남으로써 감옥 안에는 아무도 남아 있지 않게 되었다. 그러니까 1970년 12월의 시점에서 이미 이 사건은 후일(2006.1.26) '진실위(국정원 과거사건 진실 규명을 통한 발전위원회)'가 발표한 대로 "박정희 정권의 정치적 목적에 의해 터무니없이 과대포장된 것"임이 사실상 드러난 셈이었다.

그런데 이 사건 관련자 가운데 강빈구(姜濱口)라는 분이 있었다. 그는 프랑스 디종대학에서 법학박사 학위를 받고 돌아와 서울대 상대 교수로 재직하고 있었는데, 동백림사건에 연루되어 1심에서 무기, 최종심에서 10년형을 언도받았다. 그는 뮌헨대 영문과를 졸업하고 디종으로 유학 와 있던 독일 여성과 결혼하여 함께 귀국한 바 있었다. 나는 강빈구의 부인 하이디 강 선생에게 1963년부터 독일어 회화를 배우면서 유학을 계획하다가 이 사건이 터지자 화들짝 놀라 유학을 포기하고 말았다(하이디 강과 나는 우연하게도 2011년 대산문학상의 번역 부문과 평론 부문의 수상자가 되어 헤어진 지 45년 만에 만났다. 유감스럽게도 그는 나를 알아보지 못했고, 그도 내가 못 알아볼 만큼 늙어 있었다). 그런데 당시 나는 천상병이 강빈구의 서울대 상대 동기이고 가까운 친구라는 사실을 까맣게 몰랐다. 아무튼 천상병은 불고지 혐의로 정보부에 잡혀가 고문을 당한다. 그 자신의 회고를 들어보자.

내 육십 년을 돌이켜보면 나도 별나게 제멋대로 인생을 살아왔다. 이십 대에 문인이 되어 음악을 논하고 문학을 논하며 많은 술도 마셨다. 그로 인하여 몇 번의 병원신세도 졌다. 그리고 다정한 친구로 인해 동백림 사건에 걸려들어 심한 전기고문을 세 번 받았고 그로 인해 정신병원에도 갔고 아이를 낳지 못하는 몸이 되었지만, 나는 지금의 좋은 아내를 얻었다.[6]

지금의 내 다리는 비틀거리며 걸어다니지만, 진실과 허위 중에서 어느 것이 강자인가 나는 알고 있다. 남들은 내 몸이 술 때문이라고 하지만 결코 술 탓만은 아니라는 것, 나만은 알고 있다. 나는 몇 번의 찢어지는 고통에서도 이겨냈다. 지금도 그때를 생각하면 몸서리쳐진다.[7]

---

6 수필 「외할머니 손잡고 걷던 바닷가」, 『산문전집』, 32쪽.

그가 고문의 후유증에서 벗어난 것은 대략 1969년경부터였다. 『천상병 전집』에서 찾아본 바로는 조시(弔詩) 「곡신동엽」(《현대문학》, 1969.6)과 평론 「신동엽의 시」(《월간문학》, 1969.6)가 동백림사건 이후 그가 발표한 첫 문필이다. 신동엽의 죽음 소식을 접하고 시와 산문으로 그를 추모하는 글을 쓴 것이 천상병 문단 복귀의 계기였다는 사실은 주목을 요한다. 두 분은 동갑내기이면서도 당시의 내 눈에는 아주 다른 종류의 인간으로 보였다. 앞서도 언급했듯이 신동엽은 단정하고 예절 바르면서도 모종의 신념을 간직한 사람답게 과묵했으나, 천상병은 모든 면에서 그와 반대였다. 그러나 천상병은 신동엽의 죽음 소식을 듣자마자 시집 『아사녀』를 찾아 읽고, 왜 신동엽이 그렇게 일찍 죽음을 맞이했는지 짐작하고 가슴이 메었다고 서술한다. 그렇다면 겉보기와 달리 두 분 사이에는 보이지 않는 내적 교감이 있었다고 보아야 한다. 끔찍한 고통의 시간을 통과하고 난 천상병이 신동엽에게서 발견한 것은 대체 무엇이었던가. 그는 신동엽을 추도하는 비평문 서두를 다음과 같은 선언으로 시작한다. "그는 병몰한 것이 아니고 전몰한 것이다. 그것을 증언해야 하겠다."[8]

신동엽이 병사한 것이 아니고 전장에서 싸우다 죽은 것이라는 천상병의 발언은 통렬하게 우리의 의표를 찌른다. 그의 말은 신동엽의 죽음에 대한 우리의 상식을 전복한다.

---

7   수필 「들꽃처럼 산 '이순(耳順)의 어린 왕자'」, 『산문전집』, 44~45쪽.
8   평론 「신동엽의 시」, 『산문전집』, 307쪽.

그렇다면 그는 신동엽이 무엇과 싸우다 전사한 것이라고 보고 있는가. 그 점에 대해 증언해야 할 의무감을 느낀다는 천상병의 말이 심상치 않게 들리는 것은 그가 바로 잔혹한 국가폭력의 피해자이기 때문이다. 이 결정적 언명에 이어 천상병은 신동엽의 시에 대해 이렇게 설명한다.

> 그의 시를 통틀어 일관하고 있는 특징은 '현실에의 투기'이다. 한동안 사회 참여라는 말이 유행했는데, 나는 이 말을 송충이보다 더 싫어했다. 사회참여라는 다소 뜻깊은 것 같은 말을 둘러쓰고, 그들은 아무 덧없는 불평불만을 뱉은 것이다. 기만이요 사기였다. 그러나 신동엽의 시의 그 '현실에의 투기'는 그러한 것들과 전혀 질이 다르다.[9]

여기서 '그들'이란 언필칭 참여를 입에 올리는 자칭 참여주의자들을 가리킬 터인데, 천상병은 바로 그런 상투적이고 가식적인 현실참여, 즉 입으로만 떠드는 불평불만의 행태들을 비판한 것이다. 시류에 편승한 외면적 현실참여는 '기만이요 사기'라는 것이었다. 하지만 신동엽 시의 '현실에의 투기'는 그런 속물적이고 기만적인 행태의 '참여'와는 질적으로 다른 것이었다. 요컨대 천상병의 눈에 신동엽의 참여는 온몸을 현실 속에 던져 넣는 투기(投企)로서의 참여였다. 이 대목에 이르러 우리는 천상병이 스스로도 의

---

9 위의 책, 307쪽.

식하지 못하는 사이에 김수영의 '온몸의 시론'에 근접하고 있음을 깨닫게 된다.

그런데 이번에 『천상병 전집』 산문편을 읽고서 나는 문학과 현실의 관계에 대한 천상병의 사유가 단순히 동백림 사건의 경험에서 시작된 것이 아님을 확인했다. 짐작건대 그의 정신세계에 결정적인 충격을 가한 것은 4·19혁명이었을 것이다. 가령 「청춘 발산을 억제하지 말라」 「4·19와 문학적 범죄」 같은 글에 그런 증거가 보인다. 『산문전집』에는 두 글 모두 발표날짜가 명기되어 있지 않은데, 내용으로 보아 4·19 직후에 쓰여졌을 것이다. 혁명의 흥분이 가시지 않은 격정적 어조로 4·19의 사회사적·문학적 의미에 대해 고찰하고 있다는 점에서 그렇다. 우선 앞의 글에서 한 대목 읽어보자. 그는 4·19를 "우리들 청춘의 복권운동"이라고 규정하면서 이렇게 말한다.

> 4·19는 그러니까 우리들 청춘의 복권운동이었습니다. 직접적인 사회적 죄악은 그 뿌리를 뽑았습니다. …… 그렇지만 청춘의 본래의 자세는 '정치적'이 아닌 것입니다. 좀 더 무상적인 것입니다. 정치를 위해 바쳐지는 청춘보다는, 아름다운 한 여성을 위해, 그리고 믿음직한 한 남성을 위해 바쳐지는 청춘이 보다 더 솔직하고 보람 있다고 나는 생각됩니다.[10]

언뜻 읽기에 이 글은 희생자를 추모하고 혁명을 찬양하는 4·19 직후의 일반적 분위기에 역행하는 요소를 가진다. 그러나 잘 읽어보면 이 글의 주안점은 젊은이들에게 정치로부터의 퇴각을 권유하는 데 있는 것이 아니라, 청춘의 무상성(無償性)을 강조하는 데 있다. 천상병이 4·19에서 배워야 한다고 주장하는 것은 현실세계에서의 정치적 계산이나 얄팍한 공리주의가 아니라, 그것을 초월한 무상의 행위 즉 절대적 투신의 정신이었다. 바로 그것을 그는 '청춘의 본래의 자세'라고 보았던 것이다.

「4·19와 문학적 범죄」라는 글에서 그는 그와 같은 사유를 좀 더 본격화한다. 그는 작곡가 베를리오즈의 전기를 읽다가 예술 창작과 정치적 참여의 관계에 관한 흥미로운 대목을 발견했다고 기술한다. 1830년 프랑스에서 민중혁명이 일어나 격노한 군중이 궁전으로 밀려가고 있을 때 마침 베를리오즈는 〈환상교향곡〉의 마지막 부분을 작곡하고 있었다. 그는 이를 악물고 작곡을 끝낸 다음에야 군중의 시위행렬에 뛰어들었다. 이 일화를 소개하고 나서 천상병은 정말 하고 싶었던 이야기를 꺼낸다. 4·19를 전후한 시기에 한국의 작가들에게는 (천상병 자신도 포함해서) 베를리오즈처럼 몰두할 '작품'도 없었고, 참여한 '군중의 행렬'도 없었다고 그는 지적한다. 본질적인 문제는 '작품'이 없었던 것인데, 작품이 없다는 것은 "그의 정신에 '군중의 행렬', 즉 현실이 없"다는 것을 의미한다고 천상병은 설파한다. 그리고 그 점에 관해 그는 다음과 같은 치열한 설명을 남기고 있다.

---

10 에세이 「청춘 발산을 억제하지 말라」, 『산문전집』, 175쪽.

4·19 이전의 한국 작가들의 침묵은 아마 한국문학사의 한 페이지를 씻을 수 없는 오점으로 남길 것입니다. 왜 우리는 침묵하고 있었을까? …… 그것은 섭섭하지만 우리들 전체가 한 시대의 민족적 양심을 배반한 것이라고 하지 않을 수 없습니다. 나는 문학의 정치성을 송충이보다도 더 기피합니다. 그러나 이것은 결코 문학의 공리적인 문제가 아닙니다. 현실에 대한 문학의 기능의 문제도 아닙니다. (그것은) 문학의 근본적 의미, 그 존재 이유에 우리가 눈을 가린 것이었습니다.[11]

4

한동안 문단에서 실종된 것으로 알려졌다가 다시 나타나 문필활동을 재개한 1970년대에도 나는 청진동이나 관철동 길거리에서 또는 바둑집에서 가끔씩 그를 마주쳤고, 때로는 그에게 글을 청탁했다. 내가 《창작과비평》 편집자로 일하고 있었기 때문인데, 이때 「귀천」 「들국화」 「서대문에서」 「바람에게도 길이 있다」 같은 시를 그에게서 받을 수 있었던 것은 잡지 편집자로서 잊을 수 없는 행복이다.

돌이켜보면 이 시기에 그는 단지 고문의 후유증에서 벗어났을 뿐 아니라, 시의 예술적 집중성에서도 가장 높은

---

11 평론 「4·19와 문학적 범죄」, 『산문전집』, 286쪽.

수준에 이르러 있었다. 많은 사람들에게 애송되는 그의 대표작들은 모두 이 시기의 소산이다. 아마 무엇보다 중요한 사실은 앞에 인용한 수필에서 보았듯 그가 가혹한 수난을 정신적으로 이겨내고 그것을 객관적으로 바라볼 수 있게 되었다는 점일 것이다. 다음의 시는 그가 수필에서 보여주었던 자기성찰과 긍정적 인간관을 더 높은 차원의 정신세계로 상승시켰음을 입증한다.

> 이젠 몇 년이었는가
> 아이론 밑 와이셔츠 같이
> 당한 그날은······
>
> 이젠 몇 년이었는가
> 무서운 집 뒷창가에 여름 곤충 한 마리
> 땀 흘리는 나에게 악수를 청한 그날은······
>
> 내 살과 뼈는 알고 있다
> 진실과 고통
> 그 어느 쪽이 강자인가를······
>
> 내 마음 하늘
> 한편 가에서
> 새는 소스라치게 날개 편다
> ──「그날은─새」 전문[12]

이 작품은 당시 문단의 관용적 분류, 즉 순수시와 참여시의 구분을 뛰어넘고 있다. 천상병은 이미 1950년대 말부터 드문드문 「새」라는 똑같은 제목의 시를 발표해왔는데, 가령 다음에 인용하는 1959년작 「새」와 비교해보면 앞에 인용한 1971년작 「새」에서 성취된 정신의 깊이와 높은 달관을 더욱 실감할 수 있을 것이다.

외롭게 살다 외롭게 죽을
내 영혼의 빈터에
새날이 와, 새가 울고 꽃잎 필 때는,
내가 죽는 날
그다음 날.

—「새」제1연[13]

나는 이번에 『천상병 전집』을 통독하고, 그가 1949년 등단할 당시부터 맑은 감성과 예민한 언어감각을 지닌 천부적 시인이었음을 깨달았다. 그와 더불어, 1970년 전후의 천상병의 걸작들을 단순히 '순수' 또는 '순결'의 개념으로 요약할 수는 없다 하더라도, 어떻든 초기 시의 바탕을 이루는 순결성의 정신이 가난과 고통의 경험에도 불구하고 그의 전 생애에 걸쳐 변함없이 지속되는 불변의 특징임도 분명히 깨달았다.

---

12 『시전집』, 98쪽.
13 『시전집』, 58쪽.

하지만 초기작과 절정기 작품들 간의 근본적 격차 또한 간과할 수 없다. 한마디로 그의 초기작에는 '영혼의 고독과 순수'라고 스스로 노래했던 것을 뒷받침할 만한 구체적인 현실이 결여되어 있다. 방금 인용한 1959년작 「새」가 하나의 예로 될 것이다. 하지만 1960년대 이후 서울 생활의 각박한 경험은 그의 고독과 순수에 진정한 실체를 부여했다고 여겨진다. 가령 다음 작품에서 그는 정신의 순결을 지켜주는 수호신으로서의 가난을 지극히 소박한 언어로, 그러나 만만치 않게 치열한 자세로 노래한다.

점심을 얻어먹고 배부른 내가
배고팠던 나에게 편지를 쓴다.

옛날에도 더러 있었던 일,
그다지 섭섭하진 않겠지?

때론 호사로운 적도 없지 않았다.
그걸 잊지 말아주기 바란다.

내일을 믿다가
이십 년!

배부른 내가
그걸 잊을까 걱정이 되어서

나는

자네한테 편지를 쓴다네.

—「편지」 전문[14]

　이 작품을 포함한 그의 많은 시들은 그의 맑은 영혼을
단련시킨 현실적 압박이 단지 고문의 고통뿐이 아니라 그
의 나날의 삶의 내용이었던 가난이기도 했음을 증언한다.
가난은 일차적으로는 물질의 결핍 상태이지만, 천상병의
시에서처럼 유머러스한 온기 속에 표현될 때 그것은 다음
작품에서처럼 물질의 힘에 좌우되지 않는 정신적 강고함
의 표상으로 승화된다.

　　오늘 아침을 다소 행복하다고 생각는 것은
　　한 잔 커피와 갑 속의 두둑한 담배,
　　해장을 하고도 버스값이 남았다는 것.
　　오늘 아침을 다소 서럽다고 생각는 것은
　　잔돈 몇 푼에 조금도 부족이 없어도
　　내일 아침 일도 걱정해야 하기 때문이다.
　　가난은 내 직업이지만
　　비쳐오는 이 햇빛에 떳떳할 수가 있는 것은
　　이 햇빛에도 예금통장은 없을 테니까……

　　나의 과거와 미래

14 『시전집』, 76쪽.

사랑하는 내 아들딸들아,

내 무덤가 무성한 풀섶으로 때론 와서

괴로웠음 그런대로 산 인생, 여기 잠들다. 라고,

씽씽 바람 불어라……

—「나의 가난은」 전문[15]

이 작품은 그 무렵 발표된 「음악」 「귀천」 「서대문에서」 「불혹(不惑)의 추석」 「한 가지 소원」 「소릉조(少陵調)」 같은 걸작들과 더불어 천상병의 이름을 우리 시의 역사에 영구히 등재토록 할 것이다.

그는 1972년 뒤늦은 결혼으로 세속의 불행을 벗어나 가정적 평안 속에 정착하였다. 이것은 실로 다행한 일이다. 하지만 유감스럽게도 그의 문학은 그때부터 급속도로 긴장을 잃고 유아적 자기만족의 늪에 빠지기 시작했다. 창작의 긴장을 지속할 만큼 그의 건강이 버텨주지 못한 것인가, 아니면 그의 정신력이 쇠퇴한 것인가. 평소에 그가 좋아한다고 말했던 시인들, 윤동주·신동엽·김관식·박봉우가 각기 자기들 방식대로 비장한 최후를 향해 곧은 걸음으로 걸어갔던 것을 상기하면 천상병이 이처럼 허망하게 문학의 전장에서 물러나는 모습을 보는 것은 우리의 가슴을 아프게 한다.

---

15 『시전집』, 88쪽.

민중성의 시적 구현

신경림의 시세계

1

1970년 늦여름이던가, 그 무렵 허름한 여관 건물을 개
조해서 사무실로 쓰던 신구문화사 건너편 다방 앞에서 누
군가와 헤어지고 막 돌아서던 신동문 선생이 그 다방으로
향하는 나를 발견하고는 마침 잘 만났다는 듯이 내게 시
원고 하나를 건네주었다. 당시 신 선생은 《창작과비평》의
발행인이고 나는 편집장이었는데, 편집실무를 온통 나에
게 일임하고 있던 그가 원고를 건넨 것은 아주 이례적인
일이었다. 신 선생이 작자에 대해 약간의 설명을 곁들였다
고 기억되는 것으로 미루어 그때까지 나는 신경림이란 이
름을 아직 잘 몰랐던 것 같다.

바람이 쏠리듯 일제히 오른쪽으로 기운 각진 글씨의 시
들을 다방에 앉아 단숨에 읽은 나는 커다란 충격과 흥분을
느꼈다. 그것은 서정주나 김춘수와 다름은 물론이고 김수
영이나 신동엽과도 구별되는 새로운 시세계가 내 시야에

출현하는 것을 목격하는 순간의 충격과 흥분이었다. 한국 현대시의 고전의 하나이자 신경림의 이름을 1970년대 문학운동의 첫머리에 각인시킨 명편들, "아편을 사러 밤길을 걷는다 / 진눈깨비 치는 백리 산길"의 「눈길」, "젊은 여자가 혼자서 / 상여 뒤를 따르며 운다 / 만장도 요령도 없는 장렬"의 「그날」, 그리고 "못난 놈들은 서로 얼굴만 봐도 흥겹다"의 「파장」 등 다섯 편을 그해 가을호 《창작과비평》에 실은 것은 잡지 편집자로서 잊을 수 없는 행운이고 기쁨이었다.

얼마 후 신경림 시인을 만났고, 만나자마자 우리는 오래 전부터 만나던 사람들처럼 순식간에 친숙해졌다. 그 무렵 창비 사무실에 자주 드나들던 이호철·한남철·조태일·방영웅·황석영 등과 이틀이 멀다 하고 어울려 청진동을 누볐으니, 어느덧 4반세기에 이른다. 돌이켜보면 그동안 나는 그 누구보다 신 선생과 가깝게 지냈다. 문학에 대해서 또 세상살이에 대해서 수없이 많은 이야기들을 나누어오는 동안 의견을 달리한 적이 별로 없었던 것 같다. 무슨 견해를 피력하기 이전에 늘 정서적으로 통한다는 것이 느껴져왔다.

늘 생글생글 동안(童顔)이어서 나이를 잊게 하던 신 선생이 어느덧 회갑을 맞이한다니, 그와 함께했던 수많은 날들이 주마등처럼 떠오른다. 그의 산문들을 읽어보면 그는 젊은 시절 참으로 곤핍하게 살았던 것 같다. 그런데도 그는 조금도 그런 내색을 겉으로 드러내지 않고 주위 사람들을 편하게 해주었다. 1974년쯤으로 기억되는데, 그해 추석 무렵 안양 산동네 그의 집을 조태일네 집을 거쳐 물어물어 찾아간 적이 있다. 이때 나는 처음으로 그의 사생활을 조금 들여다볼 기회를 가진 셈이었는데, 상처한 지 얼마 안 된 그는 병석에 누운 조모와 부친, 아직 자립의 기반을 다지지 못한 동생들, 그리고 엄마 잃은 세 아이들을 책임진 가장이었다. 부드럽고 따뜻해 보이는 그의 겉모습이 실은 얼마나 강인한 정신의 소산인지 얼마간 짐작되었다. 흔히들 입에 올리는 민중의 삶이 그에게는 바로 자신의 절실한 현실이었던 것이다. 따라서 이 자기현실과의 정직하고도 치열한 대결을 통해 위장하거나 은폐되지 않은 자신의 목소리가 밀도 높은 시적 형상을 획득하는 곳에 신경림의 문학이 성립한다고 말해도 좋을 것이다.

2

널리 알려져 있듯이 신경림의 처녀작은 1956년 《문학예술》 추천작으로 발표된 「갈대」이다. 이 작품을 포함한 초기작 다섯 편은 첫 시집 『농무』에 수록되기는 하였으나 10년 가까운 침묵 끝에 활동을 재개한 이후 발표된 시들의 강한 인상에 파묻혀 오랫동안 잊혀져왔고, 더러 언급되는 경우에도 이 시인이 일찍이 극복하고 떠난 청년기의 삽화로 취급되었을 뿐이다.[1] 신경림 본인도 자신의 초기 문

---

1 이러한 사정은 1990년대 이후 크게 변했다고 여겨진다. 「갈대」 같은

학세계에 대해 상당히 부정적인 견해를 피력한 적이 있다. 단지 유종호가 「슬픔의 사회적 차원」(1982)이란 글에서 초기작과 근작 사이의 연속성 — 삶이란 쓸쓸하고 슬픈 것이라는 감개의 연속성 — 을 지적하였고, 또 김현이 「울음과 통곡」(1987)이라는 글에서 신경림 문학 전체의 특징을 맹아적으로 함축한 의미있는 출발로서 「갈대」를 독특하게 분석한 바 있다. 그렇다면 신경림은 「갈대」의 세계를 넘어서 그것과는 전혀 다른 더 광활한 곳으로 나갔는가, 아니면 김현이 설명하듯 「갈대」의 '내면화된 정적 울음'을 외연적으로 확대하는 길을 걸었을 뿐인가. 우선 작품 자체를 다시 한 번 읽어보기로 하자.

언제부턴가 갈대는 속으로
조용히 울고 있었다.
그런 어느 밤이었을 것이다. 갈대는
그의 온몸이 흔들리고 있는 것을 알았다.

바람도 달빛도 아닌 것.
갈대는 저를 흔드는 것이 제 조용한 울음인 것을
까맣게 몰랐다.
　　── 산다는 것은 속으로 이렇게

서정성 높은 작품이 교과서에 수록되고, 이런 추세에 곁들여 그가 세대와 성별 및 이념을 초월하여 애독되는 '국민시인'의 이미지를 갖게 됨에 따라 초기작들은 신경림 시인의 원형적 목소리를 담은 세계로서 새로 주목받게 되었다.

조용히 울고 있는 것이란 것을
그는 몰랐다.

   동시대의 민중현실을 소재로 한 강렬한 사회성과 비판정신의 이미지로『농무』를 기억하는 독자들이 보기에 과연 이 작품의 내면지향은 뜻밖이라는 느낌을 주기도 한다. 그러나 신경림의 시들을 통독해보면 부단한 자기응시를 통해 정직함을 지키려는 자세, 원통해서 억울해서 또는 쓸쓸해서 우는 모습, 그리고 자연의 변화와 계절의 순환에서 삶의 깊은 뜻을 읽어내는 방식이 도처에서 발견됨을 알 수 있다. 근년의 시집들인『길』(1990)과『쓰러진 자의 꿈』(1993)에서 각각 한 대목씩 인용해본다.

밤이 되면 그는 마을 안 교회로,
종을 치러 간다 그 종소리를 들으면서
사람들은 오늘도 무사히 넘겼음을 감사하지만
그 종소리를 울면서 듣고 있는 것들이
따로 있다는 것을 그들은 모른다
버러지며 풀 따위 아주 작고 하찮은 것들
하지만 소중한 생명을 지닌 것들이
종소리를 들으면서 울고 있다는 것을 모른다
　　　　　　　　　　　　　　　　　—「종소리」뒷부분

터진 살갗에 새겨진 고달픈 삶이나
뒤틀린 허리에 배인 구질구질한 나날이야

부끄러울 것도 숨길 것도 없어
한밤에 내려 몸을 덮는 눈 따위
흔들어 시원스레 털어 다시 알몸이 되겠지만
알고 있을까 그들 때로 서로 부둥켜안고
온몸을 떨며 깊은 울음을 터뜨릴 때
멀리서 같이 우는 사람이 있다는 것을

———「나목(裸木)」 뒷부분

울음을 매개로 하여 삶의 깊은 곳에 이르는 발상의 동질성이 어렵지 않게 확인된다. 그러나 생각해보면 시「갈대」에서 갈대의 울음은 자기 바깥의 어떤 대상(가령 '바람'이나 '달빛')과 연관된 대타적(對他的) 행위가 아니라 갈대 자신의 실존의 드러남이다. 그런 점에서 그것은 존재 자체의 절대성 안에 갇혀 있는 것이라고 말할 수 있으며, 그런 점에서 갈대가 자기의 "온몸이 흔들리는 것"을 알았음에도 불구하고 다름 아닌 바로 "제 조용한 울음"이 그렇게 자신을 흔들고 있음을 몰랐다고 시의 화자가 서술하는 것은 매우 논리적이라고 할 수 있다.

그러나 「종소리」에서 울음은 단순히 폐쇄적이고 자연발생적인 행위가 아니다. 우선 여기에는 밤이 되어 마을 안 교회로 종을 치러 가는 서정적 주인공이 등장한다. 작품의 전반부에는 그 주인공의 가난하고 소박한 삶이 묘사된다. 그것은 화려한 도시생활과 극명하게 대조되는 극빈한 '생활보호대상자'의 삶인 동시에 성자(聖者)의 그것과도 흡사한 고결한 삶이다. 이러한 사람이 치는 종소리이기에 그것은 울음을 불러온다. 그 울음은 단순히 저 혼자 속으로 삼키는 실존적 자기확인의 행위가 아니라 "버려지며 풀 따위 아주 작고 하찮은 것들"의 울음을 호출하는 은밀한 공명(共鳴)활동의 일부이다. 그리고 이러한 사실을 '모르는' 것은 우는 자 자신이 아니라 울음의 행위 바깥에서 무심히 살아가는 사람들이라고 묘사된다.

「나목」에서 울음은 다시 한 차원의 깊이를 더 획득한다. 이 작품의 서정적 주인공은 나무들이다. 그들은 "실오라기 하나 걸치지 않고" "하늘을 향해 길게 팔을 내뻗고" 서 있다. 그들은 "밤이면 메마른 손끝에 아름다운 별빛을 받아" 그것으로 "드러낸 몸통에서 흙 속에 박은 뿌리까지" 말끔히 씻어낸다. 거의 동화적인 아름다움 속에 묘사된 이 나무들이 어떤 종류의 순결한 삶의 은유임을 독자들은 자연스럽게 감지하게 되는데, "…… 씻어내려는 것이겠지"라고 하는 말투는 나무들 자신의 것이 아닌, 그러나 그 나무들과의 친밀한 교감 속에서 나무를 바라보는 제3자 즉 시인의 눈길임을 깨닫게 한다.

면밀하게 준비된 이와 같은 사전포석이 있기 때문에 이 작품의 마지막 부분은 시의 전개과정에서 내적 필연성을 얻는다. 즉 나무들이 "서로 부둥켜안고 / 온몸을 떨며 깊은 울음을" 터뜨리는 일이 이 망가진 자연과 오염된 세계에 대한 한없는 아픔의 표현으로 전해져오고, 그 나무들의 울음에 멀리서 동참하는 사람이 있다는 사실 또한 강력한 공감의 힘을 발휘하는 것이다. 그것은 저 혼자 조용히 시작했던 갈대의 울음의 전 존재세계로의 확대이며, 자연과 인간의 일치의 순간에 발해지는 법열의 흐느낌이다. 이렇게 분석해본다면 「갈대」의 세계와 1970년대 이후의 문학세계 사이에는 연속의 측면과 단절(또는 질적 비약)의 측면이 공존한다고 볼 수 있을 것이다.

그러나 어떻든 신경림의 문학이 '온몸을 떠는 깊은 울음'의 경지에 단박 이른 것은 아니다. "터진 살갗에 새겨진 고달픈 삶이나 / 뒤틀린 허리에 배인 구질구질한 나날"들의 갈피마다에 새겨진 수많은 고난을 겪은 끝에 드디어 발해진 '깊은 울음'이기에 그것은 진정한 실체적 감동을 획득하는 것이다. 시집 『농무』에서 우리는 '터진 살갗' '뒤틀린 허리'를 끌고 험난한 시대의 굴곡 많은 역사를 살았던, 또는 사는 데 실패했던 수많은 삶과 죽음들의 울음소리를 듣는다.

> 장에 간 큰아버지는 좀체로 돌아오지 않고
> 감도 다 떨어진 감나무에는
> 어둡도록 가마귀가 날아와 운다.
>
> ─「시골 큰집」 부분

> 바람은 뒷산 나뭇가지에 와 엉겨
> 굶어죽은 소년들의 원귀처럼 우는데
>
> ─「눈길」 부분

> 그리하여 산 일번지에 밤이 오면

대밋벌을 거쳐 온 강바람은
뒷산에 와 부딪쳐
모든 사람들의 울음이 되어 쏟아진다.

—「산1번지」 부분

그리하여 증언하는 자 아무도 없는가,
이 더러운 역사를, 모두 흙 속에서
영원히 원통한 귀신이 되어 우는가.

—「1950년의 총살」 부분

바람은 복대기를 몰아다가 문을 때리고
낙반으로 깔려 죽은 내 친구들의 아버지
그 목소리를 흉내내며 울었다.

—「폐광(廢鑛)」 부분

저 밤새는 슬프게 운다.
상여 뒤에 애처롭게 매달려
그 소년도 슬프게 운다.

—「밤새」 부분

빗줄기가 흐느끼며 울고 있다.
울면서 진흙 속에 꽂히고 있다.

—「강」 부분

메밀꽃이 피어 눈부시던 들길

숨죽인 욕지거리로 술렁대던 강변
절망과 분노에 함께 울던 산바람

— 「해후」 부분

이 울음들을 두고 김현은 그것이 "학대받는 자들의 내면
화된 정적 울음"이라고 지적하였다. 그리고 그는 신경림의
시 속의 시간이 '보편적 시간'을 지향하며, 보편적 시간이
란 '일정한 되풀이의 시간'이라고 설명한다. 그러나 내 생
각에는 신경림 시의 울음들이 '학대받는 자'의 울음임은
분명하지만, '내면화된 정적 울음'이라고 말할 수는 없을
것이다. 물론 작품 「갈대」에 한정해서 살펴본다면 나 자신
도 앞에서 언급했듯이 그렇게 말할 수 있을지 모른다. 하
지만 이 경우 '갈대'를 '학대받는 자'의 표상으로 볼 수 없
음이 분명하다. 반면에 방금 인용한 작품들의 경우 울음은
구체적인 사회적·역사적 상황 속에서 발해진 것이지, 결
코 어떤 정적인 내면성의 발로라고는 말할 수 없다.

가령 「시골 큰집」에서 시의 화자가 본 것은 한 집안의 몰
락이다. 짐작건대 몰락의 계기는 "우리는 가난하나 외롭지
않고, 우리는 / 무력하나 약하지 않다"는 좌우명에 새겨진
큰형의 이상주의가 좌우의 이념 대립과 전쟁의 와중에서
겪었을 비극적 운명에 의해 주어졌을 것이다. 험한 풍파를
겪고서 큰아버지는 살림에 뜻을 잃고 사촌형은 허랑한 삶
에 몸을 맡기고 그리하여 가세는 더욱 기울어진다. 따라서
벽에 박힌 좌우명을 보고 우는 큰엄마나 짓무른 눈으로 한
숨을 내쉬는 할머니가 있는 곳은 결코 단순한 반복과 순환

의 시간, 어떤 추상적이고 보편적인 시간 속이 아니라 구체적인 역사의 현장인 것이다.

「눈길」에서 서정적 주인공은 시골 주막의 여주인이다. 남편이 '억울하고 어리석게' 죽었다고만 서술되어 있으므로, 광산에서의 낙반사고 같은 것 때문이었는지 6·25전쟁 전후의 '동족상잔' 때문이었는지 그 밖에 다른 이유가 있었는지는 알 수 없다. 그러나 어찌 되었든 이미 남편의 죽음은 아낙의 현재의 삶에 절실한 것이 아니다. 이 시에서 아낙의 상대역은 '우리'인데, 우리는 "낮이면 주막 뒷방에 숨어 잠을 자다 / 지치면 아낙을 불러 육백을" 치고 어쩌다가 밤이면 산길을 걸어 아편을 사러 간다. 이 시의 기본 감정은 미래에 대한 낙관적 전망을 조금도 가질 수 없는 자들의 체념과 자조(自嘲)이며, 울음은 그러한 암울한 삶을 에워싼 처절한 배경음이다.

「산1번지」에서 울음은 자연주의 소설에서와 같은 암담하고 절망적인 사회사적 환경의 산물이다. 산동네 빈민가에 바람이 불어 "집집마다 지붕으로 덮은 루핑을 날리고 / 문을 바른 신문지를 찢고 / 불행한 사람들의 얼굴에 / 돌모래를 끼어얹는다." 어버이는 모두 함께 죽어버리자고 복어알을 구해 오고, 애기 밴 처녀는 산벼랑에 몸을 던진다. 바로 이 극한적인 절망의 상황 한가운데로부터 사람들의 통곡이 터져나오는 것이다. 여기에는 존재론적 고뇌라든가 관념론적 해석 같은 것이 끼여들 여지도 없는 날것 그대로의 적나라한 현실이 있을 뿐이다.

초기작 몇 편으로 문단에 이름만 등록하고 서울을 떠난 신경림은 10년 가까이 고향 근처를 떠돌며 실의의 세월을 보내다가 1965년부터 다시 시작활동에 복귀한다. 그동안 그 자신도 어렵고 괴로운 생활전선을 전전해야 했지만, 자기보다 더 가난하고 억울한 삶들을 목격하고서 그는 문학에 대한 좀 더 의식적인 결의를 다지게 되었던 것 같다. "얼마 동안 쉬었다가 다시 시를 쓰기 시작했을 때, 나는 내가 자라면서 들은 우리 고장 사람들의 얘기, 노래, 그 밖의 가락 등을 시 속에 재생시킴으로써 그들의 삶이며 사상, 감정 등을 드러내겠다는 생각을 했었다."(시집 『새재』, 후기, 1979) "한때 시를 그만두려다 다시 쓰기 시작하면서, 고생하면서 어렵게 사는 내 이웃들의 생각과 뜻을 내 시는 외면하지 않겠다고 다짐한 바도 있지만"(시집 『달 넘세』, 후기, 1985), "시골이나 바다를 다녀보면 모든 사람들이 참으로 열심히 산다. 나는 내 시가 이들의 삶을 위해서 조금이라도 도움이 되었으면 하고 생각을 한다. 적어도 내 시가 그들의 생각이나 정서를 담아내지 않으면 안 된다는 생각을 한다."(시집 『가난한 사랑 노래』, 후기, 1988) 이렇게 그는 시인 개인의 사사로운 감정이나 예술적 충동을 표현하는 일보다 공적인 발언의 기회도 능력도 갖지 못한 사람들을 대신해서 그들의 생각과 정서를 자신의 시 속에 담겠다는 다짐을 거듭하고 있는 것이다.

그런데 조심해서 살펴보면 그가 그 목소리를 대신하고

자 하는 사람들의 범위가 조금씩 확장되고 있음을 간취할 수 있다. 즉 '우리 고장 사람들'에서 '고생하면서 어렵게 사는 내 이웃들'로 넓어지고, 마침내 삶의 현장에서 열심히 사는 모든 사람들로 보편화된다. 이것은 민중시인으로서의 자각과 민중현실에 대한 관심이 그의 시창작의 일관된 그리고 점증하는 동력으로 작용하기 시작했음을 말해준다고 할 것이다. 이제 실제의 작품적 성취를 통해 그가 우리 시문학의 영토에 새롭게 기여한 업적을 구체적으로 살펴보자.

활동을 재개한 해인 1965년에 신경림은 「겨울밤」「산읍일지(山邑日誌)」「귀로(歸路)」등 세 편을, 그리고 이듬해에는 「시골 큰집」「원격지(遠隔地)」「3월 1일」등을 발표했고 이어서 듬성듬성 서너 편을 더 선보인 다음 마침내 1970년 《창작과비평》에 「눈길」등 다섯 편을 묶어서 내놓았다. 그러고 보면 그의 활동이 본격화한 것은 1970년대에 들어서부터라고 할 수 있는데, 그러나 드문드문 활자화된 1960년대의 시들에도 이미 초기작과 구별되는 신경림 특유의 장면과 화법이 오인의 여지없이 드러나 있다.

우리는 협동조합 방앗간 뒷방에 모여
묵 내기 화투를 치고
내일은 장날. 장꾼들은 와자지껄
주막집 뜰에서 눈을 턴다.

──「겨울밤」 앞부분

작가의 서명이 없어도 알아볼 수 있는 바로 신경림의 시다. 장날을 하루 앞둔 시골장터의 분위기가 단편소설의 한 대목처럼 사실적으로 서술되어 있을 뿐이며, 복잡하고 까다로운 시적 장치들이 의도적으로 배제되고 있다. 그러나 그렇게 거의 산문에 가까운 평면적 진술을 하고 있음에도 불구하고 이 작품은 생생하게 살아 있는 이미지들이 순탄하게 흐르는 우리말의 가락에 빈틈없이 맞아떨어져 있어 완벽한 '시'의 경지에 도달하고 있다. 이 점이야말로 당시 우리 시단의 관행적 언어사용 방식에 정면으로 도전하는 일종의 전복적 의의를 가지는 것이었다고 생각된다.

정지용·김기림부터 김수영·김춘수에 이르기까지 한국 현대시는 표현의 대상과 방법에 있어 하나의 독특한 관습을 발전시켜왔다고 볼 수 있다. 모더니즘이라 통칭되는 이 흐름 바깥에도 물론 자기 나름의 화법을 개척한 한용운·김소월 및 임화·백석·서정주·이용악 등 주요 시인들이 있었다. 그러나 어떻든 시는 보통 사람들이 일상생활에서 사용하는 것과는 다른, 일정한 훈련과 학습을 통해 익혀야 하는 특수한 '말하기 방식'이었다. 1950, 1960년대 시단에 횡행한 소위 '난해시'는 그러한 말하기 방식의 극단화된 형태로서의 시의 자기소외라 할 수 있다. 시는 어느 시대에나 다소간 대상을 낯설게 말함으로써 관습적 사유와 상투화된 감정 토로에 충격을 가하는 법인데, 소위 '난해시'는 여기서 더 나아가 시 본연의 기능으로부터 이탈된 관념의 자기분비이자 언어의 자기증식으로 급진화되었다. 신경림의 시는 작품 자체를 통해 이와 같은 우리 시단의 말하기 방식에 강력한 이의를 제기한 것이었다. 그것은 난해시의 폐해에 시달린 독자들의 광범하고도 즉각적인 호응을 받았고, 이에 힘입어 신경림 문학은 1970년대 한국시의 물줄기를 크게 바꾸는 역할을 하게 되었다.

그러나 1960년대 중엽의 신경림 시는 한편으로 민중현실을 구성하는 객관적 세목들의 정확한 묘사를 통해 한국시의 한 영역을 구축해가면서도, 다른 한편 절망과 분노, 체념과 실의 같은 자포자기적 감정의 잔재를 청산하지 못하고 있었다. 앞에 인용한 「겨울밤」을 예시하면서 이시영은 이 작품의 '왁자지껄한 민중적 활기'와 '낙관적 삶의 정서'야말로 김수영과 신동엽의 시대를 뛰어넘는 신경림의 새로운 1970년대적 시세계라고 지적하고 있는데(「70년대의 시」, 1990), 그러나 내 생각에 시집 『농무』에는 활기와 낙관에 넘치는 부분들이 산재해 있음에도 불구하고 전체적으로는 그것을 압도하는 절망과 울분의 정서가 지배하고 있다. 어쩌면 그것은 그 무렵 신경림 자신의 생활의 솔직한 표현이자 당대 민중현실의 침체성의 반영인지도 모른다.

> 서울로 식모살이 간 분이는
> 아기를 뱄다더라. 어떡헐거나.
> 술에라도 취해볼거나. 술집 색시
> 싸구려 분 냄새라도 맡아볼거나.
> 우리의 슬픔을 아는 것은 우리뿐.
>
> ─「겨울밤」 부분

돌이 날으고 남포가 터지고 크레인이 운다.
포장 친 목로에 들어가
전표를 주고 막걸리를 마시자.
이제 우리에겐 맺힌 분노가 있을
뿐이다. 맹세가 있고 그리고 맨주먹이다.

　　　　　　　　　　　　　　　—「원격지」 부분

아무렇게나 살아갈 것인가.
눈 오는 밤에 나는
잠이 오지 않는다.
박군은 감방에서 송형은
병상에서 나는 팔을 벤
여윈 아내의 곁에서
우리는 서로 이렇게 헤어져
지붕 위에 서걱이는
눈소리만 들을 것인가.

　　　　　　　　　　　　　　　—「산읍일지」 앞부분

온종일 웃음을 잃었다가
돌아오는 골목 어귀 대폿집 앞에서
웃어보면 우리의 얼굴이 일그러진다.
서로 다정하게 손을 쥘 때
우리의 손은 차고 거칠다.

　　　　　　　　　　　　　　　—「귀로」 앞부분

고달프고 지친 삶의 구체적 장면들이 설명할 필요 없는 직접성으로 제시되어 있다. 그런데 위의 인용에서 보이듯 신경림의 시가 다루는 장면들은 첫 시집의 유명한 제목 때문에 오해되곤 했듯이 좁은 의미의 농민적 현실인 것은 아니다. 즉 그가 단순한 농민시인인 것은 아니다. 그러나 따지고 보면 1960년대 후반 이후 강압적으로 추진된 산업화 정책으로 인해 전통적인 농촌, 전형적인 농민이 이 땅 어디에도 온전한 모습으로 남아 있지 못하게 된 것이 엄연한 현실이다. 『장한몽』『관촌수필』의 이문구, 「돼지꿈」「삼포 가는 길」의 황석영, 『정든 땅 언덕 위』의 박태순, 『농무』의 신경림, 『만월』의 이시영을 비롯한 1970년대 한국문학의 수많은 성과 속에서 우리가 만나는 것은 강력한 농촌적 기억과 농민적 정서를 간직했으되 고향과 도시 어디에도 귀속되지 못하는 뿌리 뽑힌 존재들이다. 유행가 가락을 타고 우리의 뇌리에 찍힌 "실패 감던 순이" "이름조차 에레나로 달라진 순이"들의 형상을 1950년대 한국시가 외면했던 사실에 아쉬움을 맛본 우리는 "서울로 식모살이 간 분이는 / 아기를 뱄다더라. 어떡헐거나" 하는 소박한 탄식에서 오히려 한국시의 현실 복귀를 목격하는 것이다.

그러나 거듭되는 얘기지만 『농무』에서 시인은 현실에 복귀하기는 했으나 충분히 현실을 장악한 것은 아니었던 것으로 보인다. 고통과 절망이 가득찬 현실을 직시하고, "우리의 슬픔을 아는 것은 우리뿐"이기에 서로 맹세의 손길을 잡지만, 우리가 가진 것이라곤 '맨주먹'뿐이며 그나마 "우리의 손은 차고 거칠다." 그러니 우리의 얼굴은 다시

'일그러'지며 "나는 잠이 오지 않는다." "눈이여 쌓여 / 지붕을 덮어다오 우리를 파묻어 다오."(「겨울밤」) "오늘밤엔 주막거리에 나가 섰다를 / 하자 목이 터지게 유행가라도 부르자."(「원격지」) "어디를 들어가 섰다라도 별일까 / 주머니를 털어 색싯집에라도 갈까."(「파장」) 그러다가 다시 시의 화자는 "분노하고 뉘우치고 다시 맹세"(「귀로」)하는 악순환에 빠지는 것이다.

그리하여 마치 손창섭의 단편소설에서와 같은 참담하고 음습한 상황이 조금도 미화되지 않은 모습으로 재현되는 것을 우리는 「3월 1일 전후」「동면(冬眠)」「실명(失明)」 같은 작품에서 본다. 시의 화자는 밤새 마작판에 어울려 주머니를 털리고 새벽이 되어 거리를 나선다. 매운바람이 불어 얼굴을 훑는다. 맨 정신으로는 집에 돌아갈 용기가 나지 않는다. 술집에 들러 새벽부터 술에 취한다. 술청엔 진흙 묻은 신발들이 어지러이 흩어져 있고, 도살장에 끌려갈 돼지들만 마구 소리를 지른다. 비틀대며 냉방으로 돌아가면 아내는 새파래진 얼굴을 들고 이 고장을 떠나자고 졸라댄다.(「3월 1일 전후」) 아내는 궂은 날만 빼고 매일 길을 닦으러 나가서 몇 푼 돈을 벌어온다. 멀건 풀죽으로 요기를 한 나는 버스 정거장 앞 만화가게에서 하루해를 보낸다. 친구들이 몰려와 술을 먹이고 갈보집으로 끌고 가고 그러다가 트집을 잡고 발길질을 한다. 그렇게 파김치가 되어 돌아온 날이면 아내는 여윈 내 목을 안고 운다.(「동면」) 다음 작품은 그 제목에서뿐만 아니라 절망적 광기를 뿜어내는 그 기괴성과 자연주의적 암담함에 있어서도 「광야」「비 오는 날」의 손창섭을 시적으로 재현한다.

> 해만 설핏하면 아랫말 장정들이
> 소줏병을 들고 나를 찾아왔다.
> 창문을 때리는 살구꽃 그림자에도
> 아내는 놀라서 소리를 지르고
> 막소주 몇 잔에도 우리는 신바람이 나
> 방바닥을 구르고 마당을 돌았다.
> 그러다 마침내 우리는 조금씩
> 미치기 시작했다. 소리 내어 울고
> 킬킬대고 고래고래 소리를 지르다가는
> 아내를 끌어내어 곱사춤을 추겼다.
> 참다못해 아내가 아랫말로 도망을 치면
> 금세 내 목소리는 풀이 죽었다.
> 윤삼월인데도 늘 날이 궂어서
> 아내 찾는 내 목소리는 땅에 깔리고
> 나는 장정들을 뿌리치고 어느
> 먼 도회지로 떠날 것을 꿈꾸었다.

—「실명(失明)」전문

나는 이 작품을 거듭 읽으면서 문학적 평가의 시도 이전에 가슴을 저미는 아픔을 느낀다. 날궂은 윤삼월 어둑한 마을길을 휘청휘청 걸으며 얼빠진 듯 넋나간 듯 땅에 깔리는 풀죽은 목소리로 아내를 부르는 한 초췌한 사나이의 모습을 눈앞에 그려본다. 이것이 시를 버리고 서울을 떠난

한때의 신경림 그였던가.

물론 시인 자신이 작품의 화자 또는 시의 주인공인 것은 아니다. 시 속의 '우리'는 '조금씩 미치기 시작'하지만, 그것을 관찰하고 묘사하는 시인의 시선은 냉혹하고 정확하다. 설사 한 시절의 낙백한 삶이 실제 그대로 여기 투영되어 있다 하더라도 이제 그는 그 질곡으로부터 빠져나와 그 시절을 명징한 의식 안에 떠올리고 있음이 분명하다. 그리고 그것을 묘사한 시는 독자의 심금을 울린다. 그러나 이때 그에게는 일말의 부끄러움이 찾아든다. "써늘한 초저녁 풀 이슬에도 하얀 / 보름달에도 우리는 부끄러웠다."(「어느 8월」) "마당에는 대낮처럼 달빛이 환해 / 달빛에도 부끄러워 얼굴들을 돌리고 / 밤 깊도록 우리는 옛날 얘기만 한다."(「달빛」) "밀겨와 방아소리에 우리는 더욱 취해 / 어깨를 끼고 장거리로 나온다. / 친구여, 그래서 부끄러운가."(「친구」) 그러나 이 부끄러움의 감정에서 깨어나 문득 정신을 차리면 전쟁과 독재와 학살의 기억은 시의 화자를 두려움으로 떨게 만든다.

> 젊은이들은 흩어져 문 뒤에 가 숨고
> 노인과 여자들은 비실대며 잔기침을 했다.
> 그 겨우내 우리는 두려워서 떨었다.
>
> ──「폭풍」부분

> 문과 창이 없는 거리
> 바람은 나뭇잎을 날리고

사람들은 가로수와
전봇대 뒤에 숨어서 본다.

—「그날」 부분

빗발 속에서 피비린내가 났다.
바람 속에서도 곡소리가 들렸다.
한여름인데도 거리는 새파랗게 얼어붙고
사람들은 문을 닫고 집 속에 숨어 떨었다.

—「어둠 속에서」 부분

　이런 구절들의 배후에 깔린 것은 아마도 힘없는 민중들의 삶을 가로질러 지나간 역사의 암흑, 낭자한 곡소리와 임리(淋漓)한 피비린내로 이 땅의 거리와 산천을 뒤덮었던 정치적 폭력일 것이다. 그리하여 "잊어버리자 우리의 / 통곡"(「벽지」)이라고 중얼거리며 집에 돌아와 잠든 그날 밤에는 눈이 내리고, 그런 새벽이면 맨발로 피를 흘리며 찾아온 '그'가 눈 위에 서서 "안타까운 눈으로 / 나를 쳐다본다."(「그」) 마침내 시의 화자는 부끄러움과 두려움, 실의와 체념 같은 모든 엇갈리는 복합감정의 사슬에서 잠시 풀려나 돌연 "통곡하라 / 나무여 풀이여 기억하라 살인자의 / 얼굴을, 대지여." "부활하라 죄없는 무리들아, 그리하여 / 증언하라 이 더러운 역사를"(「1950년의 총살」)이라고 절규한다. 시 「1950년의 총살」은 신경림의 작품들 중에서뿐만 아니라 6·25전쟁을 다룬 한국시들 중에서도 가장 강렬한 고발적 목소리의 하나일 것이다.

4

　알다시피 신경림은 시집 『농무』의 간행(1973)과 제1회 만해문학상 수상(1974)을 계기로 확고하게 한국시의 한 영역을 개척하고, 1970년대 민중문학의 개념에 참된 실체를 부여하였다. 물론 그것은 혼자만의 돌출적 업적이 아니다. 한편으로는 김수영·신동엽·천상병·박봉우 등의 준비 작업에 이은 이성부·조태일·김지하 등 여러 후배 시인들의 기여와 고은의 합류를 꼽아야 할 것이고, 다른 한편 김정한·이호철·이문구·황석영 등 많은 동료 소설가들의 활약이 어우러졌음을 잊어서는 안된다. 무엇보다도 살벌한 이념적 제약과 정치적 탄압 및 사회경제적 소외의 온갖 악조건을 뚫고 민중세력 자신이 힘차게 성장했다는 사실 그리고 이를 바탕으로 민족운동·민주화운동이 활발하게 전개되었다는 사실이 기억되어야 할 것이다. 신경림의 시 자체가 다름 아닌 이러한 객관적 현실의 문학적 반영인 것이다.

　이제 1970년대 중반 그는 좀 더 목적의식적인 민중문학의 형식, 즉 민요의 가락에로 관심을 돌린다. 이 관심은 대략 10여 년쯤 지속되는데, 이 기간 중에 나온 시집이 『새재』(1979)와 『달 넘세』(1985) 및 장편 서사시 『남한강』(1987) 연작이다. 물론 그의 시가 민중들의 구체적인 생활현실에 기반하여 민중들이 알아들을 수 있는 말하기 방식으로서의 시적 화법을 개척한 것이었던 만큼 처음부터 "민요를 방불케 하는 친숙한 가락"(백낙청, 『농무』 발문)을 지니고 있었던 것은 사실이다. 다시 말해 그의 시에는 민요와의 친화성이 처음부터 내재되어 있었다고 말할 수 있다. 그러나 민요의 현장을 발로 답사하고 민요의 정신과 형식을 연구함으로써 그의 시가 이룩한 성취는 좀 더 적극적으로 평가될 필요가 있다.

짐작건대 우리 근대시는 그 출발의 시점에서는 극히 혼돈의 양상을 보였던 것 같다. 그것은 요컨대 하나의 문학 장르로서의 정체성을 안정적으로 뒷받침해줄 만한 우리 시역사 내부의 전통이 불투명했다는 사실에 관련된다. 신문학 초창기에 양반 사대부들의 한시가 여전히 명맥을 잇고 있었고, 시조와 가사(그리고 어쩌면 판소리나 잡가류)가 창조성의 쇠진에도 불구하고 재생산 기반을 탕진하지 않고 있었으며 무엇보다도 일반 민중들 사이에 민요가 살아 있었지만, 이 모든 기존 형식들이 근대사회의 출범에 발맞출 만한 새로운 시 장르 탄생을 가능하게 할 수 있었는지 나로서는 의문이다. 신문학 초기 젊은 시인들이 서구의 '자유시' 형식에 그처럼 쉽게 경도되고 또 일부 시인들이 일본 시가의 율격을 심각한 자의식 없이 모방했던 것은 서구의 근대시에 맞설 만한 서정적 장르의 전통이 우리에게 빈곤했던 사실을 반영하는 것이 아닌가 생각되는 것이다.

그런데 놀라운 것은 그럼에도 불구하고 이미 1920년대에 한용운이나 김소월이 지금 읽어도 그 나름의 내적 완성을 이루었고, 그 자체로서 매우 안정된 시세계를 산출할 수 있었다는 사실이다. 하지만 나의 잘못된 판단인지 모르지만 그들의 업적은 그 시대 우리 시문학의 수준이 낮은 것이 아니라 그들 천재적인 개인의 우발적 소산으로 보인다. 다른 말로 그들이 우리말 시의 형식문제를 해결하여 확실하게 의존할 만한 군건한 틀을 만든 것은 아니었던 것으로 믿어진다. 그렇기 때문에 그들은 개별적 탁월성에도 불구하고 우리 시의 역사에서 어딘지 외딴 섬처럼 동떨어져 보이며, 또 그들 시형식의 직접적 계승자가 없는 것 아닌가 여겨지는 것이다. 그런 점에서 본다면 오늘의 시인들에게까지 규범적 힘을 발휘하는 우리말 근대시의 창시자는 정지용·임화·김기림·백석·이용악·서정주 같은 1930년대 시인들이었는지도 모른다.

어쨌든 내가 여기서 문제 삼고자 하는 것은 제약하는 힘이자 의존할 모범으로서의 확고한 시적 양식이 불투명한 가운데서도 어떻게 한용운과 김소월 같은 그 나름으로 안정적이고 수준 높은 세계가 가능했는가 하는 점이다. 이것은 별도의 논구를 요하는 중대한 사안이라고 여겨지는데, 얼핏 떠오르는 추측을 말한다면 게송(偈頌)이나 선시(禪詩) 같은 불교적 전통이 한용운에게, 그리고 민요가 김소월에게 시적 안정성의 개인적 기반이 되었으리라는 점이다. 유감스러운 것은 민요가 김소월 이후 시인들에게 창작의 원천으로서, 또는 벗어나야 할 형식적 제약으로서 지속적인 힘을 발휘하지 못했다는 사실이다. 그것은 바로 우리 민족이 겪었던 식민지의 역사에 대응되는 우리 문학의 자기망각의 역사 그것이다. 이런 점들을 생각할 때 민요시인으로서의 신경림의 중요성과 한계는 아울러 짚어볼 필요가 있다. 이제 작품 자체를 통해 이런 점들을 검토해보기로 하자.

「목계장터」는 "이 땅의 근대시 개업 이후의 전시사(全詩

史)에서도 이만한 가락의 흐름과 언어 울림을 갖춘 시를 찾기는 어렵다"(「고은과 신경림」, 1988)는 이시영의 격찬이 지나치다고 할 수 없는 완벽한 작품이다. 널리 회자되기 때문에 새삼스럽기는 하지만, 그래도 여기서 다시 한 번 읽어보지 않을 수 없다.

하늘은 날더러 구름이 되라 하고
땅은 날더러 바람이 되라 하네
청룡 흑룡 흩어져 비 개인 나루
잡초나 일깨우는 잔바람이 되라네
뱃길이라 서울 사흘 목계 나루에
아흐레 나흘 찾아 박가분 파는
가을볕도 서러운 방물장수 되라네
산은 날더러 들꽃이 되라 하고
강은 날더러 잔돌이 되라 하네
산서리 맵차거든 풀 속에 얼굴 묻고
물여울 모질거든 바위 뒤에 붙으라네
민물 새우 끓어넘는 토방 툇마루
석삼년에 한 이레쯤 천치로 변해
짐 부리고 앉아 쉬는 떠돌이가 되라네
하늘은 날더러 바람이 되라 하고
산은 날더러 잔돌이 되라 하네

되풀이 읽어도 어느 한군데 흠을 잡거나 틈을 노릴 여유를 주지 않는 꽉 들어찬 작품이며, 안에서 솟구치는 정감과 바깥에서 물결치는 가락이 기막히게 맞아떨어진 최고의 서정시이다. 이 시가 우리에게 행사하는 자연스러운 친화성은 무엇보다도 그 가락이 전통시가의 4음보 율격에 토대해 있기 때문임이 이시영에 의해 적절히 분석된 바 있는데(「'목계장터'의 음악적 구조」, 1982), 4음보는 3음보와 더불어 민요의 기본 율격이기도 하다. 다시 말해 이 작품은 우리 모국어의 가장 오래되고 안정적인 율격적 질서를 적극적으로 활용함으로써 리듬(감각)의 파괴를 특징으로 하는 현대 자유시의 산문적 혼돈 상태에 일대 실천적 이의를 제기하며, 그 점에서는 오히려 일종의 실험적 참신성마저 지닌다.

그러나 이 시의 형식적 완결성은 단지 율격에서만 오는 것이 아니다. 1, 2행의 하늘-구름, 땅-바람과 8, 9행의 산-들꽃, 강-잔돌의 짝들은 각각 그 안에서 대(對)를 이루면서 후렴구처럼 되풀이되다가 마지막 15, 16행의 하늘-구름, 산-잔돌에 와서 변형적으로 결합하여 마무리되며, 그 후렴구들 사이에 5행씩이 배치됨으로써 또 다른 절묘한 대칭을 형성한다. 이러한 빈틈없는 구성은 적어도 「목계장터」에 있어서는 고도의 예술적 계산으로서 형식적 완벽성의 성취에 기여하지만, 파격의 지나친 통제 자체는 인간감정의 과도한 양식화로서 뜻과 울림의 자연발생적 확산을 가로막는 질곡으로 변할 위험도 없지 않다고 할 것이다.

그런데 잘 살펴보면 이 시는 전통적 율격의 활용에 의해 민요적 가락을 재생하는 데 뛰어난 성공을 이루는 반면 그 안에 들어 있는 의미의 움직임에 있어서는 『농무』의 그것으로부터 상당한 방향전환을 시도하고 있음이 눈에 띈다. 앞에서 살펴보았듯이 『농무』의 체험세계는 시인 개인의 것에 바탕을 두었으되, 그의 고향사람·이웃사람과 공유하는 넓은 의미의 민중적인 것이었다. 그러나 「목계장터」에서 서정적 주인공은 풍진세상의 모진 세파('청룡 흑룡' '맵찬 산서리' '모진 물여울') 속에서 절망과 환멸을 경험한 개인으로서의 근대적 예술가이다. 다시 말해 "가을볕도 서러운 방물장수" "짐 부리고 앉아 쉬는 떠돌이"는 설움과 고달픔을 등짐 지듯 지고 팍팍한 인생길을 한없이 걸어가는 시인 개인의 예술적 투사인 것이다.

물론 그렇다고 해서 이때의 시인이 사회적 단절과 고립을 자신의 명예인 듯이 내세우는 소외된 현대인은 아니다. "아흐레 나흘 찾아 박가분 파는" "민물 새우 끓어넘는 토방 툇마루" 같은 신경림 특유의 토속적 장면에 있어서뿐만 아니라 험악한 역사의 격랑을 숨죽이며 살아가는 왜소한 서민적 표상('풀 속에 얼굴 묻은 들꽃' '바위 뒤에 붙은 잔돌')에 있어서도 시인과 민중은 근원적으로 일치한다. 그러나 어쩐지 내 느낌에 이 작품에서 시인은 민중으로부터 소외되지는 않았으되 일종의 예술적 간격에 의해 민중과 일정한 거리를 두고 있는 것 같다. 그렇기 때문에 이 작품을 지배하는 기본 정서는 『농무』에서처럼 절망·좌절·분노·공포에도 불구하고 와자지껄한 활기에 넘쳤던 군중적 감정이 아니라 뜨내기이자 떠돌이로 자신을 의식하는 민감한 예술가의 고독과 애수 바로 그것이다.

고달픈 유랑광대, 낙백한 처사(處士)의 구슬픈 탄식은 다음과 같은 작품에서는 시인의 자전적 사연에 얽혀 더욱 처연하게 읊조려진다.

> 내 여자 숨이 차서 돌아눕는 시린 외풍
> 험한 산길 지나왔네 눈도 귀도 내버리고
> 엿기름 달이는 건넌방 큰 가마솥
> 빈내기 화투 소리 늦도록 시끄러운
> 내 여자 내 걱정에 피말리는 한자정
> 강 하나 더 건넜네 뜻도 꿈도 내던지고
> 험한 산길 또 지났네 눈도 귀도 내버리고
>
> ——「밤길」 뒷부분

이 작품에 다루어진 것은 앞서 검토한 「실명」과 상통하는 세계이다. 그러나 중요한 변화가 있음도 간과할 수 없다. 「실명」에서 우리가 본 것은 광기에 가까운 자학이었다. 암울하고 음산한 분위기가 작품 전편을 압도하여, 시의 주인공들이 킬킬대고 웃건 소리내어 울건 그들의 삶을 막아선 것은 절벽 같은 현실의 악마적 위력이었다. 그러나 「밤길」은 그 제목에도 불구하고 4음보 율격의 리듬 자체에 의해 침통하고 암담한 상황의 절망성을 얼마간 벗어나고 있으며, 어떤 극한적 고비를 넘기고 난 안도감마저 느끼게 한다. 아내를 '내 여자'라고 호칭한 데서도 깊은 연민의 정과 더불어 그러한 심미적 거리감이 인지된다.

민요의 가락 내지 전통적 율격에 대한 관심은 시집 『달넘세』에서도 창작의 가장 중요한 동력으로 작용한다. 그런

면에서 뛰어난 성취를 이룩한 작품은 내 생각에 「씻김굿」 「가재」 「고향길」이다. 이제 이 작품들을 간단히 살펴보기로 하자.

'떠도는 원혼의 노래'라는 부제가 붙어 있는 시 「씻김굿」의 말미에는 씻김굿이 "전라도 지방에서 많이 하는 굿으로서, 원통한 넋을 위로해서 저세상으로 편히 가게 하는 것이 목적"이라는 설명이 붙어 있다. 이 시집에는 그 밖에도 '굿노래' 또는 '혼령의 노래'들이 꽤 실려 있는데, 알다시피 민요와 무가(巫歌)는 동일한 구비적 시가 장르이면서도 여러모로 대조적이다. 간단히 말해서 민요는 민중들이 구체적인 생활현장에서 민중들 자신에 의해 만들어지고 불려지는 노래이지만, 무가는 굿이라는 특수한 연행적(演行的) 상황 속에서 특정한 목적을 위해 전문적 창자에 의해 불리어진다. 물론 민요든 무가든 그 형식이 전문시인에 의해 차용되어 창작의 기반으로 활용될 때에는 당연히 그 본래의 기능과 형태는 다양하게 변용될 수 있다. 어떻든 중요한 것은 동시대 독자대중의 심금을 울리는 시적 창조가 제대로 실현되었느냐의 여부일 터인데, 「씻김굿」은 바로 그 점에서 탁월한 성취에 이르고 있다. 우선 작품의 전문을 읽어보기로 하자.

편히 가라네 날더러 편히 가라네
꺾인 목 잘린 팔다리 끌고 안고
밤도 낮도 없는 저승길 천리만리
편히 가라네 날더러 편히 가라네.

잠들라네 날더러 고이 잠들라네
보리밭 풀밭 모래밭에 엎드려
피멍 든 두 눈 억겁 년 뜨지 말고
잠들라네 날더러 고이 잠들라네.

잡으라네 갈가리 찢긴 이 손으로
피 묻은 저 손 따뜻이 잡으라네
햇빛 밝게 빛나고 새들 지저귀는
바람 다스운 새날 찾아왔으니
잡으라네 찢긴 이 손으로 잡으라네.

꺾인 목 잘린 팔다리로는 나는 못 가,
피멍 든 두 눈 고이는 못 감아,
못 잡아, 이 찢긴 손으로는 못 잡아,
피 묻은 저 손을 나는 못 잡아.

되돌아왔네, 피멍 든 눈 부릅뜨고 되돌아왔네,
꺾인 목 잘린 팔다리 끌고 안고
하늘에 된서리 내리라 부드득 이빨 갈면서.

이 갈가리 찢긴 손으로는 못 잡아,
피 묻은 저 손 나는 못 잡아,
골목길 장바닥 공장마당 도선장에
줄기찬 먹구름 되어 되돌아왔네,

사나운 아우성 되어 되돌아왔네.

이 시의 율격은 한눈에 명백히 드러나는 바와 같이 3음보이다. 그러나 한 음보 안의 음절 수에서나 한 행을 구성하는 음보들의 단위에서나 매우 유연하고 유동적이어서 리듬의 기계적 반복성과 단조로움을 활연하게 벗어나고 있다. 가령 "밤도 낮도 없는 저승길 — 천리만리" "꺾인 목 — 잘린 팔다리로는 — 나는 못 가" "못 잡아, — 이 찢긴 손으로는 — 못 잡아"에서처럼 한 음보가 6, 7음절로 늘어나기도 하는가 하면, "햇 밝게 빛나는 새들 지저귀는" "되돌아왔네, 피멍 든 눈 부릅뜨고 되돌아왔네" "하늘에 된 서리 내리라 부드득 이빨 갈면서"처럼 3음보의 흐름에 거역하는 4음보적 변격(變格)이 나타나기도 한다. 어쨌든 이 시의 이런 독특한 율격구조는 서정적 화자인 죽은 혼령이 굿판에서 행하는 독백적 사설의 내용에 대응되면서 이 작품의 고유한 자기형식으로 승화한다.

이 시의 화자는 설명의 여지 없이 명백하다. 즉 그것은 5·18 광주민중항쟁 중에 '목이 꺾이고 팔다리가 잘려' 학살당한 원혼들이다. 광주의 참극을 일으켜 정권을 탈취했던 자들이 한때 '새 시대'니 '정의사회'니 하는 파렴치한 언설을 입에 담은 적이 있었거니와 "바람 다스운 새 날 찾아왔으니" 운운은 이를 가리킨다. 그런데 세상은 이제 원혼들에게 원한을 잊고 저세상으로 가서 고이 잠들라고 권유하며 화해의 손길을 잡으라고 달랜다. 이것이 이 시의 전반부이다. 후반부 4·5·6연은 전반부와는 극명한 대조를 이루면서 통렬한 거부의 음성을 발한다. "줄기찬 먹구름 되어 되돌아왔네, / 사나운 아우성 되어 되돌아왔네"라는 시적 주체의 현실귀환선언으로 이 시가 끝난다는 것은 극히 시사적이다. "원통한 넋을 위로해서 저세상으로 편히 가게" 하기 위해 벌이는 '씻김굿'이 작품의 제목이라는 것은 시의 내용에 비추어 신랄한 역설일 뿐만 아니라 원혼을 달래는 일이 다름 아닌 역사의 정의를 실현하는 사업, 곧 살아 있는 자들의 현재적 과업임을 밝히는 것이다. 이 점에서 「씻김굿」은 「1950년의 총살」과 더불어 신경림의 드물게 직설적이고 전투적인 열정의 시이다.

1980년대 민중시인으로서의 신경림의 공적(公的)인 목소리가 「씻김굿」에 표현되어 있다면, 「가객」 「고향길」은 「목계장터」에 이어지는 작품들로서 고독한 예술가의 자화상을 쓸쓸한 음률 안에 담고 있다. 뱃길 따라 박가분 팔러 다니던 「목계장터」의 방물장수는 「가객」에서는 봇짐을 지고 장꾼들을 따라다니며 앵금을 부는 떠돌이 가객의 모습으로 나타난다. 안착할 곳을 끝내 찾지 못하는 영원한 표랑인의 헐벗은 삶, 물소리 들어가며 밤새 걷는 산골길, 이른 새벽 눈 비비고 일어나 한데서 먹는 시래깃국, 봇짐 얼른 챙겨 도망치듯 잔풀 깔린 성벽을 타고 걷는 새벽걸음 ── 이 모든 영상들 속에 깊이 박힌 아픔과 외로움에 가슴이 저리지 않는 사람은 다음 시를 읽을 자격이 없다.

　내 앵금 영 넘어가는 산새소리
　내 젓대 가시나무 사이 바람소리

내 피리 밤새워 우는 산골 물소리

무서리 깔린 과일전
가마니 속 철늦은 침시

푸른 달빛에 뒤척이던 풋장꾼도
이른 새벽 눈 비비고 나앉아

고목 끝의 한뎃 가마에
시래기국은 끓고

무서리 마르기 전 봇짐 챙겨
돌아가리라 새파란 하늘
잔풀 깔린 성벽을 타고

여기 한 개 그림자만 남겼네

내 앵금 이승 떠나는 울음소리
내 젓대 동무해가는 가는 벌레소리
내 피리 나를 보내는 노랫소리

  이 유랑의 예술가에게 돌아갈 '새파란 하늘'은 있었던가.
과연 그에게는 예전에 살던 집이 있기는 있다. 그곳 툇마
루에 앉으면 "벽에는 아직도 쥐오줌 얼룩져" 있는 것이 보

이며, 예전과 마찬가지로 담 너머 늙은 수유나무에서는 스산히 잎사귀가 날린다. 그러나 거기 어린 시절의 꿈과 행복이 희미한 자취를 남기고 있는 고향에서도 시인은 결코 영혼의 안식을 얻지 못한다. 그의 '고향길'은 다름 아닌 고향을 떠나는 길인 것이다.

> 두엄더미 수북한 쇠전 마당을
> 금줄기 찾는 허망한 금전꾼 되어
> 초저녁 하얀 달 보며 거닐려네
> 장국밥으로 깊은 허기 채우고
> 읍내로 가는 버스에 오르려네
> 쫓기듯 도망치듯 살아온 이에게만
> 삶은 때로 애닯기도 하리
> 긴 능선 검은 하늘에 박힌 별 보며
> 길 잘못 든 나그네 되어 떠나려네
>
> ──「고향길」 뒷부분

위에 보이듯이 「가객」 「고향길」 같은 작품들에서 3음보 민요율격은 그 단순한 기계적 반복성이 거의 의식되지도 않을 만큼 각 작품의 고유한 호흡 안에 녹아들어 있다. 아마도 그것은 민요의 집단적 정서로부터의 시인의 미학적 독립을 반영하는 현상일지 모른다. 그리고 어쩌면 그것은 「달 넘세」 「곯았네」 「베틀노래」 「네 무슨 변강쇠랴」처럼 민요의 정형적 틀에 지나치게 묶여 있는 작품들이 현대시로서의 활력을 제대로 발휘하지 못한다는 사실과 더불어 신경림 민요시의 중요한 검토 사안일 것이다. 실상 신경림 자신이 이미 여러 산문들에서 민요형식의 가능성과 그 현대적 한계를 지적하고 있기도 하다.

아마도 민요의 다양한 형식과 전통적 율격을 가장 큰 규모로 활용한 업적은 「새재」(1978) 「남한강」(1981) 「쇠무지벌」(1985)로 이어지는 서사적인 연작 장시에서일 것이다. 작가 자신은 이 세 편이 "서로 이어진 내용을 가지고 있지만, 한편의 장시로 읽어도 좋고 따로 떨어진 시로 읽어도 좋을 것이다"(시집 『남한강』, 머리말)라고 말하고 있는데, 과연 각 편은 그 나름의 독자성을 유지하면서도 상호간 긴밀한 내적 연속성을 지니고 있다. 그야말로 '연작 장시'라는 명칭에 어울리는 구성이다.

나는 오래전에 「서사시의 가능성과 문제점」(1982)이라는 글에서 김동환의 「국경의 밤」과 신동엽의 「금강」에 연속되는 중요한 서사시적 시도의 일환으로 「새재」와 「남한강」을 얼마간 검토한 바 있다. 그때 내가 주로 문제 삼은 것은 이 작품들의 서사시로서의 문학적 성취와 그런 성취에도 불구하고 해결 안 된 형식적 난관이었다. 물론 그 글에서 내가 사용한 '서사시'의 개념도 고대·중세 서양문학의 정통적 서사시였던 것은 아니다. 의존할 만한 장르적 모범이 불충분한 우리 근대문학사에서 이루어진 「국경의 밤」「금강」「새재」 같은 업적들을 귀납적으로 묶은 나의 잠정적 개념이 서사시였던만큼, 이 개념의 역사적 유효성은 순전히 이론적으로 입증되거나 반증되기보다 시인들의 창작적 실천에 의하여, 그리고 그것을 받아들이는 문단과 독자들의 수용 여부에 의해 결정될 일이다. 어떻든 최근 발표된 고은의 장시 「백두산」까지 고려에 넣을 때, 그리고 서구 근대문학의 「황무지」나 「두이노의 비가」 및 우리 문학의 「기상도」 같은 장시들과의 명백한 장르적 변별성을 염두에 둘 때 「국경의 밤」부터 「백두산」까지를 묶는 단일한 문학사적 개념이 필요하다는 것이 내 생각이다. 이 가운데서도 『남한강』 연작은 근대 민중사를 꿰뚫는 그 역사의식에 있어서나 정제된 언어감각 및 자유자재하게 무르녹은 민요형식의 활용에 있어서나 단연 독보적인 업적이다. 이 작품의 본격적인 분석을 위해서는 따로 한 편의 글이 있어야 할 것 같다.

5

1980년대 중반을 넘기면서 신경림은 민요기행을 계속하면서도 민요시의 창작에서는 점점 멀어진다. 앞에서도 간간이 암시했듯이 민요나 전통시가의 정형적 율격에 얽매이는 것은 시적 상상력의 활달한 전개에 눈에 보이게 보이지 않게 제약을 가하는 것이 사실이다. 그러나 민요를 비롯한 전통시가의 잠재적 가능성은 아직 완전히 탕진되지 않았다는 것이 내 생각이며, 그런 점에서 그의 민요형식과의 결별은 조금 아쉽기도 하다.

모두 3부로 이루어진 시집 『가난한 사랑 노래』(1988)의 제1부는 온통 산동네에 관한 노래들인데, 시인의 솜씨는 여전하지만 갑갑하고 단조로움을 면치 못한다. 다른 부분에서는 민주세력의 내부 분열을 개탄하거나 통일의 염원을 노래하는 방식으로 시사적인 관심을 보인다. 여행 중에 만난 사람들의 사연과 각 지방의 풍물을 읊은 이른바 '기행시'가 선을 보이는 것도 이 시집에서이며, 「강물을 보며」 「산에 대하여」처럼 자연을 매개로 인생을 관조하고 삶의 뜻을 사색하는 시들이 쓰여지는 것도 이 시집부터이다. 단정하기 어렵기는 하나 대체로 『가난한 사랑 노래』는 신경림의 전기 문학과 후기 문학 사이에 끼인 과도기적 침체상태를 나타내는 듯하다.

『길』(1990)은 제목도 그렇거니와 표지에도 '기행시집'이라고 못박고 있다. 과연 이 시집에 실린 작품들은 모두 이런저런 여행 중의 계기에서 얻은 착상을 기초로 하고 있다. 여기에는 물론 평범한 메모의 수준에 그친 듯한 작품들도 없지 않지만, 그러나 더 많은 경우 시인의 원숙한 눈과 깊은 깨달음이 농익은 언어에 실려 형상화되고 있다. 순수한 우리말을 발굴하여 시어로 되살리려는 의식적 노력이 이루어지는 것도 새삼 눈에 뜨인다. 나는 이 시집을 읽으면서 『길』이 신경림의 문학역정 가운데서도 가장 높은 시적 성취에 해당한다는 것을 깨달았으며, 특히 「초봄의 짧은 생각」「여름날」「산그림자」「우음(偶吟)」「도화원기(桃花源記) 1」「도화원기 2」「나무 1」「김막내 할머니」「종소리」 같은 작품들에서 커다란 기쁨과 쩌릿한 감동을 맛보았다. 한두 편 읽어보기로 하자.

버스에 앉아 잠시 조는 사이
소나기 한줄기 지났나 보다
차가 갑자기 분 물이 무서워
머뭇거리는 동구 앞
허연 허벅지를 내놓은 젊은 아낙
철벙대며 물을 건너고
산뜻하게 머리를 감은 버드나무가
비릿한 살냄새를 풍기고 있다.

—「여름날」전문

　싱싱하고 건강한 생명의 약동이 눈부신 그림이 되어 찬란하게 살아나고 있다. 자연과 인간의 원시적 교감이 피곤한 여행자의 — 그리고 세태에 찌든 독자의 — 나른한 시선을 소스라치듯 단숨에 저 황홀한 환상의 공간으로 인도한다. 이 놀랍도록 충만된 시적 성취에 곁들인 '마천에서'라는 부제, 마천이 지리산 아랫마을 이름이라는 설명이 무슨 소용이 있으며 '비릿한 살냄새'가 이 시의 핵심이라는 지적이 무슨 쓸모가 있으랴.

이른 새벽 여관을 나오면서 보니
밤새 거리에 벚꽃이 활짝 피었다
잠시 꽃향기에 취해
길바닥에 주저앉았는데
콩나물 사 들고 가던 중년 아낙
어디 아프냐며 근심스레 들여다본다

해장국집으로 아낙네 따라 들어가
창 너머로 우뚝 솟은 산봉우리를 본다
창틀 아래 웅크린 아낙의 어깨를 본다
하늘과 세상을 떠받친 게
산뿐이 아닌 것을 본다.

— 「산그림자」 전문

　여기에도 '영암에서'라는 부제가 붙어 있으나, 오도송(悟
道頌)이 어디서 읊어졌느냐를 따지는 것이 부질없는 노릇
이듯이 부제는 한갓 자그마한 장식이다. 엊저녁의 과음 때
문인지 진짜 꽃향기에 취해서인지 이른 새벽 길바닥에 주
저앉은 처량한 중년 사내를 이끌어 해장국집으로 데리고
간 중년 아낙은 필경 관세음보살이다. 손에는 비록 콩나물
바구니가 쥐어져 있으나 그의 웅크린 어깨는 '우뚝 솟은
산봉우리'보다 더 우람하고 힘차게 '하늘과 세상을' 떠받
치고 있다. 시의 이름으로 우리가 기대하는 지복(至福)의
경지가 여기 실현되고 있다 할 것이다.

길 잃고 헤매다가 강마을 찾아드니
황토흙 새로 간 마당 가에서
늙은 두 양주 감자눈을 도려내고 있다
울타리 옆으론 복사꽃나무 댓 그루
잔뜩 부푼 꽃망울들은
마지막 옷을 안 벗겠다고 앙탈을 하고
봄바람은 벗으라고 벗으라고 졸라댄다

집 앞 도랑에서 눈석임물에

달래 씻어 들어오는 아낙네

문득 부끄러워 숨길래 동네 이름 물으니

여기가 바로 도화원이란다

                    —「도화원기(桃花源記) 1」전문

  우링(武陵)의 한 어부가 냇물을 따라 올라가다 길을 잃고 찾아들었던 낙원은 가공의 땅이지만, 이 시의 도화는 지도에서 찾아보니 충주와 단양 중간쯤 충주호반에 붙은 작은 마을 이름이다. 그러고 보니 충주호 가장자리에는 도화와 멀지 않은 월악산 가까이에 바로 무릉이란 지명도 보인다. 하기야 내 아버지가 태어나 자란 곳도 이름만은 아름다운 강원도 고성군 토성면의 도원리이다. 도연명의 무릉도원이 본시 피난민의 땅이었듯이, 도원리·선유리 같은 이름에는 전란과 학정에 시달린 민중들의 꿈이 반영되어 있다.

  과연 이 작품에는 신경림이 발견한 낙원의 그림이 실로 전설 같은 아름다움 속에 묘사되어 있다. 감자눈을 도려내고 있는 늙은이 내외의 모습이 만들어내는 평화스러움에 대비되는 것은 낯선 사내를 보고 뒤로 숨는 며느리의 부끄러움일 터인데, 이 부끄러움은 이유 없이 건성으로 여기 들어 있는 것이 아니다. 그것은 잔뜩 부풀어 터질 듯한 복사꽃 꽃망울을 보는 시적 화자의 은근한 시선과 연관되어 엷게나마 에로틱한 분위기를 조성하고 있다. 그러나 이 시는 감자눈 도려내는 늙은이, 도랑에서 달래 씻어 들어오는 아낙네, 앙탈하는 꽃망울, 졸라대는 봄바람, 그리고 이 모든 것을 그렇게 보고 증언하는 화자의 존재를 "여기가 바로 도화원이란다"라는 마지막 행 안에 수렴해 들임으로써, 마치 좋은 시에서는 "문갑을 닫을 때 뚜껑이 들어맞는 딸 깍소리"가 난다고 김수영이 말했던 것과 같은 완벽한 딸각 소리로써 마감하고 있다.

시집 『쓰러진 자의 꿈』(1993)은 제목이 시사하듯이 사회주의의 실패와 군사정권의 퇴진으로 대변되는 1990년대의 변화된 현실 속에서 삶의 뜻을 다시 묻고 문학의 길을 새로 찾는 작업을 하고 있다. 민중의 생활현실과 토착적 정서의 구체적인 세목들을 평이한 듯하면서도 정확한 이미지와 친숙한 가락에 실어 노래하는 것이 그동안의 신경림 시의 특징이라 할 때 『쓰러진 자의 꿈』이 보여주는 명상적이고 관념적인, 때로는 우의적(寓意的)이고 잠언적(箴言的)인 성격은 사뭇 놀랍기까지 하다. 그러나 그의 시들을 돌이켜보면 1987년 6월항쟁 이후 민주세력의 분열을 겪으면서 현실운동에 대한 얼마간의 비관적 체념과 내면적·자기반성적인 경향이 그의 문학에서 점점 더 강화되고 있음을 알아볼 수 있다.

산이라 해서 다 크고 높은 것은 아니다
다 험하고 가파른 것은 아니다
어떤 산은 크고 높은 산 아래
시시덕거리고 웃으며 나지막이 엎드려 있고
또 어떤 산은 험하고 가파른 산자락에서
슬그머니 빠져 동네까지 내려와

부러운 듯 사람 사는 꼴을 구경하고 섰다

—「산에 대하여」 앞부분

아무리 낮은 산도 산은 산이어서
봉우리도 있고 바위너설도 있고
골짜기도 있고 갈대밭도 있다
품안에는 산짐승도 살게 하고 또
머리칼 속에는 갖가지 새도 기른다

—「우음(偶吟)」 앞부분

앞의 것은 『가난한 사랑 노래』에서, 뒤의 것은 『길』에서 뽑은 것인데, 이 시들에는 물론 우리나라의 높고 낮은 수많은 산들을 밑에서 쳐다보고 위에서 밟아보며 살아온 경험이 은은히 깔려 있다. 그러나 단순히 서경(敍景)을 목표한 것이 아님은 분명하다. 여기서 산은 말하자면 이러저러한 인생살이의 비유인 것이다. 대체로 비유적인 시는 단조롭게 마련이고 노리는 바가 뻔해서 긴장감을 잃기 쉬운 법인데, 이 작품들을 그런 상투성에서 구해내는 것은 오랜 연륜과 깊은 사색에서 저절로 우러난 지혜와 균형감각이다. 시집 『쓰러진 자의 꿈』에는 그런 사색적인 작품들이 다수 실려 있으며, 그중 어떤 것들은 시의 명품만이 맛보게 하는 참된 감동의 경지에 이르고 있다. 「길」「파도」「초승달」「댐을 보며」「다리」 같은 작품들이 그러하며, 특히 이 글의 앞부분에서 「갈대」「종소리」와 비교하면서 약간의 분석을 시도했던 「나목(裸木)」은 "아흔의 어머니와 일흔의 딸이 / 늙은 소나무 아래서 / 빈대떡을 굽고 소주를 판다"의 널리 거론되는 「봄날」과 더불어 투명하게 정화된 보석 같은 언어들로 숨막히게 충만된 최고의 '시'를 성취하고 있다.

그러나 나 개인으로서는 시인의 인생역정이 좀 더 진솔하게 배어 있는 「담장 밖」 「하산」 같은 작품에서 폐부를 찌르는 감동을 받는다. 먼저 「담장 밖」을 읽어보자.

> 번듯한 나무 잘난 꽃들은 다들 정원에 들어가 서고
> 억센 풀과 자잘한 꽃마리만 깔린 담장 밖 돌밭
> 구멍가게에서 소주병 들고 와 앉아보니 이곳이
> 내가 서른에 더 몇해 빠대고 다닌 바로 그곳이다.
> 허망할 것 없어 서러울 것은 더욱 없어
> 땀에 젖은 양말 벗어 널고 윗도리 베고 누우니
> 보이누나 하늘에 허옇게 버려진 빛바랜 별들이
> 희미하게 들판에 찍힌 우리들 어지러운 발자국 너머.
> 가죽나무에 엉기는 새소리 어찌 콧노래로 받으랴
> 굽은 나무 시든 꽃들만 깔린 담장 밖 돌밭에서
> 어느새 나도 버려진 별과 꿈에 섞여 누워 있는데.

나는 이 시를 몇 차례 소리 내어 낭송해보았다. 굳이 4음보니 뭐니 따질 필요도 없이 우리말의 흐름에 맞아떨어지는 자연스런 호흡과 절실한 의미의 파동이 목젖을 떨게 만든다. 물론 이 작품에도 어김없이 신경림 특유의 시적 소도구들이 등장한다. "구멍가게에서 소주병 들고 와"라든지

"희미하게 들판에 찍힌 우리들 어지러운 발자국" 같은 것들이 그것이다. 처음 두 행이 말하고 있는 것도 신경림의 시적 사유에서 낯선 것이 아니다. "못난 놈들은 서로 얼굴만 봐도 흥겹다"고 노래한 것이 벌써 언제였던가. 그러고 보면 이 시는 매우 신경림적이기는 하나, 그 밖에 다른 새로운 것이 없는 듯한 느낌을 주기도 한다. 그가 30년이 넘도록 고단한 발걸음을 해오던 삶의 자리에 다만 다시 돌아왔을 뿐인 것 같기도 한 것이다. 그러나 이 시가 주는 뼈저린 감회는 단순한 되풀이, 곤핍한 인생의 한없는 반복이 조성하는 체념적 정서만은 아니다. 물론 그는 "버려진 별과 꿈에 섞여 누워" 있기는 하다. 그것은 그가 처한 사실의 세계이고 그를 둘러싼 물질적 현실의 세계이다. 하지만 그는 느낀다, "허망할 것 없어 서러울 것은 더욱 없어"라고. 이것이야말로 어쩌면 그의 문학에서 처음 발언된 대가적 품격의 언명일지 모른다. 결국 그가 도달한 곳은 시인이 자기 자신의 고난의 일생과 행하는 그리고 이 세계의 불행과 이루어내는 화해인 것이다.

그러나 이 경우 화해는 타협과 절충이 아니다. 그것은 평범한 개인의 입장에서는 세속적 성공과 이익의 포기이기도 하고, 깨달음을 지향하는 자리에서는 정신과 육체의 합일로서의 어떤 총체적 비약이기도 하다. 삶과 문학의 길을 오로지 꼿꼿하게 걸으면서 자신과 같이 외롭고 힘없는 사람들에게 목소리를 빌려주고 그들의 꿈과 희망을 우리 문학세계의 한복판에 깃발처럼 우뚝 심어놓은 시인 신경림이 이제 마침내 회갑의 나이에 이르렀으니, 그의 시의 주인공이자 그 자신도 거기 속해 있는 민중들이 애정과 경의를 표할 시간이다.

서사시의 가능성과 문제점

1. 문제의 제기

1920년대에 김동환(金東煥)의 『국경의 밤』과 『승천(昇天)하는 청춘』이 출판되고 1930년대에 김기림(金起林, 1908~?)의 「기상도」가 발표된 이래 장시는 우리 문단에서 으레 있음직한 하나의 관습적인 문학양식으로 굳어졌다. 해방 후이 방면에서 이루어진 업적들을 생각나는 대로 열거해보더라도 김용호(金容浩, 1912~1973)의 「남해찬가」(1952), 김종문(金宗文, 1919~1981)의 「불안한 토요일」(1953), 민재식(閔在植, 1932~)의 「속죄양(贖罪羊)」(1960) 등이 일찍이 나왔고 이어서 1960년대에는 김구용(金丘庸, 1922~2001)의 연작 장시 「구곡(九曲)」(1960~1970), 김소영(金昭影)의 「조국」(1966)과 「어머니」(1969), 전봉건(全鳳健, 1928~1988)의 「춘향연가(春香戀歌)」(1967) 등이 잇따라 발표되었다.

이러한 일련의 시도에 이어 신동엽의 대작 「금강」(1967)이 문단의 주목을 끌었고, 김지하의 문제작 「오적(五賊)」

(1970)이 사회의 화제를 모았다. 특히 이 마지막 두 작품은 1970년대의 시문학에 커다란 충격을 주어 「기상도」로부터 「춘향연가」에 이르는 장시들과는 성격이 다른 새로운 문학적 모색을 촉진케 하였다. 김지하 본인의 「앵적가(櫻賊歌)」(1971)와 「비어(蜚語)」(1972)라는 이름으로 묶여진 「소리내력」「고관(尻觀)」「육혈포 숭배」, 양성우의 「벽시」(1977)와 「만석보(萬石洑)」(1980), 고은의 「대륙」(1977) 「자장가」(1978) 「갯비나리」(1978), 문병란의 「호롱불의 역사」(1978), 이성부의 「전야」(1978), 이동순의 「검정 버선」(1979) 같은 업적들로 결실되었고 특히 근년에는 신경림의 「새재」(1978)와 「남한강」(1981) 및 표제에 '민속서사시'라고 스스로 규정지은 문충성(文忠誠)의 「자청비」(1980) 같은 야심적인 시도가 이루어진 바 있다.

그러나 시인 자신들의 창작이 이처럼 활발하고 꾸준하게 진행되어온 데에 비하면 이 일련의 업적들이 가지는 문학(사)적 성격과 그 의미를 해명하려는 이론적 노력은 극히 한산한 편이 아니었던가 생각된다. 그런 가운데 그나마 김기림·김종문·민재식·전봉건의 작품을 중심으로 장시의 일반적 성격을 검토해본 김종길(金宗吉) 교수의 「한국에서의 장시의 가능성」[1]이 돋보이는 논문이며, 신동엽의 「금강」에 관한 상당수의 언급 속에서 김우창(金禹昌) 교수의 「신동엽의 '금강'에 대하여」[2]가 그 장르적 성격에 관한 예

1 《문화비평》, 1969년 여름호.
2 《창작과비평》, 1968년 봄호.

리한 지적으로 기억될 만하다.

　김동환의 「국경의 밤」과 「승천하는 청춘」은 발표 당초부터 '장편 서사시'로 규정되어[3] 이후의 문학사적 서술에서 개념에 대한 검토 없이 그대로 답습되어왔다. 그러다가 근년에 홍기삼(洪起三) 씨가 「한국 서사시의 실제와 가능성」[4]에서 이러한 통념에 대해 회의를 표명했고, 이어서 오세영(吳世榮) 씨가 「'국경의 밤'과 서사시의 문제」[5]에서 서사시의 본래적 개념과 성격에 비추어 「국경의 밤」은 서사시가 아닌 서술시(敍述詩)라고 단정지었으며, 최근에는 다시 김용직(金容稷) 교수가 그의 「한국근대시문학사」 연재의 '김동환 부분'[6]에서 이 서사시 부정론을 정면으로 비판함으로써 일종의 논쟁적인 형태로 논의가 계속되고 있다.

　여기서 필자는 우리 문단에서 지금까지 발표된 모든 종류의 장시들을 포괄적으로 규명하는 이론적 틀을 구성하고자 하는 것은 아니다. 그렇게 하는 것이 도대체 가능할 것인가 하는 의문조차 가지고 있다. 또한, 「국경의 밤」 같은 특정작품이 일정한 문예학적 이론에 근거하여 서사시냐 아니냐를 따지는 논란에도 참여할 의향이 없다. 물론 개념의 올바른 규정과 그것의 정확한 사용은 모든 지적 작

---

3 「국경의 밤」에 대해서는 이 작품이 실린 시집(한성도서, 1925.3.20.)의 서문에서 김억(金億)이 '장편 서사시'라고 규정을 지었고 「승천하는 청춘」(신문학사, 1925.12.25.)은 시집의 표지에 처음부터 그렇게 내걸었다.
4 《문학사상》, 1975년 3월호.
5 《국어국문학》, 제75집, 1977.5.
6 《한국문학》, 1981년 7·8월호.

업에 있어 불가결한 기초가 되는 것이지만, 그러나 '서사시' '서술시'[7] '발라드' 같은 개념들의 내용이 묵시적으로든 의식적으로든 서양문학사에서의 일정한 모델을 상정하고 검토되는 한, 그런 검토가 세밀하고 정확하게 이루어질수록 도리어 우리 문학의 실상과 구체적인 필요에서 더 멀어지는 것 아닌가 하는 우려도 가지고 있다. 따라서 필자는 어떤 개념을 미리 앞세우고 일련의 작품들을 그 개념 안에 서둘러 묶으려고 하기보다, 개개의 작품들이 당대의 문학사적 요구에 부응하여 구체적으로 어떤 창조적인 성과를 거두었으며(혹은 거두는 데에 미달했으며) 그것이 뜻하는 문학사적 의미는 무엇일까를 진지하게 검토해보려고 한다.

　본격적인 논의에 앞서 필자가 다루고자 하는 작품의 범위를 한정해두는 것이 좋을 것 같다. 거칠게 보아 우리나라의 장시는 김동환의 「국경의 밤」에 이어지는 계열과 김기림의 「기상도」에 이어지는 계열로 크게 나누어볼 수 있다. "「기상도」는 엘리어트의 「황무지」와 스펜서의 「비엔나」에서 힌트를 얻어 씌어진 작품"이라는 김종길 씨의 지적대로[8] 김기림·민재식·전봉건 등의 장시들은 현대 영국 시인들의 작품을 모범으로 하여 창작된 것으로 여겨진다. 한편, 「국경의 밤」 「금강」 「소리내력」 「새재」 「검정 버선」

7　영문학에서 말하는 'narrative poem'을 본문에서 필자가 거명한 논문들에서 김종길은 '설화시', 김우창은 '이야기시', 오세영은 '서술시'라고 각각 번역해서 쓰고 있다

8　김종길, 「한국에서의 장시의 가능성」, 《문화비평》, 1969년 여름호, 233쪽.

「갯비나리」 등은 여러 면에서 각각 서로 다른 특징들을 가지고 있으면서도 「기상도」 계열의 장시와는 완연히 구별되는 공통성을 지니고 있는 것 같다. 그리고 그러한 공통성으로 포괄될 수 있는 이 작품들의 성격적 특징을 단지 길이만을 가지고 '장시'라고 지칭하는 것은 극히 미흡한 노릇임이 명백하다. 필자가 이 글에서 검토해보려는 것은 바로 이 후자의 시들이다.

2. 「국경의 밤」 분석

잘 알려진 바와 같이 「국경의 밤」은 너무나도 유명한 다음 구절로 시작한다.

　　아하, 무사히 건넜을까,
　　이 한밤에 남편은
　　두만강을 탈없이 건넜을까?[9]

한 작품의 시작으로서 이처럼 강력한 인상을 주는 예는 흔치 않을 것이다. 이 첫 구절에서부터 이미 작자가 어떤 일정한 상황을 설정하고 있음이 쉽게 드러난다. 즉 독자들은 두만강을 몰래 건너갔다가 돌아오기로 되어 있는 남편

9　원문 인용의 경우 독자들의 이해를 돕기 위해 한자는 한글로 고치거나 괄호 안에 넣고 맞춤법과 띄어쓰기는 현대식으로 고쳤다.

과 그를 초조히 기다리는 아내가 배치되어 있는 광경을 목격한다. 그런데 이 첫 3행을 포함한 처음 2연 8행은 대화 부호로써 묶여 있다. 다시 말하면 독자들은 남편을 기다리는 아내의 발언을 통해서 이 상황을 알게 되는 것이다. 그리고 이어서 소설에서의 지문처럼 다음의 구절이 계속된다.

소금실이 밀수출(密輸出) 마차를 띄워놓고
밤새가며 속태이는 젊은 아낙네
물레 젓던 손도 맥이 풀려져
파! 하고 붓는 어유(漁油) 등잔만 바라본다.
북국(北國)의 겨울밤은 차차 깊어가는데.

장차 사건이 벌어지게 될 배경과 주요 인물을 소개하는 수법이 소설의 도입부를 연상케 한다. 물론 소설에서의 장면 제시는 이보다 훨씬 자상하고 구체적인 묘사로 이루어지는 것이 보통일 것이다. 그러나 「국경의 밤」의 도입부를 소설로부터 구별하는 것이 단지 묘사의 구체성 여부일 수는 없을 것이다. 왜냐하면 소설도 필요에 따라 얼마든지 간략한 서술과 요약을 포함할 것이기 때문이다. 또한 위의 구절들은 3인칭 소설에서의 이른바 '숨어 있는 저자' 내지 '자기소멸의 저자' 시점으로 서술되고 있다는 점이 주목된다. 말하자면 독자들은, 작품 바깥에 있으면서 작중상황에 관해 등장인물보다 더 넓은 시야를 가진 서술자에게 인도되어 상황의 전개과정을 알게 되는 것이다. 이 역시 소설을 연상케 하는 특징이라 할 수 있다.

　그렇다면 김동환이 「국경의 밤」 전편에 걸쳐 일반적인 시에서와 달리 작가 개입의 억제를 통해 얻고자 노린 것은 무엇이며, 또 그처럼 작자의 작품에의 개입을 억제하고 허구적 인물들로 하여금 말하고 행동하게 하는 본격적 양식인 소설형식 바로 그것을 택하지 않은 까닭은 무엇인가. 김동환은 「국경의 밤」과 「승천하는 청춘」을 출판한 뒤인 1920년대 후반에 두 편의 소설과 세 편의 희곡을 발표한 바 있는데, 이 가운데 『전쟁과 연애』라는 장편소설은 그 속에 군데군데 민요 형태의 시가 삽입되어 있어 "이 작품과 서사시 사이의 연접(連接) 가능성"이 지적되기도 하였다.[10]

　여기서 우리는 김동환이 문학활동을 시작하던 무렵의 문학사적 상황을 돌아볼 필요가 있다. 알려진 바와 같이 그는 동인지 《금성(金星)》에 「적성(赤星)을 손가락질하며」(1924)를 발표하여 문단에 나왔고, 이어서 같은 해에 유명한 「북청(北靑) 물장수」를 내놓았다. 유의해야 할 것은 이것이 동인지 《창조》의 첫호로부터 채 5년밖에 안 지난 때라는 점이다. 당시에 활동한 젊은 문인들 거의 전부가 일본에서의 문학 경험을 거쳤고, 따라서 일본문단에서 이루어지고 있던 서구적 개념의 문예형식을 의당 그러해야 할 모범으로 접수했던 것으로 믿어진다. 그러나 그것은 따지고

---

10 조남현(曺南鉉), 「파인(巴人) 김동환론」, 《국어국문학》 제75집(1977. 5.) 134쪽.

보면 우리말에 의한 창작에 있어 하나의 피상적인 테두리를 제공한 것에 지나지 않았을 것이다. 적어도 그들의 창작 과정에는 오늘의 작가·시인들로서는 꼭 겪지 않아도 되는 또 다른 어려운 모색과 진통이 수반되었으리라고 짐작된다.[11] 어떻든 당시의 김동환에게는 서정시와 소설이라는 기존의 형식 어느 쪽으로도 채워질 수 없는 예술적 충동이 있었음이 분명하며 그것이 「국경의 밤」 같은 형태로 귀착되었을 것이다. 따라서 문제는 무엇이 김동환과 소설 형식 사이를 가로막고 있었느냐 하는 점이다. 앞의 인용을 원문대로 다시 옮기면 다음과 같다.

소곰실이 密輸出馬車를 띠워노코
밤새가며 속태이는 젊은안낙네
물네젓든손도 脈이 풀녀저
파! 하고 붓는 漁油등잔만 바라본다,
北國의 겨울밤은 차차 깁허가는데.

'한글맞춤법통일안'(1933)이 나오기 이전 시기의 작품임을 감안하더라도 이 시의 띄어쓰기는 단순히 의미 전달에만 관계되어 있다기보다 읽어나가는 호흡을 배려한 결과라고 짐작해볼 수 있다. 말하자면 여기서 우리는 일종의 음보(音步)를 이루고자 하는 시인의식의 잠재적인 작용을

---

11 이 문제를 당대의 사회적 조건과 관련지어 검토한 논문으로 김윤식, 「1920년대 시장르 선택의 조건」, 『한국현대시론비판』(1975), 206~240쪽이 주목된다.

느낄 수 있다. '젊은 아낙네'라는 명사로 한 행을 마감한 것이라든가 "…… 차차 깊어가는데" 같은 비(非)종결 어미를 마지막 행으로 돌린 데서도 우리는 의미와 리듬의 시적 결합에 대한 배려를 읽을 수 있다. 물론「국경의 밤」의 이 부분은 소설로도 완전히 재생될 수 있는 장면이다. 그러나 여기서처럼 '젊은 아낙네' '어유 등잔' '북국의 겨울밤' 등 주요한 소도구들을 대담하게 가리키기만 하고 지나감으로써 생기는 속도감과 강한 인상은 소설이 만들어낼 수 없을 것이다. 서사와 서정을 가르는 범주는 시와 소설이 갈라지는 경계선과는 다른 차원에 있음이 분명하며, 이 작품에서 김동환은 시로써 '서사'를 노리고 있음이 또한 분명하다.

이제 다시 작품으로 돌아가보자. 춥고 삭막한 북국의 겨울밤이 한참 묘사된 다음 시간은 잠시 전으로 돌아간다. 그날 저녁 무렵 갑자기 마을에 한 청년이 나타난다. 그는 거리를 오르내리며 구슬픈 노래를 부른다. 이 청년에게 무슨 풀지 못한 기막힌 한이 있음이 암시되면서 은연중 장차 어떤 불길한 일이 벌어질 듯한 분위기가 조성된다. 그러다가 서술의 초점은 다시 젊은 아낙네에게로 옮겨온다. 그녀는 지난날을 돌이켜본다. 그녀에게는 일찍이 결혼 전 서로 좋아하던 청년이 있었다. 시집온 뒤에도 문득문득 그를 떠올리며 가슴 저리곤 했었다. 이렇게 하여 이 작품은 그동안 준비해온 갈등을 펼치기 시작하는 것이다.

그 젊은 아낙네 ── 순이는 이른바 재가승(在家僧)의 딸이었다. 이 재가승의 유래에 관한 작자의 서술은 작품 전체에서 가장 성공적일뿐더러 역사적 자료로서도 매우 흥미

있는 부분이다. 아주 오랜 옛날 함경도 북쪽에는 국가의
통치권 바깥에서 살아가던 여진족(女眞族)의 한 무리가 있
었다고 한다.

> 갑옷 입고 풀투구 쓰고 돌로 깎은 도끼를 메고
> 해 잘 드는 양지 볕을 따라 노루와 사슴잡이 하면서
> 동(東)으로 서(西)에 푸른 하늘 아래를
> 수초(水草)를 따라 아무 데나 다녔다, 이리저리.
> 부인들은
> 해 뜨면 천막 밖에 기어나와,
> 산과(山果)일을 따먹으며 노래를 부르다가,
> 저녁이면 고기를 끓이며 술을 만들어,
> 사내와 같이 먹으며 입맞추며 놀며 지냈다.
> 그러다가 청산을 두고 구름만 가는 아침이면
> 산령(山嶺)에 올라 꽃도 따고, 풀도 꺾고 —

  이처럼 그들은 몇백 년 동안 대대로 "성가신 도덕과 예의
를 모르고" 평화스럽고 자유롭게 멋대로 살아왔다. 이 부
분에서의 김동환의 묘사는 극히 담백하고 투명하다. 그리
하여 독자들은 여기 묘사되고 있는 것이 단지 여진족이 재
가승으로 전락하기 이전 과거 생활의 재현만이 아님을 느
끼게 된다. 요컨대 여진족의 과거 원시적 생활은 1920년
대의 김동환을 둘러싼 식민지적 상황에 대비됨으로써 일
종의 유토피아적 성격을 띠게 되며, 따라서 그것은 김동환
에게 있어 하나의 사회적 비전으로까지 승화되는 것이다.

여하튼 이럴 무렵 고려의 윤관(尹瓘, ?~1111)이 육진 개척을 위해 그곳에 쳐들어온다. 그렇게 되어 장정들은 전장에서 싸우다 죽고 남은 아녀자들은 머리를 깎인 채 노비의 신분으로 전락한다. 이후 그들은 하나의 천민집단으로 고립되어 자기들끼리만 혼인을 하면서 여러 세대를 살아왔다. 머리를 깎은 탓에 이들을 속칭 '재가승'이라 불러왔다는 것인데, 이러한 역사적 조건은 재가승의 딸 순이와 '언문(諺文) 아는 선비'인 소년과의 깨끗하고 순결한 사랑을 좌절로 몰고 가는 사회적 장벽이 된다.

> 아, 둘 사이에는 마지막 날이 왔다,
> 벌써부터 와야 할 마지막 날이
> 전통은 ── 사회제도는
> 인간불평등의 한 따님이라고,

이렇게 해서 순이는 동네 존위(尊位) 집으로 시집을 가고 소년은 여러 날 울다가 보퉁이를 싸들고 마을을 떠난다. 그로부터 8년이 지난 이제 두 사람은 이 두만강변의 순이네 집에서 재회하는 것이다.

작품의 제3부에서 시점은 다시 현재로 돌아온다. 여기서 이 작품의 흐름은 일변하여 극적으로 재회하게 된 순이와 청년의 대화가 길게 계속된다. 각각 300행 안팎의 3부로 이루어진, 그러니까 900행 가까운 작품에서 이 대화 부분은 실로 200행 남짓한 큰 중량을 차지하고 있다. 제1부의 마지막, 청년이 순이네 집 문을 두드리는 대목에서 크게 절제를 잃고 어색함을 노출시켰던 작자는 이루어질 수 없는 사랑을 아름답게 묘사한 제2부에 이어 갑자기 전혀 다른 진행방식을 취하는 것이다. 이 부분의 의미를 규명하기 위해서 편의상 작품 진행에 대한 작가의 형식적 배려와 이를 통해 말하고자 하는 작가의 의도를 갈라서 생각해보기로 하자.

이 부분을 읽는 독자는 누구나 자연스레 희곡을 연상하게 된다. 가끔씩 '무대 지시'라고 생각됨직한 구절이 삽입되어 있는 점까지 희곡과 흡사하다. 그렇다면 왜 작자는 옛 연인들이 오랜 이별 뒤에 만나 이야기를 나누는 대목에서 갑자기 서술방식과 사건 진행의 속도를 바꾸었을까. 김동환이 「국경의 밤」에서 시도한 문학양식이 이른바 '서사시'라고 볼 때 이 부분은 분명 그러한 양식적 일관성으로부터의 이탈이 아닌가. 그러나 이 부분을 단지 서술의 통일을 깨뜨린 부조화의 요소로 보고 서사시적 구성의 실패라고만 보기에는 어떤 뚜렷한 예술적 계획의 흔적을 느끼지 않을 수 없다.

「국경의 밤」의 문학적 성과를 검토함에 있어서 우리는 무엇보다 '서사시'냐 아니냐 하는 기존의 장르 개념에 얽매일 필요가 없다. 왜냐하면 문제는 어떤 특정한 작품이 '서사시'로서 합당한 조건을 갖추었느냐 그렇지 않으냐에 있는 것이 아니라, 어떤 명칭으로 불리게 되든 그 작품이 당대의 문학사적 단계에서 진정으로 창조라 할 만한 것을 제대로 이루어냈느냐 아니냐 하는 것일 터이기 때문이다. 어떻든 필자는 김동환이 이 대화 부분을 쓰면서 염두에 두었던 것이 창극 내지 가극이었을 것으로 추측한다. 작자는 일정한 상황을 서사적으로 진행시켜 가다가 이 절정의 대목에 이르러 두 주인공으로 하여금 극적으로 고조된 감정을 영창(唱)으로 주고받게 한 것이다. 쉽게 깨달을 수 있는 바이지만 창극이나 가극에서의 시간의 속도는 일상생활에서의 그것과도 다르고 보통 연극에서의 그것과도 다르다. 말로 주고받을 이야기를 노래로 주고받는다는 것 자체가 우리의 일상적인 시간 체험에 제동을 걸고 교란시키는 현상이다. 그러나 가령 영화에서 가장 긴박한 순간이 고속촬영에 의해 느리게 제시될 때 우리는 거기서 비현실을 느끼기보다 극도로 강화된(물론 때로는 과장되거나 왜곡된) 현실을 본다. 대화 부분을 통해 김동환이 노린 효과도 이와 비슷한 것이 아니었을까. 그의 세 번째 개인시집인 『해당화(海棠花)』(1942) 서문에서 김동환은 이 서정시집 이외에 앞으로 가극집 「춘향」과 장편 서사시 「남한산성」을 집필할 계획이라고 밝히고 있는데, 필자는 가극에 대한 그의 관심이 이미 「국경의 밤」 집필 때부터 싹텄을 것으로 추측한다.

어쨌든 이러한 서술방식의 전환을 통해 그가 의도한 것은 무엇인가. 위에서 시도한 필자의 추측이 옳다면 그것은 주인공들 간의 이 대화야말로 「국경의 밤」에서 핵심을 이루는 부분이요 따라서 작품 전체의 의미를 드러내는 부분이다. 이제 다시 작중상황으로 돌아가보자. 순이는 소금실이 배를 타고 두만강을 건너간 남편을 초조히 기다리고 있다. 찬 바람 몰아치는 북국 벌판, 번뜩이는 감시의 눈초리, 두만강 ─ 이 모든 것들은 순이의 불안을 한층 고조시키는 효과적인 배경이다. 여기에 지난날의 그 소년은 서울에 가서 학교를 다니며 타락한 생활에 빠지기도 하다가 고민 끝에 옛사랑을 찾아 돌아왔다. 그러나 순이는 과거를 잊고 굳센 생활인으로 정착해 있다. 남편은 이러한 순이와 이미 일체를 이룬 존재이다. 그런데 소년은 식민지적 근대교육과 퇴폐적 도시생활에 의해 지난날의 순결함을 훼손당한 좌절한 청년으로 변모해 있다. 따라서 지난날 사회적 인습으로 말미암아 좌절에 이르렀던 두 사람의 사랑은 이제 더 큰 장벽에 부딪힌 셈이다. 건강한 생활인으로서의 순이는 이 점을 분명히 인식한 견고한 현실주의자로서 발언한다.

> 타박타박 처녀의 가슴을 디디고 가던 옛날의 당신은 눈물로 장사(葬事) 지내구요.
> 어서 가요, 어서 가요 마을 구장(區長)에게 들키면
> 향도비장(鄕徒批杖)을 맞을 터인데.

그러나 청년은 완전히 현실감각을 상실하고 헛된 몽환에 빠져 있다. 그는 순이를 통해 잃어버린 예전의 순결함으로 돌아가고자 하며, 병과 타락으로부터의 구원을 얻고자 한다. 심지어 그는 "아하, 어떻게 있소, 처녀 그대로 있소? 남의 처(妻)로 있소!" 같은 얼빠진 소리를 뇌기도 하다가 "나는 벌써 도회(都會)의 매연(煤煙)에서 사형(死刑)을 받은 자이오"라고 중얼거리기도 한다. 여기서 작자 김동환이 정신적으로 파산한 이 시대의 한 청년을 냉정하게 비판하고 있는지, 아니면 자신을 포함한 소위 근대적 지식인의

불가피한 파멸을 합리화하고 있는지 하는 것은 얼른 판별되지 않는다. 그러나 적어도 다음과 같은 청년의 말 속에는 김동환 자신의 육성이 얼마간 배어 있음이 감지된다.

'데카당', '다다', '염세(厭世)', '악(惡)의 찬미'
두만강 가의 짜작돌같이
무룩히 있는 근대의
의붓자식 같은 조선의 심장을 찾아가라구요!
아, 전원(田園)아, 애인아, 유목업(遊牧業)아!
국가와, 예식과, 역사를 벗고 빨간 몸뚱이
네 품에 안기려는 것을 막으려느냐?

여기서 우리는 가령 이상화의 유명한 「나의 침실로」에 표명된 것과 유사한 당시 이 땅의 젊은 시인들의 몸부림과 갈망을 읽을 수 있다. 그리고 그것은 비록 주관적으로는 절실한 심정에서 나온 것이라 하더라도 당대의 역사적 현실에 대한 올바른 대응과는 거리가 멀었음이 분명하다. 김동환은 순이로 하여금 "가요, 가요, 어서 가요"라는 말을 되풀이하게 함으로써 간신히 청년의 몽상적인 해결책에 비판적 거리를 취하고 있다.

여기서 작품은 급격히 종막을 향한다. 마적의 총에 맞아 죽은 남편(丙南)의 시체를 가슴에 안고 함께 갔던 차부(車夫)가 나타남으로써 순이와 청년 사이의 관념적 갈등은 현실적 비극 속에서 해소되는 것이다. 이튿날 마을 사람들은 '굵은 칡베 장삼'에 시체를 묶어 어깨에 메고 눈에 싸인 산

골짜기를 찾아가 초라한 장사를 지낸다. 이 장면의 간결한 묘사는 "아하, 무사히 건넜을까"로 시작된 첫 부분에 대응을 이루면서 그 첫 부분에서의 강렬한 효과를 다시 이룩해내고 있다.

여러 사람은 여기에는 아무 말도 아니하고 속으로
"흥! 언제 우리도 이 꼴이 된담!"
애처롭게 앞서가는 동무를 조상(弔喪)할 뿐. (중략)

여러 사람들은 고요히
동무의 시체를 갖다 묻었다.
이제는 아무것도 할 수 없다는 듯이. (중략)

거의 묻힐 때 죽은 병남이 글 배우던 서당집 노(老)훈장이,
"그래두 조선 땅에 묻긴다!" 하고 한숨을 휘 — 쉰다.
여러 사람은 또 맹자나 통감(通鑑)을 읽는가고 멍멍하였다.

이 마지막 장면에 이르러 비로소 작자는 순이나 청년이 살고 있던 동시대 민중의 얼굴을 잠깐 등장시킨다. 언제 어떻게 죽을지 모르는 식민지 백성의 처절한 운명은 「국경의 밤」의 시대가 정녕 역사의 밤의 시대였음을 암시한다. 이 부분에서 특히 돋보이는 것은 감정의 절제이다. 동무를 땅에 묻는 마을 사람들이 구구히 넋두리를 늘어놓으

며 눈물을 짰다면, 그것은 오히려 값싼 감상주의로 전락했을 것이다. '고요히' 시체를 묻게 함으로써 슬픔의 응축된 표현이 가능해졌다는 것은 「국경의 밤」 전체의 성패를 가름하는 데에도 중요한 단서를 준다. 왜냐하면 제1부의 후반 및 제3부의 대화 부분은 무절제한 감정 과잉으로 인해 시적 평형을 잃고 있기 때문이다.

이 결말 부분의 문학적 효과와 관련하여 작품 전체의 성과를 종합해보자. 오세영은 "결말에 가서 순이의 남편이 죽어서 돌아온다는 내용은 이 장시가 처음부터 핀트를 맞추어왔던 주인공들의 애정 갈등과는 전연 무관한 것이며 또한 무의미한 것이기도 하다. 우리는 이 부분에 와서 전혀 새로운 이야기를 듣는 듯한 착각에 빠진다"고 지적하고 있다. 그에 의하면 「국경의 밤」 전체 내용이 "통속적인 애정사건이기 때문에 병남(남편)의 죽음을 통해 작가가 돌연히 식민지 지배하의 민족적 슬픔을 암시할 때 우리는 스토리 자체의 저오(牴牾)와 아울러 당황함까지" 느끼게 된다는 것이다. 이어서 그는 "시대적 비극을 인식하면서도 이를 외면하고 애정에 탐닉한 이 같은 프티부르주아 의식이 더 비굴한 현실도피가 될 수" 있다고 비판한다.[12]

요컨대 오세영은 「국경의 밤」에 다루어진 것이 단순한 통속적 애정 갈등일 뿐이라고 보는 셈이다. 그의 관점이 옳다면 「국경의 밤」에서 시대적 현실을 암시하는 일체의

---

12 오세영, 「'국경의 밤'과 서사시의 문제」, 《국어국문학》 제75집, 101~ 103쪽 참조.

배경적 서술들은 불필요한 장식이거나 사건 전개의 핵심을 벗어난 결함의 요소일지 모른다. 그러나 곰곰이 따져보면 이것은 순이의 상대역인 청년의 행동과 의식을 작품 전체의 의미로 확대한 데서 생긴 일면적인 판단이다. 순이 자신으로 말하면 그녀는 결혼 후 가끔씩 옛사랑을 회상하기는 하되(그러나 이것은 청년의 등장을 예고하기 위한 작자의 사전포석이라고 할 수 있다) 이미 생활적으로 남편과 일치해 있으며, 따라서 청년이 다시 나타난 뒤에도 결코 그에게 동조하지 않았다. '통속적 애정 갈등'은 다만 한 타락한 지식청년의 심리세계 속에서만 펼쳐진 것이었지, 청년과 순이 사이에서 벌어진 것이라고 볼 수는 없다. 즉 그것은 이 작품의 부차적인 일면이지 핵심적인 부분은 아닌 것이다.

물론 작자인 김동환은 엄밀하게 말해서 순이와 남편과 마을 사람들의 세계에 속한다기보다 그 지식 청년의 세계에 속한 사회적 존재라고 할 수 있다. 그렇기 때문에 앞서 지적했듯이 그 청년의 피폐한 정신과 얼빠진 발언에는 김동환 자신의 불투명한 입장이 반영되어 있음을 감지할 수 있었다. 제1부의 후반부와 제3부의 대화 부분에서의 실패는 바로 이 점과 관련되어 있을 것이다. 그러나 청년의 '비굴한 현실도피'가 자동적으로 「국경의 밤」 전체의 현실도피라고 보기는 힘들다. 다시 말해 이 작품은 '통속적 애정 갈등'의 요소를 분명히 가지고 있으나 거기에 핵심적 무게가 주어져 있는 것은 아니며, 식민지 지배하의 민족현실에 대한 관심이 좀 더 중요한 작품의 중심인 것이다.

생각건대 1920년대의 사회적·문학적 환경 속에서 김동환의 예술적 자아는 찢어져 있다. 한편으로 그는 좌절과 방황과 환멸의 세계에 속한다. 그것은 바로 당대의 식민지 현실에 맞서 진실한 자기이해를 얻어내는 데 실패한 1920년대 시인들의 일반적인 문학적 혼돈에 대응되는 국면이다. 다른 한편 그는 민중의 세계를 보고 현실극복의 가능성을 탐색한다. 적어도 이 면에서만은 그는 혼돈으로부터 벗어나 있으며, 바로 그런 정도만큼 「국경의 밤」은 예술적으로 성공할 수 있었다. 그리고 이것은 김동환이 동시대의 한용운·김소월·이상화의 문학들과 더불어 성취한 국면이다. 앞에서 필자는 김동환이 1920년대 초의 문학사적 단계에서 시·소설 같은 기존의 주어진 문학 형태들 사이에서 선택의 갈등을 경험했고, 그 해결책으로 새로운 장르의 구성을 모색한 결과가 「국경의 밤」으로 나타났다고 추측한 바 있는데, 그것은 방금 지적한 감정의 분열을 예술형식의 선택이라는 측면에서 반영하는 현상일 것이라고 생각한다.

작자가 객관적 시점에서 사건을 전개하고 작중상황에의 개입을 극도로 억제했음은 이미 살펴본 바이다. 그렇게 함으로써 김동환이 의도한 것은 이른바 '서사시'였다고 공인되어왔다. 「국경의 밤」이 과연 그의 의도대로 '서사시'로 규정될 만하냐 하는 것은 뒤에 재론하기로 하고, 우선 그러한 서술방법이 이 작품의 시적 성취에 얼마나 창조적으로 기여했는지 생각해보자. 지금까지의 분석에 의한다면 「국경의 밤」은 당대의 우리 문단이 거둔 중요한 업적임이 분명하다. 그러나 동시에 그것은 많은 결함과 문제점을 포함한 업적이다. 필자는 특히 제1부의 후반부와 제3부의 대화 부분에서 파탄을 보았다. 문제는 객관적 시점의 일관된 유지 즉 외면적인 통일성에도 불구하고 그러한 파탄이 일어났다는 점이다. 이것은 예술에 있어서의 진정한 조화와 참된 효과가 단순한 기교상의 문제를 훨씬 넘어서는 곳에서 이룩되는 것임을 가르쳐준다. 단적으로 말해서 「국경의 밤」에서의 이러한 실패는 주인공 청년의 본질을 철저히 드러내지 못한 데서 온 실패이며, 그것은 바로 김동환 자신의 현실인식과 자기인식의 불철저성에 기인한 실패이다. 위대한 문학은 때로는 서술방식의 질서, 즉 형식의 통일을 파괴하면서까지 인간현실의 폭과 깊이를 밝히고자 하는 열정을 가질 수 있다. 여러 훌륭한 성과에도 불구하고 「국경의 밤」은 이런 의미의 높은 성취에는 도달하지 못한 작품이다.

3. '단편 서사시'의 시도

「승천하는 청춘」은 전작의 두 배가 넘는 야심적인 분량의 작품이다. 이 작품은 「국경의 밤」보다 더 심한 형식적 불균형과 의식의 파탄을 보인 실패작이라고 비판된 바 있다.[13] 다른 논자에 의해서도 "부피에 상응하는 짜임새를 지

---

13 홍기삼, 「한국 서사시의 실제와 가능성」, 《문학사상》, 1975년 3월호, 375쪽 참조.

니지 못한 점"이 지적되었다.[14] 김동환이 이 작품에서 걷잡을 수 없는 난조를 드러내고 있음은 누구의 눈에나 명백해 보인다. 특히 여주인공이 죽은 아이를 묻으러 가는 과정을 묘사한 제1부와 다시 나타난 옛 애인과 그녀가 함께 성당의 첨탑에 오르는 광경을 그린 마지막 제7부는 참을 수 없는 감상주의와 악취미로 채워져 있다.

그러나 그러한 파탄에도 불구하고 이 작품은 당대의 역사적 현실에 한 걸음 더 다가선 많은 부분을 포함하며, 그런 점에서만은 「국경의 밤」으로부터의 중요한 전진을 이룩하고 있다. 특히 제2·3·4부는 가위 민족사적 증언이라 할 만하다. 당시(1923년 9월 1일) 간토대지진이 발생했을 때 수많은 동포들이 무참히 학살되었음은 잘 알려진 바이다. 작품은 바로 이 무렵을 배경으로 한다. 당시 일본 당국자는 학살의 위험에서 살아난 조선인 난민 2,000여 명을 동경에서 50리쯤 떨어진 해안 지대의 나라시노(習志野) 벌판에다 가병영(假兵營)을 만들어 수용했다. 여기에 결핵으로 죽음을 기다리는 한 유학생과 그의 누이가 등장한다. 그녀는 오빠의 병구완을 하는 동안 역시 함께 수용되어 있는 오빠의 친구와 사랑에 빠진다. 그러나 오빠는 죽고 그 친구는 사상의 의심을 받아 어디론가 잡혀가고 그녀만이 애인의 아이를 임신한 채 귀국하는 것이다.

주인공들의 이러한 행각이 서술되는 동안에는 「승천하

---

14 김용직, 「한국근대시문학사」 12회, 《한국문학》, 1981년 8월호, 332~334쪽 참조.

는 청춘」은 감상적 과장과 불필요한 긴장의 조성으로 혼란에 빠진다. 그러나 이 중심적인 사건 전개를 둘러싼 더 많은 보조적인 부분들에서 작자는 수용소 난민들의 이러저러한 일화들을 차분하고 사실적으로 묘사해나감으로써 당시 조선인의 참담한 비극을 극히 실감있게 보여주고 있다. 이것은 우리 문학사가 반드시 기억해야 할 훌륭한 업적이다. 그렇기는 하나 전체적으로 보아 이 「승천하는 청춘」은 「국경의 밤」에서의 분열을 더욱더 극단적인 형태로 되풀이하고 있어 '서사시'로서의 새로운 문제점을 제출하지는 못하는 것 같다.

일제 강점기에 김동환 이외에 이 방면에서 실험적인 업적을 남긴 다른 한 사람은 임화(林和, 1908~1953)이다. 그는 1929년과 1930년 이태 동안에 「네거리의 순이」「우리 오빠와 화로」「어머니」「우산 받은 요꼬하마의 부두」「양말 속의 편지」「제비」등 작품들을 잇달아 내놓음으로써, 당시 프로문학론의 전개과정에서 문학의 대중화 문제를 제기한 김팔봉(金八峰, 1903~1985)으로부터 적극적인 지지와 함께 성공적인 '단편 서사시'로 호평을 받았다.[15] 이 작품들을 통독하지 못한 필자로서는 여기 거두어진 임화의 문학적 성과가 어느 수준의 것인지 단정적으로 평가할 수 없다. 다만 이 작품들이 대체로 「우산 받은 요꼬하마의 부두」[16]와 같은 성격의 것이라 가정할 때 그것은 김동환이

---

15 김팔봉, 「문예시평·단편 서사시의 길로」, 《조선지광》 1929년 3월호.
16 이 글을 쓸 당시(1982)에는 임화의 작품을 공개적으로 읽거나 논하는 것은 금기의 영역에 속했다. 다만 김윤식, 『한국근대문예비평사연구』

「국경의 밤」에서 시도한 장르 모색과는 완연히 구별되는 종류의 것이다. 모두 15연 82행으로 된 이 작품의 첫 연은 다음과 같다.

> 항구의 계집애야! 이국(異國)의 계집애야!
> 독크를 뛰어오지 말아라. 독크는 비에 젖었고
> 내 가슴은 떠나가는 서러움과 내어쫓기는 분함에 불
> 이 타는데
> 오오 사랑하는 항구 요꼬하마의 계집애야!
> 독크를 뛰어오지 말아라 난간은 비에 젖어 있다.

이 시는 여기 보이는 바와 같은 화자의 독백으로 일관되어 있다. 대체로 서사문학의 경우 작중상황은 시간의 진행이라는 틀을 전제로 전개되게 마련이다. 과거에 일어난 일을 현재의 독자에게 전달하는 형식이 될 때 화자는 독자와 함께 사건이 끝난 다음의 어느 시점에 서 있게 마련이며, 그 시점에서의 시간은 어느 정도 고정된다. 즉 화자에게는 이야기하는 동안만큼만 그리고 독자에게는 읽는 동안만큼 시간이 흐르고, 독자는 이처럼 거의 정지된 시점에서 움직이는 과거를 돌아본다. 「국경의 밤」처럼 화자가 숨겨진 객관적 서술의 경우에는 오직 움직이는 시간이 있을 뿐이고, 화자와 독자는 작중상황 바깥에서 그 움직이는 시간

가 예외적으로 비평가 임화를 본격 논의하고, 이어서 그 책 576~578 쪽에서 「우산 받은 요꼬하마의 부두」를 전문 수록했다. 필자는 이를 참고했다.

에 자기를 일치시켜나간다.

그런데 「우산 받은 요꼬하마의 부두」에서는 작중의 상황은 그 본래의 시간적 질서로부터 해체되어 화자의 의식에 여러 개의 파편으로 투사된다. 물론 독자는 작품 바깥에서 그 파편들을 그러모아 하나의 스토리를 재구성할 수 있다. 이렇게 조립해보면 이 작품은 이런 '이야기'가 된다. '나'와 일본인 아가씨는 노동자이고 노동운동의 동료이며 사랑했던 사이다. 그러다가 '나'는 어쩔 수 없는 사정으로 일본에서 쫓겨나 고국으로 돌아오는 배를 탔다. 배 위에서 '나'는 "네가 공장을 나왔을 때 전주 뒤에 기다리던" 지난 일을 회상하기도 하고 "너는 이국의 계집애 나는 식민지의 사나이"라는 데서 오는 갈등을 되새겨보기도 한다. 그녀는 지금 떠나가는 연인을 배웅하기 위해 종이우산을 받고 비오는 부두를 뛰어오고 있다. 그러나 '나'는 언제 다시 돌아오리란 기약도 없이 떠날 수밖에 없다 — 대체로 이런 줄거리인데, 이렇게 줄거리의 조립이 가능할 만한 구체적 상황을 깔고 있기 때문에 이 작품은 '단편 서사시'로 규정되었을 것이다.

그러나 생각해보면 서정시 역시 언제나 일정한 허구적 상황 설정의 기초 위에서 진술된다는 성격을 가지고 있다. 뻔한 얘기지만 "나 보기가 역겨워 가실 때에는 말없이 고이 보내드리겠다"는 것은 그 순간의 김소월 개인의 발언이 아니라, 일정하게 꾸며진 상황에서 나온 어느 가공적 인물의 발언이다. 이렇게 본다면 「우산 받은 요꼬하마의 부두」는 하나의 단편소설로 됨직한 '이야기'를 배경에 깔고 있음에도 불구하고 '서사시'와는 일정하게 구별된다. 그러나 문제는 그것만이 아니다. 당대의 식민지적 현실에 접근하는 자세에 있어서도 이 작품은 계급주의적 한계와 감상주의적 치기에 젖어 「국경의 밤」의 성과로부터 한 걸음도 더 나아가지 못하고 있다. 일본 제국주의의 탄압이 더욱 강화된 시기의 『현해탄』(1939)에서 임화는 최소한의 배경으로서의 서사성마저 방기하고 김기림의 「기상도」를 방불케 하는 이국 취미와 회고적 감상으로 퇴행하는데, 이것은 같은 무렵의 신문학사 연구에서 거둔 그의 탁월한 업적에 비추어 극히 흥미로운 대조적 현상이라 할 것이다.

4. 「금강」이 남긴 문제들

김동환과 임화의 각각 다른 시도가 있은 뒤 오랜 공백 기간을 거쳐 태어난 신동엽의 「금강」은 5,000행이 넘는 방대한 규모에서나 깊이 있는 역사의식에서나 확실히 획기적인 작품이라 할 만하다. 이 작품은 발표 직후 김우창[17]과 김주연(金柱演)[18]에 의해 비교적 자세히 검토되었고 이후 조태일(趙泰一)[19]과 구중서(具仲書)[20]의 「신동엽론」에서도 각각 중요하게 거론된 바 있다. 이렇게 훑어볼 때 「금강」

17 김우창, 「신동엽의 '금강'에 대하여」,《창작과비평》1968년 봄호.
18 김주연, 「시에서의 참여문제」, 『상황과 인간』(1969) 수록.
19 조태일, 「신동엽론」,《창작과비평》1973년 가을호.
20 구중서, 「신동엽론」,《창작과비평》1979년 봄호.

은 비슷한 계열의 어느 딴 작품보다도 많이 논의된 셈이고, 따라서 문학사적으로 어느 정도 평가가 정착되었다고 볼 수도 있다. 다만 「국경의 밤」부터 신경림의 최신작에 이르는 일련의 작품군 속에서 「금강」이 어떤 형식사적 의의를 가지는지에 관해서는 아직 더 따져볼 점들이 남아 있는 것 같다.

여기서 우선 이 작품의 장르적 성격에 관한 김우창의 지적을 들어보자. 그는 "「금강」은 동학란을 소재로 하는 이야기시(narrative poem)이긴 하나, 이야기의 전개만을 주안으로 하지는 않는다. 이 시의 시점은 현재이며, 근본적으로 과거는 현재의 의식이 그 처해 있는 상황을 이해하는 데 원근법을 제공해주는 역할을 한다. 따라서 이 시의 역사적 사건은 일직선적으로 이야기되지 않는다. …… 그러니까 이 시는 제목에 그 장르를 밝혀 서사시란 한정사를 붙이고 있지만, 이 시는 차라리 한 편의 서정시라 할 수 있다"라고 언급한 다음 작품에 대한 상당히 구체적인 분석을 바탕으로 다시 이렇게 말한다.

그러나 작자는 어색한 느낌을 줌이 없이 자신이 직접 시 속에 등장하여 군데군데에서 서정적인 주석을 달고 있다. 어쩌면 신(申)하늬를 중심한 모든 혼란은 작자가 이 시를 서사시라는 관점에서 생각하고 있었다는 데에서 오는 것이라 할 수 있는지 모른다. 그러나 앞에서도 말한 바와 같이 이 시는 서사시로는 생각될 수 없는 것이다. 문제는 서정적인 장시의 주인공인 작

자와 이야기시의 주인공인 신하늬가 서로 엇갈리는
'관점'을 드러내는 데 있다고 할 수도 있다. 작품의 성
질상 신하늬의 허구적인 '관점'은 없어졌어야 했을 것
이다.[21]

조태일 역시 이 작품의 이러한 형식적 결함에 관한 김우
창의 지적에 공감하면서 그러나 역시 김우창과 마찬가지
로 "봉건권력 체제에 대한 강력한 저항과 부정"을 통해 "내
일의 민중의식 발전적인 긍정"을 제시했다는 점에서 「금
강」의 성과를 높이 평가하고 있다. 반면에 김주연은 이 작
품이 "단순한 개인감정의 서정성을 지루하게 이어놓은 한
편의 장시, 그것도 성격을 알 수 없는 장시"라고 규정하고,
그런 점에서 근본적인 실패에 이르고 있다고 격렬하게 부
정적인 입장에 선다. 여기서 문제는 「금강」이 이른바 제대
로 된 '서사시' 혹은 '이야기시'냐 아니냐 하는 점과[22] 그것
이 '서사시'든 '서정적 장시'든 혹은 '이야기시'든 간에 훌
륭한 문학이라 할 만한 업적에 이르렀느냐 아니냐 하는 점
으로 갈라진다.

결론적으로 말해서 필자는 「금강」이 형식상 어떤 통일
을 이루지 못했다는 여러 논자들의 지적에 대체로 동의한
다. 아마 이 시는 크게 세 부분으로 나누어볼 수 있을 듯하
다. 그것은 첫째,

---

21 김우창, 앞의 글.
22 김종길은 앞의 논문에서 「국경의 밤」과 더불어 「금강」을 '설화시'라고
규정했는바 , 이것은 김우창 의 '이야기시'와 같은 개념이다.

어느 해
여름 금강(錦江)변을 소요하다
나는 하늘을 봤다.

빛나는 눈동자.
너의 눈은
밤 깊은 얼굴 앞에
빛나고 있었다.

— 제3장 서두

에서와 같은 서정시로서의 부분이다. 이 부분에서 작자
는 스스로 화자가 되어 역사의 암흑을 비판하고 빛나는 내
일을 예감한다. 둘째는,

금마(金馬).
하늬는 전우들과 작별
부여로 가는 길
마한, 백제의 꽃밭
금마를 찾았다.

언제였던가
가을걷이 손 털고
재작년 늦가을
진아는 하늬의 손가락 끼어
미륵사탑 아래

그림으로

서 있었지.

── 제19장 서두

에서와 같은 서사적 내지 설화적인 부분이다. 여기서는 가공적 주인공인 신하늬의 행동과 회상이 서술된다. 그런데 이 부분에서도 작자는 형식상 작품의 외부에 머물고 있음에도 실질적으로는 주인공 안에 들어가 주인공의 입을 통해 말하기 때문에 사실상 작자가 자신의 이야기를 하는 듯한 느낌을 준다. 셋째는,

그날 밤 자시(子時)

김개남(金開南)이 이끄는 부대는

남문(南門)을 나서 남원 방면으로,

전봉준이 이끄는

주력부대는

북문을 나서

금구(金溝) 방면으로 향했다.

── 제18장 중간

에서와 같이 객관적으로 기술하는 부분이다. 물론 이런 부분에서도 작자 자신의 체온에서 나온 것이라 여겨지는 뜨거움이 끊임없이 생성되어 나오지만, 그러나 그것은 묘사 대상인 시대의 역사적 상황 한복판에서 활동했던 작중인

물들의 투쟁적인 삶 자체가 또한 바로 그런 격렬한 성질의 것이었기에 신하늬 같은 '변장한 작자'에게서 발생하는 것과는 다르다.

첫째 부분은 신동엽의 다른 뛰어난 서정시들과 상통하는, 맑은 언어와 투명한 예지의 세계이다. 실제로 「종로 5가」「누가 하늘을 보았다 하는가」「조국」 같은 서정시들은 약간 변형되어 「금강」의 일부로 흡수되어 있기도 하다. 이런 부분들은 비록 서정시의 일부라 하더라도 단순한 감정의 표현을 넘어 우리의 역사적 상상력을 자극한다. 지난날의 동학농민전쟁과 오늘의 현실 사이에는 너무도 긴밀한 연관이 존재하기 때문이다.

둘째의 신하늬 부분은 김우창에 의해 "이 작품의 가장 커다란 결점"이라고 지적된 바 있다. "큰 역사의 흐름을 기술함에 있어서 허구적 조작을 보다 자유롭게 허용하는 역사의 단역을 등장시켜 살아진(경험된) 삶의 구체성을 얻어보자는 것"이 소설에서와 달리 시에서는 대체로 불가능하다고 김 교수는 말한다.[23] 「금강」에 관한 한 이것은 매우 온당한 견해라고 생각된다. 그러나 허구적 인물의 설정 자체가 곧 소설적 구체성의 획득을 지향하는 것이라고 볼 수는 없을 것이다. 「국경의 밤」에서 우리는 이 점을 확인한 바 있다. 따라서 「금강」에서 근본적으로 문제되어야 할 것은 신하늬라는 인물의 설정 자체라기보다 작자가 그 인물의 객관화에 정교하고 엄밀한 '계산'을 못했다는 점이 아

---

23 김우창 , 앞의 글 , 111~112쪽 참조.

닐까 한다. 단도직입적으로 말해서 작자는 신하늬라는 인물을 다룸에 있어 때로는 전봉준이나 김개남처럼 역사적 존재로 서술하기도 하고, 때로는 자기 감정의 대리적 발언자로 이용하기도 함으로써 분열을 드러내고 있는 것이다. 어떻든 이 신하늬 부분(특히 진아와 관련되는 부분)은 역사적 대사건의 도도한 흐름이 지닐 법한 서사시적 위엄에 상당한 손상을 입히고 있음이 분명하다.

셋째 부분은 말하자면 '역사시(historical poetry)'라고 할 만한 것이다. 사실은 여기에서야말로 시인은 소설가나 역사가와의 경쟁에서 결정적인 열세에 놓인다. 근년에 발표된 「논개」 「대륙」 같은 장편 역사시들이 문학으로서도 역사로서도 모두 불투명한 결과에 이르렀던 것은 『토지』 『장길산』 같은 괄목할 만한 업적들이 소설 방면에서 나오고 있는 것에 대조되는 매우 의미심장한 현상이다. 다만 그럼에도 불구하고 「금강」이 감동을 주는 것은 역사적 사건들의 서술에 배어들어 있는 작자의 강렬한 시선, 즉 역사의 진실을 드러내고자 하는 치열한 정신이 살아 있기 때문이며, 신하늬 부분의 실패는 바로 그러한 역사적 정신이 작자의 주관적 감정에 밀려난 데서 말미암은 것이라 생각한다.

5. 1970년대의 서사시적 모색

1970년대의 우리 문학이 여러 악조건을 뚫고 나가는 가운데 작가의식의 전례 없는 고양을 이룩하고 민족문학으로서의 다방면적인 성취를 내놓았음은 잘 알려진 바이다. 이러한 문학사적 전진의 일환으로서 1970년대는 '서사시'의 분야에서도 중요한 업적들을 보여주었다. 이제 필자는 이들 중에서 「소리내력」「검정 버선」「전야」「갯비나리」 등의 작품에 주목하고 이들을 묶어서 검토해보기로 하겠다.

김지하의 「소리내력」은 그의 「오적」「앵적가」 등과 함께 저널리즘의 화제에 오르기는 하였으나 문학비평적으로 분석된 것은 거의 없는 듯하다. 그러나 이 작품들은 1920년대 김동환의 「국경의 밤」부터 최근 신경림의 「남한강」에 이르는 서사시적 시도에서 극히 중요한 미학적 문제성을 제출한 업적으로서, 무엇보다 먼저 이런 면에서 검토될 필요가 있다. 앞서 살펴보았듯이 「국경의 밤」은 시·소설·희곡 등 여러 장르들 간의 일정한 타협의 산물이다. 그렇기 때문에 그것은 그 후 다른 시인들이 안심하고 의존할 만한 튼튼한 양식적 틀로 계승되지 못하였다. 「금강」은 다른 뛰어난 미덕에도 불구하고 형식적 관점에서 「국경의 밤」에 못지않은 균열을 노출하였다.

그런데 이제 「오적」「소리내력」 등은 첫눈에 드러나는 바와 같이 판소리라는 전통적 장르를 창조의 원천으로 활용하는 데서 형식문제의 해결을 찾고 있다. 판소리 자체는 물론 본격적인 연구가 여전히 진행 중인 상태여서 그 형식적 특징들이 충분히 밝혀졌다고 볼 수 없겠지만, 그러나 어떤 문학양식의 창조적 수용이란 그것에 대한 이론적 구명이 되었느냐 안 되었느냐에 따라 좌우되는 것이 아니라 그것을 받아들여 발전시킬 만한 문학사적 여건과 필요가 갖추어져 있느냐 없느냐가 관건이 된다. 이 점에서도 「오적」「소리내력」 등은 매우 대담한 실천적 문제 제기이다. 이들 가운데 비교적 짧고 가장 정돈되었다고 여겨지는 「소리내력」을 검토함으로써 이 작품들의 문학사적 의의를 살펴보자.[24]

주지하는 바와 같이 판소리는 창자(唱者)가 약간의 몸짓을 곁들이면서 고수(鼓手)의 북소리에 맞추어 주위의 청중을 향해 말과 노래로써 이야기를 엮어나가는 형식이다. 창자는 때때로 이야기의 줄거리를 잠깐 쉬고 자기 소리를 한두 마디 집어넣을 수 있고, 고수나 청중도 이런 정도로 이야기의 진행에 개입할 수 있다. 물론 그때그때의 분위기에 따라 가변적인 이런 군소리들은 문자로 정착된 사설에는 있을 수 없다. 어떻든 사설만 읽더라도 화자와 작중상황과 독자의 관계는 명백하다.[25] 「소리내력」에서도 화자는 기탄없이 작품의 문면에 나서서 이야기를 시작한다.

　　　쿵 저봐라 쿵 또 들린다 쿵
　　　저 쿵소리 내력을 누가 알꺼나 쿠궁쿵

---

24 물론 현재 알려진 판소리들은 「소리내력」보다 훨씬 길고 복잡한 구조를 가지고 있다. 이 점에서 이 작품은 「소(小)춘향가」「자탄가(自嘆歌)」「광대가(廣大歌)」 등을 두고 김동욱(金東旭) 교수가 말한 '단형(短形) 판소리'에 해당될지 모르겠다. 김동욱, 「판소리사 연구의 제문제」, 『판소리의 이해』(창작과비평사, 1978), 97쪽 참조.

25 "…… 내 별별 이상한 도둑 이야길 하나 쓰것다"로 시작하여 "허허허 / 이런 행적이 백 대에 민멸치 아니하고 인구에 회자하여 / 날 같은 거지시인의 싯귀에까지 올라 길이길이 전해오것다"로 끝나는 「오적」은 그 점이 더욱 뚜렷하다.

어화 사람들아 저 소리내력을 들어봐라.

여기서 화자는 "지금부터 희한하고 재미난 이야기를 하나 들려주겠다"는 태도를 분명히 밝힌다. 이로써 작자와 독자 사이에는 문학적 허구에 관한 묵계가 성립하는데, 이것은 한편으로 작자에게 등장인물과 사건을 자유롭게 움직여 나가도록 허용하는 상상력의 넓은 공간을 제공하기도 하지만, 동시에 다른 한편 작자 개인의 사적 감정이 등장인물의 그것으로 전이되는 것을 막는 제한의 작용을 하기도 한다. 이제 화자는 한 인물을 소개한다.

…… 판잣집 한 모퉁이 그 한 귀퉁이 방에 청운의 뜻을 품고
　시골서 올라와 세들어 사는 안도(安道)란 놈이 있었것다.

"한 모퉁이 그 한 귀퉁이"는 공연한 반복 같아 보이기도 한다. 그러나 이 단 몇 마디는 빈민가 뒷골목을 돌고돌아 찌그러진 판잣집 부엌을 지나 그 뒤쪽에 매달린 조그만 방 하나를 여지없이 효과적으로 부각시킨다. 이것은 간단한 두어 줄의 선으로 대상의 특징을 요령있게 잡아내는 만화의 효과와도 흡사하다.
　그런데 이 안도는 "가위 법이 없어도 능히 살" 만큼 온순하고 부지런한 위인인데도 하는 일마다 도무지 되는 법이 없다.

만사가 되는 일 없이 모두 잘 안돼

될 법한데도 안돼

다 되다가도 안돼

될듯 될듯이 감질만 내다가는 결국은 안돼.

장가는커녕 연애도 안돼 집 장만은커녕 방세 장만도
제때에 안돼

밥벌이도 제대로 안돼 취직도 된다 된다 차일피일하
다가는 흐지부지 그만 안돼

빽 없다고 안돼 학벌 없다고 안돼 보증금 없다고 안
돼 국물 없다고 안돼

밑천 없어서 혼자는 봐주는 놈 없어서 장사도 안돼
뜯기는 것 많아서도 안돼

울어 봐도 안돼 몸부림쳐 봐도 안돼 지랄발광을 해
봐도 별수없이 안돼

눈 부릅뜨고 대들어도 눈 딱 감고 운명에 맡겨도 마
찬가지로 안돼

아마 이 부분을 우리는 '안돼 타령'이라고 부를 수도 있
을 것이다. 이 부분에서 작자는 힘없고 가난한 촌놈인 주
인공이 오늘의 대도시에서 겪는 극심한 고난을 제시한다.
그런데 잘 읽어보면 여기서 안 된다고 하는 일들 전부를
주인공이 실제로 시도해보았다고 할 수는 없다. 이것은 마
치 판소리에서 놀부의 심술을 묘사할 때 놀부 개인에게 해
당되는 것이든 아니든 온갖 못된 짓을 놀부에게 갖다붙여
나열하는 것과 흡사한 기법이다. 즉 이 '안돼 타령'은 주인

공 개인의 행적에 대한 묘사이면서 동시에 이 시대의 서민들이 오늘의 생활현실 속에서 겪음직한 좌절의 경험 일반의 반영이다. 따라서 우리는 주인공을 염두에 두지 않고서도, 그리고 작품 전체와의 관련을 떠나서도 이 부분을 실감있게 읽을 수 있다. 이것은 조동일(趙東一) 교수가 판소리의 구조분석에서 사용한 '부분의 독자성' 개념을 적용할 만한 국면이다.[26] 판소리를 연상케 하는 것은 이뿐만이 아니다. 우리는 이 '안돼 타령'을 읽으면서, 무슨 일을 해도 되지 않는 주인공의 딱한 처지에 동정하여 자신과 주인공을 일치시켜 연민의 감정에 잠기기도 하지만, 동시에 "…… 안돼 …… 안돼" 하고 끝없이 이어져가는 사설에 그만 웃음을 터뜨리게 된다. 즉 그것은 "한편으로는 비참한 느낌을 주지만 또 한편으로는 웃음을 자아"내는 것이다.[27] 다시 말하면 이 부분에는 주인공과 그를 둘러싼 환경 간의 갈등이 있고 미학적으로는 비참과 골계의 갈등이 병존한다고 할 수 있다. 이러한 대립적 요인들의 갈등은 다음 장면에서처럼 구체적인 수사(修辭)의 원리로서도 작용한다.

한발 딛고 한발 들고
한발 들고 한발 딛고
이발 딛으면 저발 들고
저발 들면 이발 딛고

26 조동일 , 「'흥부전'의 양면성」,《계명논총(啓明論業)》, 제5집(1969), 86쪽 이하 참조.
27 조동일, 「판소리의 전반적 성격」, 『판소리의 이해』, 24쪽.

이리 떼뚱 저리 띠뚱
팔딱팔딱 강중강중

이 밖에도 이 작품은 반복, 나열, 역설, 과장, 왜곡, 전도(顚倒), 어희(語戱) 등 갖가지 표현 가능성을 동원한다. 주목되는 점은 그것이 판소리 같은 우리 전통문학의 계승이면서 동시에 현대예술의 첨단적인 기법과도 상통한다는 사실이다. 한두 개의 예를 더 들어보면,

십원 벌면 백원 뺏기고 백원 벌면 천원 뜯기고

혹은

좌충우돌 천방지축 허겁지겁 헐레벌떡 동서남북 싸돌아다니다가
지치고 처지고 주리고 병들고 미쳐서 어느날 노을진 저녁때

이런 부분에서 우리는 웃을 수밖에 없지만, 그 웃음은 또한 깊은 비애를 늘 동반한다.[28] 이런 양면성 및 양면 간

---

28 반면에 「앵적가」「고관」 등의 작품에서는 웃음이 혐오감을 유발한다. 즉 이 작품들의 경우 웃음은 대상에 대한 공격성을 띠는바, 그것은 풍자로 된다. 「소리내력」에서는 비애를 거쳐 한(恨)으로 나간다는 점이 위의 작품들과 대조적이며, 「오적」은 혐오와 비애 즉 풍자와 한의 양면을 공유한다.

의 갈등은 「소리내력」의 경우 수사의 원리이자 전체 작품의 구조를 이루면서 바로 객관적 현실 자체 내부의 대립적 갈등을 반영하는 미학적 틀이 된다. 이렇게 살펴볼 때 이 작품에 활용된 판소리의 표현도구들은 현실인식의 탁월한 창조적 무기임이 드러나는 것이다.

다시 작품의 줄거리로 돌아가보면, 주인공과 환경의 대립은 주인공의 일방적인 패배로 귀결된다. 주인공 안도는 이리저리 뛰어 돌아다녀보지만 먹고살 길을 찾지 못해 결국 어쩌다가 죄지은 몸이 되어 철창에 갇히고 만다. 여기서부터 작품의 톤은 일변한다. 그동안 독자들은 못난 주인공의 행동거지에 동정과 웃음을 보냈다. 즉 작중인물에 대한 자신들의 우위를 확인하는 즐거움을 누려왔다. 그러나 주인공이 "어허 이것이 웬짓이여" 하고 탄식하기 시작하면서 독자들의 심리적 우위는 갑자기 붕괴하고 처절한 비극적 정서에 함몰된다. 다음 대목을 되풀이 읽으면서 필자는 무한한 감동과 충격에 몸을 떨었다.

수수그림자 길게 끌린

해설핀 신작로 가에

우리 어매 날 기다려 상기도 거기 서 계시더냐

철지난 옷을 입고 몇 번이나 몇 번이나

서울쪽 바라보며 소리 없이 우시더냐

아아 어머니

고향에 돌아가요

죽어도 나는 돌아가요

천 갈래 만 갈래로 육신 찢겨도 나는 가요

죽음 후에라도 기어이 돌아가요

저 벽을 뚫어

저 담을 넘어

원귀(怨鬼) 되어 저 붉은 벽돌담을 넘어 끝끝내 뚫고
넘어

가요 어머니.

죽음 후에라도 기어이 돌아가요

여기 이르러 비애와 웃음 간의 대립적 갈등은 와해되고 거대한 한(恨)의 정서로 지양된다. 현실의 각박함에 편입되기 위해 발버둥질치는 동안에는 주인공 안도는 못난 촌놈이고 웃음의 대상이었다. 그러나 그가 처절한 패배를 통해 귀향의 결단에 도달하는 순간, 그리하여 "아아 어머니 / 고향에 돌아가요"라고 부르짖는 순간 그는 민중의 한과 분노와 새로운 출발을 대표하는 감동적인 전형으로 승화하는 것이다. 왜냐하면 이 경우 '고향에 돌아가요'는 단지 강한 현실 거부일 뿐만 아니라 새로운 도약의 신호이기 때문이다. 필자는 조동일 교수가 수집한 한 서사민요의 끝부분에서도 비슷한 처절함을 맛보았다.

설은지고 참혹하다 아이고지고 원수로다 염라대왕
원수로다

가자가자 나도 가자 엄마 따러 나도 가자 아바 따러
나도 가자

시퍼런 칼 드는 칼로 목을 찔러 가슴 찔고 엄마 길을
찾어가자
설은지고 참혹하네 우리 엄마 찾어가자
우리 아바 찾어가자 아이고지고 내 못 살세[29]

그러나 이 서사민요에서의 처절함은 해결의 전망을 찾
을 길 없는 극한에 이르러 결국 자기부정으로 귀착되지만,
「소리내력」에서는 현실적 패배 자체가 새로운 극복을 위
한 발판으로 전화된다. 안도가 죽은 뒤에도 끊임없이 들려
와 "돈깨나 있고 똥깨나 뀌는 사람들"을 "미치고 환장"하게
만드는 저 '쿵 - 쿵 - ' 소리는 바로 거대한 민중적 함성의
도래를 예고하는 것이기 때문이다.

이동순의 「검정 버선」은 130여 행에 불과한 비교적 소
규모의 작품이지만 전통적 문학양식의 새로운 활용을 시
도한 또 하나의 흥미있는 예이다.[30] 이 작품에 다루어진 것
은 1923년 5월 경남 진주에서 시작되어 전국으로 확산되
었던 이른바 형평운동(衡平運動)이다. 작품은 가공의 인물인
길소개(吉小介) 노인을 주인공으로 하여 그가 지난날 이 운
동에서 활약하던 때를 회상하고 지금의 현실을 개탄하는
형식으로 엮어져 있다. 그러나 '나'를 시점으로 하지만 주
로 다루어지는 것은 '나'만이 아니라 같은 처지에 있는 천
민집단 전체의 불우한 운명이다.

---

29 조동일, 『서사민요연구』(1970), 자료편, 267쪽.
30 좀 더 규모가 큰 이동순의 장시로는 「물의 노래」가 있다.

속은 것 분한 데다 성도 없는 삼술이(三述伊)네
부를 성이 있어도 관향 없는 박금돌(朴今乭)네
이럭저럭 개흙 속에 꾸무럭거리는 노래기모냥
쓰다 달단 말도 없이 검정 버선 신고 왔구나

　이 부분만 읽더라도 우리는 대뜸 그 율격을 간취할 수
있다. 즉 1행이 4음보이고 한 음보는 3음절부터 6음절까
지이다. 이것은 바로 가사(歌辭)의 양식이다. 알려진 바와
같이 가사는 시조와 더불어 조선 시대의 대표적인 시가 장
르로서 3음절 내지 4음절을 기본단위로 하는 4음보 한 행
이 수백 행씩 이어져 나가는 문학양식이다. 후기에 이르러
가사는 그 형식적 단조로움으로 인해 수많은 개화가사·의
병가사·동학가사·규방가사로 쉽게 확산되는 결과에 이르
기도 하였으나, 흔히 예술적 창조성의 빈곤으로 귀착되었
다. 이 「검정 버선」은 율격 이외에도 한 인물이 자신의 반
생을 회고하는 방식으로 전개되는 점에서도 평민가사, 특
히 신변탄식류의 규방가사를 연상케 하며, 또 가령 다음과
같은 대목은 의병가사의 일절을 읽는 듯한 느낌도 준다.

진주 형평사원들이 농청원과 충돌하여
몰리고 몰리다가 결사대를 조직하니
이에 맞선 농청원들 해산운동에 우육 불매운동이라
대구 남산 덕산정(町)의 소요사건 말도 마라
형평사원 변가(卞哥)가 왜놈 앞의 토지를 대차받아
기껏 땀 흘려서 평평하게 닦아놓으니

악질 평민 서가(徐哥)놈이 제 땅이라 우기는지라
주권을 빼앗기고 내 땅 가지고도 물고 뜯으니

장시조(長時調, 사설시조)에서보다 평민가사에서 더 많은 작품이 생산된 데서 드러나듯이 가사는 시조에 비해 평민적 혹은 산문적 내용을 담기에 더 알맞은 개방적 양식이다. 그러나 가사의 창조적인 시대는 소설의 본격화와 더불어 내리막길에 접어든 것이 분명하다. 이 점, 「검정 버선」의 작자가 음절 수에서나 음보의 수에서 수시로 정형을 깨뜨렸던 것은 현명한 처사이다. 무엇보다 이 작품을 좋은 시로 읽게 하는 것은 평면적인 사실의 나열, 지루한 푸념과 따분한 신세타령으로 흔히 떨어지곤 하던 과거의 평민가사와 달리 작자가 다음의 마지막 부분에서 보이는 바와 같은 굳센 역사의식을 가지고 사태를 꿰뚫어볼 수 있었기 때문이다.

엄첩해라 우리 재인들 새로 할 짓 또 있는가
더없이 욕된 운명 위에 더욱 밤이 퍼부어질지라도
박달자루 도낏날을 들게 갈아 둘러메고
도적도 사슬도 대번에 내려칠 눈빛 번뜩이며
오늘도 검정 버선은 새벽 일터로 나아간다

그러나 역시 가사는 현실표현의 발랄한 수단이 되기에는 상당히 완고한 형식인 듯하다. 그렇기 때문에 작자도 이 작품에서 때때로 의고적(擬古的)인 표현을 씀으로써 형식적 제약에 타협할 수밖에 없었던 게 아닐까. 1970년대의 노동가사 같은 것을 염두에 두더라도 가사의 현대적 계승은 만만찮은 예술적 집중을 통해서야 어느 정도 가능하다고 여겨진다.

일정한 '이야기'를 배후에 거느리고 있으면서도 판소리나 가사 같은 기존의 형식을 빌리지 않고 시로서의 내면적 통일성을 이룩한 최근의 업적으로 이성부(李盛夫)의 「전야(前夜)」가 두드러진다. 이 작품의 화자는 열아홉 살 때 집을 뛰쳐나온 한 여인이다. 그녀는 부모들 몰래 낯선 사람들을 따라 집을 나선다. 그 속에는 사랑하는 남자도 끼여 있다. 그들을 따라나선 것은 단지 그 남자를 사랑하기 때문만이 아니라 그들의 하는 일이 옳다고 믿었기 때문이다. 그런데 그는 죽고 '나'는 그의 아기를 낳는다. 대체로 이런 줄거리인데, '그들이 벌인 일'의 구체적인 내용은 거의 밝혀지지 않고 비유적으로 암시되기만 한다. 아무튼 이 작품은 화자인 '내'가 자신의 가출경위와 현재의 심경을 부모에게 호소하는 형식으로 되어 있다. 이처럼 일정하게 꾸며진 상황에서의 화자의 진술이라는 점에서 그것은 연극에서의 독백 내지 서정시에 접근한다.[31] 과연 이 작품은 군데군데 뛰어난 서정시를 포함한다. 가령,

---

[31] 이런 점에서 이 작품의 형식적 특성은 임화의 「우산 받은 요꼬하마의 부두」에 이어진다. 전봉건(全鳳健)의 「춘향연가」 역시 일정한 극적 상황에서의 주인공의 독백이라는 점에서 공통되나, 「전야」가 민족 비극의 심층적 이해를 겨냥하고 있다면 「춘향연가」는 심리분석에 역점을 두고 있는 것 같다.

그때

겁먹은 두 눈을 저는 보았지요

무서움에 떨어

스스로의 젊음에도 이기지 못하는

순한 얼굴 하나를 보았지요

몸은 숨 거둬가고 있었지만

두 눈은 슬픔에

무지개로 피어

제 몸을 감싸고 말았어요

　　이 부분은 사랑하는 남자의 임종 직전 상황을 묘사한 대목이다. 그러나 여기서 작자가 의도하는 것은 어떤 구체적인 사태의 객관적인 기술이라기보다 그런 사태에 처한 한 여인의 간절한 심정을 표현하는 것이다. 이것은 그야말로 서정시의 본령이라 할 만한 것이며, 그렇기 때문에 우리는 「전야」 전체의 문맥을 떠나서도 위에 인용된 부분을 한 편의 독립된 서정시처럼 읽을 수 있다. 그렇다면 「전야」는 서정시인가? 일단 그렇다고 말할 수 있다. 그러나 300행 가까운 길이의 작품이 서사적 상황을 바탕에 깔면서 긴밀한 내적 통일을 이루는 데 성공했다면 그것을 단순히 서정시의 하나로 규정할 수만은 없음이 분명하다. 그렇다면 작품 「전야」의 장르적 성격은 어떻게 설명될 수 있을까.

　　앞서 필자는 「국경의 밤」을 분석하면서 작자가 시·소설·희곡 같은 장르들 간의 선택에서 갈등과 절충을 겪었으리라고 추측하였다. 이와 전혀 다른 차원에서이긴 하나

「전야」역시 서정적인 것, 서사적인 것, 연극적인 것이 한 곳에서 만남으로써 이루어진 형식이라고 생각된다. 이 작품의 표면은 서정시이다. 그러나 이면에는 서사적인 이야기가 깔려 있다. 그리고 어느 일정 시점에서의 화자의 독백이라는 점에서 그것은 연극적이다. 이 작품의 마지막 연은 다음과 같이 막 어떤 결정적인 행동에 뛰어들려는 순간의 긴박한 호흡을 보여줌으로써 그러한 연극성을 제고시키는 동시에 그동안 작품 전편을 밀어온 동력으로서의 역사의식을 단호하게 마무리짓는다.

어머니
이제 그만 일어나 가야겠어요
저를 부르는 소리가 들려와요
어머님 물레 젓는 마을 쪽이 아니라
타오르는 어둠 속으로 골짜기로
깊디깊은 그리움 속으로

고은의 「갯비나리」는 형식상의 실험에서 지금까지 검토해온 여러 작품들과 또다시 구별되는 문제성을 보여준다.[32] 모두 네 부분으로 되어 있는 이 작품에서 '머리 마당'은 일

---

32 이보다 앞서 작자는 월간《대화》(1977)에 장시 「대륙」을 발표했다. 매회 600 내지 700행씩 9회나 연재된 엄청난 길이에도 불구하고 미완으로 끝난 이 작품에서 그는 선사 시대부터 시작되는 민족사의 전폭(全幅)을 담고자 하였으나, 그 웅대한 구상에 상응할 만한 성과에 이르렀다고는 판단되지 않는다.

종의 서사(序詞)이다. '첫째 마당'은 고기잡이 나가서 돌아오지 않는 남편을 그리워하며 그의 무사 귀환을 비는 아낙네의 사설이다. 끝부분에서는 외적의 침입으로 아낙네 역시 다른 갯가 여인들과 함께 종으로 잡혀가는 장면이 그려진다. '둘째 마당'에서는 이렇게 부모를 잃고 남겨진 열다섯 살짜리 소년이 어부가 되어 파도와 싸우는 과정이 묘사된다. '셋째 마당'에서는 마을 사람들이 차린 갯비나리 굿판의 광경, 굿의 주역인 신들린 처녀가 알몸으로 바다에 뛰어드는 장면, 그리고 다시 파도를 헤치며 우렁차게 나가는 어부들의 모습이 차례로 그려진다. 이런 과정을 엮어나감에 있어 작자는 어떤 고정된 시점에 얽매이지 않는다.

> 칠팔월 해일 같은 짙푸른 원한 두고 너를 부른다
> 산 너머
> 산 너머
> 태곳적 화산불의 진노를 두고 부른다
> 큰들 작은들 우르르 달려가는 싸움터 두고 너를 부른다
> 눈먼 듯 순한 백성 괴적삼 입고
> 한밤중 호랑이 되어
> 먹그믐밤 회몰이 비바람 되어
> 역사야 너를 부른다
>
> ── 머리마당

이런 부분에서 '너'를 부르는 주체, 즉 화자가 누구인지

는 분명하지 않다. 등장인물들 중의 어느 한 사람이기도
하고 그들 모두이기도 하며 작자 자신일 수도 있는 복합성
을 띤다. 그러나 그 열화처럼 강렬한 톤의 단일성 때문에
시점의 모호성 내지 복합성은 독자에게 간과된다. 그러나,

> 갯가 백성 흰 무명옷 베잠방이 옷고름 풀어
> 두 손바닥 뭉둥이 되게 비바람으로 비나리한다
>
> — 머리 마당

　이런 부분에서는 작자는 작품 바깥으로 자취를 감추고
객관적인 시점으로 사건이 기술된다.

> 동지 팥죽도 못 먹고 떠난 서방 춘삼월 다 가도록
> 우리 서방 오는 갯벌 저물어도 갈매기여라
>
> — 첫째 마당

　여기서 화자는 남편 돌아오기를 기다리는 아낙네임이
분명하다. '둘째 마당'에서는 그들 부부가 남겨놓은 아들
이 화자가 된다. 그러나 이런 부분들에서도 작자는 서슴없
이 작품 안으로 들어가 뜨거운 목청을 울린다. '셋째 마당'
은 다시 객관적 시점으로 돌아온다. 어두운 바닷가에서 요
란한 굿판이 벌어지고 흥분이 고조되면서 쾌자 자락을 휘
날리며 춤추던 처녀가 알몸으로 바다에 뛰어들자 작품은
절정에 이른다.

알몸 던져 수장 지내니

그 이뿐이 뒤를 따라

와아 와아 일만 햇불 모조리 내던지니

밤바다 타오르다가 캄캄한 바다로 돌아와라

죽은 넋 몸을 받아 일만 사내 일만 아낙 횃불 바다
솟아오른다

어기영차 어기영차

저 물레 파도 뉘 파도

캄캄한 파도 내 파도

저 물레 파도 뉘 파도

날이 새면 내 파도

어기영차

어기영차

— 셋째 마당

이것은 작품 「갯비나리」에서 절정을 이루는 부분일 뿐
만 아니라, 우리나라의 시가 만들어낸 장면들 중에서도 가
장 황홀한 장면의 하나일 것이다. 무엇보다 감동적인 것은
행동하는 군중의 시적 형상을 이룩해낸 점이다. 과거에도
군중의 등장이 없었던 것은 물론 아니다. 그러나 그동안의
시에서는 그것이 대체로 개인적 시선, 개인적 고뇌와 감상
에 매개됨으로써 군중 본연의 행동 가능성이 박탈되곤 했
다. 그런데 이 시의 경우 환희의 약동 같기도 하고 분노의
부르짖음 같기도 한 군중적 감정 자체가 극히 고조된 (따라
서 실제적 상황과의 연관이 얼마간 끊어진) 리듬으로 표출되는 것

370

이다.

　이미 살펴온 대로 「갯비나리」는 서너 개의 다른 시점이 교체되면서 서술되고 있음에도 불구하고 톤의 일관성에 의해서 작품적 통일을 이루고 있다. 이 작품에서의 그러한 톤은 어디에서 기원한 것인가. 한마디로 그것은 역사의 진실에 육박하여 민중의 주인된 힘을 예술의 빛 속에 들어올리려는 불타는 열정이다. 이 작품에서 우리가 주목해야 할 점은,

　　갯가 비나리 물 한 그릇에
　　우리 역사 담기어라

　　　　　　　　　　　　　　　　── 셋째 마당

　같은 구절에서 드러나듯이 바닷가 어민들의 짓밟힌 삶의 묘사가 시인 자신의 현재적 관심과 짝의 관계를 이루면서 평행하는 사실이다. 그러므로 이 시의 문맥 안에 들어설 때 "옥문 열듯이 역사 열어라"처럼 황당무계한 듯한 비유는 기막힌 현실성을 획득하는 것이다. 원래 어민들에 관계된 노래는, 서도창(西道唱) 중의 「배따라기」 같은 것이든 단순한 뱃노래나 노 젓는 노래 같은 것이든, 대체로 처량한 넋두리에 가깝거나 단순히 풍어의 즐거움을 표현한 것이 많고, 고난과 귀향의 이야기를 담은 서사적인 민요[33]는

────────────

33　예컨대 임동권(任東權) 편, 『한국민요집 IV』(1979), 121~122쪽에 실린 「뱃노래 5」가 단형 서사민요라 할 만하다.

예외에 속한다. 그런데 이 작품은 '갯비나리'라는 표제에서 알 수 있듯이 일정한 무속적 상황을 가정하고 있고 때로는 뱃노래의 가락을 띠기도 한다. 그러나 작자는 어떤 기존의 형식에도 구애되지 않으면서 치열한 서사적 상황의 시적 전개에 성공하고 있다. 위대한 문학은 사소한 형식상의 규칙이나 서술의 일관성 따위에 구속되기보다 그것들을 파열시키지 않을 수 없을 만큼 강한 표현의 욕구로부터 태어나는 법이다.

6. 신경림의 「새재」에 대하여

신경림은 1970년대에 가장 활발하게 활동한 시인 중의 한 사람이고, 그가 끼친 영향력도 막중한 바 있다. 그의 시의 특징으로서 흔히 쉽게 읽힌다는 점이 지적되어왔는데, 이것은 생각건대 시집 『농무』에 대한 백낙청 교수의 발문: "리얼리스트의 단편소설과 같은 정확한 묘사와 압축된 사연들을 담고 있는 동시에 민요를 방불케 하는 친숙한 가락"[34]에서 비롯된 현상일 것이다. 어떻든 신경림의 시에 있는 '이야기'의 요소는 현대시 앞에 가로놓인 진입장벽을 많이 낮춘 것이 사실이다. 따라서 그가 「새재」와 「남한강」 등의 장시에서 서사양식의 시험을 통해 좀 더 본격적으로

---

34 백낙청, '발문', 『농무』(1974), 112쪽. 이 점은 「머슴 고타관씨」 「옥례」 「매형」 「덕석몰이」 등 이시영의 상당수 작품들이 가진 특징이기도 한데, 이런 '이야기'의 요소가 앞으로 어떻게 발전할는지 자못 흥미롭다.

'이야기'를 전개하게 된 것은 매우 자연스러운 발전이다. 1960년대 말의 문단 복귀 이래 한국시의 한 시대를 열었다 할 만큼 커다란 업적을 낸 시인인지라 그가 이 새로운 모색에서 무엇을 성취했고 또 어디에서 문제점을 남겼는가 하는 것은 당연히 커다란 관심의 대상이 된다. 「갯비나리」(고은) 「검정 버선」(이동순) 「자청비」(문충성) 등과 더불어 1970년대에서 1980년대로 넘어가는 고비에서 그의 시도가 이루어졌다는 점도 주목된다.

「새재」는 짤막한 서장에 이어 모두 4장으로 구성된 1,000여 행의 장시이다. 서장에서는 이 작품의 무대가 되는 남한강 중류의 나루터와 새재 근방의 마을을 둘러본 시인 자신의 심경이 읊어진다. "누가 알리 그들의 원한을 / 누가 말하리 그들의 설움을." 이 구절은 말하자면 작품에 임하는 시인의 태도를 요약한 것이라 할 수 있다. 그것은 역사의 그늘에 가려진 서민들의 원한과 설움의 사연들을 문학의 빛 가운데로 끌어내겠다는 사명감의 표명이다. 이어 1913년 새재에서 싸우다 죽은 한 도적의 무덤이 나온다. 이 서장은 영화 도입부의 내레이션에 해당되는 부분이라 할 수 있다.

서장을 제외한 「새재」 전편에서 화자는 주인공인 돌배이다. 그러니까 '내'가 '나'의 이야기를 하는 형식을 취한다. 그러나 「검정 버선」에서처럼 지나간 사연을 오늘의 시점에서 회고하는 방식이 아니고 사건 전개의 매듭이 되는 일정한 순간들에서의 화자의 독백들을 이어나가는 방식이다. 따라서 독자들은 연속되는 시간의 흐름 속에서 사건을 보는 것이 아니라 각각 단절된 시간에서의 사건들을 보기 때문에 작품 바깥에서 그것을 재구성하는 수고를 치러야 한다. 이 작품의 각 장들은 번호가 붙여진 토막들로 다시 나누어진다. 연극에 비유하자면 장(章)은 막(幕)에, 다시 나누어진 토막은 장(場)에 해당된다고 볼 수 있다. 그러니까 「새재」 전체는 막이 오르기 전에 내레이터가 직접 관객에게 말하는 서장을 빼고 4막 22장의 연극적 구조를 취하고 있는 셈이다.

그렇다면 「새재」는 왜 이런 형태를 취하게 되었는가. 그리고 이 형태가 가지는 문학적 효과는 어떤 것인가. 이미 지적했듯이 각각의 토막들은 일정 시점에서 하는 화자의 독백이다. 따라서 하나의 토막은 이성부의 「전야」와 일치되는 형식적 가능성 내지 문제점을 가지고 있다. 이렇게 함으로써 얻어지는 중요한 이점의 하나는 무엇보다 작자의 시적 욕구를 충족시킬 수 있다는 것이다. 가령,

흰 모래밭 나루에 장꾼을 풀고
마지막 어머니가
떡함지 이고 내리면
더딘 봄날 푸진 햇살만
등줄기에 따스운데

모래밭을 지나 언덕에 오르다
장터는 아직 일러 스산하고
외팔이네 큰 가마에서

아침 국밥이 끓는다.

— 제1장의 1

이것은 신경림의 시에 으레 있음직한 장면의 하나다. 「새재」전체의 문맥을 떠나서도 우리는 이 장면이 주는 감명을 맛볼 수 있다. 작품을 쓰는 동안 시인은 적지 않은 부분에서 화자인 돌배에게 자신을 일치시킴으로써 짧은 서정시를 쓸 때의 능숙한 기량을 마음껏 발휘할 수 있었다. 그러나 냉정하게 생각하면 시인과 화자, 즉 작자와 등장인물은 명백하게 구별되는 존재이다. 다시 말해 위의 인용 부분에서 "더딘 봄날 푸진 햇살만 / 등줄기에 따스운데"라고 느끼는 것이 돌배 같은 인물이 포착하기에는 너무나 섬세한 감각인 반면에 시인 자신의 것이라 하기에는 시점의 일관성에 차질이 생긴다고 할 수 있다. 이러한 난점은 다음과 같이 사건의 과정을 서술해나가는 부분에서는 좀 더 분명해진다.

우리들 네 친구 다시 강을 건넜다
주막집 마루에서
머슴 하나 누이고
정참판네 사랑에서
헌병 보조원 허리 꺾고
도망치는 정참판
술상째 들어 동댕이치고

— 제2장의 3

감정을 표현할 경우에는 그 감정이 움직인 시간과 감정의 움직임을 전달하는 화자의 시간이 당연히 일치할 수 있다. 대체로 서정시에서는 사건과 감정이 현재화된다. "이제는 돌아와 거울 앞에 선 / 내 누님같이 생긴 꽃이여"라고 할 때 화자와 독자는 언제나 이 느낌을 현재의 것으로 체험한다고 가정한다. 그러나 행동이 묘사될 때에는 행동하는 인물이 동시에 서술자의 시점을 가지기 어렵다. 행동자 본인이 화자일 경우에는 지나간 일을 후에 회고하는 방식이 되어야 하며, 그렇지 않으면 제3자인 화자(그는 작중상황 안에 있을 수도 있고 밖에 있을 수도 있다)의 눈으로 행동이 서술될 수밖에 없다. 이것은 모든 서사적인 문학의 특징이자 한계라고 할 수 있다. 「새재」를 전개해 나감에 있어 작자는 아마도 이 점에 크게 고심했을 듯하다. 그리하여 때때로 인용된 구절의 '강을 건넜다'처럼 과거 시제로 하지 않을 수 없게 되는데, 그것은 강을 건넜음을 돌이켜보는 화자의 지금 시점을 부득이 상정하는 결과를 초래하는 것이다.

「새재」의 경우 이런 난점은 끝내 해소되지 않는다. 그렇다면 문제는 이러한 형식적 곤경을 치른 대가가 이 작품의 문학적 성과에 무엇을 남겼는가 하는 점일 것이다. 앞서 「국경의 밤」과 「금강」을 분석하면서 필자는 이 작품들에서의 미흡함이 단순한 형식의 문제라기보다 인물의 객관화에 투철하지 못한 데에 연유한 것이라 지적하였다. 「소리내력」의 경우에는 판소리에서 그렇듯이 화자(또는 창자)가 독자(또는 청중)를 마주 대하고 말한다는 것이 처음부터 전제되어 있으므로 시점문제가 생겨날 여지가 없다. 「갯비나리」의 경우 일정하게 선택된 시점을 찾을 수 있기는 하나 작자는 시종 이에 구애받지 않고 직접 서술 속에 뛰어드는데, 문제는 그럼에도 불구하고 그것이 작품의 본질적 효과에 관계될 만한 형식적 균열로 독자에게 의식되지 않는다는 점이다. 반면에 「새재」는 허구적 인물로서의 돌배를 화자로 하는 서술의 일관성을 소심하리만큼 집요하게 추구하지만, 그럼에도 앞서 지적한 난점을 완전히 회피할 수는 없었다. 이것은 서사적인 성격의 장시를 쓰는 데 있어서 시인이 정말 무엇을 가지고 싸워야 하는가를 가르쳐 주는 심각한 교훈이다. 그러나 물론 형식적 균형을 달성하려는 「새재」에서의 노력 역시 오늘 우리 문학의 서사시 창작에 있어 중요한 성과임이 분명하다. 왜냐하면 하나의 예술작품이란 결국 형식을 이루려는 욕구와 형식을 깨려는 욕구 사이의 투쟁의 산물이기 때문이다. 이제 작품 속으로 한걸음 들어가서 살펴보기로 하자.

주인공 돌배는 한창나이의 열혈청년이다. 아버지는 떠돌이 방물장수였으나 어느 이른봄 집을 나간 뒤 영영 돌아오지 않고, 어머니는 장터를 돌며 개피떡을 판다. 각성바지 두 형은 물난리가 났을 때 마을 지주인 정 참판네 세간을 건지다가 익사하고 만다. 그 무렵 나라가 망했다는 소문이 들려온다. 그러나 봉건적 억압에 시달려온 돌배 같은 인물에게 나라란 '빼앗기만 하는' 존재로 인식된다. 뱃사공인 그에게 있어 삶의 의미는 오직 '배를 저어가는 두 팔'과 사랑하는 아가씨(연이)일 뿐이다. 이러한 돌배가 문득 봉건적 모순을 깨닫고 행동에 뛰어든다. 돌배를 비롯한 모질이·근팽이·팔배 이렇게 네 친구들은 정 참판네 곳간을 습격한 다음 머슴과 헌병보조원을 두들겨 패고 강을 건너 도망을 친다. 그리고는 금점판, 철로공사판 같은 데서 막 일꾼으로 연명한다. 이 과정에서 돌배는 봉건적 질곡과 제국주의 외세의 침략이 자기들의 사람다운 삶을 짓밟는 일에 하나로 연합되어 있음을 차츰 깨닫는다.

> 나라는 망했다 해도
> 배부른 자는 배부른 채
> 나라를 빼앗은 자의 편에 붙어서서
> 배곯는 자를 더욱 배곯릴 궁리를 한다.
>
> ─ 제3장의 2

　이때 왜놈 기사가 한 아낙네의 젖가슴에 손을 넣어 희롱하는 것을 보고 돌배는 분연히 기사놈을 메어꽂는데, 이를 계기로 공사판은 삽시간에 폭동 사태에 돌입한다. 왜놈들은 돌배네를 향해 총을 쏘지만 피를 본 군중들은 더욱 흥분하여 세차게 대항한다. 왜놈들은 최 부자네 집으로 들어가고 군중들은 최 부자네 집에 불을 지르고 곳간을 턴다. 왜놈들은 다시 향회당에 숨는다. 그러자 마을 양반들이 설득에 나선다.

> 살생을 해서는 안 된다고,
> 나라가 망했어도 기강이 있어야 한다고,
> 세상이 어지러울수록

아래위가 있는 것이라고,
옳고 바른 길을 좇아야 한다고.

── 제3장의 5

외세에 대한 인식에서 양반과 평민들의 입장은 단연 갈라진다. 아무리 허울좋은 말을 입에 올리더라도 양반·지주들의 입장은 결국 현상에 안주하는 것이고 식민지체제와 타협하는 것이다. 그러나 민중들로서는 어떤 종류의 지배와 착취로부터도 벗어나야만 참된 삶의 길이 열린다. 따라서 그들의 목표는 일제에 빼앗긴 나라의 주권회복일 뿐만 아니라 근본적으로 새로운 사회의 건설이어야 한다. 정참판네를 습격한 뒤 배를 타고 도망치면서 부르는 삽입가요 중의 일절은 이러한 민중적 소망을 민요의 가락에 실어 감동적으로 형상화한다.

어기야디야 어기야디야
새 세상 찾아가세

뿌연 달빛 물안개도
원수 되어 흐르는 강
도둑맞은 문전옥답
차마 발이 안 떨어져
문경 새재 서른 굽이
먼저 넘은 벗 따라가세

어기야디야 어기야디야

새 세상 찾아가세

— 제2장의 4

군중들이 양반들의 회유에 굽히지 않고 숨어 있는 왜놈들을 내놓으라고 농성을 벌이고 있을 때 일인 헌병부대가 나타난다. 맞서 싸우느냐 일단 피하느냐 망설이는데 모두들 돌배를 쳐다본다. 이리하여 그는 "이제 나는 / 나 하나가 아니구나" 하고 깨닫는 것이다.

그동안 보아왔듯이 돌배는 끊임없는 의식의 성장을 경험한다. 그러나 아직까지 그는 자기 존재의 사회적 의미에 대한 확고한 인식에는 이르지 못했었다. 그런데 이제 모든 사람들의 눈길이 자신에게 쏠리는 순간 돌배는 새로운 각성에 도달한다. 그는 봉건적 질곡과 외세의 지배에 맞선 민중적 투사로서의 자기를 발견하며 일종의 영웅적인 형상으로 비약하는 것이다. 군중들은 돌배의 지도하에 헌병부대를 피해 새재를 오른다. 물론 중간에 탈락하는 사람도 적지 않았다. 거기서 그들은 한 떼의 산적들을 만난다. 그들은 원래 의병부대였으나 지휘하던 상전 양반들이 싸움에 지쳐 집으로 돌아가고, 돌아가보았자 억압과 착취밖에 있을 것이 없는 부대원들은 이렇게 새재에 남아 산적이 되어 있다. 두 패거리들은 금시에 의기투합하여 술판을 벌이고 한바탕 어울려 신나게 논다.

캥매캐캥 캥매캐캥 한바탕 미쳐보세

세상은 억울하고 원통한 일뿐
양반님네 아우성과 매운 채찍에
목덜미에 매달리는 피멍 든 원한
밝아오는 동녘 찾아 꽃길을 열고

캥매캐캥 캥매캐캥 한바탕 달려가세
— 제3장의 8

　이렇게 모인 그들은 '버려진 총'으로 무장을 하고 연풍·
풍기·문경·영해·괴산·가은 등지에 출몰하여 의적활동을
벌인다. 팔배와 근팽이는 싸움에서 죽고 친구들은 반으로
줄어든다. 이윽고 겨울이 오고 양반들은 자위책을 강구하
기 시작한다. 이러는 사이 의적들은 당초의 기세가 꺾여
서로 주먹질을 하기도 하고 몰래 도망치는 자도 생긴다.
마침내 배신자의 길안내를 받으며 양반 병력이 산채로 몰
려온다. 투항하는 자는 살려준다는 바람에 대부분 흩어지
고 돌배는 외톨이로 끝까지 싸우다가 어깨에 총을 맞고 체
포된다.
　앞에서 필자는 작품 「새재」가 서술의 시점에 있어 난점
을 지니고 있다는 것을 지적하였다. 이 난점을 해소하기
위한 전략으로 작자는 여러 개의 장면으로 끊어 진행하는
방식을 채택한 바 있다. 그 결과 각개 장면은 서정시에 접
근하고, 작품 전체는 연극적 구조에 접근한다고 보았었다.
이제 작품의 마지막 장면에 이르러 무대 위에는 화자인 돌
배의 잘린 머리만이 높은 종대에 효수되어 밤새 건들대고

있고, 그의 목소리는 그의 몸뚱이를 떠나 캄캄한 무대 뒤
쪽에서 처절하게 울려나온다.

> 새재 가파른 벼랑에선가
> 멀리서 늑대 울음이
> 낭군 찾아 객지땅
> 주막거리에 얼쩡대는
> 피 엉킨 연이의 통곡이 되어
> 높이 걸린 내 머리에 와
> 부서지고 있다.
>
> ── 제4장의 5

　작품의 이 끝장면에서 작자는 마침내 서술의 초점문제,
즉 사건과 등장인물이 화자와 맺고 있는 관계의 문제에 대
한 일체의 합리주의적 배려를 초월한다. 처참한 패배로 귀
결된 일제 식민지 시대 초의 한 민중적 투쟁과정을 지켜보
아온 독자들로서도 격한 감회에 젖어 이미 형식문제를 떠
올릴 여유를 갖지 못한다. 이것은 크게 형식을 부숨으로써
형식문제에 대한 작은 논의를 침묵시킨 하나의 예술적 승
리에 해당된다고 할 것이다. 이 점 필자는 「새재」가 「소리
내력」 「갯비나리」 등과 더불어 거대한 서사적 감동을 창조
해낸 드문 업적이라고 생각한다.
　「남한강」은 돌배가 죽은 지 3년 뒤, 낭군의 주검을 보고
까무러쳤던 연이가 차츰 정신을 차리고 외팔이 아버지와
술청을 차려 장사를 하는 데서 시작한다. 그러니까 「새재」

의 속편인 셈인데, 그러나 이 작품은 여러 면에서 전작과 대조적이다.

「새재」에서는 돌배가 유일한 서술의 초점이다. 정 참판네 집 습격에서 시작하여 돌배의 죽음으로 대단원에 이르기까지 모든 사건은 그를 둘러싸고 점층적으로 진행되며, 이를 전달하는 화자 역시 돌배 자신이다. 그러나 「남한강」에서는 연이가 주인공이기는 하지만 많은 주변인들의 삽화가 끼여들며, 삽입가요라 할 수 있는 독립된 민요시들도 훨씬 자주 나온다. 이것은 연이가 술청을 하고 있다는 데에도 대응되는 현상이다. 왜냐하면 술청에는 이런 사람 저런 사람 많이 드나들게 마련이고, 그들의 입을 통해 갖가지 세상사가 화제에 오를 수밖에 없기 때문이다.

그러니까 「새재」는 일직선을 이루는 사건이 여러 배경을 통해 제시되는 데 비해, 「남한강」은 여러 단편적 삽화들이 일정한 배경에 의해 매개된다. 이런 구조적 차이는 「남한강」으로 하여금 3인칭 서술을 택하지 않을 수 없게 만든다. 이 작품에서 작자는 일제 초기의 식민지적 근대화 및 이에 따른 세태의 변화들을 보여주고, 이런 고통과 암흑 가운데서도 끈질기게 살아가는 민중들의 설움과 힘을 형상화한다. "두껍게 얼어붙은 얼음 아래 / 그래도 한강물은 흐르는구나", 이 마지막 구절에는 아마도 이 작품에서 작자가 하려는 말이 함축적으로 암시되어 있을 것이다.

7. 몇 가지 일반적인 문제들

이상의 논의를 토대로 몇 가지 일반적인 문제들을 생각해보기로 하자. 맨 먼저 떠오르는 것은 지금까지 거론해온 일련의 작품들을 '서사시'로 규정할 수 있느냐 없느냐, 그리고 만약 이 용어를 써도 좋다면 어떤 개념적 범주를 설정할 것이냐 하는 점일 것이다. 앞서 잠깐 언급했듯이 오세영은 서사시 본래의 개념에 비추어 "파인(巴人)의 장시들은 그 장르상에 있어서 서사시가 아니라 서정시이며 그 하위양식에 있어서는 개인창작의 발라드 혹은 그에 유사한 서술적 서정시"라고 주장하고 있다.[35] 이것은 아무런 개념의 검토 없이 막연하게 '서사시'라고 규정해온 데 비하면 확실히 한걸음 심화된 논의의 출발이다.

그러나 「국경의 밤」의 장르 규명을 위해 그가 사용한 서사시 개념 역시 충분한 설득력을 갖는다고 보기는 어려울 것이다. 가령 그는 서구의 전통적 서사시가 바드(bard)에 의해 청중 앞에 낭송되며 영웅시체(heroic verse)의 운문을 원용하고 신과 영웅을 주인공으로 한다는 등 몇 가지 조건을 제시한다. 그러나 서사시든 서정시든 모든 문학 장르들은 일정한 조건들을 구비한 고정된 실체가 아니라 끊임없는 사회적 변화 가운데서 생성·소멸하는 역사적 존재이다. 서사시의 고전적 모범이라고 일컬어지는 호메로스의 「일리아스」와 「오디세이아」 자체가 서사시 쇠퇴기의 산물

---

35 오세영, 앞의 글, 108쪽.

로서, 이 작품들은 본질적으로 영웅시이지만 「오디세이아」에 오면 이미 영웅 세계의 테두리를 벗어난 일상적 비유와 서민들의 애환이 등장한다고 한다.[36]

하프에 맞춰 노래를 부르는 탄창시인(彈唱詩人) 역시 어느 시기엔가 지팡이를 짚고 낭송하는 음유시인(吟遊詩人)으로 교체되었는바, 전설상의 호메로스는 이 양자의 중간에 위치하지만, 그의 서사시를 읊고 전파한 것은 주로 '호메리다이'(호메로스의 아들들)를 자처한 음유시인들이었다고 한다.[37] 어떻든 일정한 격식을 갖춘 서양 고대의 서사시(epos)가 사멸한 것은 오래된 일이고, 따라서 「국경의 밤」부터 「새재」에 이르는 일련의 시도들이 이런 뜻에서의 서사시가 아님은 너무도 분명하다.

그렇다면 담시(譚詩, 발라드)라고 할 것인가. 「오적」은 발표 당시 표제에 '담시'라고 스스로 장르를 공표한 바 있다. 그러나 발라드 역시 결코 단순한 개념은 아니다. H. 애덤스의 설명에 따르면[38] 원래 '발라드(ballades)'는 라틴어 '발라레(춤추다)'에서 왔는데, 이탈리아에서는 이미 13세기에 '발라타(ballata)'라는 이름의 시들이 있었고 프랑스에서는 본가(本歌) 3연과 1연의 후렴구가 있는 서정시가 '발레트 ballette'로 불리었으며 제프리 초서(Geoffrey Chaucer, 14세

---

36 천병희(千丙熙), 「호메로스의 작품과 세계」, 《독일문학》, 제26집(1981), 207쪽 참조. 이 논문은 호메로스의 서사시에 관한 가장 훌륭한 우리말 소개라고 생각된다.

37 A. 하우저, 백낙청 옮김, 『문학과 예술의 사회사: 고대·중세편』(창작과비평사, 1976), 75~77쪽 참조.

38 Hazard Adams, *The Contexts of Poetry*(1963), 20쪽 참조.

기)가 사용한 '발라드(ballade)' 형식은 이 '발레트'에 제4연(envoy)을 첨가한 것이라고 한다. 프랑수아 비용(Franois Villon, 15세기)의 발라드 역시 이런 정형시들이다.

그러나 이 시들은 오늘날 우리가 알고 있는 발라드와는 다른 기원에서 유래한 것으로, '노래로 된 이야기'라는 현재의 발라드 개념이 성립한 것은 대략 18세기 독일에서이다. 독일에서도 뷔르거(1747~1794)의 「레노레(Lenore)」(1774)를 출발로 하여 18세기 말에 특히 괴테와 쉴러에 의해 확립된 발라드(Kunstballade)는 19세기의 전성기 이후 유사한 민중시 장르들(과의 교류를 통해 개념적 혼란을 겪었으며, 그래서 피온텍(Heinz Piontek, 1925~2003) 같은 문인은 '발라드' 대신 좀 더 유연한 '이야기시(Erzhlgedicht)'라는 용어의 사용을 제안하였다.[39] 어쨌든 담시(발라드)든 서술시 또는 이야기시든 그런 외래어를 빌려온다고 해서 「국경의 밤」부터 「새재」에 이르는 작품들의 장르 규정 문제가 해결되지 않음을 확인하는 것이 중요하다.

중요한 것은 우리 자신의 문학사적 현실 위에서 문제를 보는 자세이다. 앞서 살펴보았듯이 그동안 우리 문단에는 「국경의 밤」「금강」「오적」「전야」「갯비나리」「새재」 등 각기 서로 다른 특징을 지니면서도 「기상도」 계열의 장시와는 명백히 구별되는 일련의 문학작품들이 발표되어 문단과 독서계에서 상당한 중량을 차지해왔다. 지금까지 분

---

39 Gerhard Köpf, *Die Ballade: Probleme in Forschung und Didaktik* (1976), 48쪽 참조.

석해온 바와 같이 앞의 작품들 간에 서로 다른 형식적 특징들이 발견된다는 것은 이것이 하나의 문학양식으로 아직 확고하게 정착되지 못했음을 증명하는 현상이라고 할 것이다. 어쨌든 필자는 이 일련의 문학적 시도를 '설화시' '이야기시' 같은 명칭 대신 대범하게 '서사시'라고 부르는 것이 무난하다고 생각한다.

이와 결부하여 필자의 관심을 끄는 것은 시가 구체적으로 어떤 경로를 통해 독자에게 전달되느냐 하는 점이다. 하우저는 문학의 감상방법이 '노래 부르거나 낭송하는 것'으로부터 '개인적인 독서행위'로 바뀜에 따라 일어난 획기적인 변화에 관해 논급한 적이 있다.[40] 노래나 낭송의 경우 작품은 "어디서나 일단 끊어도 별 지장이 없고, 개개의 부분을 생략했다고 해도 작품 전체로서의 본질적인 영향이 없"는 '단순한 병렬방식'으로 구성되는데, 이렇게 만들어진 작품에 있어서의 통일성은 "그 작품의 구성보다도 전체를 일관하는 세계관과 생활감정의 동일성"에서 생겨난다. 우리는 가령 판소리의 경우에 이런 면을 발견한다.

반면에 마음 내키면 언제나 책을 놓아버릴 수 있는 미지의 독자를 대상으로 할 때 작품은 사건 전개의 지연, 딴 장면의 삽입, 의외의 전환 등 극적인 구성에 의해 독특한 긴장효과를 노리지 않을 수 없다. 좀 엉뚱한 얘기인지 모르나 우리나라의 시가 낭송에 의한 발표 형태를 염두에 둘 때 적지 않은 소득이 있으리라 생각한다. 잘 알려져 있듯

---

40 A. 하우저, 앞의 책, 253~255쪽 참조.

이 「갯비나리」는 '민족문학의 밤' 모임(1978.4.26)에서 입체 낭독으로 처음 발표되었고, 「소리내력」도 같은 자리에서 창(唱)으로 읊어진 바 있다. 활자로 찍힌 것을 방에 혼자 앉아 읽어서는 결코 얻을 수 없는 뜨거운 감명을 그 자리에서 받았던 사실을 필자는 지금도 생생히 기억한다.

앞서의 작품 분석에서 여러 차례 거론한 형식상의 난점들은 활자로 읽는 독자만을 대상으로 한 데서 생겨났을 가능성이 높다. 서사시가 어느 정도의 길이를 갖는 것이 알맞을까 하는 문제도 낭송의 방식을 전제로 할 때 윤곽이 잡힌다. 왜냐하면 한 자리에서 낭독될 수 없을 만큼 길어서는 곤란하기 때문이다. 「소리내력」이나 「갯비나리」 모두 15분 남짓한 시간이 걸렸는데 ―「갯비나리」는 시집 『새벽길』에 수록되면서 거의 두 배 가까이 늘어났다 ―「소리내력」은 170행을 조금 넘고 활자화된 「갯비나리」는 약 600행이다. 「검정 버선」은 130여 행, 「전야」는 290행, 「물의 노래」는 약 400행, 「자장가」는 455행이므로 낭송의 시간이 청중의 긴장을 지속시키기에 너무 길다고 할 수는 없을 것이다. 「국경의 밤」(880행), 「새재」(1032행), 「남한강」(1341행) 등은 청중의 존재를 전제하고 변화있게 다시 편성되어야 낭독될 수 있을 것이고 「금강」은 전체가 한자리에서 낭독되기는 어려울 것이다. 어떻든 오늘날 문학이 활자 매체를 떠나서 존립한다는 것은 전혀 상상할 수도 없는 노릇이지만, 그러나 서사시의 경우 군중 앞에서 낭독되는 것이야말로 그 장르의 성격에 맞는 전달의 방식이라고 생각된다.

또 한 가지 주목되는 것은 이 새로운 서사시들이 과거의 여러 문학 장르들을 현대적으로 계승·발전시키는 측면이다.「소리내력」「검정 버선」의 경우 판소리와 가사의 새로운 활용이 성과 있게 확인되었지만, 그 밖의 작품들에서도 민요와 무가 및 기타 소설이나 연극에서의 전개방식이 조심스럽게 수용·시험되어 있다. 이와 아울러 주목되는 점은 이 서사시들이 모두 오늘의 현실에 대한 강한 역사적 관심을 바탕에 깔고 있다는 사실이다. 그동안 우리 시가 개인의 감정세계에 자신을 폐쇄함으로써 약체화의 길을 걸었고, 언어의 심미적 조직에만 집착함으로써 마침내 자기소외의 병리적 증상을 노출하게 되었음은 널리 지적된 바이다. 1960년대와 1970년대를 거치는 동안 김수영을 선두로 한 일군의 젊은 시인들에 의해 서정시 내부에 극히 싱싱하고 창조적인 공간이 마련되었음은 우리 모두 실감하는 바인데, 이제 이와 더불어 개인적 고뇌보다 집단 전체의 운명을 넓은 역사적 원근법 속에서 형상화하는 서사시의 창작에 의해 시의 자기소외는 더욱 심각한 타격을 받게 되었다. 물론 이러한 시도의 성패는 오늘 우리의 문학사적 단계가 무엇을 요구하느냐 하는 구체적인 실천적 필요에 따라 결정될 것이다. 분명한 것은 1980년대의 역사적 현실과 그 현실에 바탕한 민족문학적 요청에 호응하는 창조적인 용기만이 서사시의 운명에 미래를 열어줄 것이라는 점이다.

서정시·담시·대설
김지하 시의 형식문제

1982년 『타는 목마름으로』의 간행을 기점으로 시작된 김지하 저작의 출판붐은 잠시 주춤하는 듯하다가 1984년부터 다시 본격화되어 1985년인 올해로 이어지고 있다. 최근에만 하더라도 그의 산문들을 모은 『남녘땅 뱃노래』가 8월 초에 나왔고, 담시집 『오적(五賊)』이 9월 말에 출간되어 나왔다. 그런가 하면 시 전문 무크지 《시인》 3호에는 서정시 「애린, 1981년 1월」이 발표되어 문단과 독서사회의 의표를 찌르고 있다.

일찍이 시집 『황토』와 『오적』『비어(蜚語)』 같은 담시 속에 낙인된 김지하는 섬광처럼 예리한 감성과 굽힐 줄 모르는 비판정신의 시인이었다. 그러나 그의 문학은 통렬한 현실감각, 대담한 형식적 모색 및 섬세한 음악적 재능의 결합을 통한 뛰어난 예술적 성취에도 불구하고 1970년대의 정치적 상황에 압도되어 이론적으로 진지하게 검토될 기회를 갖지 못하였다. 지난 시대에 있어 그의 이름은 그 자체가 하나의 위험한 금기로서 그 자신의 전설 속에 유폐되어 있었다. 김지하라는 이름은 청춘의 좌절이 동반된 한 시대의 불온한 초상이 되어 불길한 소문처럼 뒷거리를 배회하였다.

오랜 고난과 독서와 명상 끝에 재개된 그의 작업은 문학적인 것이라기보다 사상적인 것이라는 스스로의 주장을 통해 알려졌다. 대담, 강연, 편지, 논설 등 다양한 형식의 문장들 속에서 그는 우선 현대세계가 억압과 착취, 파괴와 분열 등 갖가지 반생명적 고통으로 절멸의 위기를 맞고 있다고 설명한다. 그의 이른바 생명사상은 이러한 절대위기를 근본적이고도 전면적으로 넘어서고자 하는 모색의 산물인데, 그에 의하면 가장 버림받은 땅의 가장 억눌린 민중들 속에서야말로 현대문명의 이러한 파국적 위기를 구원할 새로운 세계관이 창출될 수 있다. 최해월(崔海月)이나 강증산(姜甑山)은 그가 예시한 이러한 전통적 민중사상가의 뚜렷한 이름이다. 대설(大說)『남(南)』은 그의 이런 사상적 모색과 역사해석으로부터 태어난 문학적 소산이라 할 수 있다.

두말할 것 없이 이 대설형식은 김지하 담시의 연장선 위에 있으며, 그 원천인 판소리에 맥을 대고 있다.「오적」「비어」 등 담시들에서 우리는 판소리의 형식적 수단들이 사회적 모순과 정치적 암흑에 대한 신랄한 공격의 무기로 힘차게 살아남을 것으로 보았거니와, 이제 그는 대설이라는 대규모 형식을 "주관 객관이 넘나들고 개인과 민중, 환상과 현실, 과거와 현재, 익살과 청승, 운문과 산문, 이야기와 노래, 구어(口語)와 문어(文語)가 갈라짐 없이 매개 없이" 자유자재로 혼용하는 "있는 그대로의 살아 있는 화엄(華嚴)의 바다"로 만들겠다고 선포한다. 이렇게 함으로써 그는 서구문학의 완결 구조 및 그 기반으로서의 서양의 기계론적·합리주의적 세계관을 극복하고 민중문학의 새로운 형식을 창조하고자 하는 것이다.

김지하의 생명 논의가 극히 심각한 문제성을 내포한 것임은 분명해 보이지만, 그 문학적 실천으로서의 대설 『남』이 그 의도에 걸맞은 예술적 성취에 이르고 있는지 하는 데에는 이론의 여지가 적지 않다. 물론 이 작품은 지금까지 세 권이나 출간되었음에도 불구하고 겨우 도입부가 나왔을 뿐이므로 이 엄청난 대작(大作)이 어떤 성취에 이를지 평가하기는 이르다. 그러나 형식사적 관점에서 그의 서정시와 담시 및 대설을 대비시키는 것은 불가능하지 않으며, 또한 그렇게 하는 것이 김지하 자신의 후속되는 작업을 위해서나 우리 시문학의 민족형식 모색을 위해서나 보탬이 되리라고 생각한다.

돌이켜보면 19세기 말·20세기 초에 신문학이 태동하고 문단이라는 것이 형성되기 시작했을 때 시창작의 모범으로 우리에게 주어진 것은 일본의 신체시나 서구의 자유시였던 것으로 보는 것이 일반적이다. 다시 말하면 봉건조선시대의 여러 시형식들이 사회변화에 부응하여 자연스럽게 발전되고 자기극복을 함으로써 자생적으로 근대시가 성립된 것은 아니었다고 할 것이다. 이것은 봉건주의를 주체적으로 극복하여 그 내적 귀결로서 독자적인 근대사회를 탄생시키지 못했던 우리 민족사 전체의 발전과정을 문학사적으로 반영하는 현상이라고 말할 수 있다.

그리하여 일제 강점기에 김소월(金素月) 같은 탁월한 고전적 예가 있기는 하지만, 시조를 제외한 다른 모든 전통적 시형식들은 온전하게 계승되지도 또 철저하게 극복되지도 않은 채 방치되어버렸던 것이다. 그러므로 오늘날 많은 시인들이 민요·판소리·무가 등 민중전승 형식들을 현대의 독자들 앞에 뒤늦게나마 살려내려고 노력하는 것은 민족문학의 자기회복 운동의 일환으로서 극히 중대한 현재적 의의를 가진다고 생각되는 것이다. 바로 김지하의 담시들은 판소리가 현대적 수용이 가능할뿐더러 오늘의 민중적 삶을 형상화하는 데 창조적인 효력을 가진 장르임을 입증한 성공사례이기도 하다.

그러나 담시보다 더 야심적인 기획으로 시도된 대설(大說)형식은 민중들의 살아 있는 생활을 구체적인 문학적 형상으로 전형화하기보다 단순히 양식상의 모델로 삼음으로써 일종의 형식주의에 기울어지지 않았나 하는 우려를 불러일으킨다. 그리하여 결과적으로 대설은 그 의도의 웅대성에도 불구하고 민중 없는 민중형식 또는 민중이 쉽게 실감하기 힘든 민중형식으로 귀착되고 마는 것이 아닌지 위구심을 자아내는 것이다. 이것은 담시의 집중적 예술 효과를 '닫힌' 완결구조라 자기비판했던 김지하의 판단에 어딘가 문제점이 있음을 보여주는 것이라 할 수밖에 없을 것이다.

두말할 것 없이 우리는 모든 종류의 서구적 고정관념을

깨야 하며, 시형식의 문제에서도 당연히 외부에서 강제된 규범이나 기존의 법칙에 얽매일 필요가 없다. 그러나 형식적 완결성을 추구하는 모든 예술적 노력이 서구적인 것 내지 기계론적인 것으로 배척되어야 하는 것은 아니다. 여기서도 결정적으로 중요한 것은 현재를 살아가는 민중들의 구체적인 생활현실이며 우리가 의거해야 할 것은 오직 살아 있는 현실의 생생함이다. 이런 점에서 최근의 서정시 「애린, 1981년 1월」은 우리에게 색다른 감동이다. 이 시는 거의 애상(哀傷)이라 부름직한 간절한 정감을 비할 바 없이 절묘한 언어의 음악 안에 담아내고 있는데, 필자는 이 뛰어난 서정시가 김지하 문학세계의 내부에서 담시나 대설과 어떤 미학적 투쟁을 거쳐 형식적으로 어디에 귀착할지 주목하고자 한다.

김남주의 시 번역에 대하여

지난 1994년 2월 16일 오전 8시 서대문에 있는 경기대학 노천극장에서는 김남주 시인의 영결식이 거행되고 있었다. 꽤 쌀쌀한 날씨였는데도 수백 명의 조객들이 모여들어 나이 50을 못 채운 이 시인의 때 이른 죽음을 애도하였다. 애끓는 조사와 구슬픈 조가가 이어지는 동안 나는 앞뒤에 선 몇몇 젊은이들이 볼에 흘러내리는 눈물을 애써 닦으려고도 하지 않는 모습을 곁눈질로 보면서 참으로 깊은 감동을 받았다. 김남주, 그가 누구였기에 저 젊은이들이 이 싸늘한 새벽에 저토록 울고 있는가. 그들이 개인적으로 김남주의 인척이거나 가까운 후배가 아님은 분명해 보였다. 어쩌면 그들은 생전의 김남주와 말 한마디 나누어본 적이 없었을지 모른다. 그럼에도 불구하고 그들은 김남주의 죽음에서 참기 어려운 애통함, 메울 길 없는 상실감, 자신의 삶의 가장 소중한 일부가 소멸되는 고통을 느끼고 있는 듯하였다.

다들 아는 것처럼 김남주는 1969년 대입검정고시를 거쳐 전남대 영문과에 입학한 뒤부터 1994년 2월 13일 감기지 않는 눈을 감고 세상을 떠나기까지 25년에 걸친 세월 동안 두 개의 삶을 살았다. 하나는 그 자신의 말을 빌려 '혁명적 민주주의자'로서의 투쟁적 삶이고, 다른 하나는 시창작과 번역을 위주로 하는 문필활동이었다.

그 자신의 고백에 의하면 그는 대학에 입학하자마자 곧 학교강의에 커다란 실망을 맛보았다고 한다. 도무지 흥미를 끌 만한 내용 있는 강의가 없었다는 것이다. 그래서 그는 친구 이강(李剛)과 함께 4년 내내 데모를 주동하는 것으로 일과를 삼았고, 시간이 날 때면 미국 문화원 같은 데 가서 소위 불온서적들을 읽곤 했다. 그의 에세이집 『불씨 하나가 광야를 태우리라』(시와사회사, 1994)에 보면 이런 대목이 있다.

> 『들어라 양키들아』란 책을 손에 넣게 된 경위가 참 아이러니컬해요. 나는 고등학교 때부터 시내 책방이나 남의 집 서가에서 책을 도둑질했는데, 이 책은 광주 미문화원에서 훔친 거였어요. 이상하지? 이런 책이 그런 곳에 있다니. 미국이란 나라는 참 엉뚱한 데가 있는 나라에요. 나는 또한 이 미국을 통해서 레닌을 알고 매니페스토(『공산당선언』—인용자)를 읽고 모택동을 읽고 게바라를 알고 했어요. (위의 책, 122쪽)

그러니까 그는 미 문화원에 있는 책을 통해 미국의 본질을 이해하고 점차 반미주의자가 된 셈이다. 그러다가 1972

년 10월 소위 유신헌법이 선포되자 역시 친구 이강과 함께 지하신문《함성》을 제작 배포하였고, 이듬해 봄에는 전국적인 반유신투쟁을 전개하고자 지하신문《고발》을 만들었다. 이 유인물 사건으로 그는 국가보안법 등 위반으로 구속되어 8개월간 감옥살이를 한다.

한편 시에 대한 관심은 대학에 들어와서야 본격화한다. 어린 시절 글짓기대회에 몇 번 나가본 적이 있기는 하지만 거친 내용 때문에 창피만 당했다고 한다. 그런데 어느 날 선배인 박석무(朴錫武, 현 다산연구소 이사장)의 하숙방에 놀러 갔다가 그로부터《창작과비평》이란 문학 계간지를 소개받고 김수영의 시를 읽게 되었다. 이 무렵 김남주에게 특히 깊은 흥미를 불러일으키고 문학적 자극을 준 것은 그 잡지 1968년 여름호에 김수영 시인의 번역으로 소개된 파블로 네루다의 시였다.

앞의 에세이집에서 그는 이렇게 회상하고 있다. "나는 지금도 「야아, 얼마나 밑이 빠진 일요일이냐!」를 달달 외울 수 있고 또 도시의 밤길을 걸으면서, 불려간 어떤 집회장이나 강연장 같은 데서 외우고 다니는데, 아마 이는 내가 대학 다닐 당시에 처했던 사회정치적 상황과 사람 사는 꼬락서니들이 오늘의 그것들을 보아도 별로 변한 게 없기 때문이 아닐까 한다."(위의 책, 25쪽) 그러나 정작 김남주에게 '이런 게 시라면 나도 쓰겠는데……' 하는 의욕을 불러일으킨 것은《창작과비평》1970년 여름호에 실린 김준태의 「보리밥」 같은 작품이었다. 농민생활의 구체적인 모습과 정서를 노래한 김준태의 시에서 김남주는 고향 사투리를 들을 때와 같은 본능적인 친근감을 느꼈던 것이다.

이런 점들로 미루어본다면 김남주의 문학적 체질 속에는 서로 상반된 두 가지 지향이 공존하고 있었던 것 같다. 즉, 김수영이나 네루다처럼 도시적이고 현대적인 지적 취향(그 자신의 말대로 "나의 출생과 성장의 배경과 감성과는 사뭇 다른 그런 시들")이 지닌 매력이 그 하나이고, 김준태처럼 "궁색하게 사는 농민들의 생활의 냄새가 물씬물씬 풍겨"나는(위의 책, 23쪽) 시들이 주는 재미와 감동이 다른 하나였다.

어떻든 출옥 후 학교에서 제적된 김남주는 1974년부터 5년여 동안 고향인 해남과 광주를 오가면서 농민문제에 관심을 갖고 '해남농민회'를 만들기도 하고 카프카서점을 중심으로 문화운동을 벌이기도 하는 한편, 「잿더미」「진혼가」등의 작품을《창작과비평》에 투고하여 시인으로 문단에 등장하였다. 그 무렵《창작과비평》의 편집실무를 책임지고 있던 나는 그의 시원고를 읽고 대뜸 여기 대단히 무서운 시인 한 사람이 나타났구나 하는 것을 직감할 수 있었다.

내 생각에 시 「잿더미」는 김남주 문학의 때묻지 않은 원형이고, 그의 창조성의 뿌리이며 그의 상상력과 언어적 능력의 영속적인 기초이다. 물론 이 작품에는 1980년대 이후 김남주 문학을 전일적으로 관통하는 완강한 계급적 관점과 민족해방적 시각이 아직 제대로 여물어 있지 않다. 그런 점에서는 매우 '소박한' 작품이라고도 말할 수 있다. 그러나 이 작품에는 어떤 이념이나 행동을 진정한 것으로 믿게 하고, 또 그것을 밀고 나가게 만드는 좀 더 근본적인 인간적 동력으로서의 혁명적 열정에 해당하는 강렬함이 파도처럼 물결치고 있으며, 그리고 우리 독자들로 하여금 그렇게 실감하지 않을 수 없도록 만드는 설득의 힘, 즉 언어적 능력이 시의 형식으로 강력하게 형상화되어 있다.

알다시피 김남주는 1970년대 후반 유신과 긴급조치 시대를 통과하면서 이념적으로 급진화된다. 《창작과비평》을 비롯해서 몇 군데 중앙지에 시를 발표하기는 했으나, 이제 그는 시인이 아니라 혁명전사가 되고자 한다고 말하며 시는 혁명을 위한 수단이라고 공공연히 주장하였다. 이 지점에서부터 나는 늘 김남주에 대해 얼마간 갈등을 느낀다. 분명히 말하거니와 그의 '주장' 자체에는 동조하기 어려운 대목이 많다. 그의 선명한 계급적 이분법, 그의 불타는 적개심, 그의 극단적인 상황판단, 그리고 그의 철저한 행동주의에 대해 나는 어떤 머뭇거림을 느끼지 않을 수 없다. 김남주의 사고에 결정적 각인을 남긴 레닌에 대해서만 하더라도 나는 레닌의 탁월한 이론과 단호한 실천력에 경탄을 금치 못하는 바이지만, 동시에 그의 역사적 유산으로서의 소련이 결국 엄청난 치부를 드러내고 와해된 데에는 레닌 자신의 책임도 없지 않다고 생각한다. 무엇보다도 나는 김남주의 북한관에 찬성할 수 없다. 북한이 주장하는 '우리식 사회주의'와 김일성의 주체사상을 나는 진정한 사회주의라기보다 사회주의로부터의 심각한 이탈이라고 본다.

그럼에도 불구하고 나는 김남주가 자신의 '주장'을 순결하기 그지없는 마음으로 혼신의 힘을 다하여 밀고 나가고 있으며, 자신의 온 정신을 그 한곳에 치열하게 집중시키고 있음을 의심 없이 믿는다. 이 시종일관한 열정과 극진한 헌신성, 비타협적 혁명정신과 불퇴전의 반항심이야말로 김남주 고유의 것으로서, 그의 문학에 진정한 힘과 생동성을 부여하고 또 1980년대 민족·민주운동 속에서 그를 핵심의 자리에 위치시킨다.

어떻든 1970년대 중반 무렵 그는 띄엄띄엄 시를 발표하면서 마치 마른 솜이 물을 빨아들이듯 사상학습에 몰두하였다. 앞서 인용했듯이 그는 미 문화원에서도 마르크스와 레닌의 책들을 접할 수 있었지만, 친구 이강이 데모를 주동한 탓에 강제징집되어 배속된 미군 부대(카투사)에서 보내준 영어책을 통해서도 새로운 관점과 지식을 얻을 수 있었다.

> 이런 책들(이강이 보내준 영어책들 ─ 인용자)은 세계역사와 현실의 인간관계에 대한 과학적 인식이 전무했던 나에게 새로이 눈을 뜨게 했고, 미국을 비롯한 제국주의 국가들의 세계전략과 그들이 내세우는 자유·평등·박애의 정체를 제3세계 인민의 입장에서 파악하는 데 도움을 주었다. 뿐만 아니라 그 책들 속에는 시도 가끔 인용되어 있었는데, 이들 시는 훗날 나로 하여금 전투적이고 계급적인 구도로 현실의 인간을 시로 쓰는 데 적잖은 영향을 끼치기까지 했다. (위의 책, 21쪽)

그 무렵 그는 대학생들과 함께 『빠리 꼬뮌』이란 책을 탐독하다가 중앙정보부의 급습으로 피신하여 수배받는 몸이

되었고, 서울로 올라와 '남민전'에 가입한다. 1978년 3월
이었다. 체르니셰프스키의 『무엇을 할 것인가』『레닌의 생
애』, 스위지·휴버만 공저인 『꾸바 혁명의 해부』 등의 책을
읽고 "혁명적 조직 없이는 혁명의 성공은 없다"는 명제를
깨달았기 때문에 그 조직에 가입했다고 그는 후일 술회하
고 있다.(위의 책, 122쪽) 이렇듯 그는 1년 남짓 도피 생활을
하는 동안 조직활동 이외에 주로 번역작업에 전념하였다.
프란츠 파농의 『자기의 땅에서 유배당한 자들』을 출간하
였고, 하이네·브레히트·네루다의 시들을 번역하여 친구
에게 맡겼다. 그 번역이 얼마나 곤핍한 역경 속에서 이루
어졌는지를 증언하는 김남주 자신의 감동적인 글을 읽어
보자.

　　그래서 나는 그동안, 꼭 1년 동안 형편 닿는 대로 시
도 써보기도 하고 내가 좋아하는 시인의 시도 번역해
보았네. 여기 자네에게 보내는 것들이 바로 그것들인
데 나는 이 시들을 싸구려 여인숙의 이불을 뒤집어쓰
고 번역하기도 했고, 어떤 것은 처음 안내된 집의 다
락방에서, 어떤 것은 폐결핵 환자들의 요양소에서, 어
떤 것은 두메산골의 굴속 같은 암자에서, 어떤 것은 갓
결혼한 신혼부부 방의 곁방에서, 어떤 것은 산동네의
수돗물도 없고 변소도 없고 부엌도 없고 마루도 없는
젊은 노동자의 자취방에서 쓰기도 하고 번역하기도
했네.

이 편지투의 글 뒤에는 '1979년 3월 20일'이라는 날짜가 적혀 있는데, 그러니까 도피생활 꼭 1년째 되는 때였다. 이 번역시들은 그로부터 거의 10년 가까이 지난 1988년에 『아침 저녁으로 읽기 위하여』란 제목으로 간행되었다. 지금 이 시집에 수록된 시들의 대부분이 실은 이때 번역된 것이다(여기까지 쓰고 나서 나는 혹시나 하고 부인 박광숙 여사에게 전화로 물어보았다. 그런데 뜻밖에도 전혀 엉뚱한 대답을 듣게 되었다. 시 번역 작업은 1987, 1988년경 감옥에서 한 것인데, 옥중생활을 몰래 도와준 사람들에게 피해가 가지 않도록 하기 위해 오래전에 했던 것처럼 꾸며서 서문을 썼다는 것이다. 그러나 나는 '감동적인 편지'의 인용을 지울까 하다가 그냥 살려두기로 했다).

알려진 바와 같이 김남주는 1979년 10월 초순 남민전 준비위원회 조직원의 한 사람으로 체포되어 기소되고 1년이 넘는 재판 끝에 15년의 실형이 확정되었다. 그리고 9년 3개월 가까운 감방 생활을 하고서 1988년 12월 21일 형집행정지로 석방되었다. 그러니까 전두환의 5공 정권 1년 전에 들어갔다가 1년 후에 나온 셈이다.

그 감옥은 그에게 무엇이었던가. '시베리아' '냉동실' '납골당'이란 별명으로 불리는 0.75평의 독방에서 그는 "자신을 투쟁의 도구로 생각"하고 "건강을 해치는 것을 하나의 이적행위"로 여겨 체력단련에 힘쓰는 한편 사상단련을 위해 시를 썼다. 한 인터뷰에서 그는 이렇게 말하고 있다.

광주 이감 후에 주로 많은 시를 쓰게 되었지요. 보통은 외고 있다가 면회 온 외부인사나 가족, 출감하는 학

생과 민주인사들에게 구술해서 전해주거나 아니면 우
유곽을 해체했을 때 나오는 은박지에다가 못으로 썼
습니다. 은박지만을 얇게 떼어내서 부피를 최소화한
다음 삥끼통(변기) 안에다 감추는 등 며칠 만에 한번씩
들이닥치는 검방 때 들키지 않게 애를 썼지요. (위의 책,
237쪽)

요컨대 감옥이라는 최악의 조건 속에서도 그는 불꽃 같
은 투혼으로 더욱 가열차게 자신을 지켜나갔던 것이다. 두
권의 두툼한 옥중시집 『저 창살에 햇살이』(창작과비평사,
1992)는 혹독한 신체적 조건에 대한 한 인간정신의 장엄한
투쟁과 위대한 승리의 기록이다.

이제 그의 번역시에 대해 언급할 차례가 되었다. 감옥에
있는 동안 어느 잡지의 기사에 자신이 '생득적으로' 미국
을 싫어했다고 적혀 있는 것을 읽고 김남주는 그렇지 않다
고 부인하면서, 중고등학교 때에 영어를 무척 잘했고 영어
책을 통해서 미국의 본질을 간파하게 되었다고 술회한 바
있다.(위의 책, 122쪽) 일찍이 외국어는 그에게 있어서 새로
운 세계와 새로운 사상으로 통하는 창문이었던 것이다. 이
문제에 관해서는 누구보다 김남주 자신이 잘 설명하고 있
다. 나는 1988년 5월 23일 자로 된 그의 옥중편지를 받은
적이 있다. 누런 마분지에 깨알 같은 글씨로 적은 것인데,
상당히 길지만 그 후반을 여기 그대로 인용한다.

밖에서는 제가 여섯 개 외국어를 한다는 소문이 있는가 봅니다. 엉터리입니다. 그따위 소문의 진원지가 어딘지 모르겠습니다. 혹시나 고은 선생님의 그 특유하신 과장법에서 나온 것이 아닌가 생각도 해봅니다만, 아무튼 사실 아닌 것이 떠도는 데는 유쾌한 것은 아닙니다. 제가 이곳에 와서 한 외국어는 스페인어 하나밖에 없습니다. 그것도 밖에서 후배가 스페인어 교과서와 사전을 넣어주어서이고 그 실력 또한 초보단계에 머물고 있습니다. 영어와 일어와 독어는 제가 밖에 있을 때 한 것이고요. 기왕 외국어 얘기가 나왔으니까 하는 말씀입니다만 저는 외국어를 통하여 세상에 눈을 떴습니다. 무슨 말씀인고 하니, 외국어로 된 서적을 읽고 세계를 바르게 인식했다는 것입니다. 80년대 들어와서야 용기 있고 전투적인 청년학생들에 의해서 이런저런 사회과학서적이며 문학서적이 번역되고 있으니까 외국어의 필요성이 그리 절박한 것은 아닐지 모르지만, 70년대까지만 해도 우리 국어만 가지고는 역사와 세계를 바르게 알 수 없었다는 것은 누구나 인정할 것입니다. 학문과 사상의 자유가 철저하게 봉쇄되고 있는 나라에서 외국어는 나라 안팎의 사정을 아는 데 있어서 절실하게 요구되는 매개물이 아닌가 합니다.

방금 저는 외국어를 통해서 세계를 바르게 인식했다고 말씀드렸습니다만, 그 바른 인식의 내용은 구체적으로 말씀드려서 인간관계와 사물과의 관계를 유물변증법적으로, 계급적인 관점으로 보게 되었다는 것입니다. 문학의 방면에서 특히 저는 그러했습니다. 하이네, 아라공, 브레히트, 마야코프스키, 네루다(주로 이들의 작품을 일어와 영어로 읽었지만)의 시작품을 통해서 저는 소위 시법이라는 것을 배웠습니다. 그것은 현실을 물질적인 관점에서 그것도 계급적인 관점에서 묘사하는 것이었습니다. 저는 그들의 작품을 읽으면서 다음과 같은 생각을 가지게 되었습니다. "문학의 생명은 감동에 있다. 그런데 그 감동은 어디서 오는가? 그것은 진실에서 온다. 진실은 그러면 어디서 오는가? 적어도 계급사회에서 그것은 계급적인 관점에서 인간과 사물을 읽었을 때이다"라고 말입니다. 문학의 예술성이 언어에 힘입은 바 절대하다 할 정도는 아니라도 대단하기는 하지만 그 언어 자체도 계급적인 각인이 찍혀 있는 것입니다. 그래서 저는 문학의 예술성에도 위의 제 생각이 일차적으로 적용되어서는 안 되는가 하고 생각합니다.

그리고 또 저는 외국어를 배우면서 우리의 현실을 잘 이해하게 되었고 이해된 현실을 잘 묘사할 수 있게 되었습니다. 여기서 잘 이해하고 잘 묘사할 수 있었다는 것은 바르게 이해하고 바르게 묘사했다는 뜻입니다. 선생님, 마르크스는 「루이 보나파르트 브뤼메르 18일」에서 이런 말을 했습니다. "새로운 언어를 배우기 시작한 초보자는 항상 외국어를 일단 모국어로 번역하지만, 그가 새로운 언어의 정신에 동화되고 그래서 그 언어로 자신을 자유롭게 표현할 수 있게 되는 것은 새 언어를 사용하는 데 모국어를 떠올림이 없이 그 언어 속에서 나름대로의 길을 찾고 새로운 언어사용에서 자신의 모국어를 망각하는 경우일 뿐이다." 저는 하이네, 브레히트, 마야코프스키, 네루다, 아라공 그 외 러시아 고전시인들의 작품을 번역하면서 마르크스의 말이 진실임을 확인했습니다. 제가 시에서 제 나름대로의 길을 찾게 된 것은 순전히 이들 시인들의 작품을 읽고 번역한 덕분이 아닌가 싶습니다.

위의 인용은 편지의 거의 절반에 해당하는 분량인데, 더 설명을 보탤 필요가 없을 만큼 분명하고 소상하게 외국어 학습과 외국시 번역이 자신의 사상형성과 시창작에 끼친 결정적 영향을 토로하고 있다. 생각해보면 당연한 노릇이지만 김남주는 외국문학 연구자도 아니고 전업적인 번역가도 아니다. 혁명을 이데올로기적으로 준비하기 위한 수단으로 시를 썼을 뿐이며, 시는 그러한 혁명운동의 부산물일 따름이라는 그의 거듭되는 언명을 잠시 승인한다고 할 때, 외국시의 번역도 그에게 있어서는 다만 이데올로기적인 활동의 일부였던 것이다.

한 평도 안 되는 감방에 앉아서 하이네와 브레히트와 네루다의 시를 번역하고 있는 한 인간을 상상해보라! 그것은 어떤 점에서 기괴한 풍경이고, 다른 점에서는 숭고한 장면이다. 독일어나 스페인어 원전을 손에 들고 있는 것도 아니고 미심쩍은 곳을 밝혀주는 참고서적이 곁에 있을 리 없으며 그나마 번역원고를 들키면 빼앗길지 모르고 도대체 펜과 종이조차 제대로 주어져 있지 않은 상황에서 그는 온 정신을 집중하여 온 신경을 곤두세운 채 하이네를, 브레히트를, 네루다를 번역하고 있는 것이다. 아마 이것은 세계 번역사에 길이 남을 참혹하게 위대한, 최악의 상황에 대한 최강의 저항으로서의 장엄한 한 장면일 것이다.

앞에 길게 인용한 편지에서 김남주는 자기 나름의 시의 길을 찾게 된 것이 하이네, 브레히트, 네루다 같은 시인들의 작품을 읽고 번역한 덕분일 것이라고 인정하였다. 내 생각에 이것은 상당 부분 진실이며 앞으로 김남주의 문학을 연구하려는 사람들은 이 점에 특히 유의해야 할 것이라고 믿는다. 김남주의 시에서 내용적·사상적 측면 못지않게, 어쩌면 그보다 더 예리하게 주목해야 할 것은 그의 시의 언어적 호흡, 반복과 비유, 단검으로 찌를 듯이 육박하는 직선적 묘사와 그러다가 다시 물러나서 새롭게 물결을 일으키며 파동치듯 핵심에 다가서는 파상적인 리듬의 진행방식, 절묘한 행과 연의 구분, 정치(正置)와 도치(倒置), 점강법과 점층법 등등이다. 이와 같은 시의 기법의 상당 부분을 그는 치열한 번역 과정, 즉 외국어와의 침통한 투쟁 속에서 체득한 것이다.

이와 더불어 지적될 사실은 그가 바로 감옥 안에서 시를 썼다는 점이다. "감옥이란 특수 상황 속에서는 어떤 시상을 머릿속에서 잘 굴리고 있다가 담당이 없고 불이 켜 있는 밤을 이용해서 번개같이 적어둘 수밖에 없었어요. 그러니까 나중에 다듬고 고칠 수도 없고, 대개는 초고일 수밖에 없습니다."(위의 책, 239쪽) 또 속으로 외우고 있다가 면회 온 사람이나 출옥하는 사람에게 구술했다는 점이다. 따라서 그의 시는 복잡하고 까다로운 비유나 시각적 이미지에 의존할 수 없고, 압축적이고 단순 간명하며 청각에 호소하는 언어적 특성을 띨 수밖에 없었다. 군중 앞에서 낭송될 때 그의 시가 폭발적인 감응력을 발휘할 수 있었던 것은 이런 사정과도 관련되어 있을 것이다.

그는 옥중에서 장차 아내가 될 여자에게 이렇게 말한 바 있다. "한마디로 말해서 민족해방과 민주주의 투쟁에 시인 자신이 몸소 뛰어들어야 합니다. 달리 방법이 없습니다. 한 시인이 이들 투쟁과 운동에 깊게 참여하면 할수록, 폭넓게 참가하면 할수록 그가 쓰는 시와 그가 부르는 노래는 그만큼 폭이 넓을 것이고 깊이가 있을 것입니다."(위의 책, 88쪽) 다시 말하여 그에게는 투쟁의 길과 시의 길이 결코 둘 아닌 하나였다. 이 무서운 실험 즉 이상과 현실의 일치, 삶과 언어의 일치 또는 행동과 시의 일치를 극한적으로 실천한 우리 시대의 아마 유일한 인물이 바로 김남주인 것이다.

따라서 우리는 그의 이념에 대해, 그것의 현실성에 관해 이런저런 이의를 제기하는 것이 원천적으로 부질없는 것임을 느낀다. 그는 그런 데서 멀리 벗어나 있으므로, 그는 생각건대 이 부패와 타락의 시대가 낳은 희귀하게 순수한 인간이었으므로, 그런 면에서 그는 스스로 유물론자이고 사회현실의 물질적 관계가 인간의식을 결정한다고 거듭 천명했음에도 불구하고 탁월한 의미에서 정신적 존재였다. 그의 행동(문필적 행동까지를 포함하여)을 결정한 것은 오직 그것이 마땅히 해야 할 일이냐 아니냐에 대한 판단일 뿐이었으며, 현실적 가능성에 대해 이리저리 숙고하는 것은 그에게 투쟁의 회피로만 여겨졌던 것이다.

짐작건대 김남주가 자신의 삶의 모범으로 생각했던 인물은 체르니셰프스키의 소설 『무엇을 할 것인가』에 나오는 '특별한 인간' 라흐메토프였는지 모른다. 이 소설을 읽고 쓴 글(위의 책, 165~185쪽)에서 그는 혁명을 위해 조금의 시간 낭비도 허용치 않고 철두철미 모든 것을 일에 바쳤던 엄격주의자 라흐메토프에 관해 자세히 묘사하고 있는데, 그것은 아마 김남주 자신이 되고 싶었던 인간의 모형일 것이다.

그러나 이제 1990년대로 접어들면서 레닌이 건설한 국가 소련이 해체되고, 그 공산주의 종주국에서 공산당이 불법화되었으며, 소련을 비롯한 현실사회주의 국가들의 내적 타락이 백일하에 드러났다. 반동세력에 대한 프롤레타리아 계급의 독재를 통해 무계급사회로 가는 대신 프롤레타리아 계급과 전체 인민에 대한 당관료의 독재를 통해 억압과 동맥경화의 사회로 갔음이 현실 속에서 입증되고 말았다. 그것은 다름 아닌 사회주의 이상의 배반이었고, 혁명의 질곡화였다. 다시 말해 참된 혁명의 프로그램은 이제 전면적으로 새로 구상되어야 했다. 이 시점에서 김남주는 그의 정신력으로써도 극복하지 못할 육체적 타격을 받고 쓰러졌다. 그의 정신은 마침내 그의 육체를 초월한 것이다.

그러나 그의 헌신적인 행동, 순결한 삶, 불꽃 같은 언어는 여전히 힘차게 살아 있다. 어떠한 타협주의·기회주의도 용납지 않았던 시종일관한 완강함, 조국과 민중을 향한 사무치는 애정, 그러면서도 순박하고 겸허했던 그의 인품, 무엇보다도 절정에 이른 그의 노래들은 이상적 사회를 꿈꾸는 모든 세대의 남녀들에게 끝없이 영감을 일으키고 힘과 용기를 주는 꺼지지 않는 불길로 영원히 타오를 것이다. 그런 점에서 김남주의 이름은 이미 그의 시의 선배들인 하이네, 브레히트, 마야코프스키, 네루다의 반열에 올라 있다.

『만인보』의 문학사적 의의

1

1986년에 첫걸음을 내디딘 『만인보』 대장정이 4반세기의 노정을 끝내고 마침내 대미에 이르렀다. 그동안 고은 시인이 보여온 예측 불허의 생산력을 감안하더라도 이 대작의 완성은 경탄을 자아내기 족하며, 문단의 범위를 넘어서는 축하를 받는다고 해서 조금도 지나친 것이 아니다. 전체의 3분의 2에 해당하는 제20권의 발문에서 김병익(金炳翼)은 『만인보』에 '민족사적 벽화'라는 적절한 찬사를 보낸 바 있지만,[1] '민족사적'이란 수식어에 어울리는 이 대작을 위해 수많은 낮과 밤을 원고지 앞에서 보낸 시인의 공력과 노고는 오직 경의에 값한다. 일제 강점기부터 분단과 전쟁을 거쳐 치열한 민주화투쟁의 시점에 이르는 한국 현대사의 파란만장한 흐름을 배경으로 민족의 고난과 민중

---

1   김병익, 「만인의 얼굴, 그 민족사적 벽화」, 『만인보 20』(창비 2004).

의 생명력을 대규모의 서사적 화폭 안에 담아낸 작품의 완성을 두고 민족문학의 거대한 성취라고 말하는 것은 결코 과장일 수 없다.

돌이켜보면 우리 근대문학의 역사에서 서사적 성격의 장시는 낯선 장르가 아니다. 주지하듯이 1925년에 발표된 김동환(金東煥)의 『국경의 밤』과 『승천하는 청춘』은 식민지 민족현실의 형상화를 시도한 '서사시'로서, 감정표현 위주의 자유시가 주류를 이루어가던 초창기 우리 시단에 하나의 새로운 지평을 제시한 업적이었다. 그러나 카프 결성에 따른 문단의 분화로 말미암아 김동환의 문제의식은 그 자신에 의해서나 다른 좌우파 시인들에 의해서나 더 진전된 성과로 이어지지 못했다. '서사시'가 오랜 잠복 끝에 다시 수면 위로 떠오른 것은 신동엽(申東曄)의 『금강』(1967) 출간이 계기가 되었을 것이다. 이어서 김지하의 「오적」(1970)을 비롯한 일련의 '담시'와 신경림(申庚林)의 「새재」(1978) 「남한강」(1981) 등 역작들이 잇달아 발표됨으로써 이런 유형의 '서사시'는 당시 고조되던 민족-민주운동에 호응하는 민중문학 발흥의 지표로서 문단과 사회의 주목을 받았다. 시기적으로 좀 뒤지만, 고은의 『백두산』(1994)과 이동순(李東洵)의 『홍범도』(2003)는 구한말 의병투쟁부터 일제 강점기 독립전쟁에 이르는 민족운동사의 근간을 장대한 규모의 서사시로 승화시킨 역작으로서, 이와 같은 창작의 흐름이 어떤 절정에 이른 듯한 느낌을 주었다.

그러나 장편소설과 달리 장시는 독자가 쉽게 친숙해질 수 있는 장르가 아니다. 장편소설은 동서양을 막론하고 일반 대중의 통속적 취향을 기반으로 발전했고, 활자문화가 번창함에 따라 오늘의 영화나 연속극처럼 자본주의적 유통구조를 매개로 소비되는 대중적 인기상품이 되었다. 하지만 이제 우리나라에서도 『토지』 『장길산』 『불의 제전』 같은 대하소설은 더 이상 쓰여지지 않을 가능성이 높아졌다.[2]

반면에 서사시는 장편소설의 역사적 전신(前身)이었다는 데서 짐작되듯이 고대·중세에 있어 민족국가 형성의 고난과 영광을 노래하고 공동체의 결속을 다짐하는 제의적 요소를 지닌 장르로서, 개인적 독서가 아니라 집단적 향수의 대상이었다. 키르기스스탄 같은 나라에서는 지금도 영웅서사시 「마나스」가 축제 때 마나스치(Manaschi)라고 불리는 전문적 창자(唱者)에 의해 군중 앞에서 반주에 맞추어 낭송된다고 한다.

---

2 일찍이 벽초의 『임꺽정』(1928~1940)이 대하소설의 전범으로 제시된 이후, 많은 작가들이 허다한 역작을 발표했다. 주요 작품을 완간 순으로 나열해보면, 리기영의 『두만강』(1954~1961), 홍성원의 『남과 북』(1970~1977), 이병주의 『지리산』(1972~1978), 김주영의 『객주』(1979~1981), 황석영의 『장길산』(1976~1984), 박태원의 『갑오농민전쟁』(1977~1986), 문순태의 『타오르는 강』(1975~1989), 조정래의 『태백산맥』(1983~1989), 박경리의 『토지』(1969~1994), 송기숙의 『녹두장군』(1981~1994), 한승원의 『동학제』(1989~1994), 김원일의 『불의 제전』(1980~1995), 최명희의 『혼불』(1981~1996), 김남일의 『국경』(1993~1996), 이문열의 『변경』(1986~1998) 등이 있다. 이 대하소설들 및 『금강』 『남한강』 『백두산』 등 우리 근현대사를 배경으로 한 장편 서사시들이 주로 1970~1990년대에 쓰여졌다는 사실과 그 시대가 민족·민주운동의 고조기라는 사실 사이에는 중대한 연관성이 있을 것이다. 깊이 연구해볼 주제라고 생각한다.

그런데 우리의 경우에는 식민지 시대와 분단 시대를 거치는 동안, 한편으로 민족의 집단적 기억이 대다수 민중에게 강제되다시피 하는 '서사시적' 현실을 살면서, 다른 한편 산업화·개방화·도시화의 과정을 통해 농촌공동체의 해체와 구비문학 전통의 소멸이 강요되는 모순적 경험을 하고 있다. 이것은 시인에게 민족문학적 영감을 고취하고 『금강』이나 『백두산』 같은 서사시의 창작을 촉구하는 현실과 그런 장편 서사시의 대중적 향유를 저해하는 현실이 하나의 역사공간 안에서 공존·충돌하고 있음을 뜻한다고 할 수 있다. 어떻든 세계화 현실의 본격 도래와 더불어 이제 서사시와 대하소설 같은 '무거운' 장르들의 본연의 소임은 종말에 가까워졌다고 보는 것이 옳을 것이다.

『백두산』과 함께 『만인보』가 처음 구상된 것은 저자가 여러 곳에서 밝힌 대로 1980년 육군형무소 감방 안에서였다고 한다. 지극히 억압적인 상황 한가운데서 도리어 호방한 문학적 상상력이 발동된 셈인데, 실은 한국의 1970~1980년대는 군사독재의 광풍을 온몸으로 헤쳐나간 고은 같은 시인에게만이 아니라 폭압의 현실과 멀리 떨어져 살았던 문인들에게도 일찍이 없던 '거대서사'의 시대였다. 그런데 고은의 경우 주목할 것은 두 작품의 기획이 동일한 근원에서 출발한 것임에도 문학적 형상화의 방식에서는 아주 대조적인 것으로 나타났다는 사실이다. "현실의 질곡과 시의 질곡이 하나라는 사실로 인식됨으로써 나는 시가 역사의 산물임을 터득한 것이다"(『만인보』 1권, '작가의 말')라는 언명과 "이제야 나는 고려의 자식이다. 이 시와 더불어"(『백두산』

1권, '머리말')라는 고백은 두 작품이 본질적으로 같은 뿌리에 근거한 동일한 발상의 표현임을 깨닫게 한다. 이 나라에서 유신체제의 선포부터 6월항쟁의 승리까지 십수 년 동안은 그만큼 역사와 문학의 분리가 힘들었던 공투(共鬪)의 시대였다.

그러나 앞의 '작자의 말'에서 이미 시인은 "서사시『백두산』은 사람을 총체화하는 것인 반면『만인보』는 민족을 개체의 생명성으로부터 귀납"했다고 두 작품 간의 방법론의 차이를 명백하게 밝히고 있다. 거대서사의 영광이 황혼에 이른 오늘의 시점에서 돌아본다면 인간의 총체성을 목표로 했던 서사시가 넘기 힘든 절벽에 부딪쳤던 것과 달리 개체의 생명성으로부터 민족을 귀납하고자 했던 시도가 마침내 우람한 성취에 이른 것은 역사 현실의 상황과 문학 형식의 선택 사이에는 긴밀한 연관성이 개재해 있음을 확인케 한다.

어떻든『만인보』는 민족사의 총체적 인식을 겨냥하는 서사시적 충동과 거대서사의 해체를 압박하는 세계사적 현실 간의 화해 불능의 난관을 돌파하기 위해 고안된 독특하면서도 야심적인 실험인 셈이었다. 애초의 구상보다 훨씬 줄여 3,000명의 인물을 시로 쓴다는 첫 발표 때의 계획만도 대단한 것이었는데, 실제로는 계획보다 훨씬 더 늘어나 우리 역사상 유례없는 대작이 되었다. 이 4,000편의 작품들 모두가 개별작품으로서의 독립성을 지니고 있다는 점에서『만인보』는 집합명사이지만, 동시에 그 4,000편 전체가 하나의 거대한 덩어리로 응집되어 일종의 서사적 통합을 이루어내고 있다는 점에서 『만인보』는 한 작품을 지칭하는 단수명사이기도 하다. 그러니까 이렇게 수많은 개인들의 갖가지 행적과 이력, 운명과 개성을 각각의 독립적 서정시(많은 경우 이야기시) 안에 담아냈다는 점에서 『만인보』는 독립된 단시들의 모음, 즉 하나의 거대한 시집이기도 하다.

따라서 우리는 딴 시집들에서와 마찬가지로 아무 데나 펼쳐서 한 편 한 편을 그것 자체의 자기완결성을 전제로 읽을 수 있고, 굳이 통독의 의무에 시달릴 필요가 없다. 그러나 그와 동시에 시집 전체로서는 단시(單詩)들에 그려진 개인들의 사적 일상과 개별적 사건들이 자연스럽게 누적되고 상호 연결되어 민족공동체의 거대한 보편적 운명을 형성하도록 배치되어 있으며, 그런 점에서 『만인보』는 독특한 이중성을 갖고 있다. 물론 서사적 구성과 거리가 먼 보통의 서정시집에도 은연중 시집 전체를 아우르는 정서적 또는 방법적 일관성이 있게 마련이고, 또 반대로 기승전결의 구성이 어느 정도 분명한 장편소설에서도 '부분의 상대적 독자성'이 인지되는 수가 적지 않다. 하지만 『만인보』의 이중성은 전혀 이와 다른 의식성의 소산으로 보인다. 되풀이하자면 시집의 각편들은 독립적 단시들이다. 그러나 동시에 그것들은 개별성에 손상받음 없이 시집 전체를 포괄하는 또 다른 차원에 연결되며, 이 새로운 차원과의 결합을 통해 더 넓은 시-공간적 좌표, 즉 더 높은 역사성과 사회성의 공간을 구성하는 것이다.

『만인보』의 거대한 규모는 당연히 이 작품을 단일한 시선, 단일한 목소리, 단일한 감성이 지배하는 균질적인 텍스트로 유지되도록 허용하지 않는다. 시인 자신이 이 점을 충분히 의식하고 있음을 알 수 있는데, 가령 그는 작품 중반을 넘기면서 이렇게 말하고 있다. "지난해부터 나는 시 속의 화자에 대한 회의를 일으킨다. 시 속의 1인칭 '나'로 하여금 어떻게 시의 수많은 은유적 자아를 살려낼 수 있을 것인가, 어떻게 그것으로 타자들의 가없는 하나하나의 진실에 닿을 수 있을 것인가, 또한 '나'는 언제까지 밑도 끝도 없이 나일 수 있는가."(16권, '시인의 말')

이것은 말하자면 『만인보』 집필의 방법론적 고민의 일단을 토로한 것이라고 믿어진다. 일반적으로 서정시는 주관적 장르라고 말해지고 있고, 시의 표면적 화자와 내부적 자아가 명백히 구별되는 경우에도 텍스트의 모든 언술은 근본적으로 서정적 자기동일성에 귀속된다고 할 수 있다. 그러나 서사성을 지향하는 인물시 내지 이야기시의 경우 화자의 주도적 역할은 대체로 등장인물에게 양도될 수밖에 없으며, 더욱이 『만인보』와 같은 장대한 텍스트에서는 각 시 속의 1인칭 화자와 그 화자를 통해 형상화되는 수많은 '은유적 자아'들 및 작품 바깥의 시인 자신 간의 관계에 수많은 변형과 변주들이 발생하는 것이 불가피하다. 이를 설명하기 위해 작품에서 허다한 예문을 동원할 수 있을 터인데, 이런 면과 관련하여 유희석은 '『만인보』 형식의 무정형성'을 지적하면서 "인물시 특유의 극적 긴장을 유장하게 잇는 전술이 필수적이다"[3]라고 지적하고 있다. 그가 말하는 '유장한 전술'이 구체적으로 어떤 내용을 갖는지 모르지만, 적어도 내가 읽기에 『만인보』는 한편으로 '형식의 무정형성'처럼 보이는 측면을 의도적으로 방임하면서 다른 한편 '타자들의 가없는 하나하나의 진실'에 닿기 위한 그 나름의 효과적인 전략을 개척하지 않았는가 생각한다. 작품 한 편 한 편은 고은 특유의 능란한 언어와 번뜩이는 안광이 발현된 단형의 인물시이되, 시집 전체는 유장하게 흘러가는 서사적 장시의 성격을 갖는 이중성의 구현이 그것이다.

2

『만인보』 같은 엄청난 대작에는 당연히 형식문제를 둘러싼 곤란이 따르게 마련이다. 왜냐하면 4,000편에 달하는 방대한 분량의 시들을 하나의 표제 아래 묶여 있도록 하는 일이관지(一以貫之)의 무엇인가가 필요한 측면도 있는 반면에, 거꾸로 단일한 서술자의 틀에 박힌 관점 때문에 조성될 천편일률적 단조로움을 극복하는 것도 문제이기 때문이다. '형식의 무정형성'이라고 하지만, 생각해보면 정형성이라는 것 자체는 작품의 완성도를 가늠하는 상대적 기준일 뿐이며, 때로는 생동하는 진실에 닿기 위해 정형의 파괴를 무릅써야 할 때도 있는 법이다.

먼저 주목되는 것은 작품에 등장하는 수천 명의 등장인

---

3 유희석, 「시와 시대, 그리고 인간」, 《창작과비평》 2005년 여름호.

물이 단순히 기계적으로 나열되어 있는 것이 아니라 마치 밤하늘의 별무리처럼 몇 개의 커다란 계열로 성층화(成層化)되어 있다는 사실이다. 기본단위는 물론 개별 작품들이다. 그리고 각 작품들은 일정한 서술형식만을 따르지 않으며, 따라서 모든 작품을 포괄하는 단일한 정형은 있을 수 없다. 앞의 인용문에서 시인이 "시 속의 화자에 대한 회의"라고 토로한 것은 단일 화자에서 발생하는 문제점을 의식한 발언일 터인데, 왜냐하면 시에 목소리의 일관성 내지 시선의 단일성을 부여하는 초점의 기능은 화자의 고정적 위치를 통해 주어질 것이기 때문이다. 그런데 시인은 단일 화자의 고정성에 구속되는 것을 거부하며, 그것이 형식의 무정형성, 다른 말로 형식의 개방성을 결과하는 것이다. 다음 작품들에서 보듯이 고은 자신이 주인공인 경우에도 경험은 화자의 미묘한 변형을 통해 다양한 색조로 굴절되어 제시된다.

> 외삼촌은 나를 자전거에 태우고 갔다
> 어이할 수 없어라
> 나의 절반은 이미 외삼촌이었다
> 가다가
> 내 발이 바큇살에 걸려서 다쳤다
> 신풍리 주재소 앞에서 옥도정기 얻어 발랐다
> 외삼촌은 달리며 말했다
> 머슴애가 멀리 갈 줄 알아야 한다
> ──「외삼촌」 앞부분(1권)

세상이

사람이

죽을 지경으로 부끄럽기만 한 아이

처서 지나

큰 바람 비바람 몰아쳐 오면

그때야말로 살아난다

소나무가지 짝 찢어지고

개가죽나무 뿌리째 뽑혀버리면

그때야말로 살아난다

온갖 부끄러움 다 버리고

식은 몸뚱이 힘차게 불타오르며 살아난다

　　　　　　　　　　──「어린 은태」 앞부분(2권)

경남 가야산 해인사 계곡

두개골 6개

세찬 물에 떠내려오다 바위에 턱 걸렸다

1953년

가야산 빨치산 사망자의

어느 해골이신가

일초 선사

그 해골 모아 위령제를 지낸 뒤

그중의

한 두개골

방 안에 안치하고

근본불교
고골관(枯骨觀)의 선정에 들어갔다

바깥 바람소리
감나무에
가까스로 남은
감 한 개
툭 떨어졌다

일초 선사

해골의 눈구멍에서
푸른빛 뿜어져나오는 것 보았다
카아!

　　　　　　　　　—「사라호 해골」중간 부분(21권)

　「외삼촌」은 성장소설의 한 대목을 떠올리게 하는 정통적인 1인칭 서술이다. "어이할 수 없어라 / 나의 절반은 이미 외삼촌이었다"라는 절묘한 구절이 끼여 있는 것을 제외하면 감정이입이 차단된 평범한 산문적 진술이다. 외삼촌에게 자전거를 얻어 탄 일화는 여러 시에 되풀이될 만큼 소년 고은에게 깊은 인상을 남기는데, 이때 자전거는 외삼촌의 인격의 표상이자 안일과 정지를 거부하는 활동적 정신의 객관상관물이다. 그런데 그 외삼촌은 어떤 인물인가. 그는 일본 유학생으로 고등문관시험에도 합격했으나 관직을 거부하고 혁명운동에 종사하다가 결국 네 번째 감옥살이 도중 옥사한다. "나는 15세부터 / 외삼촌의 사회주의자였다."(「빨갱이3」, 16권) 그러나 일곱 살 어린 고은에게 외삼촌은 자전거 태워주는 멋진 어른일 뿐이었고, 그렇기 때문에 「외삼촌」의 1인칭 서술은 담백하고 직설적이다.

「어린 은태」도 성장담의 일부이다. 지나칠 만큼 내성적이고 부끄러움을 타던 소년이 어떤 계기를 만나 갑자기 격정적인 인물로 변신하는 예는 종종 목격되는 일이다. 그런데 이 시는 어린 주인공의 감정의 돌연한 상승을 묘사할 뿐, 객관적 사실에 대해 분명하게 알려주는 것은 아무것도 없다. "처서 지나 / 큰 바람 비바람 몰아쳐 오면"에서 '처서'가 실제의 절기를 가리키는 것인지 어떤 상징적 사건에 연관된 것인지 단정짓기 어렵다. 제목으로 보건대 어린 시절의 시인 자신의 내면세계를 회상한 것이지만, 1인칭 서술에 의하지 않고 '아이'라고 호칭함으로써 자신을 극화하고 있다.

「사라호 해골」은 여기서 한 걸음 더 나아가 자신의 이야기를 3인칭으로 서술하고 있다. 주지하듯 사라호는 1959년 9월 삼남을 강타한 태풍이었는데, 그 때문에 가야산 계곡에 묻혀 있던 빨치산 해골이 물에 떠내려온다. 당시 해인사 스님이었던 일초 선사(즉 고은 시인)는 바위에 걸린 해골들을 모아 위령제를 지낸다. 이 일화를 소재로 한 작품 「사라호 해골」은 오도송(悟道頌)과 진혼가(鎭魂歌)의 양면을 겸한 시라고 할 수 있는데, 두개골을 방에 안치하고 선정에 들었다가 "바깥 바람소리 / 감나무에 / 가까스로 남은 / 감 한 개 /

툭" 떨어지는 소리를 듣고 "카!" 하고 탄식을 내지르는 부분이 전자에 해당한다면, 그 부분을 포함한 시 전체는 가야산 전투에서 산화한 주검을 달래는 진혼의 노래이다. 이때 3인칭의 객관적 시선은 개인의 기억 속에 묻혀 있던 처절한 비극성을 공적 공간으로 불러내는 역할을 하는 셈이다. 그러니까 「어린 은태」에서 주인공이 아이 뒤에 몸을 감춘 '숨은 나'라면 「사라호 해골」에서 그는 승복을 차려입고 의식을 집행하는 '변장한 나'이다.

이러한 검토에서 드러나듯이 화자의 자유로운 변형은 작품의 정형성 여부와 관련된 형식문제가 아니다. 물론 한 편 한 편의 시는 "타자들의 가없는 진실 하나하나"에 닿기 위한 형식적 개방을, 나아가 정형의 타파를 요구한다. 그러나 형식의 자유 자체가 자동적으로 작품에 '타자의 진실'에 이르는 길을 보장해주는 것은 아니다. 우리가 『만인보』에서 일관되게 보는 것은 그 어떤 도덕적·형이상학적 관념의 구도 속에서가 아니라 질병과 궁핍, 공포와 절망, 살육과 도주 같은 현대사의 구체적인 객관적 현실 속에서 자신의 실존을 구현해나가는 — 또는 실존의 구현을 거부당하는 — 수많은 개인들의 그 나름으로 치열한 삶이다. 그들 수천 명 등장인물들의 생존투쟁의 리얼리즘이 역사의 거대한 궤적 안에 수렴되면서 '민족사적 벽화'의 살아 있는 일부를 형성하게 되고, 그것이 결과적으로 이 엄청난 작품의 생동하는 인간학을 구성하는 것이다.

3

『만인보』는 내용상 6부로 구성되어 있다. 이를 집필 순서(동시에 출간 순서)대로 과감하게 명명해보면, ① 고향 시편(1~9권), ② 70년대 시편(10~15권), ③ 전쟁 시편(16~20권), ④ 혁명 시편(21~23권), ⑤ 불교 시편(24~26권), 그리고 마지막으로 ⑥ 항쟁 시편(27~30권)이 된다. 이런 편제와 상관없이 군데군데에 멀리 삼국시대부터 가까이 독립운동기에 이르는 역사상의 인물들이 배치되어(⑦ 역사 시편), "전체 작품에 변화를 주면서 독자의 역사의식을 돕기도 한다."(백낙청, 3권 발문)

사실『만인보』의 특이한 점은 개별 작품들이 각자 독립성을 갖고 있을 뿐만 아니라 수백 편, 때로는 1,000여 편으로 이루어진 각 시편들도 상당한 수준에서 독자적인 시집의 면모를 지닌다는 사실이다. 이 가운데 200여 편의 '역사 시편'이 가장 독특한 역할을 맡고 있는데, 그 200여 편은 시집 전체에 두루 산재하여 과거와 현재 간의 긴장을 조성하고 독자로 하여금 당대의 사건들을 장구한 민족사의 투시도(透視圖) 안에서 바라보게 만들고 있다. 이 가운데 ① ② ③ ④에 대해서만 개괄적인 언급을 하는 데 그치려 한다.

고향 시편: 1권부터 9권까지의 1,000여 편은 1930년대 후반부터 1950년대에 이르는 시대를 배경으로 하여 이제는 거의 사라져 볼 수 없게 된 농촌 공동체의 풍경과 풍물

을 다채롭게 제시한다. 시인이 '내 어린 시절의 기초환경' 이라고 불렀던 고향과 인근 마을의 멀고 가까운 친척들, 낯익은 이웃 마을 할머니와 아저씨들, 금강 하류의 농촌과 시장터에 자리잡고 살아가는 각양각색 민초들의 인생사가 때로는 해학적으로, 때로는 풍자적으로 묘사된다. 뒤로 갈수록 무대가 넓어져 막판에는 「이문구」의 대천까지 북상하는데, 한두 편 감상해보자.

> 충청도 장항에서 흐린 물 느린 물 건너
> 삐그덕 가마 타고 시집온 이래 그 고생길 이래
> 된장 간장 한 단지 갖추지 못한 시집살이에 몸담아
> 첫아들 낳은 뒤 이틀 만에 그놈의 보리방아 찧어
> 두벌 김매는 논에 광주리 밥해서 이고 나가니
> 산후 피 펑펑 쏟아 말 못할 속곳 다섯 벌 빨아야 했다
> 그러나 바지랑대 걸음걸이 한번 씨원씨원해서
> 보라 동부새바람 따위 일으켜 벌써 저만큼 가고 있구나
> 갖가지 일에 노래 하나 부르지 못하고 보릿고개 봄다 가고
> 여름 밭 그대로 두면 범의 새끼 열 마리 기르는 폭아닌가
> 우거진 풀 가운데서 가난 가운데서 그놈의 일 가운데서
> 나의 어머니 나의 어머니 어찌 나의 어머니인가
>   ―「어머니」(1권) 뒷부분

달치 포구도 포구라고

밴댕이젓 나부랭이 아니면

눈꼽조개 껍질이나 흩어진 것도 포구라고

거기 선술집 다정옥 있다

다정옥 춘자란 년

꼭 단호박같이 생긴 년

작달막한 것이

챙길 것은

여간내기 아니게 챙기고 나서

한번 누워 주었다 하면

요분질로 밤새워

사내 피 다 말리는 춘자

바람 되게 불어쌓는 밤

웬만한 사내 둘은 거뜬히 죽어나는 밤

땀 식은 껄껄한 몸 가득히

신새벽 담배 연기 힘껏 빨아들이는

그 담배 맛에 죽었다 깨어나는 밤

──「달치 포구 다정옥」(9권) 전문

「어머니」에는 가난한 집에 시집와 노역과 희생으로 일생을 보내는 조선 여인의 전형이, 「달치 포구 다정옥」에는 악착같이 돈을 챙기는 주막집 작부의 막장인생이 그야말로 실감있게 그려져 있다. 전통시대의 어머니는 무심한 자식들의 뒤늦은 회한 속에서 거의 종교적 감정을 유발하는 존재로 살아나게 마련이므로, 고향정서에 뿌리 둔 시인치고 어머니에 대한 간절함을 노래하지 않은 사람은 없을 것이다. "나의 어머니 나의 어머니 어찌 나의 어머니인가"라는 감탄형 의문문으로 끝나는 데서도 드러나듯이, 어머니는 이 시에서 고은의 타고난 능변조차 무력하게 만드는 조선 여인의 전형으로 형상화된다.

시장 자락이나 포구 근처에는 으레 선술집이 있게 마련이고, 다정옥도 그런 곳이다. 그 집 작부 춘자 역시 눈에 선하게 떠오를 만큼 전형적이다. "꼭 단호박같이 생긴 년"이란 표현에는 단지 외모에 대한 묘사뿐만 아니라 천대 속에서도 악착스럽게 살아가는 그녀의 삶에 대한 시인의 은근한 긍정도 들어 있다. 질펀한 에로티시즘의 장면에 뒤이은, "땀 식은 껄껄한 몸 가득히 / 신새벽 담배 연기 힘껏 빨아들이는 / 그 담배 맛에 죽었다 깨어나는 밤"이란 구절은 고된 성노동 뒤끝의 신산함과 처연함을 놀랍도록 절실하게 부각시키고 있어, 서사적 문맥을 넘어 서정시의 뛰어난 절창으로 승화되고 있다. 두 작품은 등장인물에 대한 화자의 태도가 다른 만큼 작품의 정조(情操)도 비극과 희극 사이처럼 상반된다. 그런 차이에도 불구하고 두 주인공은 역경을 뚫고 살아가는 강인한 생명력을 공유하는데, 그것은 『만인보』의 저자가 수많은 인물들의 삶의 이력을 통해 드러내고자 한 적극적 민중사관일 것이다.

개별 작품의 완성도는 물론 한결같지 않지만, 어떻든 이런 작품이 1,000편쯤 모이게 되면 그것은 그야말로 '서사적 풍요'(백낙청, 위의 발문)라 불리어 마땅하다. 그것은 저자 고은의 경험의 원천이고 감성의 뿌리에 해당하는 세계인데, 놀라운 점은 그가 이 풍요로운 유년기 체험의 문학화를 오랫동안 미루어왔다는 사실이다. 긴 발효기간을 거쳐 태어난 고향세계의 풍요를 두고 백낙청은 이문구의 『관촌수필』 같은 소설적 성취에 견주어 언급하기도 했지만,(위의 발문) 지나간 시대의 농촌풍경이라는 점에서는 이기영·채만식의 장편과 이효석·김유정·오영수의 단편을 떠올릴 수도 있고, 특히 해방 후의 농촌 묘사로서는 방영웅의 『분례기』(1967)나 박정요의 『어른도 길을 잃는다』(1998) 및 송기숙의 여러 장단편도 비교가 될 수 있다. 그러나 어떻든 시에 이루어진 '서사적 풍요'란 아무래도 소설에서의 그것과는 종류가 다르다는 사실을 상기할 필요가 있으며, 더구나 『만인보』에 재현된 농촌공동체가 이제는 복구 불능의 과거로 되었다는 점도 냉정하게 따져볼 일이다.

전쟁 시편: 16권부터 20권까지의 700여 편은 분단과 전쟁의 가공할 참극, 지독한 궁핍과 황량한 폐허, 그리고 '여러 지역과 사회'에 걸친 시인 자신의 '편력시대'를 보여주는 시편들이다. 일찍이 고은은 『1950년대』(1972), 『고사(古寺) 편력 ─ 나의 방랑 나의 산하』(1974) 등의 산문에서 전후의 폐허시대를 돌아본 적이 있지만, 6·25전쟁 자체의 광기와 잔혹을 정면으로 다룬 것은 이 시편들이 처음이 아닌가 한다.

생각해보면 6·25전쟁의 성격과 본질은 아직 다 밝혀진 것이 아니다. 한 가지 분명한 것은 미군과 소련군의 한반도 분할 점령이 비극의 출발점이라는 사실이다. 김구 선생

같은 애국자들이 이미 경고했듯이, 남북 단독정부의 수립은 전쟁으로 치달을 수밖에 없었다고 할 수 있다. 어떻든 전쟁의 참화는 너무 끔찍하고 그 영향은 너무 파괴적이어서, 그로부터 60여 년의 세월이 지난 오늘도 우리는 전쟁의 현실적·이념적 그늘에서 벗어나지 못하고 있다.

그런데 전쟁과 문학의 관계는 단순치 않다. 포연 속에서 청춘을 탕진한 세대들의 생생한 체험적 문학이 '전후문학'이란 명칭으로 불린 것은 잘 알려진 바이고, 고은 자신도 여기에 포함될 것이다. 『전쟁과 음악과 희망과』(김종삼·김광림·전봉건, 1957)는 참전세대의 대표적인 시집인데, 제목에 보이듯 모더니즘적 겉멋에 들려 민족사적 비극을 정면에서 바라보는 것과는 거리가 먼 작품이다. 오히려 『보병(步兵)과 더불어』(유치환, 1951), 『초토(焦土)의 시』(구상, 1956), 『역사 앞에서』(조지훈, 1959)처럼 종군경험에 바탕을 둔 선배시인들의 작품이 좀 더 실속 있는 업적이었다. 어떻든 1960년대 이후 시에서는 6·25전쟁을 다루는 일이 거의 사라진 반면, 소설에서는 오히려 더욱 본격적이고 심층적인 탐구가 시작되었던 것 같다. 이호철, 박완서, 홍성원, 김원일, 황석영, 이문열 등 많은 작가들이 분단의 비극과 전후현실의 참상을 깊이 있게 그려냈던 것이다.

이렇게 볼 때 『만인보』는 '전후문학' 시대의 전쟁시들을 넘어서고 있을 뿐만 아니라, 소설 쪽의 성과와도 구별되는 새로운 영역을 개척한 업적이다. 여기에는 분단 직후의 이념 대결, 정치가들의 무책임과 비열함, 장군과 병졸들의 기구한 참전동기, 전투가 휩쓸고 간 지역 민간인들의 터무

니없는 불행, 억울한 죽음과 빗나간 복수극, 전후의 가난
과 황폐 등 망각의 지표면 아래 묻힌 수많은 사연들이 생
생하게 드러나고 있다. 가령 「엄항섭의 눈물」(20권)은
1950년 8월 15일 밤 시청 강당에서 박헌영·이승엽 등 남
로당계의 초청으로 김규식·조소앙·엄항섭 등 임정 요인
과 안재홍·정인보 등 애국인사들이 참석하여 개최된 해방
경축연회 광경을 묘사하고 있는데, 참석자들의 엇갈리는
정치적 운명이 전시 상황의 급박한 분위기에 겹쳐지면서
시대의 역설을 참담하게 돌아보게 만든다.

그런가 하면, 「귀향」(16권)에서 중학교 5년생 김명규는
학도병으로 나갔다가 거듭된 전투 끝에 겨우 살아나 고향
에 돌아왔으나, 과부 어머니도 형도 공산당에 학살당하고
없었다. 그는 무덤 앞에서 하루를 보내고서 한밤중 자살한
다. 「제비꽃」(19권)에서 나무꾼 오진걸은 남덕유산 산판에
서 일하고 내려오다 비를 만나 바위굴에 들어갔다. 그리고
불을 피우다가 빨치산 혐의자로 토벌대에 체포되어 사형
수가 되는 불행을 맞는다. 「하느님」(20권)은 어떤 작품인
가. 1950년 12월 전남 함평군 월야면에서는 이 마을 저
마을 군인들이 나타나 집집마다 불을 지르고 주민들을 모
아놓고 총을 쏘았다. "중대 지휘장교가 말했다. // 살아남
은 사람은 / 하느님이 돌봐주신 것이니 / 모두 살려주겠다
고 // 이 말에 주검 속에서 / 살아 있는 / 53명이 일어났다
// 장교가 사격명령을 내렸다." 그러나 전쟁은 인간의 살
육에 그치지 않고 생태계의 파괴를 넘어 가축의 광란까지
야기하는 지경에 이른다. 「1953년 강릉 황소」(18권)는 그

극한 상황의 증언이다. "전쟁이 / 소도 바꿔놓았다 / 개도 바꿔놓았다 // 전쟁이 / 사람만이 아니라 / 짐승도 눈에 핏 발 서게 만들었다 / …… / 전쟁으로 / 사람이 미치더니 / 소까지 미쳐 버렸구나."

혁명 시편: 21권부터 23권까지의 400여 편은 시인으로 하여금 "나는 6·25로 산에 들어갔고 4·19로 산에서 내려 왔다. 역사는 이런 나의 삶에 각성을 요구했다"(1권, '작자의 말')고 고백하게 만든 그 4·19혁명을 다루고 있다. 많은 역 사적 사건들 중에서도 4·19는 유난히 동시대 서정시인들 의 감성과 의식을 자극한 기폭제였던 것 같다. 데모에 참 가했던 학생들의 투고시와 기성시인들의 발표시를 모아 혁명 당년에 이미 여러 권의 기념시집이 출간된 것과 같은 사례는 우리 역사에 아마 4·19가 유일할 것이다. 「우리들 의 깃발을 내린 것이 아니다」(박두진), 「푸른 하늘을」(김수 영), 「아! 신화같이 다비데군들」(신동문), 「진달래도 피면 무 엇하리」(박봉우) 등 4·19의 여운 속에서 쓰여진 시들 중에 는 지금도 심금을 울리는 작품이 적지 않다. 반면에 4월혁 명을 소재 또는 주제로 삼은 소설로서 진지한 업적이라 할 만한 작품은 거의 기억나지 않는다.

그러나 시의 경우에도 달아올랐던 열기가 5·16쿠데타의 철퇴로 냉각됨에 따라 4·19 찬양시는 자취를 감추고, 다 만 후배세대의 시인들에 의해 박정희 군사독재에 대한 비 판과 저항의 방편으로 4·19를 기억하고 음미하는 작품들 이 간간이 이어졌을 뿐이다. 그런 점에서 『만인보』가 '4월의 영령' 한 사람 한 사람을 문학적 기념비의 형상 속에 집단적으로 호명한 것은 특별한 의의가 있으며, 더욱이 혁명 50주년을 열흘 앞둔 시점에 『만인보』 완간을 기념하는 심포지엄이 열린 것은 마치 혁명기념식을 앞당겨 여는 것과도 같은 감명을 주었다. 그러나 4·19의 희생자들을 다룬 시 자체는 소재의 성격상 6·25전쟁이나 광주항쟁을 다룬 시들에 비해 밋밋하고 평면적임을 면치 못하는 것 같다.

70년대 시편: 10권은 「함석헌」 「전태일」 「육영수」……, 11권은 「박정희」 「오윤」 「문익환」……, 12권은 「이병린」 「김영삼」…… 각각 이렇게 시작하고 있고 13~15권은 표지에 '70년대 사람들'이라고 못박고 있다.

여기서 드러나듯이 10~15권의 700여 편은 시인이 문단활동과 민주화운동에 동분서주하면서 접촉한 인물들의 열전이다. 대부분 직접 교유를 갖고 있는 인물들이고 다수가 생존인사들이어서, 역사상 인물이나 향리의 민초들을 다룰 때와는 사뭇 분위기가 다르다. 역사의 공식적 기록이 전해줄 수 없는 숨은 일화들, 사건의 이면에 놓여 있는 주인공들의 인품과 성격들이 기막힐 만큼 예리하게 그리고 때로는 해학적으로 포착되고 있어, 그러한 관찰들 자체가 1970년대 민주화운동에 대한 미시사적 현장보고의 생동성을 띠고 있다. 가령 다음에 인용하는 아주 짧은 두 편의 비교에서도 드러나듯이, 시인은 한 노동자의 죽음에서 '나의 시작'이 발원함을 고백하며, 마침내 그것이 '우리들의 시작'으로 확장되고 '아침바다의 시작'으로 심화되었음을 확인한다.

그러나 그는 다른 한 노동자가 비슷한 시기에 죽어간 사실을 놓치지 않으며, 똑같은 두 죽음이 왜 현실에서는 전혀 다른 조명을 받는지에 대한 물음을 피하지 않는다. '역사는 정의가 실현되는 자리인가'라는 물음으로 치환될 수 있는 이 문제의식은 『만인보』의 저자가 수많은 비극들의 문학적 천착을 통해 반복적으로 제기하는 질문이기도 하다.

> 그의 죽음은
> 너의 시작이었다
> 나의 시작이었다
> 하나 둘 모여들어
> 희뿌옇게
> 아침바다의 시작이었다.
>
> 그는 한밤중에도 우리들의 시작이었다
> ──「전태일」(10권) 전문

> 1970년 겨울
> 한영섬유 노동자 김진수가
> 드라이버에
> 머리 찔려 병원으로 실려갔다
> 다음해 봄
> 1백여 일 지나자 죽었다
> 지난해 전태일의 분신 이후의 일이었다

사람들은 하나는 섬기고 하나는 저버렸다
—「노동자 김진수」(10권) 전문

4

『만인보』가 워낙 대작이므로 이를 통독하는 것도 쉬운
일이 아닐뿐더러 조리 있는 작품론을 구성하는 것은 더욱
어려운 일이다. 이 글을 준비하느라고 찾아본 바에 따르
면, 당연한 노릇이지만, 13~15권(1997)이 출간되고 난 다
음 해와 16~20권(2004)이 출간된 후에 『만인보』를 논하는
글이 여럿 발표되었다. 그중 내가 주의깊게 읽은 논문은
황종연·유희석·이시영의 것인데, 그중에서도 황종연의
「민주화 이후의 정치와 문학」(《문학동네》, 2004년 겨울호)은
간과할 수 없는 문제점을 지니고 있기에 나의 논지와 연관
하여 간단히 언급하면서 글을 마치려 한다.

　황종연의 논문은 부제(고은의 『만인보』의 민중-민족주의 비판)
에 밝힌 바와 같이 『만인보』 비판에 역점을 두고 있지만,
그 성과를 인정하는 데에도 인색한 글이 아니다. 가령 그
는 이렇게 말한다.

　　한국사회 하층민의 생활은 가난의 인습에 시달리는
　가운데 역사의 재앙까지 입었지만, 그럴수록 더욱 강
　한 의지로 가족과 이웃의 생명을 돌보는 여성들의 도

덕이 원천이 되어 그 척박함과는 판이한 세계를 형성한다. 그것은 간단히 말해서 상호부조의 도덕이 일상생활에 배어 있는 세계이다. 『만인보』에 그려진 인간 초상 중에는 각자 딱한 처지임에도 서로 기대고 도우며 살아가는 하층민들의 얼굴이 곳곳에 박혀 있다. 저자는 그 하층민들의 겉으로 보이는 초라함, 비천함, 난폭함의 이면에 공생을 위한 도덕이 살아 있음을 자주 강조한다.

또 그는 이렇게도 지적한다.

어떻게 보면 『만인보』는, 적어도 그 하층민의 형상에 있어서는, 70, 80년대를 통해 고은 자신을 비롯한 많은 문학인, 학자, 예술가, 종교인들의 노력으로 정립된 민중상의 자유로운 종합이라고 해도 무방하다.

황종연의 비평문장은 한국 현실 위에 초연히 군림하는 듯한 태도와 하층민이라는 단어의 입에 붙은 사용이 눈에 거슬리기는 하지만, 그럼에도 대체로 공감할 수 있는 내용인 것이 사실이다. 아마도 이것은 그가 1970, 1980년대 민중운동과 민족문학의 역사적 공헌을 일정하게 인정하는 것과 대응을 이루는 논리일 것이다.

그러나 문제는 그다음부터이다. 황종연의 사고는 "현재 한국 민주주의를 둘러싼 상황은 민주화 이전의 그것과 크게 다르다"는 전제에서 출발한다. 간단히 말해서 지난날 민주화에 기여했던 민중-민족주의가 이제는 민주주의에 반하는 위험 요소로 되었다는 것이 그의 판단이다. 그의 논문에 이론적 배경을 제공한 최장집 교수의『민주화 이후의 민주주의』(2002)가 한국 민주화의 보수적 귀결을 역사적으로 점검하면서 1970, 1980년대의 민주화투쟁이 자유주의적 가치를 포용할 여유를 갖지 못했음을 아쉬워한 것은 사실이다. 그런데 황종연은 여기서 더 나아가 개인주의·다원주의의 절대화를 내용으로 하는 자유주의 자신이 민주화 이후의 민주주의를 지도해야 한다고 말하면서, 그 대척점에 있다고 간주되는 민족주의·집단주의가 새로운 시대에 있어 "안심하고 수긍할 만한 민주사회의 비전"이 되지 못한다고 비판한다.

그러나 나는 한국 민주주의를 둘러싼 상황이 1987년을 계기로 본질적으로 변화했다는 황종연의 의견에 동의하기 어렵다. 더욱이 이명박 정권 출범 이후의 현실이 보여주는 것처럼 자본과 권력의 기득권연합은 자신들의 맨얼굴을 가리기 위해 뒤집어쓴 가면으로서의 다원주의·자유주의를 언제든지 벗어버릴 용의를 가지고 있는 게 아닐까 하고 의심한다. 물론 그렇다고 지난날의 민족주의가 여전히 대안이라고 말하는 것은 아니다. 한국 민주주의의 질적 발전을 위한 최장집 교수의 고민을 뒤늦게 읽고서 내가 배운 것이 황종연의 그것과 상당히 다르다는 데에 나는 놀랄 뿐이다.

내가 보기에 황종연의『만인보』비판은『만인보』자체에 대한 비판이라기보다 황종연에 의해 해석된『만인보』비판이다. 그는『만인보』와 관련하여 "민중의 온갖 정체성들을 민족사의 일의적 서사 속으로 합병하는 민족시인의 정치적 상상력"이라고도 말하는데, 이것은 명백히『만인보』및『만인보』저자에 대한 과도한 단순화이다. "한국전쟁기에 '새 세상'이 왔다고 느낀 민중들의 광란에 명분을 제공한 것은 민족의 해방과 통일이라는 관념이 아니었던가?"─ 황종연의 이 의혹에서는 심지어 반공주의자의 낯익은 중상모략조차 감지할 수 있다.『만인보』에도 여기저기 묘사되어 있지만, 전쟁의 혼란기에 개인적 복수와 사리사욕을 위해 만행을 저지른 자들이 있었던 것은 사실이다. 잔인한 학살극도 있었고, 끔찍한 치정극도 있었다. 해방과 통일을 명분 삼아 한풀이에 나섰던 민중들의 광란도 있었지만, 무고한 양민 수십만이 국가권력에 의해 재판 없이 처형되기도 했다. 그러므로 평화로운 미래를 열기 위해 진정 필요한 것은 진실의 토대 위에서 용서와 화해를 추구하는 것이다. 일부 과격분자들의 광란에 명분을 주지 않기 위해 해방과 통일의 이념 자체를 위험시하는 것은 국가폭력의 과오를 시정하기 위해 국가 자체를 없애자고 주장하는 것과 마찬가지로 비이성적이다.

그렇다면『만인보』가 근본적으로 말하고 있는 것은 무엇인가. 수많은 감동적 서사들 중에서 지금 내게 기억되는 것 한두 편을 예로 해서 생각해보자.「다섯 시간의 결혼식 강좌」(16권)는 "6·25사변 1년째 / 경인국도 오류동에는 / 평안북도 일대에서 내려온 사람들이 / 미군 통역 노연택의 집 한 채에 / 모여 살았습니다"에서 보듯이 전쟁 때의 피난생활 광경을 묘사하고 있다. 거기 모인 사람들은 함석헌 형제, 송두용, 유달영 등 알 만한 인물들이다. "그런 피난공동체에도 결혼식이" 있었다. 신랑과 신부는 평소의 허름한 옷 그대로 걸상에 앉아 있고, 신부의 아버지 함석헌을 비롯한 하객들은 차례로 긴 축사를 늘어놓는다.

> 오전 10시부터
> 한 사람
> 한 사람의 축사가
> 오후 3시 반에야 겨우 끝났습니다
> 5시간 반을
> 신부신랑은 꼼짝 못하고
> 오줌도 못 싸고 앉아 있었습니다

　이렇게 결혼식을 올린 "그 신혼부부 바로 자식들 낳으니 / 대구 동촌에서 낳으니 동일이 / 포항 영일만에서 낳으니 영일이 / 서울서 낳으니 경일이 / 너무 순해서 순일이 / 너무 착해서 선일이 / 아들 하나 딸 다섯이었습니다."

　또 다른 작품은 「옥순이 옥분이 자매」(16권)이다. 1953년 휴전 직전 하루 두번 왕복하는 광주-순천행 버스가 비포장 자갈길을 달리다가 가파른 고개 위에서 고장이 났다. 운전수와 조수가 수리를 하는 동안 갑갑해진 승객들은 한 노파의 선창을 시작으로 노래를 부르며 '꿀처럼 달게' 지루한 시간을 보낸다. 옥순이와 옥분이도 이 버스의 승객인데, 그들은 여순사건 때 부모를 잃고 외가에서 자라다가 이제 처음 고향으로 가는 길이었다. 어린 소녀인 그들도 "해는 져서 어두운데……" 하고 애틋한 가락으로 노래를 부르고 승객들은 박수를 친다. 드디어 버스는 다시 달리기 시작하고, 시인은 희망을 말한다.

그 전란이 휩쓸고 간 땅
그 좌와 우
미움과 주검 널리던 땅
어디에도
옛정이 남아 있지 않은 땅
차 고장으로
옛정이 처음으로 묻어나
서로 노래하고 춤추는
한 세상을 이루기 시작했다

두 작품 모두 참담한 시대를 배경으로 하고 있음에도 밝은 색조가 넘치고, 읽는 이에게 잔잔한 미소를 짓게 만든다. 한창 전쟁이 진행 중인 상황이고 고향에서 겨우 도망쳐 나온 피난민 신세인데, 그런 와중에 결혼식을 올린다는 것 자체가 흐뭇한 사건이다. 게다가 5시간 반 동안의 축사라니, 얼마나 대단한 예식인가. 이것은 전쟁의 불합리와 잔혹성에 대한 원천적인 무효청구이며, 인간생존의 지속성에 대한 기초적인 권리선언이 아닐 수 없다.

광주-순천행 버스에서 벌어진 사건은 좀 더 민중적인 차원에서 새로운 회생의 가능성을 암시한다. 한 노파가 노래를 시작하고 다른 노인이 그것을 이어받아 30여 명 승객들이 저마다 가수가 됨으로써, 고장난 시골버스 안은 '좌와 우 / 미움과 주검 널리던 땅'으로부터 화해와 상생의 공간으로 전화되는 것이다.

물론 이 두 시의 바탕에 있는 것이 소박한 공동체주의라고 말할 수는 있다. 그리고 그런 수준의 공동체정신은 현실을 끌고 나가는 힘으로 실재한다기보다 망가진 현재를 위한 '오래된 미래'의 비전으로서만 우리에게 말을 건네는지도 모른다. 그러나 그것은 결코 폐기의 대상이 아니라 대안의 구상을 위한 불가결의 초석임을 분명히 할 필요가 있다.

현대시로서의 정형시조

구중서 시조집 『불면의 좋은 시간』을 화두로

우리 가족이 해방 직후 이남으로 내려와 처음 정착한 곳은 강원도 접경에 가까운 경북 봉화군의 춘양이라는 산촌이었다. 춘양목으로 유명한 곳이고, 요즘은 겨울에 춥기로 이름난 곳이다. 이곳에서 나는 초등학교에 다녔고 6·25전쟁을 겪었다.

그런데 내 기억 속에 아련히 남아 있는 1950년 전후의 춘양은 반쯤은 봉건시대의 유풍이 그대로 남아 있었다. 농경사회의 세시풍속이 여전히 살아 있었음은 물론이고, 상투 틀고 갓 쓴 노인들끼리 '권 진사' '강 참봉' 하고 서로 호칭하는 것을 예사로 볼 수 있었다. 웬만큼 크게 농사를 짓는 집에서는 으레 행랑채에 머슴을 두고 있어서, 초겨울 새벽 그들이 손바닥에 침을 뱉으며 탕탕 장작 빠개는 소리는 나 같은 잠꾸러기도 더 이상 누워 있지 못하게 했다. 할아버지의 명에 따라 몇 해 동안 서당에 다니며 한문을 배우기도 했는데, 그것은 일제 식민지교육의 전면적 공세에도 불구하고 춘양이 속한 안동문화권의 유교적 권위가 아직 완전히 폐기되지 않았음을 말해주는 것이었다.

초등학교를 졸업하던 1954년 봄에 우리 집은 춘양을 떠나 멀리 충남 공주로 이사를 했다. 춘양이나 공주나 다 아무런 연고가 없는 땅이지만, 짐작건대 춘양은 고향 속초를 떠나 동해안을 따라 내려오다가 태백산 아래 잠시 몸을 숨기기 위해 멈춘 곳이고, 공주는 그렇게 한숨 돌린 다음에 자식들 가르칠 데를 찾아 계룡산 쪽으로 눈을 돌려 고른 곳인 듯싶다. 태백산 아래든 계룡산 아래든 피난의 땅이라는 공통성을 갖고 있다.

그러나 공주는 춘양과는 아주 다른 곳이었다. 우리 집 바로 문 앞에는 공동수도가 있어 사시장철 물이 나왔고, 도로와 주택 사이에는 잘 정비된 하수도 시설이 있었다. 길 건너편에는 치과병원이 있었는데, 그 병원집 아들과는 고등학교에서 동창이 되었다. 병원에서 100, 200미터 떨어진 곳에 붉은색 벽돌로 우람하게(?) 지은 읍사무소 건물이 있었고, 거기서 모퉁이를 돌면 경찰서가 있었다. 다른 쪽 방향으로 10분쯤 걸어가면 대학이 있었는데, 당시 서울대사대·경북대사대와 더불어 우리나라 3대 사범대학으로 일컬어지던 공주사대였다. 고등학교도 다섯 개나 있어서, 충남 각지에서 중학교 졸업생들이 유학을 왔다. 이 무렵 공주읍의 인구는 3만을 넘지 않았는데, 그중 학생수가 1만 명 가깝다는 설이 있었다. 이 학생들을 겨냥해서 책방도 서너 개나 되고, 상설극장도 하나 있었다.

요컨대 춘양이 아직 봉건 잔재를 털어내지 못한 경상도 변방의 산촌이었다면, 공주는 일찍이 백제의 수도였고 한

때 충남도청 소재지였던 곳답게 근대적인 문화도시였다. 따라서 춘양에서 공주로의 이사는 나에게는 단순한 공간적 이동이 아니라 전통적 봉건사회로부터 근대사회로의 문화적 상승인 셈이었다. 특히 1950년대 후반 '홍문당'이란 대본서점은 나를 『동몽선습(童蒙先習)』 『명심보감(明心寶鑑)』 따위에 기초한 동양적 유교윤리의 세계로부터 이광수·김내성과 손창섭·선우휘를 거쳐 사르트르·카뮈 등으로 이루어진 서구적 미학체계에로 인도한 밀교의 아지트였다.

며칠 전 구중서 형의 시조집 『불면의 좋은 시간』을 받고 책장을 넘기면서 끊임없이 떠오른 것은 방금 진술한 바와 같은 내 개인사의 굴곡이었다. 혹은 그 굴곡을 극복하기 위해 치렀던 의식의 경직성과 그로부터 양성된 감정의 자기분열이었다. 하지만 개체발생은 계통발생을 되풀이한다는 생물학의 명제가 문학사적 현상에도 어느 정도 적용될 수 있다고 할 때 구중서 시조, 나아가 시조문학 일반을 바라보는 하나의 관점이 어쩌면 역설적으로 나와 같은 고향상실자의 시선을 통해 더 전형적으로 제시될 수 있을지도 모르는 일 아닌가, 이런 기대를 가져보기도 한다.

문학평론가로서 구중서의 행로는 이미 잘 알려져 있는 터이다. 그런데 중년에 이르러 그는, 그에 관한 사람들의 선입견을 깨고, 선이 굵으면서도 소박하고 힘이 있는 글씨를 선보여, 완강한 이론가의 외관 안에 의외로 단아한 선비의 붓솜씨가 들어 있음을 과시하였다. 그러나 그의 붓은 글씨에 멈추지 않고 그림에까지 나아갔다. 그의 묵화들은

446

산과 물과 정자와 누각 등 동양화의 전통적 소재와 구도를 따르되, 때로는 담백하고 때로는 대담하여 저절로 탈속(脫俗)의 경지를 맛보게 하였다. 그런데 나와 같은 문외한의 눈에 띄는 것 한 가지는, 그의 글씨는 그의 산문에서 독립된 일정한 자기충족성을 갖는 데 비하여, 그의 그림들은 대체로 글이나 글씨에 곁들여져 시도된다는 사실이다. 다시 말하면 그의 그림들은 늘 삽화적인 성격을 벗어나지 못한 듯하고, 그런 만큼 소인성(素人性)을 본질로 하는 것 같다는 점이다.

그러나 놀랍게도 그는 여기서 그치지도 않았다. 근년에 들어 시험 삼아 써내듯 간간이 발표하던 시조 창작을 모아 시집 한 권으로 묶어내었으니, 다름 아닌『불면의 좋은 시간』이다. 이렇게 문필로부터 시작된 선비의 길이 점점 더 넓은 영역으로 확장되는 것의 자연스러움을 그는 「붓」이란 작품에서 다음처럼 무심한 듯 토로하고 있다.

> 한 자루 붓으로 세상의 길을 냈지
> 먼 곳에 사람 보내 소식을 전하는 법
> 한지에 붓으로 적은 편지를 보냈었지
> 붓으로 글을 지어 묶으면 책이 되고
> 시 짓고 글씨 쓰고 그림도 그렸거니
> 시서화 함께하는 일 으레껏 다 하던 일

이 시조를 읽고 생각나는 분이 있다. 바로 시조시인 김상옥(金相沃) 선생인데, 다들 아는 바와 같이 그는 단순한 시조시인이 아니라 그야말로 시·서·화를 아우르는 최고 경지 예술가의 한 사람이었고, 한때 스스로 골동품상을 운영하면서 옛 서화와 골동의 가치를 널리 알리고자 노력했다. 그런 그가 회갑기념으로 시집 『묵(墨)을 갈다가』(창비, 1980)를 낼 무렵 창비 사무실에 가끔 들러, 붓과 먹과 벼루와 한지에 대해 무지한 우리 후배들을 두고 개탄했다. "글 쓴다는 사람들이 학용품을 몰라서야 되겠어요!"

그러나 시·서·화를 함께하는 일은 우리 세대는 물론이고 김상옥 세대에서도 흔한 것은 아니었다. 고은 선생 같은 분이 세 가지에 다 능하다 하겠지만, 그러나 그에게 있어 시와 서·화는 근본적으로 위상이 다르다. 봉건시대에 있어 시·서·화가 양반선비의 필수교양이었다고 한다면, 고은의 경우 시는 목숨을 걸고 하는 것이고 서·화는 말하자면 여기(餘技)로 하는 것이다.

세대를 더 거슬러 올라가면 어떠할까. 조선왕조의 몰락이 피할 수 없는 현실로 다가오고 서양 제국주의의 문물이 계몽주의의 이름으로 전통적인 것을 대체해가던 서세동점의 시대에 옛 선비의 이상형 또한 온존될 수 없었음은 어쩌면 당연한 추세였다. 따라서 이제 다산(茶山)이나 추사(秋史)와 같은 전인격적이고 전방위적인 지식인은 영원히 존재할 수 없게 되었다고 말해야 옳을 것이다. 아니, 오히려 식민지적 근대의 왜곡된 경험 속에서 전문 문인인 시인·소설가가 한가로이 예능에 손을 뻗친다는 것은 전근대로의 퇴행의 증거로 보일 수도 있게 되었다. 따라서 20세기의 전형적인 문학–예술은 극도로 예민한 신경과 고도로 훈련된 감각이 동원된 거의 병리적인 집중의 산물이 되었다.

구중서의 시조는 어조와 율격이 너무나 태연하고 작자 나름의 개성적인 숨결이 너무도 자연스럽게 형식 속에 무르녹아 있어서, 이근배 형이 지적했듯이, 나이가 들어 뒤늦게 창작에 손댔다고는 믿어지지 않는다. 그러나 언제부터 그가 시조 쓸 생각을 품었는지, 그리고 떠오르는 시상을 시조형식에 맞추어 실제로 문자화하기 시작한 것이 언제인지 하는 것은 사실 중요한 것이 아니다. 문제는 그의 텍스트에 형상화된 시적 주인공의 일상생활과 감정, 자연과 사회를 대하는 태도, 세계관이 그 자체로서 전성기 시조의 정형성에 아무런 갈등 없이 일치하고 있다는 점이다.

> 머리맡의 자명종이 다섯 시를 알려주니
> 약속처럼 새벽이 다시 밝아오는구나
> 눈뜨고 일어나기 전 오늘을 궁리한다
>
> 하루를 일생처럼 살라는 말이 있다
> 하루를 열흘만큼 살기도 어려운 일
> 그 모두 아까운 시간 되새기는 뜻이렷다
>
> 하루에 이틀 치를 사는 것도 벅차겠지
> 하는 일은 얼마만큼 사랑은 얼마만큼
> 알뜰히 살아보려는 마음만도 갸륵하다
>
> ──「하루」 전문

사람에 따라서는 여기서 지나치게 교과서적인 도덕주의를 읽을지도 모르겠다. 타락과 퇴폐, 이기주의와 물질주의가 압도하는 시대에 구도자의 일지에나 나옴직한 이 가르침의 언어는 심지어 비현실적인 공허감조차 풍길 수 있다. 그러나 근신·절제·겸손·궁행으로 점철된 나날의 수행은 이 시조의 작가에게는 결코 단순한 입버릇이거나 겉도는 것이 아님이 분명하다. 그런 점에서 이 작품의 형태적 안정성과 율격적 정형성은 시조 장르의 역사적 기반이자 구중서 인격의 뿌리인 선비계급의 성리학적 세계관에 분리될 수 없이 통합되어 있다고 믿어지는 것이다. 한 편만 더 읽어보기로 하자.

> 유리 벽 밖으로 산천에 비가 온다
> 수직으로 내리는 비 바람에 날릴 때
> 유리에 흐르는 물이 눈물 같다 냇물 같다
>
> 비 오는 날씨를 좋아하는 사람 있어
> 오늘같이 비 오는 날 저절로 만나거든
> 물길이 서로 합치듯 편하게 함께 가리
> ——「비 오는 날」전문

자연과 인사(人事)를 함께 노래한 작품으로 이만한 깊이와 격조를 달성한 예를 나는 쉽게 기억하지 못한다. 앞 연의 자연 묘사는 물론 뒤 연의 '비 오는 날씨를 좋아하는 사람'을 구체화하기 위한 동양적 시법(詩法)의 전형이다. 하지만 "눈물 같다 냇물 같다"는 구절에는 이미 시적 화자의 감정이입이 개입하고 있다. 그러나 시인은 만남을 예감하는 그 사람이 남자인지 여자인지, 그저 무관하게 지내는 벗인지 아니면 마음속에 묻어둔 연인인지 드러내지 않으며, 그렇게 드러내지 않고 무심한 듯 지나감으로써 극단주의의 위험과 허무주의의 함정을 넘어서고 있다.

이와 결부되어 구중서 문학의 고유한 묘미를 잘 표현한 낱말은 '저절로'와 '편하게'일 것이다. 이 낱말들은 다른 작품에도 여러 번 등장하는데, 그것은 「물처럼」「천하」 같은 시조에서 알 수 있는 그의 또 다른 사상적 관심, 즉 도가적(道家的) 관심을 반영한다.

이렇게 살피다 보니 결국 우리는 하나의 근본적인 질문에 이르게 되었다. 시조집의 머리말에 해당되는 곳에서 구중서는 「정형성의 리듬에 생동하는 언어를 담아」라는 제목으로 짤막한 시조론을 개진하고 있다. 이 소론에서 그는, 평소의 지론에 걸맞게, 시조가 일상의 구체성과 사회 현실의 역사성을 진취적인 정신으로 다루어야 한다고 주장한다. 다만 그는, 진취적인 정신과의 관계가 분명치 않은 또 다른 주장, 즉 시조 본래의 정형성을 충실히 살려가면서 그렇게 해야지, 정형성을 허물어서 시조인지 자유시인지 구별할 수 없게 되는 것은 혼란을 자초할 뿐이라는 주장을 편다. 과연 창작의 실제에서도 그는 내용과 형식 양면에서 자신의 주장을 고수하고 있다.

그러나 문제는 시조의 그러한 엄격한 정형성 안에 일상

생활의 다양한 구체성과 생동하는 사회현실을 얼마나 진취적으로 담아낼 수 있겠는가 하는 점이다. 이것이야말로 근대시의 탄생의 시기인 1920년대에 시조부흥론을 둘러싸고 전개되었던 쟁점의 근본 핵심일 것이고, 거의 1세기 가까운 세월이 흐른 오늘에도 여전히 완벽한 해답을 얻지 못한 문제의 요점일 것이다.

젊은 시절 내가 개인적으로 커다란 감명을 받고 배움을 얻었던 조그만 책 『고장시조선주(古長時調選註)』(정음사, 1949.1)에서 저자 고정옥(高晶玉)은 장시조와 관련하여 이렇게 서술하고 있다. "요컨대 장시조란 서민계급이 양반계급의 율문문학을 상속받아, 그것을 자기네들의 문학으로 만들려고 발버둥친 고민의 문학이며 실패의 문학이다."

고정옥의 이 언급도 근본적으로 시조의 역사적 운명과 연관되어 있을 것이며, 현대시조에서 가장 뛰어난 언어예술가라 할 수 있는 김상옥이 정형시조에 끝내 안주하지 못하고 '삼행시(三行詩)'라는 이름의 파격을 시도했던 것도 봉건시대의 장르인 시조를 현대적 감각에 맞게 개조하는 것이 가능한가를 탐구하기 위해 몸부림친 것이었다고 해석할 수 있다. 아마 우리는 시조의 현대적 재생을 달성하기 위해 투쟁하다가 성공한 또는 실패한 수많은 사례를 적시할 수 있을 것이다. 이런 경우 어쩌면 우리 문학사는 성공을 통해서보다 실패를 통해서 더 의미 있는 교훈을 얻을 수 있을지 모른다.

17

김수영이 수행한 문학사의 전환*

1. 생전의 김수영, 사후의 김수영

김수영 문학에 대한 사회적 성가(聲價)는 올해 탄생 100주년을 맞으면서 최고조에 이른 느낌이다. 문단과 학계·출판계를 넘어 일반언론까지 그를 특별하게 기리고 있다. 근대문학 역사상 이런 일은 아마 처음일 것이다. 과거 일제 강점기에는 이광수가 타의 추종을 불허하는 사회적 지명도를 누렸고 독재시대에는 김동리·서정주가 상당한 명망에 이르렀으나, 그들 모두는 어딘지 관제(官製)의 냄새가 났다. 오직 자신의 글과 품위만으로 살아생전 그런 위치에 오른 작가는 아마 박경리가 유일할 텐데, 김수영의 특이한 점은 생전이 아니라 사후에, 그것도 적지 않은 세월이 지나는 사이에 점점 더 그런 위상을 가지게 되었다는 사실이

---

* 이 글은 2021년 11월 20일 '김수영 탄생 100주년 학술대회, 〈다시, 100년의 시인 ― 김수영학을 위하여〉'에서 기조발제로 발표한 원고이다.

다. 그러면서도 그 자신의 본업인 시에서는 여전히 미지의 매장량이 많이 남아 있는 것으로 여겨지는 시인이 김수영이다. 오늘 이 자리도 그 증거인 셈이다.

잠깐 다른 데로 눈을 돌려 말머리를 찾아보자. 셰익스피어가 세상을 뜬 것은 1616년인데, 그로부터 200년쯤 지난 뒤에 괴테는 자신의 청년 시절 문학활동을 회고하는 에세이 「셰익스피어와 불멸성(Shakespeare und kein Ende)」(1815)에서, 셰익스피어가 '너무도 풍부하고 너무도 강력하기 때문에' 그에 관한 어떤 언급도 '불충분할' 수밖에 없다고 말한 바 있다. 독문학도들이라면 아마 누구나 괴테의 이 언명을 듣고서, 오랫동안 프랑스 고전주의의 그늘을 벗어나지 못하던 독일문학이 18세기 중엽 이후 반세기 동안에 클롭슈톡, 레싱, 헤르더, 괴테, 쉴러 등 걸출한 문인들이 잇따라 등장함으로써 단숨에 유럽문학의 정상으로 올라선 사실을 상기하게 될 것이다.

독일의 이 문예부흥 과정에서 셰익스피어는 가장 중요한 자극의 역할을 했던바, 한 외국인 작가가 사후 적잖은 시간이 지난 뒤에 다른 나라의 문학에 이처럼 커다란 영향을 끼치는 일은 극히 드문 사례일 것이다. 대체 어떻게 이런 일이 가능했던가. 위의 괴테 언급에 대답의 핵심이 들어 있다고 나는 생각한다. 즉 셰익스피어의 작품은 그 시대 독일 문인들에게 너무도 '풍부하고 강력한' 도전이자 영감의 원천이었던 것이다. 봉건체제의 모순이 막바지를 향해가던 시대에 그들은 셰익스피어 텍스트에 구현된 생동하는 언어를 통해 틀에 박힌 형식으로서의 문학이 아니라 생명이 약동하는 삶 자체의 구현을 보았을 것이다. 셰익스피어가 가리킨 길을 따라 그들은 자기 자신의 현실로 돌아온 것이었다. 그럼으로써 독일문학사는 이 시기에 근대 시민문학의 탄생이라는 역사적 전환을 이룩할 수 있었다.

그로부터 다시 200년이 흘러 우리 앞에는 김수영이 있다. 18세기의 독일과 20세기의 한국이 다르다는 것은 두말할 나위도 없다. 그럼에도 불구하고 잠시 독일의 경우를 참조한 것은 진정한 예술가의 고투는 시대와 장소를 넘어 역사에서의 전환적 역할을 할 수도 있다는 점을 확인하기 위해서이다. 물론 김수영의 목소리는 이미 살아생전에 남다른 울림으로 후배들에게 각성의 촉매가 되었다. 그러나 그는 생전 20년보다 사후 50년 동안 점점 더 치열하게 작동하는 '살아 있는 김수영'으로서 한국 문학사의 '김수영 이후 시대'를 열어왔다고 믿어진다.

그러나 내 생각에 어떤 위대한 인물도 평지 돌출의 단독자일 수는 없다. 김수영도 과거로부터 물려받거나 바깥으로부터 넘겨받은 것을 껴안고 '김수영'이 되었다. 아울러 그는 자기 시대의 한복판을 수많은 동시대인들과 함께 살며 그들과 생활을 공유하고 생각을 주고받았다. 요컨대 우리는 김수영을 그가 살았던 역사 속에서 볼 필요가 있다. 이런 관점에서 나의 단편적인 생각들 몇 가지를 두서없이 나열하고자 한다.

(아시겠지만 나는 1976년 《창작과비평》 겨울호에 「김수영론」을 발표한 바 있다. 개인적으로 김수영 선생에게 빠져든 지 10년째, 돌아가신 지 8년째 되는 해에 그로부터 벗어나기 위해 쓴 글이었다. 그 글의 미숙함에 큰 부끄

러움과 약간의 자부심을 아울러 간직해왔었다는 고백을 뒤늦게 표한다.)

2. 근대문학사의 전환들

잠시 거칠게나마 우리 근대문학의 전개과정에서 이루어진 '전환'의 양상을 개괄해보고, 김수영의 문학사적 위치에 대해 생각해보자. 누구나 알듯이 20세기 초 과도기의 신소설·신체시를 극복하고 지금도 읽을 만한 형태의 우리말 문학을 개척한 것은 이광수·김동인·염상섭·현진건 등의 소설가와 김억·한용운·김소월·이상화·김동환 등의 시인들이었다. 이들의 문학이 잠재적으로는 조선 시대 전통문학을 계승한 것인가 아니면 서구의 근대문학을 주로 일본을 통해 이식한 것일 뿐인가는 단순한 양도논법의 문제가 아니라 복잡한 변증법적 분석의 대상이다. 여하튼 이때 성립된 한국문학의 개념과 틀은 기본적으로 오늘까지 지속되고 있다고 볼 수 있을 텐데, 이것이 거시적 차원에서 바라본 (중세문학으로부터의) 근대적 전환이다. 이 근대문학 안에서는 어떤 국면의 전환이 있었나.

박영희·김팔봉·이상화·김동환 등은 근대문학 제1세대에 속하면서도 내부에서의 조반(造反)을 통해 신경향파를 불러들이고 카프(KAPF, 조선프롤레타리아예술가동맹) 조직에 발판을 깔았다. 뒤를 이어 활동한 카프의 주요 문인들, 이기영·한설야·최서해·김남천 등 소설가와 임화·김창술·박세영·권환 등 시인들의 이념적 목표는 계급해방이었으나,

그들이 내놓은 문학적 결과는 대체로 어설픈 관념에 그쳤고 그나마 일본 좌파문학을 어설프게 답습한 것이었다. 그럼에도 그 시대의 세계사적 조류에 힘입어 카프는 1925년부터 10년간 외형상 문단의 패권을 장악했다.

하지만 카프 헤게모니하에서도 그와 전혀 다른 문학이 성장하고 있었으니, 정지용·이태준·채만식·이효석뿐만 아니라 이른바 해외문학파들도 이미 활동을 시작하고 있었다. 이런 분화의 흐름 속에서 김유정·김동리·이상·김기림·백석·이용악·서정주 등 여러 색깔의 새로운 작가들이 등단함으로써 1930년대는 식민지 문단에 있어 다양한 경향이 나름으로 꽃을 피운 시기였다. 최재서·백철·안함광·김문집·김환태 및 임화·김기림 등에 의해 직업으로서의 문학비평이 확립된 것도 주목할 현상이다. 생각건대 일제강점기 한국문학은 1910년대의 근대적 전환을 시발로 하여 1940년경의 조선어 사용 억압과 조선문 매체의 폐간에 이르기까지 30여 년 동안 대체로 일직선적인 발전과 확장을 거듭해왔다고 말할 수 있다.

방금 지적했듯 우리 문학은 1940년 전후 일제의 파쇼정책 강화와 태평양전쟁의 발발로 인해 된서리를 맞고 심대한 타격을 입는다. 일본의 패전으로 전쟁은 끝났으나, 미·소 양군의 남북한 분할점령에 의해 분단은 굳어져갔다. 해방기 잠시 동안 문학은 초유의 언론자유 속에서 활기를 띠는 듯했지만, 분단은 결국 문단의 기형적인 재편성을 강요하기에 이른다. 남한에서는 주요작가들 상당수가 북으로 가고 김광섭·김동리·황순원·유치환·서정주·박목월·조연현 등이 남아 '순수문학'의 깃발 아래 반공 독재정권에 순응하는 '문학권력'으로 군림하게 되었다. 이 시기의 문학을 나는 1930년대 문학의 퇴행적 축소 재편성이라고 본다.

분단과 전쟁을 몸으로 겪어야 했던 젊은 세대는 이 보수적이고 순응적인 문학에 대항하여 새로운 목소리를 발하게 된다. 1950년대부터 1970년대까지 30여 년은 한국문학사에 있어서 유례없이 치열한 신구(新舊)투쟁 내지 신구교체의 시대였고 또한 논쟁의 시대라고 말할 수 있다. 1950년대 말에 불이 붙어 십수 년 지속된 참여문학 논쟁은 대표적 사례일 것이다. 그런 뜻에서 전광용·김성한·이범선·추식·장용학·유주현·손창섭·선우휘 등의 소설가들, 구상·김수영·김종삼·김춘수 등의 시인들은 한국 근대문학사 제3세대의 첫 주자였던 셈이다.

한때 이들 일부는 학병세대라 불리기도 했고, 더 일반적으로는 전후문학으로 묶이기도 했다. 하지만 이들 가운데 학병 경험자는 소수이며, 반면에 전후세대라 부를 경우에는 이들보다 10년 가까이 연하인 오상원·서기원·하근찬·이호철·송병수·신동문·전봉건·신동엽·천상병 등은 물론이고 고은·박봉우·신경림·최인훈·서정인·이어령·유종호 등까지 포괄할 수도 있다. 그 뒤를 이은 것이 김승옥·박태순·이문구·조세희·윤흥길·황동규·정현종·이성부·조태일·김현·백낙청·김우창 등 1960년대 등단문인들인데, 이들도 가장 넓은 의미에서는 전후세대라 할 수 있다.

이런 구도 위에서 본다면 김수영은 한국 근대문학사의 제3세대 시인이다. 그런데 그는 이런 구도 위의 한 위치를 차지하면서 동시에 그 위치를 넘어서는 보편성을 성취했다고 여겨진다. 그 점을 생각해보려는 것이 이 글의 목적이다.

3. 김수영과 '소박한 리얼리즘'

어느 자리에서 백낙청 교수는 김수영의 시를 '소박한 리얼리즘'으로 규정해서는 안 된다고 말한 바 있다. 물론 그렇다. 그러나 리얼리즘뿐만 아니라 모든 개념은 그 개념을 어떻게 정의하느냐에 따라서 용법이 달라질 수 있다. 어떤 개념이든 생겨나서 일정하게 의미가 생성되고 널리 사용되는 역사적 과정 속에서 역동적인 변화를 겪게 마련이다.

리얼리즘을 '소박하게' 생각하여 가령 사물을 직접적으로 재현하는 방식이라고 단순하게 정의한다면 그런 의미의 리얼리즘 개념은 당연히 김수영의 시와 거리가 멀다. 사실 백 교수는 김수영 시의 리얼리즘 여부를 판별하려고 한 것이 아니다. 김수영 자신도 산문에서 현대성 또는 모더니즘에 대한 언명은 여러 차례 했으나 자신의 문학을 리얼리즘 개념과 연관지어 사고한 흔적은 찾아보기 어렵다. 그러나 이 세계와 인간현실에 대한 심오한 이해와 그 미학적 성취를 리얼리즘이라고 정의할 때, 그런 리얼리즘에 김수영 시가 도달했느냐를 검토하는 것은 당연히 비평의 몫이다. 1970, 1980년대와 달리 요즘은 리얼리즘이란 말이 우리의 시야에서 멀어져 있지만, 나는 김수영에게서 현실과의 대결이라는 리얼리즘적 정신을 보지 않는다면 그의 핵심을 놓치는 것이라고 말하고 싶다. 현실의 어떤 차원과 부딪치든 전투 자세의 철두철미함에서 김수영은 누구보다 치열한 리얼리스트였다.

그런데 주목할 사실은 김수영의 문학에서 '현실'이 대체로 지극히 일상적이고 사소한 모습으로 나타나고 있다는 점이다. 사소하고 비루해 보이는 외관에도 불구하고 '김수영 현실'의 일상성은 저열한 트리비얼리즘(瑣末主義)으로 떨어지지 않는다. 오히려 그것은 김수영 특유의 비할 바 없이 치열한 정직함의 용광로를 통과한 다음, 거대담론의 공허와 속임수를 폭로 타격하는 날카로운 무기로 재탄생되는 것이다. 이 단순치 않은 전화(轉化)의 과정에는 역설, 반어, 비약, 전도(顚倒), 은폐 등 갖가지 수사학이 동원된다. 그 결과 많은 경우 김수영의 시는 손쉬운 상식적 이해를 차단하고 거부하는 난해성을 띠게 되는 것이다. 그러나 기억해야 할 사실은 김수영이 진정한 난해시와 가짜 난해시를 구별하고 후자를 공격하는 데 누구보다 앞장섰다는 점이다.

그에게 난해시는 복잡한 현실과 치열하게 싸우는 과정에서 태어난 필연적 산물이다. 다시 말해 현실의 복잡성과 김수영 의식의 충돌 속에서 불가피하게 생성된 것이 그의 난해시이다. 동시에, 너무 기계론적 해석일지 모르나, 그의 시대가 엄혹한 반공법·국가보안법의 족쇄 아래 묶여 있었던 사실도 반드시 기억해야 한다. 현실이 강제하는 시대적 고난 속에서 외적 금기와 내적 두려움을 돌파하여 현실의 심층 안으로 들어가기 위해 어찌할 수 없이 난해의 장막으로 자신을 감쌀 수밖에 없었던 시들을 — 바로 자신의 시를 암시하며 — 김수영은 진정한 현대시라고 명명한 것이다.

4. 김수영과 4·19혁명

많은 시인들에게 그러했듯이 김수영의 문학적 생애에서도 4·19혁명은 결정적인 분수령이었다. 이 무렵 그의 시는 평소의 딴 시들과 달리 놀랄 만큼 직설적인 화법으로 독재자에 대한 증오를 토로하고 벅찬 가슴으로 희망의 미래를 노래한다. 어떤 글에서 나는 이 무렵의 김수영 시에 관해 다음과 같이 언급한 적이 있다.

> 4·19 이후 1년 동안 벌어진 현실정치는 퇴행과 변질, 타협과 배반의 연속이었다. 이 과정을 문학적으로 가장 생생하게 증언하는 문학 사례의 하나는 김수영의 시일 것이다. 이 무렵부터 불의의 교통사고로 작고하기까지 그의 작품에는 대부분 집필 일자가 붙어 있는데, 「하… 그림자가 없다」(1960.4.3), 「우선 그놈의 사진을 떼어서 밑씻개로 하자」(1960.4.26), 「기도」(1960.5.18), 「육법전서와 혁명」(1960.5.25), 「푸른 하늘을」(1960.6.15), 「만시지탄은 있지만」(1960.7.3), 「나는 아리조나 카보이야」(1960.7.15), 「거미잡이」(1960.7.28), 「가다오 나

가다오」(1960.8.4), 「중용에 대하여」(1960.9.9), 「허튼소리」(1960.9.28), 「피곤한 하루하루의 나머지 시간」(1960.10.29), 「그 방을 생각하며」(1960.10.30)로 이어지는 김수영의 시작업은 그의 시적 사유가 4·19의 진행과 얼마나 긴밀하고도 숨가쁘게 얽혀 있는지를 기록한, 시의 언어로 쓰여진 혁명일지와도 같은 것이다. 이 치열한 호흡을 따라가는 독자만이 "혁명은 안 되고 나는 방만 바꾸어버렸다 / 그 방의 벽에는 싸우라 싸우라 싸우라는 말이 / 헛소리처럼 아직도 어둠을 지키고 있을 것이다"(「그 방을 생각하며」)는 구절 속에서 혁명의 진정성에 대한 시인의 끝없는 열망과 패배의 예감에 떨고 있는 한 영혼의 불안을 감지할 수 있을 것이다. (「신동문과 그의 동시대인들」, 《문학수첩》 2005년 봄호)

이런 의미에서 김수영은 4·19혁명의 가장 치열한 직접적인 참여자 중 한 사람이었다. 혁명은 일차적으로는 각성한 군중이 궐기해서 부패하고 불의한 권력을 폭력으로 무너트리고 새로운 질서를 구축하는 정치투쟁이다. 김수영은 이승만 반공 독재정권의 붕괴에 무한한 환희의 감정을 가졌던바, 그러한 감정의 표현 자체가 혁명과정에서 중요한 선전활동이 된다. 따라서 그런 선전시가 난해한 언어로 쓰여질 수 없음은 자명하다. 그러나 혁명이 퇴조하고 변질되기 시작하자 그의 시는 다시 난해의 먹구름에 덮이게 되는 것이다.

내 생각에 김수영의 내면을 평생 지배한 것은 외부현실

에 대한 두려움이었다. (특히 6·25전쟁 이후에는) 그의 무의식을 지배한 것은 현실세계가 주는 억압과 공포감이었을 것이다. 의용군으로 잡혀가 잠깐 경험한 북한에서도, 또 번역이라는 생업에 매달려 소시민으로 냉전 반공체제 아래 살았던 남한에서도 자유의 결핍과 처벌의 위험이야말로 그를 위협한 불변의 생존조건이었다. 따라서 김수영의 무의식 속에는 오늘날 우리가 상상하는 것보다 훨씬 더 심각한 공포감이 상시적으로 잠재되어 있었다고 나는 본다.

두말할 것 없이 그의 공포감은 6·25전쟁 시기 남북한 땅에서 겪은 치명적 경험으로부터 발원했을 것이다. 의용군으로 붙들려 올라갔던 넷째 동생 김수경이 일본을 통해 본가로 편지를 보내온 사실 때문에 10여 명의 기관원이 구수동 집으로 김수영을 데리러 왔을 때, 그가 조건반사적으로 (당시 《조선일보》에서 벌어졌던 이어령과 일종의 사상논쟁을 떠올리며) "《조선일보》땜에 오셨소?"라고 반응했다는 일화를 상기해보라.

그런데 김수영의 뛰어난 점은 공포에 시달리면서도 끝내 공포에 굴복하지 않았다는 것이다. 공포 자체는 그에게는 진실의 현존을 말해주는 생생한 증거였을 것이다. 마치 박해 속에서 더 깊은 신앙을 얻었던 기독교도처럼 그는 외부세계에 두려움을 느낄 때마다 진실의 내방(來訪)을 감각했을 것이다. 그러나 김수영에게서 우리가 주목할 점은 이 계시와도 같은 순간에 그의 언어가 바깥으로 표현해내는 것이 추상적인 이념이나 고상한 관념이 아니라는 사실이다. 어린이가 엄마의 치맛자락을 붙들고 가면서 자기 손에 닿는 감각의 구체성으로 후일 엄마의 실존을 기억하듯이 그는 실밥처럼 드러난 초라한 디테일을 묘사하는 행위로 진실의 현존을 증언했다. 후세의 연구자들은 물론 비근한 일상성의 얼굴을 하고 나타난 이념의 실체, 가령 자유라던가 사회주의 같은 이념을 추출할 수도 있을 것이다. 하지만 그것은 사후적인 비평적 해석의 업무일 뿐이다.

그런데 김수영 자신은 비평적 논설도 때로는 시적 언어로 전개했다. 그가 문단을 넘어 지식인 사회 전체의 주목을 받은 것은 널리 알려져 있다시피 1968년 봄 《조선일보》에서 이어령과 논쟁을 통해서인데, 돌이켜보면 그때가 김수영 정신의 절정기였다. 그 무렵 부산에서의 강연 「시여 침을 뱉어라」는 우리나라 문학의 역사상 가장 탁월한 비평적 문건의 하나이다. 제목부터가 심상치 않다. '시여 침을 뱉어라'가 어떤 사람에게는 문학 강연의 제목으로 너무 파격이고 심지어 너무 속되다고 할 수도 있겠지만, 내가 볼 때는 고도로 의미심장한 제목이다. 「눈」이란 시에도 다음과 같은 구절이 있다. "기침을 하자 / 젊은 시인이여 기침을 하자 / 눈을 바라보며 / 밤새도록 고인 가슴의 가래라도 / 마음껏 뱉자." 김수영의 생각의 구조에서 기침을 하고 침을 뱉는다는 것은 단순한 행위가 아니다. 그것은 김수영의 의식 내부에서 전투 —— 공포와의 전투, 거짓과의 전투, 찌질함과의 전투 —— 가 진행 중임을 나타내는 증거이자 전투의 움직일 수 없는 부산물인 것이다.

5. '김수영-되기'에 관여한 것들

김수영은 글 쓰는 문제만 붙들고 고민해서 자기의 경지까지 간 것이 아니다. 물론 그는 자기 존재 전체를 걸고 시를 썼다고 할 수 있다. 전후의 폐허를 핑계로 몰려다니며 술 마실 때 그는 열심히 책을 읽고 번역을 하고 내면의 사상전투를 전개했다. 생업을 위해 채택한 영어번역을 통해 그는 동시대 서구의 문예경향을 학습했고 하이데거와 프로이트의 일본어 번역을 밑줄 그어가며 열독했다. 중학을 중퇴한 임화가 10대 후반부터 맹렬한 독서와 집요한 지적 탐구를 통해 자기 시대의 이념을 선도하는 위치에 올라섰던 것처럼 김수영도 잠시의 일본 유학 이후 10여 년 중단됐던 공부에 몰입했다.

하지만 이것은 김수영 문학의 깊이를 이해하기 위한 참고사항일 뿐이라고 나는 생각한다. 가령 하이데거만 하더라도 일본어로 번역된 텍스트를 통해 얼마나 하이데거 사유의 핵심에 들어갈 수 있느냐가 간단치 않은 문제이다. 하이데거의 독일어는 영어로도 완벽하게 번역되기 어렵다. 독일어는 영어에 비해 접두사와 복합어가 발달되어 있는데, 하이데거는 독일어의 그런 특징을 최대한 활용해서 복잡하고 미묘한 언어분석을 하고 이를 바탕으로 자신의 독특한 사유를 풀어나갔다. 횔덜린이나 릴케의 시 몇 구절 또는 한두 편을 가지고 저서 한 권이 될 만큼 분석해 들어가는데, 그렇기 때문에 영어 번역도 불완전하고 일본어나 한국어로는 더구나 하이데거 사유의 총량을 옮기는 것이 불가능에 가깝다. 김수영이 하이데거를 읽었다고 하지만, 얼마나 이해했는가는 더 검토할 문제이다.

김수영을 만드는 데 그의 외국어 독서가 결정적인 것이 아니었다고 나는 생각한다. 하이데거의 사유와 프로이트의 개념에 도움을 받은 건 사실이겠지만, 하이데거를 읽었다고 모두 김수영이 되는 건 아니다. 당연한 얘기지만, 타인의 경험과 타인의 사유는 '자기 것'이 되는 과정을 거치기 이전에는 여전히 남의 것이다. 진정으로 독창적인 결과물이 나오기 위해서는 그 자신의 '피 흘림'이 바쳐져야 한다. 김수영은 하이데거 문장을 발판 삼아 자신의 사유를 전개한 것이고, 어쩌면 하이데거 없이도 우리가 아는 김수영이 되었을 것이다.

김수영이 내심 좋아했다고 알려진 임화와 비교하여 김수영은 한국문학사에서 어떤 위상을 가질 수 있을까. 앞에서 잠깐 언급했듯이 임화의 공교육은 중학 중퇴에 불과하다. 그럼에도 불구하고 그는 일본 유학파 출신들 그 누구도 따를 수 없는 이론적 역량을 발휘했다. 10대 말부터 그는 미친 듯이 독서에 몰입하여 《백조(白潮)》 추종과 다다이즘 흉내를 거쳐 마르크스주의자로서의 자기를 확립했다. 물론 그는 일본 좌파문학의 맹렬한 학습을 통해 그렇게 된 것이 사실이다. 그러나 그는 학습한 좌파이론의 핵심을 견지하면서도 그것을 기계적으로 추종하는 데 그치지 않고 이를 식민지 현실의 내적 필연성 안에서 논리화하고자 고심하였다. 그러한 고민의 결과로 탄생한 것이 일제 강점기의 신문학사(론)이고 해방후의 민족문학론이라고 나는 생각한다. 무엇보다도 임화는 자신이 받아들인 유물론적 세계관에 입각하여 이인직·이광수·염상섭 등을 비롯한 앞 세대의 작품들을 읽고 이를 독자적으로 체계화함으로써 최초로 한국 근대문학사의 이론적 구도를 제시했다.

임화에 비한다면 김수영에게는 그와 같은 의미의 '역사'가 없다. 유명한 「거대한 뿌리」나 「이 한국문학사」 같은 시는 역사에 대한 그의 지식이 아니라 역사에 대한 그의 무지를 폭로한다. 그는 만해·소월·지용 등 선배 시인들을 체계적으로 읽은 흔적을 별로 남기지 않았다. 어쩌면 이 점이 한국시의 낡은 관행과 굳어진 타성으로부터의 그의 해방을 가능케 했는지 모른다. 그러나 그는 김광섭·김현승·서정주·박목월 등을 비롯한 동시대 동료들의 시를 부지런히 읽어서 최선을 다해 시평을 썼다. 요컨대 김수영은 현재에 밀착된 시인으로서, 오직 그 밀착을 통해서만 한국시의 '김수영 이후'를 만들어냈다.

6. 김수영의 정치적 입장

김수영의 정치의식에 대해 묻는 사람들이 있다. 한마디로 좌파 아니냐는 것인데, 좌파란 말도 쓰기 나름이다. 상식적인 의미에서 좌파에 가깝다고 볼 수는 있고, 보수주의자가 아닌 건 확실하다. 한마디로 진보주의자이다. 하지만 다시 한 번 임화에 견준다면 김수영은 결코 마르크스주의자가 아니었다. 6·25 경험을 통해 그가 북한체제에 크게 실망한 것도 사실일 것이다. 어떤 점에서 그는 철저한 개인주의자였다는 생각도 든다.

6·25전쟁 이전에는 어땠을까. 그 시절 소위 중간파라고 불리는 사람들이 있었다. 예를 들면 정치인 여운형이나 소설가 염상섭처럼 남북합작과 좌우연합을 추구하는 중간적인 노선인데, 정치적으로 김수영이 그런 중간적 노선을 보였다는 증거도 나는 찾지 못했다. 그가 임화를 좋아했다고 하지만, 비판적 전위시인으로서의 임화를 좋아한 것이지 남로당 정치노선을 지지한 것은 결코 아닐 것이다. 월북 이전 남쪽의 미군정 체제를 비판 공격한 임화 시의 신랄하고 선동적인 화법은 정치적인 찬반을 떠나 (나 같은 사람에게도) 지극히 매력적이다. 하지만 김수영이 1930년대 후반에 발표된 전성기 임화의 시나 논문을 읽은 흔적은 발견되지 않는다. 요컨대 해방기 김수영은 단지 아방가르드 행태의 초보 시인일 뿐이었다.

6·25를 겪고 난 뒤에야 비로소 김수영은 일정한 정치적 태도를 가지게 됐을 것으로 여겨지는데, 그것도 초기에는 자기의 창작활동과 관련된 범위 안에서였을 것이다. 1950년대의 숨막히는 반공 냉전체제에서는 설령 그가 언론자유가 완전히 보장된 사회, 민주주의와 사회정의가 확립된 사회, 그러나 소련이나 북한과는 다른 인간적 사회주의를 꿈꾸었다 하더라도 그것을 개념화할 언어를 찾지 못했을 것이다. 어쨌든 1953년 포로수용소에서 풀려난 직후 그가 발표한 산문들을 보면 북한 공산체제에 대한 실망으로 가득 차 있음을 알 수 있다. 신변의 안전을 위해서일 수

도 있었을 테지만, 여하튼 그는 글을 써서 먹고 사는 시민으로서 자유의 가치를 다른 어떤 가치보다 중시했던 것이 분명하다.

4·19혁명 이후의 글에서는 좀 더 분명하게 김수영의 정치의식이 감지된다. 말년의 작품 「사랑의 변주곡」이야말로 모든 의미에서 김수영 최고의 걸작이다. 거기에는 그의 사회적 이상도 담겨 있다고 생각되는데, 물론 그것은 시적 언어로 표현되었을 뿐이지 개념적으로 언표되지는 않았다. 하지만 우리는 읽을 수 있다. 미국의 패권도 끝나고 미국이나 소련, 중국 같은 패권적 국가의 일방적 지배가 끝나고, 온 세계와 온 인류가 평등하고, 각 나라 안에서도 모든 인민이 평등을 누리는 사회, 즉 진정한 사회주의를 지향하는 열정이 감출 수 없이 드러나 있음을 우리는 분명하게 느낄 수 있다.

이 지구에서 그런 이상이 실제로 이루어지는 것은 김수영 생전이나 오늘이나 불가능의 과제로 보인다. 하지만 김수영은 뭐라 했던가? 이어령과의 논쟁 중에 발표된 유명한 문장 「실험적인 문학과 정치적 자유」에서 그는 더할 나위 없이 선명하게 다음과 같이 선언했다. 이 문장들이야말로 김수영 평생의 영혼을 사로잡은 전위문학 선언이고 진보주의 선언이라 할 만하지 않은가!

모든 실험적인 문학은 필연적으로는 완전한 세계의 구현을 목표로 하는 진보의 편에 서지 않을 수 없게 되는 것이다. 모든 전위문학은 불온하다. 그리고 모든 살아 있는 문화는 본질적으로 불온한 것이다. 그것은 두 말할 것도 없이 문화의 본질이 꿈을 추구하는 것이고 불가능을 추구하는 것이기 때문이다. (『김수영 전집 2』, 민음사 2018, 304쪽)

7. 김수영과 조직활동

8·15 직후 결성된 조선문학가동맹은 임화·김남천·박세영·권환·이원조 등 옛 카프 계열뿐 아니라 이병기·염상섭·정지용·이태준·김기림·안회남 등 원로그룹과 옛 순수문학 계열 등 대다수 문인을 포괄하는 거대조직이었다. 김수영과 가까웠던 젊은 전위시인들 다수도 여기 가입했다. 그러나 김수영은 가입하지 않았다. 어떤 조직에도 가담하지 않는 것이 그의 의식적 선택이었는지, 아니면 정치적 혼란 속에서 입장이 정리되지 않아서 결정을 유보한 것이었는지 판단하기 어렵다. 아무튼 내 추론으로는 해방 시기의 혼란이 웬만큼 정리되어 어느 문인단체에든 가입할 필요가 생기면 그는 틀림없이 조선문학가동맹에 가입했을 것이다. 하지만 결국 그런 일은 생기지 않았다. 1957년 2월 한국시인협회(시협)가 결성되고 문학상이 제정되어 제1회 시인협회상이 그에게 주어졌는데, 그가 가입할 만한 유일한 단체가 시협이었지만, 그가 가입했는지 여부는 확인되지 않는다. 생전의 김수영이 단체활동에 참가한 유일한 사례는 1965년 7월 9일 한일협정 국회비준 반대성명에 문

인 84명의 1인으로 서명한 것으로 조사된다.

가끔 나는 이런 공상을 한다. 알다시피 박정희 유신체제가 한창 발악하던 1974년 문인들은 '자유실천문인협의회'(자실)를 만들어 나름의 저항운동을 전개하기 시작했다. 그로부터 20여 년의 군사독재 동안 적지 않은 문인이 수사기관에 불려가고 감옥살이를 하고 직장에서 쫓겨났다. 내가 궁금한 것은 만약 김수영이 살아 있었다면 이때 어떻게 처신했을까 하는 것이다. 1970년대라고 해도 김수영은 불과 50대인데, 후배 문인들이 김수영보고 앞장서라고 간청했을 게 틀림없다. 그랬을 경우 그에게서 어떤 반응이 나왔을까.

나는 그가 자실에 가입하는 걸 망설였을 거라고 생각한다. 이건 물론 하나의 가정일 뿐이고, 반대로 열렬히 활동하다 감옥행을 했을 수도 없지는 않다. 하지만 그대들의 취지에는 절대 동조하되 조직에는 가입하지 못한다, 이렇게 말했을 수도 있다는 것이 내 추론이다. 만약 그랬다면 젊은 나는 당연히 실망했을 것이다. 1976년에 내가 「김수영론」을 쓰면서 은연중 의식한 것도 그런 점이었는데, 그의 생활의 일관된 소시민적 한계와 그 귀결로서의 어쩔 수 없는 소극성을 연관지은 (당시의 나의 교조적) 정치주의의 산물이다. 물론 그때로 돌아가 다시 쓴다면 또 그렇게 썼을 테지만.

아무튼 1987년 6월항쟁 이후까지 생존해 있을 경우 (1987년에 그는 겨우 66세이다) 김수영은 반정부적 단체활동이나 조직운동에 참가했을 수도 있고 안 했을 수도 있다. 서

명까지는 하되 조직에는 안 들어왔을 가능성도 있다. 물론 어디까지나 가정이지만, 나는 어느 경우든 그를 이해하고 포용하는 것이 옳다고 생각한다. 글 쓰는 사람으로서 어디에도 구속받음 없이 자유롭게 자기 생각을 표현하고자 하는 욕구를 갖는 것은 원천적으로 정당한 것이다.

김수영이 만약 젊은 날 조선문학가동맹에 가입했다면 후일 그처럼 치열한 문학을 못했을 수도 있다는 생각을 해야 한다. 동맹의 최고 지도자로서 모든 것을 조직하고 지휘했던 임화가 한반도 남북에서 맞이한 처절한 운명을 상기하면 실로 착잡한 마음을 갖게 된다. 다른 한편, 해방 시기 우익에서 일했던 사람들, 가령 문익환 목사나 박형규 목사, 정경모 선생이나 리영희 선생처럼 미군 통역으로 복무했던 분들을 생각해보라. 장준하 선생도 1950년대에는 반공주의자였다고 하지 않는가. 그런 신분상의 안전판이 있었기에 그들은 군사독재 시대에 거침없이 정부 비판에 나설 수 있었고 인권운동과 민주화운동, 통일운동에 앞장설 수 있었을 거라고 상상해볼 필요가 있다. 그들에 비하면 김수영이 8·15부터 6·25까지의 사이에 행한 발언과 처신은 신분보장을 위한 최소한의 알리바이를 마련한 데 불과하다. 하지만 사람이 터무니없이 끌려가고 죽고 하는 아수라 지옥에서 김수영이 그렇게라도 목숨을 부지한 것은 우리 문학사의 행운 아닌가.

8. 김수영과 모더니즘

　리얼리즘과 모더니즘, 민족과 계급 등 여러 개념들은 알다시피 서양에서 수입된 것이다. 그런데 앞에서 말한 것처럼 개념이란 일정한 역사적 맥락 속에서 형성되고 발전되는 것이며, 따라서 누가 어떤 문맥에서 사용하느냐에 따라 의미가 달라지고 뉘앙스에 변화가 생기게 마련이다. 물론 개념이 무한대로 확장될 수 있는 것은 아니어서, 가령 도식적 관념주의나 몽상적 낭만주의는 어느 경우에나 리얼리즘과 적대적이다. 이런 점을 전제하고 김수영과 모더니즘의 관계에 대해 생각해보자.

　서구문예에서 모더니즘은 세기말(19세기 말)부터 전간기(戰間期, 양차 대전 사이의 기간)까지 사이에 출몰했던 여러 예술 사조를 포괄해서 가리키는 것이 보통이지만, 그중 어느 특정 사조를 주로 지칭하기도 한다. 그러니까 모더니즘은 표현주의, 상징주의, 초현실주의, 이미지즘, 주지주의 등을 뭉뚱그리는 개념일 수도 있지만 그중 어느 하나를 주로 가리킬 수도 있다. 가령 1930년대의 김기림과 최재서는 주지주의를 중심으로 모더니즘을 논한 바 있다.

　그런데 왜 이 시기 서구 문학예술에 모더니즘으로 불리는 변혁이 일어났는가. 생각해보면 이 시기 예술상의 변화는 더 근본적인 변화의 결과일 뿐이다. 우리는 표면 아래 더 심층적인 곳에서 진행된 세계 자체의 변화와 이에 결부된 세계관의 전환에 주목해야 하는데, 중세 봉건사회를 무너트린 18세기 근대 시민혁명이 이제 마지막 국면에 이르러 세계와 우주를 보는 인간의 관점에도 근본적 전환을 가져온 것이다. 미학적 모더니티로 묶일 수 있는 각종 새로운 문예사조들은 자기들 세계의 동요와 위기에 대한 서구인의 반응이자 위기의식의 산물이라고 볼 수 있고, 그런 점에서 서구 모더니즘은 나름으로 역사적 필연성의 소산이다.

그러나 한국사회와 문학은 상식적으로 보더라도 서구와는 전혀 다른 역사적 시간 속에 있다. 알다시피 20세기 전반기 이 나라는 '식민지 근대화'의 모순을 살고 있었다. 어쩌면 서구 발 일본 경유의 모더니즘이 1930년대 문단에서 점차 핵심적 지위를 획득하고 있었던 사실 자체가 '식민지 근대화'의 모순을 보여주는 사례일지 모른다. 나는 이 시기를 언제나 착잡한 눈으로 바라볼 수밖에 없는데, 왜냐하면 정지용·김기림·이상·박태원·최재서 등이 이룩한 문학적 세련은 시대현실의 부정성이라는 배경 앞에서 양가적(兩價的)인 것일 수밖에 없기 때문이다. 한국 모더니즘은 발생 초기부터 오늘까지 이 가치분열로부터 자유로울 수 없다.

김수영도 넓은 의미에서는 이 모더니즘의 자장 아래에서 성장한 시인이다. 자타가 공인하듯 그의 지적인 원천과 사유의 뿌리는 서구문학이고 서양사상이다. 아주 어려서 한문 공부를 했다지만, 초등학교 입학 이후 일본어로 학습을 했고 청년시절 이후엔 주로 영어를 읽고 번역했다.

"일본 말보다도 더 빨리 영어를 읽을 수 있게 된 / 몇 차례의 언어의 이민을 한 내가 / 우리말을 너무 잘해서 곤란하게 된 내가."

「거짓말의 여운 속에서」란 작품 속의 한 구절(제6연)인데, 여기에는 거의 평생 토착문화와 모국어에서 쫓거나 이방의 언어들을 유랑해야만 했던 '언어 디아스포라'로서의 쓰라린 자의식이 반영되어 있다. 그러나 남의 것을 받아들이되 껍질만 받아들이는 데 그치는 사람과, 받아들인 남의 것을 소화해서 자기 알맹이의 일부로 만드는 사람의 구별은 본질적으로 중요하다. 일찍이 식민지 또는 반(半)식민지에서의 선진문화 도입이 제기하는 문제를 인식하고 논리적으로 해명한 인물은 임화인 바, 그는 일찍이 유명한 논문 「신문학사의 방법」(1940, 『문학의 논리』 所收)에서 "문화의 이식, 외국문학의 수입은 이미 일정 한도로 축적된 자기 문화의 유산을 토대로 하지 않고는 불가능하다. …… 문화이식이 고도화되면 될수록 반대로 문화창조가 내부로부터 성숙한다"고 정확하게 갈파하였다.

외국어/외국문화와의 김수영 나름의 전투를 통해 그가 수행한 작업은 바로 임화가 말한 '내부로부터의 성숙'이었다. 서구 모더니즘의 한국적 수용이라는 차원에서의 그의 역할도 그런 관점에서 평가할 수 있을 텐데, 오래전 「김수영론」(1976)에서 내가 다음과 같이 말한 것도 그 점을 지적한 것이었다. 또, 그가 평론 「참여시의 정리」에서 신동엽을 언급하는 가운데 "50년대에 모더니즘의 해독을 너무 안 받은 사람"이라고 설명한 것도 모더니즘에 대한 김수영의

(역설을 통과한 다음의) 긍정적 관계를 보여준다고 할 것이다.

한국 모더니즘의 역사에 있어서 김기림이 그 씨앗을 뿌린 사람이라면, 김수영은 모더니즘을 철저히 실천하려는 과정에서 한편으로 모더니즘을 완성하고 다른 편으로 그것에서 벗어나는 길을 틔워놓았다. 김수영은 한국 모더니즘의 허위와 불완전성을 철저히 깨닫고 이를 통렬하게 공격했으나, 그의 목표는 진정한 모더니즘의 실현이지 모더니즘 자체의 청산이 아니었다. 다시 말하면 그의 모든 문학적 사고는 넓은 의미에서 모더니즘의 틀 안에서 이루어졌다. 그러나 그의 모더니즘은 '진정한' 모더니즘으로 나아가고자 한 것이었기 때문에 ─ 다른 모든 진정한 사고와 행동의 역사적 작용에서 볼 수 있듯이 ─ 한국 모더니즘의 기초를 분해하는 효소로서 작용하였다. 여기에 한국 모더니즘 역사에서 김수영의 역설적 위치가 있는지도 모른다.

(졸고, 「김수영론」, 《창작과비평》, 1976년 겨울호)

돌이켜보면 그의 청소년 시절 이 땅의 사회문화적 환경은 굳이 서당에 가서 한문 고전을 배우지 않았더라도 봉건 유교적·가부장적 사고방식에 길들도록 만들었을 것이다. 그러나 동시에 그의 청년기는 적어도 지식계층에서는 사회주의나 여성해방론 같은 서구의 신사조가 일본을 통해 물밀듯 들어오던 '급진적 계몽'의 시대이기도 했다. 김수영의 여성에 대한 태도를 보면 토착 봉건문화와 외래 선진

사조 간의 공존과 유착 및 불가피한 길항을 확인할 수 있다. 그는 아내를 거의 언제나 '여편네'로 호칭하고 심지어 우산대로 쳤다고 고백하면서도 동시에 여성들과의 관계에서 자신보다 20년 아래인 나 같은 세대보다 훨씬 더 개방적인 자세를 보여주기도 하는데, 이런 모순들을 양보 없이 살아내면서 남김없이 드러낸 것이야말로 김수영의 독자적인 위업이다.

강조하거니와 그는 자기 시대를 누구보다 철저히 산 사람이다. 시대 자체가 모순에 가득 차 있었으므로 그의 삶과 문학도 그러했다. 그는 항시 의심의 눈으로 현실을 바라보았고 자기 자신에 대해서도 늘 반성적 시선으로 들여다보았다. 시에서나 산문에서 그가 가장 자주 사용한 단어 중의 하나는 '거짓말'이다. 그는 끊임없이 자기 내부의 속임수를 적발해서 스스로 고발했다. 우리 문학사상 거의 유례가 없는 이 도저한 정직성과 치열성이야말로 김수영으로 하여금 모든 기존의 문예사조와 사회적 허위의식으로부터 벗어나게 만들었을 것이다. 김수영은 철저한 리얼리스트이자 탁월한 모더니스트이지만, 동시에 그 모두이기도 하고 또 그 모두를 넘어선 존재, 즉 가장 깊은 뜻에서 자기 자신에 도달한 시인이었다. 문학의 길에 들어선 우리 모두에게 언제나 새로운 목표로 다가오는 것이 바로 이 '자기 자신-되기' 아닌가.

문학이라는 생명체의 비밀을 탐구하다*

김수이**

염무웅의 비평을 관통하는 근본적인 문제의식은 대략 다섯 가지로 정리될 수 있다.

첫째, 위대한 문학과 위대한 삶의 긴밀한 관계다. 염무웅은 "위대한 문학이란 단순히 기술적인 완성에서 주어지는 것이 아니라 그 체험 자체, 삶 자체의 위대성으로부터 태어난다고 생각"[1]한다. 위대한 문학을 잉태하는 작가의 체험과 삶 자체의 위대성이란, 당대의 현실 및 그와 분리될 수 없는 개인의 삶을 작가가 얼마나 정직하고 치열하게 살아냈는가의 문제로 집약된다. 염무웅이 비평문에서 작가

---

* 이 글은 《현대비평》, 2021. 봄호에 발표된 것을 필자의 허락을 받고 옮겨 왔음.

** 김수이(金壽伊): 문학평론가. 경희대 교수. 1997년 《문학동네》 제1회 신인상 공모에 평론 「타자와 만나는 두 가지 방식」이 당선되어 등단. 평론집에 『환각의 칼날』, 『풍경 속의 빈곳』, 『서정은 진화한다』, 『쓸 수 있거나 쓸 수 없는』 등이 있음.

1 염무웅, 「내면의 진실과 시적 성취: 윤동주의 시를 다시 읽으며」, 염무웅 평론집 『혼돈의 시대에 구상하는 문학의 논리』(창작과비평사, 1995), 13쪽.

의 인물됨과 인간관계, 독특한 일화 등을 객관적 사실에 근거해 스케치하는 평전(評傳) 성격의 기술방식을 자주 활용하는 것은 이런 배경을 지닌다. 둘째는 인간의 윤리와 문학의 윤리, 문학의 미학 사이의 삼자적 관계다. 이는 첫 번째 주제의 연장선이자 보론에 해당하는 것으로, 윤리적으로 훌륭한 인간과 정치적으로 올바른 문학이 반드시 미학적으로 탁월한 성취를 이루는 것은 아니라는 '위대한-아름다운 문학 탄생의 아이러니'에 대한 질문으로 수렴된다. 염무웅은 이렇게 말한다. "왜 어떤 작가의 작품은 현실 문제를 열심히 다루는데도 미학적으로 빈곤한 결과에 이르는지, 즉 현실과 미학의 분기점은 어디인지, 이게 내 최고의 관심사예요."[2] 나아가 이 질문은 동시대에 비슷한 문학적 성취를 이룬 작가들이 후대에 상반된 평가를 받으며 문학사적 운명이 달라지는 이유가 무엇인지에 대한 탐구로도 이어진다.

셋째, 염무웅이 비평가의 자의식 못지않게 의식적으로 추구하고 정련(精鍊)하는 것은 비평가의 윤리다. 염무웅은 역사와 현실 앞에서 자신의 삶을 성찰하는 일을 꾸준히 해왔는데, 그 중요한 척도는 4·19혁명이었다. "평소 마음속으로 늘 '나는 4·19의 참뜻과 어느 정도 부합하는 삶을 살고 있는가' 하고 스스로를 향해 자기점검을 해왔"다고 토로하는 염무웅은 그 과정에서 4·19에 대한 "해석이 독점

---

2   염무웅·김수이 대담(2016.1), 「경험적 비평의 길」, 염무웅 대담집 『문학과의 동행』(한티재, 2018), 373쪽.

될 수 없[3]음을 깨달았노라고 토로한다. 비평가에게 해석의 다양성을 인정하는 일이란 해석의 민주적 지평을 열어 놓는 일이며, 비평을 해석의 헤게모니 쟁탈의 격전지가 아닌 주체와 타자의 목소리가 평등하게 울려 퍼지는 윤리적 공간으로 끊임없이 사유하고 재구성하는 일이다. 타자들의 관점을 주의 깊게 살펴보면서 비평세계의 균형감각을 확보해온 염무웅은 해석의 주체인 자기 자신의 삶을 점검하는 일과 다른 해석의 주체들인 타자들의 관점을 읽어내고 수용하는 일을 분리하지 않는다. 이런 의미에서, "진정한 문학창작은 늘 자기치유를 동반한다"[4]라는 염무웅의 말은, "진정한 비평창작은 늘 자기 갱신을 동반한다"라고 바꾸어 쓸 수 있을 것이다.

넷째, 문학평론가, 외국문학 번역가, 출판 편집자, 대학교수 등 다양한 정체성을 함께 운용해온 염무웅이 비평가 외의 다른 역할을 통해 비평의 윤리를 개진하거나 비평의 '다른/새로운' 독법을 발견하는 등 '경험적 비평'[5]을 지향하는 것이다. 이는 염무웅이 한국문학의 현장에서 여러 역할 및 정체성을 체험하면서 자연스럽게 형성된 것으로 보인다. 예를 들어, 독문학을 전공한 외국문학 번역가로서 염무웅의 비평독법은 김남주에 관한 평문에서 날카롭게 발휘된다. "김남주의 시에서 내용적·사상적 측면 못지않

---

3 염무웅·김윤태 대담(2002.3.29), 「4월혁명을 돌아보며」, 위의 책, 127쪽.
4 위의 글, 149쪽.
5 염무웅·김수이 대담(2016.1), 앞의 글 참조.

게, 어쩌면 그보다 더 예리하게 주목해야 할 것이 그의 시의 언어적 호흡, 반복과 비유, 단검으로 찌를 듯이 육박하는 직선적 묘사와 그러다가 다시 물러나서 새롭게 물결을 일으키며 파동 치듯 핵심에 다가서는 파상적인 시의 진행 방식, 절묘한 행과 연의 구분, 정치(正置)와 도치(倒置), 점강법과 점층법 등이다. 이런 시의 기법 상당 부분을 그는 치열한 번역 과정 즉 외국어와의 침통한 투쟁 속에서 체득한 것이다."⁶ 번역가가 아니면 수행하기 힘든 이 내밀한 분석은 염무웅의 번역 체험이 김남주의 번역체험과 깊이 공명하는 장면인 동시에, 염무웅 특유의 단정함과 속도감을 지닌 문체 및 핵심을 꿰뚫는 정돈된 문장의 탁월한 예이기도 하다. 아놀드 하우저의 명저 『문학과 예술의 사회사』를 백낙청과 함께 번역하는 등 독문학 전공 번역가로서 염무웅의 경력이 비평에 어떻게 개입하고 활용되는지를 보여주는 좋은 예에 속한다. 염무웅은 번역가로서 발언하는 일에도 적극적이었는데, 번역이 갖는 문화사적·역사적 의의를 한 문장으로 명쾌하게 제시한 바 있다. "번역의 어려움을 통과한 뒤에야 독창적인 민족문화가 꽃필 수 있음을 강조하고 싶다."⁷

한편 염무웅이 출판사에서 편집자로 일한 경험은 그가 추구하는 비평가의 윤리를 자극하고 재점검하도록 하는 모티

6 염무웅, 「투쟁과 나날의 삶: 김남주의 시에 관한 세 개의 글」, 『혼돈의 시대에 구상하는 문학의 논리』(창작과비평사, 1995), 131~132쪽.
7 염무웅, 「번역은 또 하나의 창조다」, 염무웅 산문집 『자유의 역설』(삶창, 2012), 205쪽.

브로 작용한다.「40년 만에 공개된 김수영의 '불온시':「김
일성만세」에 관하여」[8]라는 평문이 대표적인 경우다.《창작
과비평》1968년 가을호에 김수영의 유고작이 발표될 때
1960년 10월 6일작인「'金日成萬歲'」는 제외되었는데, 당
시 염무웅은 창비 편집자로서 이 일에 관여했다. "1968년
당시에나 그후 잡지의 편집에 좀 더 재량권을 발휘할 수
있게 된 다음에나 그 작품을 활자화할 용기는 나에게 생기
지 않았다. 그런 점에서「'金日成萬歲'」의 발표 지연은 분
명히 나 자신에게도 책임의 일단이 없다고 할 수 없다." 자
기 점검에 철저하기 위해 분투하는 염무웅 비평의 미덕을
엿볼 수 있는 대목이다. "진실과 정의를 향해 반걸음이라
도 나가고 있다고 자신을 설득하지 않고서는 평범한 삶의
지탱도 어렵다."[9] 살아가는 일이란 '반걸음'의 전진조차도
쉽지 않으며 커다란 의미가 있다는 것, 인간에게 전부인
이 일이 비평가에게도 전부일 수밖에 없다는 생각은 염무
웅 비평의 윤리를 구성하는 핵심 내용이라고 할 수 있다.

다섯째, 역사와 현실, 문명 등 거시적 맥락에 대한 독법
과 문학의 독법, 인간탐구와 문학탐구의 밀접한 관련성이
다. 염무웅은 인류의 미래에 대해 비관적인 생각을 갖고
있다고 여러 차례 밝힌 바 있다. "나는 인류의 장래에 대해
서 비관적이에요. 제동장치가 망가진 이 자본주의체제의
진행이 우리의 삶을 어디로 끌고 가게 될지 두려움을 느낍

---

8 『다산포럼』, 2008.7.15.
9 염무웅 산문집, 『반걸음을 위한 현존의 요구』(삶창, 2015), 8~9쪽.

니다. …… 자본의 논리를 타지 못하는 학문이나 종교, 예술활동도 주변으로 밀려날 거라고 봅니다. 대학에서도 밀려날 거예요."[10] 24년 전인 1997년에 제출된 이 비관적 예측은 이미 실현되었고 실현되는 중에 있다.[11] "지배의 기술은 날로 더 발전하는데 저항의 기술은 오히려 퇴보하고 있"[12]다고 판단하는 염무웅은 자본주의가 가져온 총체적 파산의 대안으로 겸손과 절제, 가난을 제안한다. 현재 인류가 겪고 있는 코로나19사태와 관련해서도 많은 시사점을 제공하는 통찰로 다가온다.

겸손과 절제, 가난을 일상화하고 험한 음식을 먹고 일상적으로 불편을 감수하고 늘 병균에 노출돼 있어야 하고…… 그래서 자연적으로 인구조절이 되고……. 그런데 우리의 일상적 생활감정이 그걸 받아들이지 못하잖아요. ……

10 염무웅·김윤태 대담(1997.1.29), 앞의 글, 46~48쪽 참조. 99~100쪽.
11 염무웅이 1995년에 내놓은 비관적 전망과 대안 역시 2021년인 현재에도 여전히, 더욱더 유효하다. "어떻게 할 것인가. 가는 데까지 가보는 수밖에 없다는 것이 나의 비관적인 결론이다. 그리고 그럼에도 불구하고 자신이 선 자리에서 자기의 손에 쥐어진 연장을 가지고 — 종교든 정치든 예술이든 또는 그 밖에 아무리 사고한 규모의 소시민적 생활개선운동이라 하더라도 그 수준의 모든 수단을 동원하여 — 이 혼돈의 세계를 홈집내기 위한 몸부림을 글로 말로 또 일상 실천으로 계속할 수밖에없다. 달리 어떻게 할 것인가"(염무웅, 「혼돈의 세계를 바라보며」, 『혼돈의 시대에 구상하는 문학의 논리』, 창작과비평사, 1995, 317~318쪽).
12 염무웅·황규관 대담(2013.4.16), 「현실의 위기와 시의 역할」, 위의 책, 238쪽

그런데 오늘의 문학은 절제와 겸손, 관용과 청빈의 삶에 기여하기보다 그 자체가 욕망을 분출하는 형식으로 변해버린 것 아닌가 느껴집니다. 우리 모두 목소리를 낮추고 말을 아낄 필요가 있어요. 지금 문학의 위기가 거론되는데, 그것은 바로 우리 삶의 기반이 허물어질지 모른다는 근본적 위기의 징후입니다.[13]

현실에 대한 염무웅의 판단기준은 '인간'과 '문학'에 대한 비평적 탐구에서도 동일하게 유지된다. 예컨대, 염무웅이 아동문학가 권정생의 삶과 문학을 상찬하는 것은 권정생이 '절제와 겸손, 관용과 청빈의 삶'의 훌륭한 표본이었으며, 그의 문학이 위대한 삶에서 우러난 위대한 문학의 결정체였기 때문이다.

이상 다섯 가지로 일별해본 염무웅 비평의 문제의식을 염무웅의 문장을 통해 확인하자면 다음의 글이 적절한 예가 될듯 싶다. 염무웅은 그의 대표적인 역작 『혼돈의 시대에 구상하는 문학의 논리』(창비, 1995)에 실린 한 비평문에서 인간의 삶과 현실의 복잡한 교섭 과정을 돌파하는 문학의 숨가쁜 투쟁과, 인간연구와 분리될 수 없는 문학연구의 끝없는 여정은 "문학이 생명체임을 반증하는 것"이며, "그 생명의 비밀을 탐구하는 것이 바로 비평적 작업"이라고 규정한다.

---

13 염무웅·김윤태 대담(1997.1.29), 앞의 글, 106~107쪽.

생각해보면 우리의 삶은 현실과의 복잡하고도 끊임없는 교섭의 과정입니다. 그런데 문학작품은 이러한 삶의 단순한 언어적 전이(轉移)가 아닙니다. 작품의 창작 과정은 삶의 과정 그 자체에 대응된다고 할 만큼 복잡한 변용과 숨가쁜 투쟁, 순간적인 깨달음과 지속적인 사유, 집요한 인내와 폭발적인 상승, 그리고 우발성과 필연성을 동반하는 격렬한 출산의 고통의 총체적인 이행 그것인 듯합니다. 그리고 이 모든 행운과 난관들을 그 나름으로 돌파한 최종적 성취로서의 문학작품은 한편으로는 현실에 대한 작가의 치열하고 긴장된 대응을 반영하지만 다른 한편으로는 작자 자신의 개입의 여지조차 허용치 않는 그 자체의 절대적이고 배타적인 생명성을 이룩하는 것 같습니다. 그 생명의 비밀을 탐구하는 것이 바로 비평적 작업일 텐데, 인간 연구가 끝이 없듯이 문학연구가 끝이 없는 것은 바로 문학이 생명체임을 반증하는 것일 것입니다.[14]

이런 맥락에서 「신동문과 그의 동시대인들」[15]은 '문학이라는 생명체의 비밀을 탐구'하는 염무웅의 비평작업과 문학사에 대한 균형감각 확보의 노력이 응집된 글이라고 할 수 있다. 신동문과의 개인적 인연에서 출발했다고 할 수 있는 이 글은 신동문을 통해 당대 한국의 현실과 역사의

---

14 염무웅, 「내면의 진실과 시적 성취: 윤동주의 시를 다시 읽으며」, 『혼돈의 시대에 구상하는 문학의 논리』, 창작과비평사, 1995, 14쪽.
15 《문학수첩》, 2005년 봄.

문제, 출판과 문학의 관계, 인간과 문학의 관계, 한 작가가 동시대의 작가 및 문단에 끼친 영향, 김수영과의 비교를 통한 당대와 후대의 문학사적 평가의 차이 문제 등을 다각도로 다룬다. 염무웅과 신동문의 인연은 신구문화사를 통해 맺어진다. 1964년《경향신문》에 문학평론이 당선된 염무웅은, 심사자이자 논설위원이었던 이어령의 소개로 그해 1월 말쯤 신구문화사에 취직한다. 『한국의 인간상』『현대한국문학전집』 등의 편집 실무를 맡은 염무웅은 한국 근대문학의 흐름을 전체적으로 섭렵할 수 있었고, 신구문화사 편집을 이끈 신동문에게 인간적인 매력과 존경심을 느끼며 가깝게 지냈다. 당시 신구문화사는 신동문 사단이 형성될 만큼 젊은 문인들의 사랑방 노릇을 톡톡히 했다.[16]

「신동문과 그의 동시대인들」의 서두에서 염무웅은 김수영과 신동문에게 "지난 40년 동안 가슴속 깊은 존경과 애정을 지녀왔"음을 고백하면서, "그들의 극히 대조적인 개성에 같은 무렵 동시에 매혹되었"다고 부연한다. 김수영과 신동문의 대조적인 개성만큼 "전혀 상반된 문학사적 운명"에 주목한 염무웅은 후대에 문학사적 평가가 달라진 세 그룹 중 당대에 상당한 중량감을 지녔으나 후대에 망각되는 그룹으로 정한모, 송욱, 전봉건 등과 함께 신동문을 지목한다. "거듭되는 재해석을 통해 점점 더 문학적 쟁점의 심층부로 진입하는 김수영과 반대로 신동문은 망각의 늪으로 사라져버린 듯이 보인다. 이 글은 신동문의 삶과 문학

---

16 염무웅·김윤태 대담(1997.1.29), 앞의 글, 2018, 46~48쪽 참조.

을 그 시대의 문단적 상황과 결부시켜 검토함으로써 신동
문 자신과 그의 동시대인들의 숨결을 좀 더 가까이 느껴
보려는 데 목적이 있다." 신동문에 대한 인간적 애정은 이
글의 중요한 동기의 하나로 짐작된다. 그러나 염무웅은
'현실과 미학의 분기점은 어디인가'라는 자신의 문학적 최
고 관심사를 이 글에서 '인간(성)과 문학(성)의 분기점은 어
디인가'와 '당대와 후대의 평가의 문학사적 분기점은 어디
인가'라는 질문으로 변주하면서 인간, 문학, 문단, 문학사
등의 여러 층위를 아우르는 분석과 해석을 전개한다.

김수영과의 비교 고찰은 염무웅이 김남주론을 쓸 때도
활용했던 방법이다. 염무웅은 "소시민성에 속박되어 있으
면서도 왜 김수영의 문학과 김남주의 초기시가 소시민적
허위와 자기기만에 함몰되지 않고 그것의 극복과 청산으
로 나갈 수 있었는가를 밝히는 일"이 "이론가들이 해야 할
정말 어려운 작업"이라고 하면서, 그에 대한 명료한 답변
을 제시한 바 있다. 김수영은 현실과의 대결을 작품창작의
전 과정을 통해 관철했으나 끝내 소시민 지식인의 한계 안
에서 소시민성을 넘어서려 했던 반면, 김수영에게 문학의
현대성과 '자유' '죽음' 같은 개념들을 배웠으나 생활인으
로서의 행보가 훨씬 가벼운 김남주는 자신의 사회적 존재
자체를 전환함으로써 그 극복을 시도했다는 것이다.[17]

염무웅은 김수영과 김남주의 변별점을 일종의 계층의식

---

17 염무웅, 「투쟁과 나날의 삶: 김남주의 시에 관한 세 개의 글」, 『혼돈의
시대에 구상하는 문학의 논리』(창작과비평사, 1995), 113~114쪽.

과 존재방식의 차이에서 찾은 데 비해, 신동문과 김수영의 변별점은 이들이 4·19에 대응한 방식의 차이를 통해 발견한다. 염무웅에 의하면, "4·19는 친일파와 민족반역자 및 이들을 뒤에서 엄호하는 외세로부터 되찾은 제2의 해방"으로, "분단 후 한국사의 물줄기를 바꾸었을뿐더러 억압과 절망감 속에 살아가던 개인들의 내면세계에도 커다란 해방적 작용을 하였다." 4·19는 김수영과 신동문 모두에게 문학적 생애의 결정적 변화의 계기가 되었으나, 김수영과 신동문이 4·19에 대응한 삶의 자세와 시적 양상은 매우 대조적이었음을 염무웅은 '사유 대 육체', '복잡한 행동의 준칙 대 사유를 단순화하며 단숨에 뚫고 나오는 행동', '정교한 기록 대 우발적이고 직선적인 폭발' 등의 대비구도를 통해 일목요연하게 파악한다.

김수영에게 4·19는 단순히 외부적 현실 또는 객관적 사건이었던 것만은 아니다. 그것은 그의 시적 사유 내부에서 진행되는 의식의 가변성 자체이기도 했으며, 때로는 일상생활의 여러 세목으로 표출되는 행동들의 심리적 준칙이기도 하였다. 그런 점에서 1960년 4월 이후 씌어진 김수영의 모든 시는 4·19혁명의 전진 과정이 그의 정신에 일으킨 파동을 마치 계기판처럼 기록한 일종의 역사문건이라고 말할 수도 있다. 반면에 신동문의 4·19는 무엇보다도 거리에서 벌어지는 육체적 행동이고 구체적인 투쟁이다. "沖天하는 / 아우성 / 혀를 깨문 / 안간힘의 / 요동치는 근육 / 뒤틀리는 사지 / 약동하는 육체"(「아! 신화같이 다비데군들」) 같은 구절에 형상화되어 있듯이 그것은 혁명벽화나 혁명조각처럼 영웅적이고 기념비적이다. 그렇기 때문에 그의 시는 복잡한 사유의 과정에 동반되는 회의와 망설임을 거절하며, 정의라든가 민주주의 같은 단순하고도 자명한 가치에 뒷받침되어 투명하고 힘찬 선동성을 발휘한다. 그것은 비장한 행동의 순간에 응결된 조소적(彫塑的) 혁명성이며 내면적 갈등의 여유를 허락받지 못한 어떤 단일한 동력의 우발적이고 직선적인 폭발이다.

이 장면은 염무웅이 신동문과 김수영의 시세계의 차이를 설명하는 것을 넘어, 4·19에 대한 문학적 대응이 우리 문학사에서 어떤 스펙트럼을 갖고 있는지를 보여주는 점에서 주목된다. 신동문이 문학사에서 희미한 이름이 되어가는 것은 단지 신동문이라는 시인이 잊혀지는 것을 넘어, "거리에서 벌어지는 육체적 행동이고 구체적인 투쟁"으로서의 4·19, 투명하고 힘찬 선동성과 비장한 행동이 순간적으로 응결된 혁명성으로서의 4·19, 순수하고 단일한 동력의 우발적인 폭발로서의 4·19의 에너지가 잊혀진다는 것과 연결되기 때문이다.

크게 세 부분으로 이루어진 「신동문과 그의 동시대인들」의 2부는 신동문의 문학적 이력과 문단활동에 할애된다. 이 과정에서 구자운, 천상병, 고은, 김문수(소설가), 홍기삼, 신경식(전 국회의원), 김관식, 장이욱(한국인 최초의 서울대 총장이자 장면 정부의 주미대사로 유명한 교육학자), 주요한, 김재순 (국회의장을 지낸 정치인), 민병산, 신경림, 이어령, 함석헌, 선 우휘 등 다양한 문단 안팎 인사들의 이름과,《새벽》《사상 계》《자유문학》《현대문학》등의 잡지 및 신구문화사에서 펴낸『세계전후문학전집』『노벨상 문학전집』『현대한국문 학전집』등의 책들이 거론된다. 정확한 사실을 바탕으로 문단과 사회현실의 정황 및 작가의 삶을 생생하게 스케치 하는 염무웅 비평의 특징과 강점이 잘 드러나 있다. 염무 웅은 신동문의 인간적 면모에 대해서도 일화와 함께 서술 하면서(신동문은 사람들에게 인기가 많았던 탓에 3·15 부정선거의 배 후라는 오해를 받기도 했다), 평전이나 에세이의 영역을 분방하 게 넘나드는 문체를 구사한다. 염무웅의 기억에 의하면, 그가 10년 가까이 긴밀히 접촉한 신동문은 "참으로 매력 적인 개성의 소유자였다. 깨끗하고 양심적이었으며 다정 하고 친절했다." "솔직하고 용기가 있을뿐더러 화제가 풍 부하고 사람들과 어울리기를 좋아했다. 그에게는 권위주 의적인 데가 전혀 없어서, 나처럼 십수 년 나이가 아래인 젊은이도 격의없이 대할 수 있었다. 그는 어려운 처지에 있는 동료와 후배들을 돕는 것을 좋아했다." 인간탐구와 문학탐구는 함께 행해져야 하며, 비평가의 내부에서 해석 의 주체와 경험의 주체는 완전히 분리될 수 없다는 염무웅 의 생각이 우회적으로 읽히는 부분들이다.

「신동문과 그의 동시대인들」의 3부에서 염무웅은, 화제 가 무엇이든 문학과 연관해 말하는 김수영과 달리, 문학 이야기를 한 적이 거의 없으며 시 쓰기에도 냉소적인 태도를 보인 신동문의 내면풍경을 공들여 재현한다. 1963년을 고비로 신동문은 시인의 사회적 책임을 주장하면서도 시 쓰기의 무의미와 무능력을 반복 토로하는 분열적 양상을 보이다가, 「내 노동으로」(1963.4)를 고비로 시창작을 사실상 종결한다. 염무웅은 신동문의 1960년대 시들에 깔려 있는 "강렬한 부정의 육성"과 "자기기만과 파멸"의 징후를 읽어내면서, 이것이 그가 "문학을 버리고 '내 노동으로 오늘을 살자'는 결심에 일치되는 농사짓는 일의 세계로 떠난" 이유였을 것이라고 추측한다. "「아! 신화같이 다비데군들」을 포함한 1960년대 신동문의 시들이 출구와 전망을 잃어버린 자의 절망에도 불구하고 비극적 장엄성 내지 침통함의 분위기를 나타내지 않는" 것을 포착하는 염무웅의 시선은 예리하면서도, 문학과 삶의 합치 (불)가능성에 대한 고뇌를 드러내고 있다.

1970년대에 신동문은 단양 농장을 개간하면서 침술을 독학했는데, 그의 치료를 받으러 오는 사람들이 줄을 서 농사일이 안 될 지경이었다고 한다. 한 달에 한두 번 신동문이 서울에 가족을 만나러 와 관철동 기원에 나가 있으면, 믿을 수 없을 만큼 놀라운 효력을 지닌 신동문의 침술 치료를 받기 위해 바둑판 곁에서 환자들이 기다리는 것을 염무웅도 여러 번 목격했다고 한다. 농사꾼(노동)과 침술가(치유)로서 삶과 존재의 방식을 완전히 바꾼 신동문은 1970년대 중반 창비에 게재된 리영희의 논문 「베트남전쟁」 때문에 다시 한번 중앙정보부에 끌려가 문초를 받고, 1975년 가을호를 마지막으로 창비 발행인에서도 이름을 내린다. 염무웅이 쓴 신동문론의 마지막 문장은 신동문의 삶을 간결히 압착하면서 길고 진한 여운을 남긴다. "신동문은 살아 생전에 이미 문학 없는 전설의 나라로 이주했던 것이다."

이 마지막 문장에서 염무웅은 문학의 실패가 곧 삶의 실패는 아니며, '삶이 없는 문학'은 불가능하지만 '문학 없는 삶'은 얼마든지 가능하고 가치 있을 수 있다는 것을 강하게 암시한다. 문학을 버리고 자연 속에서 노동하며 다른 사람들의 치유에 헌신하며 살았던 신동문의 삶이 이를 입증하고 있다. 염무웅이 개인적 친분을 훨씬 넘어선 자리에서 신동문의 문학과 삶을 깊이 탐구한 근본적인 이유도 여기에 있는 것으로 보인다. 신동문이 문학사에서 망각되고 있는 데 대한 염무웅의 안타까움도 단지 문학사적 평가의 문제가 아니라, '문학 없는 삶'의 생명성을 충분히 사유하고 포괄해 오지 못한 우리 문학(사)의 족적에 대한 문제의식이라고 할 수 있다. 자본주의의 파멸적 미래를 계속 경고해온 염무웅이 신동문의 삶에서 본 것은 우리가 살고 있는 세계의 문명사적 문제까지를 아우르는 '다른' 결단이며 실천이다. 문학이라는 생명체의 비밀을 탐구하는 염무웅의 비평 작업은 신동문을 통해 문학 바깥의 생명체와도 이처럼 연결되어 왔다.

수록 원고 발표 지면 및 연도

1. 오늘의 시와 전통시의 맥락
   전통의 해체와 그 계승의 길
   《건대문화(建大文化)》 제7집, 1977.5.

2. 근대시의 탄생을 보는 하나의 시선
   서구문학의 수용과 우리의 대응
   《유심》 2010년 1/2월호.

3. 가혹한 시대의 시인들
   이상화·김동환·김소월·정지용
   《유심》 2015년 4월, 개고.

4. 낭만적 주관주의와 급진적 계급의식
   일제 강점기 임화의 시와 시론
   제2회 임화문학연구회 학술대회 발제문(2009.10.16).

5. 시와 행동
   윤동주의 생애와 시를 보는 하나의 시각
   《나라사랑》 23집, 1976.6.

494

찾아보기

한국 현대시
그 문학사적 맥락을 찾아서

초판 1쇄 인쇄 2021.12.7
초판 1쇄 발행 2021.12.15

지은이 염무웅
펴낸이 김선식

경영총괄 김은영
편집주간 김지환
책임마케터 권장규
마케팅본부장 이주화
마케팅2팀 권장규, 이고은, 김지우
미디어홍보본부장 정명찬
홍보팀 안지혜, 김재선, 이소영, 김은지, 박재연, 오수미, 이예주
리드카펫팀 김선욱, 염아라, 김혜원, 이수인, 석찬미, 백지은
뉴미디어팀 허지호, 임유나, 송희진, 홍수경
저작권팀 한승빈, 김재원
경영관리본부 하미선, 박상민, 윤이경, 이소희, 이우철, 김재경, 최완규,
　　　　　　　　이지우, 김혜진, 오지영, 김소영

펴낸곳 다산북스 출판등록 2005년 12월 23일 제313-2005-00277호
주소 경기도 파주시 회동길 490
전화 02-704-1724
홈페이지 www.dasanbooks.com
이메일 samusa@samusa.kr
용지 IPP · **인쇄** 민언프린텍 · **코팅 및 후가공** 제이오엘앤피 · **제본** 대원바인더리

ISBN 979-11-306-7885-6 03810